Constanze Dennig

Abgetaucht

Alma Liebekinds 1. Fall

Ein Wien-Krimi

AMALTHEA

Ich danke Friederike Lenart für ihre wichtige Mitarbeit und F. X. Zach für seine wertvollen Tipps.

Alle Namensübereinstimmungen und damit einhergehende Ähnlichkeiten zu lebenden Personen sind rein zufällig.

Besuchen Sie uns im Internet unter: www.amalthea.at

Umschlaggestaltung: Elisabeth Pirker, OFFBEAT
Umschlagfoto: Hans Leitner
Lektorat: Mag. Philipp Rissel
Herstellung und Satz: Gabi Adébisi-Schuster
Gesetzt aus der Sina Nova 10,2/12,5
Printed in the EU
ISBN 978-3-85002-890-5

Constanze Dennig

Abgetaucht

1. Kapitel

»Die Dummheit gebiert unabsichtlich das Böse«, denke ich, als ich die Abteilung für geistig abnorme Rechtsbrecher in der Justizanstalt Wien-Mittersteig verlasse. Wie kann man nur so blöd sein und zwanzig Jahre Gefängnis riskieren, nur um ein Handy zu rauben, das dann beim Überfall auch noch kaputtgeht? Leider ist der Schädel des Handybesitzers ebenfalls kaputtgegangen und jetzt heißt es für den Räuber einsitzen. Für wie viele Jahre, hängt von meinem Gutachten ab.

Bestätige ich dem Täter für den Zeitpunkt der Tat aufgrund seiner Alkoholisierung eine verminderte Zurechnungsfähigkeit, werden es wohl nicht die vollen zwanzig Jahre werden. Ist die Zurechnungsfähigkeit bei diesem Mann generell nicht gegeben, fehlt ihm also die Dispositions- und Diskretionsfähigkeit, sprich, er ist entweder psychotisch oder einfach dumm, dann wird er wohl den Rest seines Lebens auf der Geschlossenen verbringen.

Für heute hab ich genug vom Bösen. Um mich abzulenken, werde ich die vorabendlichen Sonnenstrahlen im Café Sperl genießen und dazu ein Achtel Veltliner trinken. Dort werde ich auf meinen Liebsten warten, der sich hoffentlich nicht mehr als eine Viertelstunde verspäten wird.

Von der Justizanstalt Wien-Mittersteig gehe ich zu Fuß über den Naschmarkt bis ins Sperl. Schon bei der Margaretenstraße wird mein Schritt beschwingter, ich drücke mir die Stöpsel meines MP3-Players in die Ohren, scrolle zu Zufallswiedergabe und was höre ich? Nina Hagen singt: »Roter Mohn.« Alles ist gut.

Ich werde einen wunderbaren Abend, vielleicht die ganze Nacht, mit Michelangelo – ich nenne meinen Liebsten so, wenn ich libidinöse Gedanken hege – verbringen. Sonst heißt er Michael. Und ich werde keine Sekunde an irgendwelche Wahnsinnigen denken. Sicher nicht! Schließlich ist heute Sonntag.

Im Sperl sind alle Tische bis auf den einen, der im Schatten steht, besetzt. Auch gut, ich soll sowieso keine Sonne bekommen, wegen der Hautalterung. Gut, lieber wäre mir schon ein Sonnenplatz nach all der geistigen Dunkelheit, die mich sowieso immer umgibt. Aber ich bin und bleibe gut gelaunt, aus.

Michelangelo wird heute pünktlich sein – sicher! Er wird wissen, wie wichtig seine Nähe gerade heute nach der Arbeit im Gefängnis für mich ist. Er wird hoffentlich schleunigst zu mir eilen, noch bevor ich in meine Après-Häfen-Schwermut falle.

Da mein MP3-Player nach der Hagen auf »Der Tod und das Mädchen« von Schubert hüpft, muss ich mir: »Verdammt noch mal, das Leben ist schön« wie ein Mantra vorsagen. Das hilft aber nur so lange, bis mir die Uhr das Ausmaß von Michaels Verspätung anzeigt. Es ist für mich leider kein Trost, dass in der Zwischenzeit die anderen Tische auch im Schatten stehen. Ganz im Gegenteil, der Sonnenuntergang untermalt den Aufgang der Melancholie.

Wie immer zu spät! Rücksichtslos, gedankenlos, egoistisch – höchste Zeit, dass ich mich von ihm trenne. Heute mach ich Schluss. Ich lasse mir seine Rücksichtslosigkeit nicht mehr länger gefallen. Wer glaubt er, dass ich bin? Ein Schulmädchen? Jemand, mit dem er so umspringen kann? Nein, heute werde ich ihm zeigen, wie es ist, wenn er mich verliert. Was hat er schon groß zu tun? So ein bisschen Kunst und Literatur, die kein Geld bringt. Ich hingegen rackere mich ab, während er nur auf Laisser-faire macht.

Da ich ja Schluss machen möchte, kann ich nicht auf und davon laufen. Sogar aufs Schlussmachen muss ich warten. Um mir die Zeit zu vertreiben, blättere ich eine Tageszeitung durch. Meinen MP3-Player drehe ich ab, mir ist nicht mehr nach romantischer Musik.

Die ersten zehn Minuten lese ich nur die Schlagzeilen – Sport ausgenommen –, die nächsten zehn Minuten versuche ich hinter den Inhalt der Politikerfloskeln zu kommen und dann bleibt mir nichts anderes mehr übrig, als im Lokalteil die nebensächlichen Meldungen zu lesen. »Erratum: Bei der am 10. Juni am rechten Ufer des Donaukanals gefundenen weiblichen Leiche, die sich dort in einem Baum verfangen hatte, handelt es sich nicht, wie von uns irrtümlich behauptet, um Anna K., sondern um Sabine K. Laut Auskunft der Polizei ist Sabine K. bereits am 7. Juni ertrunken. Die Polizei schließt ein Fremdverschulden aus.«

Also wahrscheinlich Selbstmord. Der Bericht fängt meine Aufmerksamkeit. Ich blicke mich um, ob ich nicht dabei beobachtet werde, wie ich den Artikel aus der Zeitung herausreiße. Eine interessante Geschichte, die könnte zu meiner Publikation passen. Mir fehlen noch fünf Fälle, damit ich meine wissenschaftliche Arbeit über »Die Wahl der Todesart bei Suizid nach Kriterien der Psychopathologie« fertigstellen kann. Es gibt kaum wissenschaftliche Untersuchungen, die die Wahl der Mittel, um sich umzubringen, mit der Persönlichkeitsstörung des Selbstmörders gemeinsam analysieren. Es ist bekannt, dass es einen Unterschied zwischen den Geschlechtern, was die Art sich zu töten betrifft, gibt.

Es gibt aber kaum Untersuchungen zur Sozialisation und zu anderen psychischen Parametern. Mich interessiert, was einen Selbstmörder dazu bringt, sich eben, wie in obigem Fall, zu ertränken. Die einfachste Möglichkeit, sich zu töten, scheint kein Kriterium zu sein. Selbstmörder sind umständlich. Statt sich einfach aus dem Fenster zu stürzen, wählen sie die absurdesten und aufwendigsten Tötungsarten.

Michael hat Glück! Ich bin so durch diese Zeitungsnotiz abgelenkt, dass ich auf ihn und sein Zuspätkommen komplett vergesse. Als er dann endlich erscheint, bin ich damit beschäftigt, mir Notizen zu machen, und hätte mir gewünscht, dass er mich nicht dabei stört.

»Du bist zu früh«, sage ich als Begrüßung. Er ist enttäuscht, hat sich wohl erwartet, dass ich ihm um den Hals falle.

»Ich wurde aufgehalten ...«

»Wieso nicht länger? Ich arbeite noch.«

»Sei nicht so zynisch.«

»Ehrlich«, und zeige ihm den herausgerissenen Artikel.

»Hm, und ich hatte schon ein schlechtes Gewissen.«

»Solltest du auch haben, trotzdem.«

Er küsst mich auf den Hals. Und mir wird warm. Dann noch einmal. Und mir wird wärmer. Dann auf den Mund. Und mir wird heiß. Wir gehen.

»Zu dir?«

»Zu mir.«

Wir gehen zu ihm. Eigentlich mag ich das gar nicht so, weil es erstens bei ihm immer unordentlich ist und ich zweitens lieber in meinem Bett aufwache. Aber heute ist mir nicht mehr nach Auseinandersetzung. Ich will geliebt werden, und aus. Und da kann man sagen, was man will, das kann er, mein Michelangelo. Ist eben auch da ein Künstler. Lässt sich Zeit und genießt und genießt und genießt. Da bleibt mir gar nichts anderes übrig, als auch zu genießen, zu genießen, zu genießen. Sogar wenn unsere Leidenschaft dann befriedigt ist, ist es immer noch schön. Dann kuscheln wir uns ganz eng zusammen und schlafen so lange Körper an Körper, bis einer von uns ein steifes Genick bekommt. Meistens ich. Der, bei dem als Erstem die Wirbelsäule einrastet, der dreht sich dann auf seine Seite. Meine ist die rechte, von vorne gesehen.

Wenn ich aufstehe, selbstverständlich vor ihm, mache ich, falls wir bei mir zu Hause sind, Frühstück. In seiner Wohnung ergreife ich allerdings lieber die Flucht, denn seine vergammelte Küche bereitet mir morgens Übelkeit. Tja, da ist nichts mehr zu machen, ich meine erziehungsmäßig. Michael ist ein schrulliger Lebensjunggeselle. Entweder ich halte seine Unarten aus oder ich muss auf seine Liebeskünste verzichten. Immerhin ist es mit ihm kurzweilig und leider liebe ich ihn auch noch dazu.

Ich denke, er ist ein besserer Lebenskünstler als Schriftsteller, aber das traue ich mich nicht zu sagen. Ein Lebenskünstler wie er lebt von seinem verinnerlichten Bild von sich. Nimmt man ihm das weg, dann ist er weder kurzweilig noch Künstler. Und dann, dann habe ich auch nichts mehr von ihm.

Bevor ich endgültig aufwache, schwirren unzusammenhängende Gedanken durch mein Hirn, das sich noch in den REM-Phasen des Schlafs befindet. So ein Zustand, nicht Traum, nicht wach, plagt mich täglich. Ich mag das gar nicht, wenn meine Gedanken nicht geordnet, nicht auf einen Fokus zielgerichtet sind. Deshalb ziehe ich es immer vor, sofort aufzuwachen und aufzustehen. Mich noch einmal in einen tiefen Schlaf zu zwingen, dauert mir zu lange. Michael meint, das sei die präsenile Bettflucht, aber das ist ein Klischee bei einer Frau von fünfundvierzig. Präsenil war ich dann wohl schon mit sechzehn. Während er mit seinen sechsunddreißig Jahren und vier Monaten die postsenile Schlafsucht hat.

Jedenfalls stehe ich wie immer um sieben auf, ziehe meine auf dem einzigen Sessel des Schlafzimmers gemixt mit seinen Klamotten liegenden Kleider aus dem Textilhaufen und stampfe demonstrativ laut aus dem Raum. Ich hoffe, Michael wacht auf und zieht mich noch einmal zu sich. Aber er schläft weiter. Der Tag beginnt mit einer Enttäuschung. Michael ist ein Ignorant, kein Feingefühl. Ich könnte mich ja zu ihm hinunterbeugen und ihn küssen, aber ich will, dass er von selber spürt, dass ich jetzt gehe. Auch gut, dann fällt mir die Trennung nicht so schwer.

Während der Fahrt mit der U-Bahn nach Hause, um zu duschen, tauche ich in den morgendlichen Sumpf menschlichen Unglücks ein. So eine U-Bahn-Fahrt ist ein Eldorado für Misanthropen. Angesichts dieser Masse an deprimierten Gesichtern kann man gar nicht mehr auf die Idee kommen, dass menschliche

Gesichter auch lächeln können. Zu Hause angekommen, bin ich auf meinen Arbeitstag gut eingestimmt.

Da ich erst am Nachmittag Ordination habe, beschließe ich, mich um Sabine K. zu kümmern. Ich rufe meinen Studienkollegen Dr. Marchel auf der Gerichtsmedizin an:

»Hier Alma. Ich will was ...«

»Wie immer. Du könntest dich auch einmal melden und mich zum Beispiel fragen, wie es mir geht. Einfach so. Ich meine ohne Leiche und ohne Todesart.«

»Gut, Manfred, wie geht es dir?«

»Super, wenn man davon absieht, dass im Institut gerade die Decke auf mein Mikroskop herunterbröckelt, die Heizung nicht funktioniert ...«

»Es ist Frühling, wozu brauchst du da eine Heizung?«

»Es könnte wieder kalt werden, es könnte wieder regnen ...«

»Weichei! Zieh dir einen Pullover an. Ich hab in der Zeitung gele ...«

»Nein, bitte nicht. Die Wasserleiche?«

»Genau, die.«

»Uninteressant, klassisch, Selbstmord.«

»Ich besuch dich, möchte sie sehen.«

»Nur, wenn du mit mir nachher essen gehst.«

»Dann hab ich keinen Appetit mehr.«

»Was kann ich tun, dass du diesen Versager verlässt?«

»Immer vor der Leiche mit mir essen gehen.«

»Aber nach der Leiche hast du keinen Appetit mehr auf Sex.«

»Lass es, Manfred, irgendwann schaffen wir es ohne Leiche, ich verspreche es. Kann ich jetzt kommen?«

»Na, gut. Dann esse halt nur ich was, nachher.«

Wieder U-Bahn, diesmal weniger Gesichter, die deprimiert dreinschauen. Das Morgentief der gesamten Wiener Bevölkerung endet normalerweise um circa elf, denn da geht's bald in die Mittagspause. Drum ist es am besten, um Mittag herum mit den Öffis zu fahren. Da sind die Leute schon besser gelaunt, aber noch nicht betrunken, wie am Abend. Leider lässt sich dieser Rat nicht immer beherzigen, denn zum Spaß fährt wohl niemand.

Beim Schottentor wechsle ich von der U-Bahn in die Straßenbahnlinie 37. Wegen der Bauarbeiten an den Gleisen wäre es besser gewesen, ich wäre gleich zu Fuß bis ins Gerichtsmedizinische Institut gegangen, das sinnigerweise in der Sensengasse ist. Ich frage mich schon seit Längerem, ob 1784, als die Gerichtsmedizin dorthin verlegt wurde, irgendein kreativer Beamter absichtlich die Straße so benannt hat oder aber, falls es die Sensengasse damals schon gegeben hat, dieser kreative Beamte bestimmte, dass das der richtige Ort für das Geschäft der Leichenbeschauer sei.

Ich werde Manfred fragen, ob er das weiß. Ihm sozusagen eine Ursache-Wirkung-Frage stellen. Manfred weiß nämlich Dinge, die von keinerlei Bedeutung für das tägliche Leben sind. Das schätze ich sehr an ihm. Welcher Mensch kann sich schon den Luxus erlauben, sein Gehirn mit Informationen zu füllen, die keine Umwegrentabilität haben? Der normale Mensch nimmt Informationen zielgerichtet auf. Was nützt ihm dieses Wissen, was kann er davon profitieren? Falls das Gehirn feststellt, dass sich aus dieser Information kein, vor allem pekuniärer, Vorteil ergibt, wird die Information erst gar nicht abgespeichert. Manfreds Gehirn sucht sich aber gerade diese Mitteilungen aus, die gar nichts einbringen.

Nach meiner Straßenbahnodyssee, die mir immerhin diese interessante Frage beschert hat, schlendere ich Richtung Gerichtsmedizin. Bevor ich das Gebäude betrete, ziehe ich noch einen Kaugummi aus der Handtasche. Irgendwie habe ich immer das Gefühl, dass der Pfefferminzgeschmack den schrecklichen Geruch der Leichen abmildert. Ist zwar Einbildung, aber der Kaugummi vermittelt mir den Eindruck von Frische. Noch besser wäre es, sich eine Zigarette anzuzünden, aber leider bin ich Nichtraucherin. Und nur wegen der wenigen Besuche im Leichenschauhaus werde ich auch nicht zu rauchen beginnen. Manfred raucht verständlicherweise. Anders ist sein Job wohl nicht auszuhalten.

Manfred hat sein Büro im 1. Stock, aber er erwartet mich schon vor dem Eingang, rauchend. Wir küssen uns auf die Wange, rechts, links. Er versucht immer, von meinen Wangen Richtung Lippen zu rutschen, aber ich bin auf der Hut und drehe immer rechtzeitig meinen Kopf weg, sodass er die Luft küssen muss. Ich finde, ein Leichenschauhaus ist keine stimulierende Umgebung. Zumindest nicht für mich.

Manfred ist gerne hier. Eben Gewöhnung. Er kann sogar seinen zerschnipselten Leichen eine ästhetische Komponente abgewinnen. Jedenfalls tut er so, wenn er mir begeistert einen offenen Schädel mit einer Hirnblutung zeigt. Für ihn ist der tote menschliche Körper auch schön. Mich graust es. Obwohl dieses Grausen auch was Prickelndes hat. Nicht im erotischen Sinne, aber es hat etwas von einem Rätsel, von einem Geheimnis, von einer Geschichte. Leichen stimulieren meine Neugier. Ich möchte dann immer die Fragen nach dem Wer, Wo und Was klären, Mord, Unfall, Selbstmord?

»Magst du sie sehen?«

Ich nicke.

»Sie heißt Sabine Katz, siebenundzwanzig, war fesch, vermute ich.«

Wir gehen Richtung Obduktionsraum. Manfred führt, schiebt mich, nicht ohne mich an der Hüfte abzutatschen, den Gang entlang. Er lässt keine Gelegenheit, mich anzugreifen, aus. In Amerika wäre das sexuelle Belästigung, für mich ist es ein handgreifliches Kompliment.

Der Obduktionsgehilfe öffnet eine der Kühlkammern und zieht eine fahrbare Metallbahre heraus. Darauf, wie in jedem Fernsehkrimi, eine mit einem weißen Laken bedeckte Leiche mit Nummernschild. Bevor er das Leintuch vom Kopf wegzieht, schlucke ich und atme tief durch. Dann bearbeite ich meinen Kaugummi mit sich steigernder Frequenz, so lange, bis meine Kiefermuskulatur zu krampfen beginnt. Es hilft ein bisschen und ist so ähnlich, wie einen Schmerz mit einem anderen Schmerz zu bekämpfen.

Wasserleichen sind die schlimmsten! Die Gesichter bis zur Unkenntlichkeit aufgequollen, die Lippen blau, aus den Gedärmen entströmen übelriechende Gase. Sabine K.s Körper liegt auf dem harten Metallbett wie einer dieser Luftballons, die man durch Drehen um die eigene Achse in Segmente abschnüren kann, nur stinkend.

Ich wende mich ab.

»Und, irgendwelche Zeichen von Gewalteinwirkung?«

»Nichts dergleichen, die hat sich einfach ins Wasser gestürzt, aus. Eine Leiche genau richtig für dich ...«

»Gut, fein. Kann ich ihre Anamnese und den Befund haben?«

»Ich lass ihn dir ausdrucken. Und jetzt essen gehen?«

»Wie du nach so einem Anblick, und vor allem Gestank, Appetit haben kannst!?«

»Soll ich verhungern? Alles im Leben ist Gewöhnung, sag ich doch immer.«

Manfred drückt sich an mich.

»Und? An mich könntest du dich nicht gewöhnen?«

»Ich bin an dich gewöhnt, aber eben auf eine freundschaftliche Art.«

Manfred seufzt.

»Na, ja dann warte ich eben weiter. Was kann ich tun, damit du dich freundschaftlich entwöhnst und libidinös an mich gewöhnst?«

Manfred und ich verlassen die Prosektur. In seinem Büro ordert er von seiner Sekretärin den Befund und drückt ihn mir sichtlich frustriert in die Hand.

»Da!«

Ich küsse ihn auf die Wange. Er erwidert den Kuss nicht.

»Danke, bist ein Schatz! Ich werde dich in meiner Arbeit erwähnen. Etwa so: ... und Herrn Prof. Machel danke ich für seine selbstlose, aufopfernde Unterstützung ...«

»Sei nicht gemein. Ich meine es ernst.«

»Sorry, ich meinte es nicht so ... Baba!«

Ich verlasse das Institut mit einem schlechten Gewissen. Aber ich kann nicht über meinen Schatten springen. Nur wegen einer Wasserleiche kann ich nicht so tun, als ob ich auf Manfred stehen würde.

Diesmal muss ich nicht mehr mit der U-Bahn fahren, denn meine Praxis ist nur fünf Minuten vom Gerichtsmedizinischen Institut entfernt, ich gehe zu Fuß. Die Bewegung tut mir gut, leider ist sie zu wenig, um meinen Kopf wieder freizubekommen. Ich würde gerne noch eine Runde laufen gehen, aber das geht sich vorm Beginn meiner Ordination nicht mehr aus.

In meiner Praxis wartet schon meine Mutter auf mich. Sie ist seit Beginn meiner selbstständigen Tätigkeit vor fünfzehn Jahren meine Assistentin, oder soll man besser sagen: meine Vorgesetzte? Mama hat, als ich mich niedergelassen habe, beschlossen, meinen Betrieb in die Hand zu nehmen. Anfangs war das auch sehr angenehm für mich, da ich mich um nichts kümmern musste, aber mit den Jahren ist mir ihre Bevormundung immer mehr auf die Nerven gegangen. In der letzten Zeit kommt auch noch ihre Vergesslichkeit dazu, die sie immer mir in die Schuhe schiebt. Ich traue mich aber nicht, ihr zu sagen, dass ich ihre Hilfe in Zukunft nicht mehr benötige. An der Zeit wäre es, denn Mutter ist immerhin schon vierundachtzig, auch wenn sie meint, dass sie fit wie ein Turnschuh sei.

Schon beim Öffnen der Tür höre ich sie telefonieren: »Leider, leider, diese Woche geht gar nichts mehr, nächste Woche?«

Ich werfe einen Blick auf meinen Terminkalender. Mindestens

fünf Termine sind diese Woche noch frei. Ich flüstere, während sie den Hörer zuhält, und deute auf die weißen Löcher auf dem Papier: »Und was ist das?«

Mutter blickt mich bedeutungsvoll an, immer noch mit der Hand über dem Hörer: »Willst was gelten, mach dich selten.«

Ich entreiße ihr den Hörer und flöte freundlich hinein: »Sie können am Mittwoch um 14.30 Uhr kommen, ich schiebe Sie dazwischen.«

Mutter versucht mir das Telefon wieder wegzunehmen, aber ich klammere mich an das Gerät. Wer ist die Stärkere? Werde ich wenigstens einmal siegreich sein? Als sie merkt, dass sie keine Chance hat, drückt sie auf die Austaste des Telefons. Sie wirft die Patientin aus der Leitung. Resigniert drücke ich ihr den Hörer in die Hand.

Sie küsst mich auf die Wange: »Du hast Stress, ich sehe es dir an. Ich habe dir ein Beuscherl mitgenommen, soll ich es dir aufwärmen?«

Ein graues Beuscherl nach einer grauen Wasserleiche, ... mir graut. Ich schließe die Augen, atme tief durch, nehme den Kaugummi aus dem Mund, drücke ihn meiner Mutter in die Hand und bewege mich in mein Sprechzimmer. Kaum habe ich mich in meinen Bürosessel fallen lassen, steht meine Mutter mit dem dampfenden Beuschel in der Hand in der Tür. Sie breitet mir eine Stoffserviette auf dem Schreibtisch auf und stellt den Teller darauf. Den Löffel drückt sie mir in die Hand und schaut mich dabei streng an:

»Iss, bevor es kalt wird.«

Sie dreht sich um und verschwindet wieder hinter meiner Sprechzimmertür, nicht ohne sie bedeutungsvoll, sprich fest, zu schließen. Ich starre auf den grauen Brei und überlege mir, welche Tötungsart ich bei ihr anwenden werde. Ich denke, Erwürgen wäre mir am liebsten. Aber statt ihres Halses erdrücke ich den Plüschelefanten, den sie mir an meinem fünften Geburtstag geschenkt hat. Der muss immer links neben den Stiften auf meinem Schreibtisch stehen. Sie meint, dass das mein Glücksbringer sei. Damit hat sie insofern recht, weil er mein Ersatzmordopfer ist und mich abhält, einen echten Mord zu begehen. Trotzdem, ich liebe meine Mutter.

Nachdem ich das Beuschel in mein Waschbecken gekippt, die festen Bestandteile herausgelöffelt und zwischen die Balkonpflanzen als Taubenfutter verteilt habe, wasche ich den Teller ab. Den sauberen Teller präsentiere ich Mama, die begeistert meint: »Siehst, ich wusste, dass du was zu essen brauchst. Jetzt geht es dir wieder gut, mein Kind. Jetzt fangen wir an.« Sie fährt den Computer hoch und sperrt die Anmeldung auf. Huldvoll lässt sie die Patienten herein. Diese stehen brav in der Schlange, während sie die Daten eines jeden aufnimmt. Und sie lässt sich Zeit. Jeder soll fühlen, was es für eine Gnade und Gunst ist, von Frau Dr. Alma Liebekind-Spanneck behandelt zu werden.

»Nur Geduld, wir haben Zeit.«

Ich warte inzwischen ungeduldig in meinem Sprechzimmer, denn ich habe gar keine Zeit. Ich weiß, dass ich heute wieder eine Stunde länger dableiben muss, da Mutter absichtlich trödelt. Durch die Tür höre ich, wie sie sich gerade angeregt mit einer Patientin über die Gleisreparatur auf der Währingerstraße unterhält. Meine Klienten sind Mutters Zeitvertreib.

Ich habe keine Ahnung, weshalb ich die Übergriffe meiner Mutter dulde. Um dieses pathologische Verhaltensmuster zu durchbrechen, habe ich das reichhaltige Angebot an Psychotherapien ausprobiert, vergeblich. Die Psychoanalyse hat mir eine Sprachhemmung eingebracht, davon abgesehen noch eine Schlafstörung (um genug Träume für die Sitzungen parat zu haben, gewöhnt man es sich an, mindestens fünf Mal pro Nacht aufzuwachen), die Familientherapie hat meine Schuldgefühle und meine Abhängigkeit Mutter gegenüber noch verstärkt, das katathyme Bilderleben war amüsant, aber teuer. In der Gruppentherapie habe ich gelernt, andere Gruppenteilnehmer zu trösten, wenn sie in Tränen ausbrechen, auch wenn ich sie für beschränkt und hysterisch gehalten habe. Jedenfalls bin ich bestens ausgebildete Psychotherapeutin, die von Psychotherapie gar nichts hält, außer man benützt sie als Religion. Dazu taugt sie, und Freud ist der liebe Gott. Da ich Atheistin bin, kann ich nicht einmal an den heiligen Sigmund glauben.

Meine Qualitäten als Psychiater liegen in der wohldosierten Verschreibung von Medikamenten, da kenne ich mich aus. Wenn mir irgendwelche Patienten, meist Frauen, mit der Homöopathie kommen, dann stelle ich sie vor die Wahl: glücklich und vergiftet oder unglücklich und unvergiftet. Das ist ehrlich und spiegelt niemandem vor, dass ich mich auf esoterische Spielchen einlasse.

So, endlich geht's los. Ich stürze mich in den Unglücksbrei meiner Lebensdilettanten. Da ich eine Privatordination führe, ist das Unglück der meisten Patienten ein Luxus, den nur sie sich als Privatpatienten leisten können. Was aber nicht heißt, dass sie weniger verzweifelt sind als Leute, die berechtigt am Leben leiden. Unsere moderne Gesellschaft hat sich gar viele psychische Krankheiten einfallen lassen, die früher unter Varianten der Befindlichkeit, der Intelligenz oder der Melancholie gefallen wären. Das macht das boomende Psychogeschäft, in dem jede gelangweilte Hausfrau irgendwann zur Therapeutin wird. Wer sollte sich behandeln lassen, wenn er nicht eingebläut bekäme, dass er gemobbt, outgeburnt, gestalkt würde? Jedem Tierchen eine Diagnose oder zwei. Davon profitiere auch ich in meiner Privatordination, denn es ist sicher angenehmer, Burn-out-Opfer zu behandeln, als tobende Junkies. Außerdem empfinde ich es als meine Pflicht, jeden Leidenden, sei das Leiden auch noch so subjektiv, ernst zu nehmen.

Schon während mein erster Patient, auch ein Mobbingopfer, seine Probleme schildert, schweifen meine Gedanken zu Sabine

K. ab, laut gerichtsmedizinischem Befund: Sabine Katz, geb. 21.4.1986, also zum Zeitpunkt des Todes siebenundzwanzig Jahre alt. Ich kann mich nicht beherrschen. Ich weiß, es ist unerhört, aber ich muss sie während der Therapiestunde googeln: Fotos von Sabine Katz, Schauspielerin, abgelichtet in verschiedenen Rollen, an verschiedenen Theatern. Die Frau interessiert mich. Ungeduldig warte ich die halbe Stunde, die mich mein Mobbingopfer laut dem Leistungskatalog der Krankenkasse anlabern darf, ab. Erstaunlicherweise bestehen die meisten Privatpatienten auf einer kassenkonformen Abrechnung, damit sie die lächerlich geringe Refundierung ihrer Sozialversicherung, trotz enormen administrativen Aufwands, bekommen.

Als der Patient draußen ist, packe ich die Obduktionspapiere aus und suche in der Rubrik »Angehörige« nach einer Adresse von Sabines Verwandten. Da steht ihre Mutter. Ich rufe die Nummer an, eine Frau hebt ab:

»Katz.«

»Hallo, hier Dr. Liebekind-Spanneck. Ich wollte Sie fragen, ob ich vorbeikommen kann. Ich bin Psychiater und schreibe eine wissenschaftliche Arbeit über Selbstmord.«

»Sabine hat sich nicht umgebracht …«

»Das wollte ich mit Ihnen besprechen, genau das!«

»Wir wollen unsere Ruhe, bitte.«

Die Frau legt auf. Den restlichen Nachmittag kann ich mich nur mehr schwer auf meine anderen Patienten konzentrieren. »Sabine hat sich nicht umgebracht …«, hat sie gesagt. Eltern, die sich den Tatsachen verschließen, um keine Schuldgefühle zu haben?

Der Selbstmord eines Angehörigen verursacht unter den nahestehenden Verwandten schwere Schuldgefühle und Selbstvorwürfe, den Tod nicht verhindert zu haben. Die werden auch Sabines Eltern haben, deshalb die Leugnung des Selbstmordes: »Es darf nicht sein, was nicht sein darf.« Selbstmörder sind egoistische Monster, die ihre Umgebung mit zerstören.

Als die letzte Patientin versorgt ist und ich mich durch eine Ausrede aus Mutters Abendprogramm herausgeschwindelt habe – ich treffe noch Michael – verlasse ich die Praxis im Eilschritt. Mutter findet zwar, dass Michael nicht der richtige Mann für mich ist (»Er kann dich nicht versorgen …«), aber angesichts der Tatsache, dass ich schon überstandig bin, findet sie, er sei besser als keiner.

Ich sage mir zwar, dass es dreist ist, trauernde Eltern am Abend zu belästigen, aber die Trauer wird am nächsten Morgen auch nicht weniger sein. Außerdem müssen sie mir ja nicht öffnen. Egal, ich will die Leute kennenlernen.

Ist es so, dass ein schöner Mensch, wie Sabine K., größere Neugierde in mir hervorruft als ein hässlicher? Würde ich am Leben einer achtzigjährigen Frau auch so interessiert sein? Nein, ich würde keine weiteren Erkundigungen einholen, außer es hätte sich um Marlene Dietrich gehandelt. Jugend und Liebreiz sind selbst post mortem noch reizvoller als Alter und Runzeln.

Wieder U-Bahn, diesmal charmant angefüllt mit der hoffnungsvollen Zukunft unserer Stadt, die gepierct und tätowiert, die weibliche zusätzlich mit naildesignten Fingernägeln in Adlerkrallenlänge, vorgeglüht Richtung Megadisco fährt. Immerhin erscheinen sie lebensfroh, zumindest was die Lautstärke betrifft.

Sabines Eltern leben in Kagran, da, wo die Wiener Mittelschicht sich ein Domizil in einer Reihenhaussiedlung leisten kann. Die Lieblgasse ist menschenleer. Um diese Zeit sitzt man vor dem Fernseher und schaut Zeit im Bild. Ich läute an der Gartentür der Familie Katz. Erstaunlicherweise surrt der automatische Türöffner und ich kann den Vorgarten betreten. Eine Frau in meinem Alter, Mitte vierzig, flott gekleidet, attraktiv, steht in der Eingangstür. Die Ähnlichkeit mit Sabines Fotos auf den Internetseiten ist verblüffend. Auch den Altersunterschied sieht man kaum. Die Mutter muss sehr jung gewesen sein, als Sabine auf die Welt kam.

»Grüß Gott, Dr. Liebekind-Spanneck, ich habe heute angerufen wegen meiner wissenschaftlichen Arbeit, die ich gerade schreibe. Ich wollte Sie noch etwas über Ihre Tochter Sabine fragen …«

»Kommen Sie herein. Ich habe mich über Sie erkundigt.«

»Aha, und was haben Sie über mich in Erfahrung gebracht?«

»Dass Sie nicht so eine sind …«

»Was für eine?«

»So eine wie die anderen Psychiater. Deshalb könnte es sein, dass Sie mir glauben, dass sich Sabine nicht selber umgebracht hat.«

»Ich will alles über Ihre Tochter wissen.«

Sabines Mutter begleitet mich ins Wohnzimmer. Ich glaube, wir sind uns sympathisch. Auf einer Wohnlandschaft ruht ein Mann, wohl der Gatte von Frau Katz. Sabines Vater, schließe ich. Ich gebe ihm die Hand:

»Schönen Abend, Herr Katz. Liebekind-Spanneck.«

»Hm? Hallo … Bin ich nicht …, nicht Herr Katz.«

Der Vater ist er also nicht, er wirkt auch mäßig interessiert an meinem Besuch. Frau Katz deutet mir, ihr zu folgen.

»Wir setzen uns in die Küche, da höre ich auch die Kleine besser. Sie schläft schon.«

Das wusste ich nicht. Gibt es da eine Waise? Umso schlimmer.

Frau Katz serviert mir ein Glas Wasser, während ich mein Tablet öffne.

»Stört es Sie, wenn ich mir Notizen mache?«

»Notieren Sie ruhig. Sabine hat sich nicht umgebracht. Sie war eine sehr vergnügte Frau. Sie war glücklich mit ihrer Tochter.«

»Wie alt ist das Kind?«

»Pia ist drei Jahre.«

»Und der Vater?«

»Wissen wir nicht, Sabine wollte ihn nicht bekannt geben. Ich habe das respektiert.«

»Mhm …«

»Sie glauben mir nicht? Ich habe das wirklich respektiert. Sabine wusste auch nicht, wer ihr Vater ist. Deshalb steht es ihr ebenfalls zu, Piechens Vater nicht zu nennen.«

»Ich habe nichts gesagt.«

»Sie schauen skeptisch.«

»Man kämpft immer mit seinen Vorurteilen. Das ist es.«

»Sie sind wenigstens ehrlich.«

»Ja, das Vater-Mutter-Kind-Schema ist schwer aus dem Kopf zu kriegen, auch bei einem Psychiater.«

»Psychiaterin.«

»Psychiater, no gender, ein Beruf, aus.«

»Okay.«

»Piechen ist ein schöner Name, ungewöhnlich.«

»Und Piechen ist ein ungewöhnliches Kind.«

»Bei dieser Mutter und Großmutter ...«

»Sie brauchen nicht zu schmeicheln, ich erzähle Ihnen auch so alles. Ich zeige Ihnen was.«

Frau Katz setzt sich neben mich.

»Darf ich?«

Sie dreht das Tablet zu sich und tippt etwas darauf ein. Auf YouTube sind Ausschnitte aus verschiedenen Theaterproduktionen, in denen Sabine mitgespielt hat, zu sehen. Frau Katz ist stolz auf ihre Tochter. Sie klickt von Video zu Video weiter, während sie die Szenen kommentiert.

»Da wurde sie sogar im Standard erwähnt und da hat sie ein Filmproduzent gesehen. Er wollte sie unbedingt, aber Sabine konnte nicht, da sie gerade einen Vertrag bei einer Puppenproduktion unterschrieben hatte. War blöd von ihr, da vertragstreu zu bleiben. Aber so war sie, immer ehrlich. Zu ehrlich für diese Branche und zu naiv.«

»Was meinen Sie damit?«

»Na, dass sie ausgenutzt wurde. Mir hat sie ja nie viel erzählt, weil sie wusste, dass ich froh gewesen wäre, wenn sie etwas anderes gemacht hätte. Ich bin sicher, dass sie oft hineingelegt wurde.«

»Haben Sie einen Verdacht, von wem?«

»Nein, niemand bestimmter. Ich denke, dass alle Theater- und Filmmenschen zuerst an sich denken und dann erst an ihre Versprechungen. Der Markt ist eng und jeder schaut, dass er überleben kann.«

»Und Ihre Tochter war nicht so egoistisch?«

»Nein, leider nein. Sie hätte das letzte Hemd für ihre Freunde gegeben. Mein Fehler, ich hätte sie anders erziehen sollen. Aber umgebracht hat sie sich sicher nicht.«

»Wer behauptet eigentlich, dass sie Selbstmord begangen hat? Ist der Fall nicht untersucht worden?«

»Die Polizei und die Lebensversicherung, vor allem ihre Versicherung. Sabine hatte eine Lebensversicherung für Piechen abgeschlossen. Meistens musste ich mit Geld für die Prämien aushelfen, da es sich bei ihr nicht ausging. Aber sie wollte, dass Piechen versorgt ist und ich auch.«

»Oh je! Die Versicherung versucht, sich vor dem Zahlen zu drücken?«

»Genau, bei Selbstmord gibt es kein Geld.«

»Aber das kann doch nicht sein, das müssen die doch beweisen.«

»Tun sie auch. Es gibt ein Gutachten eines Ihrer Kollegen, wo er im Nachhinein feststellt, dass es Hinweise für eine erhöhte Suizidalität bei ihr gab. Dabei kannte er sie gar nicht.«

»Schweinerei. Wie heißt der Kollege?«

»Anonym, scheint nur in den Polizeiakten mit Namen auf. Vielleicht kriegen Sie raus, wie er heißt?«

»Ich werde mich darum kümmern. Aber, wenn es nicht Selbstmord war, was war dann die Ursache?«

»Ich vermute einen Unfall, ausgerutscht oder so. Sabine ging dreimal die Woche, immer Montag, Mittwoch und Freitag frühmorgens, so um sechs herum, am Donaukanal joggen. Da schlief Piechen immer bei mir.«

»Und ein Verbrechen?«

»Das schließe ich aus. Sabine hatte keine Feinde, alle Menschen haben sie geliebt.«

»Ich meine einen Fremden, der ihr aufgelauert hat. Am Donaukanal, in der Früh ...«

»Glaub ich nicht, Sabine konnte sich wehren. Ich habe sie schon als Kind zum Judo geschickt. Sie hatte den schwarzen Gürtel.«

»Ja, unwahrscheinlich. Laut Obduktionsbericht gab es ja auch keine Hinweise für eine Gewalteinwirkung oder einen Kampf.«

»Ich möchte nur, dass Piechen zu ihrem Recht kommt.«

»Ich verspreche Ihnen, dass ich den Namen des Gutachters herausbekomme. Außerdem werde ich mir sein Gutachten durchlesen. Ich habe meine Kontakte.«

Frau Katz verzieht ihren Mund zu einem dankbaren Lächeln.

»Wie Sie schon sagten, ich bin nicht ›so eine‹.«

Ich stehe auf, um zu gehen. Frau Katz begleitet mich noch zur Tür.

Der Mann auf der Wohnzimmercouch – also nicht Sabines Vater, wahrscheinlich auch nicht der Ehemann von Frau Katz, weil ja Mutter und Tochter denselben Namen haben – würdigt mich keines Blickes. Ich verabschiede mich laut von ihm: »Schönen Abend noch.« Als Antwort bekomme ich ein unverständliches Grunzen. Frau Katz entschuldigt ihn.

»Er meint es nicht so, hat viel um die Ohren ...«

Na ja, mehr als seine Lebensgefährtin kann er wohl nicht um die Ohren haben, dieser Misanthrop. Ich sage mir, der Mann geht mich nichts an, und verbeiße mir einen Kommentar. Am Gartentor verabschieden wir uns:

»Ich vertraue Ihnen. Schönen Abend!«

»Ich verspreche Ihnen, ich tue, was ich kann. Auf Wiedersehen.«

Am Weg zur U-Bahn-Station Rennbahnweg verwünsche ich alle Männer, die schlecht gelaunt auf dem Sofa liegen und ihre Frauen allein im Unglücksregen stehen lassen, so wie der von Frau Katz. Meiner tut das nicht. Deshalb rufe ich ihn an.

Mir wäre jetzt nämlich noch nach einem abendlichen Absacker mit meinem vergnügten, unbekümmerten Mann, der die Leichtigkeit des Seins zu seinem Credo erhoben hat. Ich sehe es als Michaels Bestimmung, mich aus dem Sumpf der Trostlosigkeit zu ziehen! Wozu sonst habe ich einen jüngeren Liebhaber?

Michael hebt nicht ab. So wie meistens. Handy verlegt, ausgeschaltet oder auf lautlos.

Ich habe ihm dieses Handy geschenkt, damit ich ihn immer erreichen kann. Drum heißt es auch Alma-Handy. Michael mag keine Handys, denn er möchte sich nicht von Anrufern stören lassen. Er behauptet, das mache seine Konzentration kaputt. Lächerlich! In Wirklichkeit will er einfach nicht gestört werden, wenn er Siesta macht, Fernsehserien schaut oder am Computer spielt.

Ich koche vor Wut. Heute mache ich Schluss, endlich.

Ich steige in die U1, um nach Hause zu fahren. Gerade als ich beim Schwedenplatz in die U4 umgestiegen bin, ruft er zurück. Ich beherrsche mich, ihm nicht laut eine Szene via Handy zu machen, da ich mich vor den anderen Leuten in der U-Bahn geniere. Wäre wohl egal, denn es versteht mich wahrscheinlich sowieso niemand.

»Lebst du noch?«

»Wieso soll ich nicht leben?«

Michael merkt an meinem Ton, dass ich sauer bin.

»Bist du böse?«

»Ich bin nicht böse, ich bemerke nur dein Desinteresse. Wieso hebst du nicht ab?«

»Oh Gott, eine Szene ...«

»Ich habe dir extra das Alma-Handy gekauft, damit ich dich erreichen kann. Außerdem könntest du dich auch melden.«

»Wir haben uns heute früh gesehen. What's the problem?«

»Ich wollte noch auf einen Aperolspritz, aber jetzt bin ich schon fast zu Hause.«

»Ich komme schon. Was hast du?«

»Du brauchst nicht zu kommen, wenn du nicht willst.«

»Ich will aber, was hast du?«

»Ich hatte einen schweren Tag. Du liegst den ganzen Tag herum und ich hackle mich zu Tode.«

»Musst du ja nicht.«

»Du verstehst gar nichts ...«

Aus, Verbindung beendet, entweder kein Empfang oder er hat aufgelegt. Heute mache ich Schluss, das ist fix.

Vor meiner Wohnung in der Rembrandtstraße bekomme ich ein SMS: »Ich eile.«

Das besänftigt mich ein wenig. Vielleicht mache ich heute doch noch nicht Schluss.

Da die Putzfrau nicht gekommen ist, was mich immer sehr verärgert – sie hätte zumindest anrufen können –, raffe ich meine herumliegenden Klamotten und das benützte Geschirr zusammen, um mein Image als ordnungsliebende Frau aufrechtzuerhalten. Ich möchte nicht, dass Michael glaubt, dass ich auch so ein Chaot bin wie er. Dann könnte ich mich nicht mehr über seine Unordnung beklagen.

Gerade als ich es geschafft habe, ein Potemkinsches Dorf der Ordnung herzustellen, läutet es. Ich drücke den Türöffner. Michael hat keinen Schlüssel zu meiner Wohnung, da ich auf meinem eigenen Reich bestehe. Es könnte ja sein, dass ich wirklich mit ihm Schluss mache und dann das Schloss austauschen müsste. Nur Mutter hat einen Schlüssel, zum Blumengießen und auch deshalb, weil ich mich nicht traue, ihn ihr wegzunehmen.

Ich öffne die Tür, er nimmt mich in seine Arme und anstatt mit ihm zu schimpfen, beginne ich zu schluchzen. Warum? Die innere Spannung lässt nach und ich bin geborgen. Mit jeder Träne verlässt der Schmutz der Welt meine Seele. Ich glaube, dass mich die Fähigkeit zu weinen bisher davor bewahrt hat, so wie viele meiner Kollegen kalt und hart zu werden. Denn es ist ein schmutziges Geschäft, in dem ich arbeite. Das Wühlen in den Abgründen der menschlichen Seele macht einen selber auch schmutzig. Nur, dass Händewaschen nichts hilft.

Einen Aperolspritzer bekomme ich nicht – kein Aperol zu Hause –, aber ein Glas Veltliner und einen liebevollen Mann, der mir gelassen zuhört, während ich ihm von Leichen, Hypochondern und einer schönen Selbstmörderin, die sich vielleicht gar nicht selber ermordet hat, erzähle.

»Wieso bezweifelst du eigentlich die Selbstmordtheorie?«

»Bauchgefühl.«

»Hm, das ist nicht wirklich überzeugend.«

»Empirie, Erfahrung.«

»Auch nicht.«

»Ich mag die Mutter, ziemlich normal.«

»Mutter normal? Dann müsstest du dich bei deiner Mutter schon lange umgebracht haben.«

»Ich bin Psychiater, das ist so wie lebenslanger Selbstmord.«

»Gut, dass du kein Kriminalinspektor geworden bist.«

»Wieso?«

»Weil deine Verdauung einem Richter nicht als Beweis dienen würde.«

»Ich werde es beweisen.«

Dann noch ein Glas Veltliner, dazu ein Käsebrot, und die Welt ist wieder rosarot. Ich schlafe neben Michelangelo ein, obwohl das Bett nicht gemacht ist.

Um fünf Uhr wache ich aus physiologischen Gründen auf, der Veltliner und das Mineralwasser fordern ihren Tribut. Es ist schon fast hell. Ich weiß nicht, was in mich gefahren ist, aber ich muss, ich muss mich – ohne Zähneputzen – in mein Joggingoutfit werfen, den Obduktionsbericht aus meiner Handtasche ziehen und Richtung Donaukanal laufen. Am Donaukanal bleibe ich stehen und lese zuerst einmal, was da über die Fundstelle der Leiche steht: »Die mit einem zerrissenen T-Shirt und halblanger Turnhose bekleidete Leiche von Sabine Katz wurde am Ufer des Donaukanals in Höhe der Strandbar Herrmann gefunden. Die Leiche wurde offenbar angeschwemmt, wobei sich das linke Bein in einer Baumwurzel verfangen hat.«

Da muss ich hin. Ich werde zuerst von der Augartenbrücke am linken Donaukanalufer bis zur Franzensbrücke laufen und dann über die Urania auf der anderen Seite zurück. Ich jogge den ausgetretenen Treppelweg ganz nahe am Wasser entlang, da ich annehme, dass Sabine auch diesen Weg genommen hat, falls sie nicht, wie von der Polizei angenommen, wirklich von einer der Brücken ins Wasser gesprungen ist.

Aber das möchte ich eben nicht glauben.

Der Wasserstand des Donaukanals ist so hoch, dass der Pfad gerade mal zehn bis zwanzig Zentimeter darüber liegt. An manchen Stellen sieht man, dass die Ufervegetation komplett mit getrocknetem Schlamm überzogen ist. Also war vor circa einer Woche der Pegel durch das Hochwasser noch höher. Auch jetzt wirkt der Kanal noch immer wie ein reißender Fluss.

Also: Wenn ich jetzt ausrutschen und hineinfallen würde und ich keinen Baum zum Anklammern fände, dann könnte es ohne Weiteres sein, dass ich mitgerissen würde und ertränke. Ich bin in meiner Unfalltheorie bestärkt. Für mich ist es gewiss, dass Sabine ausgerutscht, ins Wasser gefallen, abgetrieben wurde und dabei ertrunken ist.

Ein banaler Unfall! Kein Selbstmord, kein Mord, einfach nur ein Missgeschick.

Nach dieser Erkenntnis ziehe ich es vor, oben auf dem asphaltierten Uferweg weiterzulaufen, denn da fühle ich mich sicherer. Der Weg unten ist doch sehr verwachsen, es könnte mir ungesehen schnell mal ein böser Mann auflauern. Ich sage mir zwar: »Wer soll um diese Zeit Appetit auf eine mittelalterliche Joggerin haben?« Die betrunkenen Sandler schlafen noch ihren Rausch aus und die wenigen anderen Läufer schauen auch nicht wie Männer aus, die sich sportlich fit halten, damit sie eine weibliche Joggerin einholen können, um sie dann in die Büsche zu ziehen.

Nur, warum ist Sabine unten gelaufen und nicht oben am Weg? Sie muss ja direkt am Wasser gewesen sein, denn sonst hätte sie nicht hineinfallen können. Dann wäre meine Unfalltheorie hinfällig. Also doch Selbstmord? Oder Mord?

Vielleicht ist sie doch unten gelaufen, von einem bösen Mann überfallen, in die Büsche am Ufer gezerrt, beinahe vergewaltigt und dann ins Wasser geschubst worden? In der Obduktion gibt es keine Anzeichen für eine Vergewaltigung, deshalb »beinahe vergewaltigt«. Es gibt auch sonst keinerlei Hinweise für irgendeine Gewaltanwendung. Keine Kampfspuren wie Hämatome, Kratzer, ausgerissene Haare oder dergleichen. Nein, sie ist einfach nur ertrunken.

Schade! Muss ich mich eben damit abfinden, dass es sich um einen banalen Selbstmord handelt. Ich tröste mich damit, dass ich so einen Fall mehr für meine Publikation habe. Trotzdem, ich bezweifle den Suizid.

Schön ist so ein Morgen. Ein Erlebnis, das ich mir öfter gönnen sollte. Man vertut sich die schönen Seiten des Lebens immer durch die eigene Bequemlichkeit. Die Überwindung der Faulheit schenkt einem Augenblicke, die kostbar, weil nicht mit Geld zu bezahlen sind. Ob es wie heute die Sonne ist, die zwischen den Büschen die Luft erwärmt und mir die Ahnung von Sommer schenkt, oder auch ein Löffel selbst gemachter Marillenmarmelade, der den Tag schon beim Frühstück versüßt. Selbst gemacht muss sie allerdings sein – als Belohnung für die Überwindung meiner bequemen Kochphobie.

Bei der Franzensbrücke angelangt, fühle ich mich schon großartig. Nicht nur wegen der Glücksgefühle durch meine heroische Überwindung der Bettanziehungskraft, sondern auch weil ich mir sage, dass ich durch die erhöhte Fettverbrennung zwei Scheiben Marillenmarmeladebrot statt einer Scheibe zum Frühstück essen darf – mit nüchternem Magen laufen verbrennt angeblich mehr Fett. Meine Marillenmarmelade ist selbst gemacht, wenn auch von Mama. Trotz meiner frühkindlichen Abgrenzungsproblematik ihr gegenüber kann ich diese Dienstleistung locker von ihr akzeptieren. Ich tue einfach so, als ob ich die Marillen selber eingekocht hätte.

Der Morgenverkehr hebt an. War es noch schön ruhig beim Hinweg, so beginnt jetzt der Verkehrslärm zu rauschen. Jetzt kann sich keine Vogelstimme mehr gegen den Motorenlärm durchsetzen. Bin ich froh, dass ich schon am Rückweg bin!

Sonst bemerke ich die Geräuschkulisse beim Laufen ja gar nicht, weil ich Musik höre. Da ich aber mein Handy in der Wohnung vergessen habe, gibt es auch keinen Beethoven, der meine Schritte beflügelt. Rund um die Strandbar Herrmann finde ich auch nichts Interessantes, zumindest nicht was Sabine K. betrifft. Außer Bierdosen, Tschickstummeln, kaputten Gläsern, dazwischen verdaute und unverdaute Speisereste, ist da nichts, auch keine Leiche. Riechen tut es allerdings so, als ob sich die vermodernden Überreste von halb Wien hier abgelagert hätten. Lebenslustige Freigeister haben gestern Nacht in der Strandbar offenbar ihnen entsprechende Geschenke hinterlassen.

Nach der Urania führt der Weg entlang der U-Bahn. Otto Wagner würde sich im Grab umdrehen, wenn er sehen könnte, wie seine stilvoll gestalteten Wände der ehemaligen Stadtbahnlinie von dilettantischen Sprayerschnörkseln verunstaltet sind. Angesichts dieser Schändungen durch verdummte Halbwüchsige frage ich mich, ob da nicht eine Generation von Eltern völlig versagt hat. Ist es reaktionär, von Jugendlichen Respekt vor der Schönheit zu verlangen? Was bewegt diese Kinder zu glauben, dass ihre Schmierereien das Recht haben, Otto Wagners Ästhetik zu überdecken? Ist die individuelle Anarchie ein Menschenrecht oder einfach nur ein Diebstahl an der Gesellschaft?

Die Regeln macht der Zeitgeist und der war halt lange von der 68er-Generation geprägt. Die Auswirkungen dieser eigentlichen »Nichtregeln« erlebe ich täglich in meiner Ordination. Wie viel zufriedener wären viele meiner Patienten, wenn man ihnen beigebracht hätte, dass man nur dann auf Dauer geliebt wird, wenn man für die Zuneigung seiner Mitmenschen eine Gegenleistung erbringt. Auch die Sympathie ist nur ein Geschäft! Diese armen Patienten glauben, dass sie ein Naturrecht auf die Zuwendung der Gesellschaft und der anderen Zeitgenossen haben. Sie erwarten sich, für das Ausleben ihrer egomanischen Bedürfnisse auch noch geliebt zu werden. Das passiert aber nie, deshalb werden sie depressiv. Dann bekommen sie von der Krankenkasse bezahlte Zuwendung, von einem Profi, von mir. Meine Liebe wird in Einheiten (Position 314) abgerechnet, solange sie der Chefarzt bewilligt.

Während dieses geistigen Schwenks in die Analyse der Sprayer-Persönlichkeit bin ich bis zur Augartenbrücke gelangt. Ab da ist es endlich rechts und links vom Kanal natürlich grün. Auf Bäume sprayt es sich offenbar schlecht. Die werfen einfach ihre Blätter ab und weg ist die Schmiererei. Die Natur ist eine Frustrationshürde für jeden Sprayer.

Ist Sabine Katz von der Augartenbrücke gesprungen? Von der Friedensbrücke? Die Friedensbrücke kommt nicht infrage, die hat ein zu hohes Glasgeländer. Sich von der Roßauerbrücke zu werfen, wäre einfach, genauso vom Augartensteg. Eigentlich kommen alle Brücken ab der Schemerlbrücke in Betracht.

Sabine wohnte in der Pappenheimgasse, in Brigittenau, also auf der linken Seite des Donaukanals. Die nächstgelegene Möglichkeit, um ins Wasser zu springen, wäre also die Brigittenauer Brücke gewesen. Da kommt man auch leicht über das

Geländer drüber. Das wäre logisch, wenn die Katz sich wirklich umgebracht hat.

Bis zur Brigittenauer Brücke werde ich aber nicht laufen, denn das Marillenmarmeladebrot – oder zwei – mit einem Häferlkaffee (Wie kann man nur Caffé Latte sagen?) schreien nach Verzehr.

Ich überquere die Augartenbrücke hin zu »meiner« Seite.

Obwohl die Rembrandtstraße nur fünf Minuten zu Fuß vom vornehmen Servitenviertel entfernt ist, ist die Atmosphäre ganz anders. Das liegt am bunten Mix aus Yuppies, Migranten und den letzten Urwienern. Aber die Urwiener sterben weg und die Häuser werden von Projektentwicklern für die Yuppies hergerichtet. Auf den Dächern erblühen die Dachterrassenwohnungen, die, wenn auch etwas billiger als auf der anderen Seite des Kanals, die Gegend hip werden lassen. Bei mir im Haus wohnen finster, da im Erdgeschoß, die Türken, im ersten und zweiten Stock noch die Urwiener mit Friedenszins und im dritten, schon entwickelten Geschoß so Leute wie ich, die sich die private Wohnung im Servitenviertel nicht leisten wollen. Man kann sagen, der Lichteinfall in den Behausungen steigt mit dem Einkommen der Bewohner. Mein Appartement ist schon recht hell, aber nicht so hell wie ober mir das im Dachgeschoß, das schon einer Dauerbeschattung bedarf. Wenn ich die Helligkeit der Wohnungen in Relation zum Einkommen setze, dann bin ich sogar besser dran als die ganz oben, denn ich brauche meinen Reichtum noch nicht wie sie hinter Jalousien zu verstecken.

Der Ausbau des Dachbodens hat mir gleichzeitig einen Lift beschert. In der Vorliftära blieb mir gar nichts anderes übrig als zu Fuß zu gehen. Jetzt bedarf es der täglichen Überwindung meiner Bequemlichkeit, dass ich mich die Stiegen hochzwinge. Meistens siegt jedoch mein Über-Ich! Auch heute gehe ich zu Fuß. Noch zehn Kalorien für meine Marillenmarmelade verbrannt!

Eigentlich gut gelaunt, wird meine Stimmung durch den vorwurfsvollen Gesichtsausdruck meines Michael gedämpft, der, noch in Unterhosen, öffnet, als ich an der Tür läute. Den Schlüssel hatte ich auch vergessen.

»Wieso hebst du nicht ab?«

»Hm? Wer soll mich um sechs anrufen?«

Niemals würde ich zugeben, dass ich das Handy vergessen habe.

»Du hast das Handy vergessen, gib's zu. Und mir Vorwürfe machen, dass ich nie erreichbar bin!«

»Ich hab es doch nicht gebraucht.«

Mir ist nicht nach Auseinandersetzung, deshalb küsse ich ihn auf den Mund, obwohl weder ich noch er Zähne geputzt haben. Normalerweise ein No-Go. Er wendet sich ab. Oh je, schlechte Laune, nicht ausgeschlafen, Morgentief, Kopfschmerzen oder sonst was.

»Mir ist nach Frühstück, dir auch?«

»Nichts im Kühlschrank.«

»Wieso, ich hab doch die Marille.«

»Mir ist nach sauer ...«

»Gut, dann gehe ich eben duschen.«

»Dein Telefon hat mich geweckt.« Michael klingt vorwurfsvoll. Ich verziehe mich, bevor ich zu keifen beginne.

»Die Nummer am Display kenne ich nicht.«

Ich eile zum Handy und schaue nach – ich auch nicht!

2. Kapitel

Unter der Dusche stehend, hallen die Worte von Sabines Mutter in meinem schamponierten Kopf nach: »Ich vertraue Ihnen ..., ich vertraue Ihnen ...« Trotz besseren Wissens – ich möchte mich nicht in einen Versicherungskrieg verwickeln lassen – eile ich mit ungeföntem Haar, kaum abgetrocknet und ohne Frühstück aus der Wohnung, um noch vor Ordinationsbeginn in der Polizeidirektion am Schottenring vorzusprechen. Da ich nicht schneller bin, wenn ich mich dem morgendlichen Gerangel in den Öffis aussetze, marschiere ich zu Fuß über die Augartenbrücke Richtung Schottentor. Überdies werden dann meine Haare inzwischen naturgetrocknet sein, was bei meiner praktischen Kurzhaarfrisur genau fünfzehn Minuten bei einer Außentemperatur von 22 Grad, sagt das Handy, dauern wird. Am Weg zum Kommissariat wuschle ich die Haare mit beiden Händen durch, dann schauen sie wie gestylt aus. Oh je, ich habe Michael vergessen. Der wird mir mein Verschwinden, ohne mich liebevoll verabschiedet zu haben, übel nehmen. Aber was muss er auch sofort wieder ins Bett verschwinden? Wenn er mir ein Frühstück gerichtet hätte, wäre ihm als Dank ein Marillenmarmeladekuss zum Abschied sicher gewesen.

Ich mag Polizisten. Dafür, dass sie immer nur unfreundlich behandelt werden, sind sie erstaunlich geduldig. Meine Sympathie für sie und ihre Arbeit müssen meine Kontaktleute in der Polizeidirektion spüren, denn im Gegensatz zu meinen anderen Gutachterkollegen mögen die Kommissare mich ebenfalls. Jedenfalls hatte ich noch nie Probleme mit ihnen. Ich überlege, wen ich wegen der Katz ansprechen soll. Die Polizei darf eigentlich keine Informationen an nicht beteiligte Außenstehende weitergeben. Unmittelbarer Ansprechpartner wäre ja der Polizeiarzt Dr. Würzl, aber der ist ein unterbelichteter Trottel, der schon im Studium alle Prüfungen nur aufs zweite Mal geschafft hat. Gerade bei Gerichtsmedizin ist er gar nur kommissionell durchgekommen. Was ihm an Intelligenz fehlt, macht er aber durch Arroganz wett. Drum: Ich werde die Frau Oberinspektor Sacherl ansprechen. Mit Erika verbindet mich unsere gemeinsame Abneigung gegen Würzl und unsere Vorliebe für die Vinothek Brioni, wo wir uns gelegentlich treffen. Im Büro von Erika erfahre ich leider von ihrem Sekretariat, dass sie heute auf Schulung ist. Also doch der Würzl, denn unverrichteter Dinge möchte ich nicht gehen. Mit dem Würzl bin ich noch immer per Sie. Ich habe allen seinen Versuchen, mit mir bei diversen Studienkollegentreffen auf das Du anzustoßen, widerstanden. Beruflich ein Fehler, privat ein Gewinn.

Würzl lässt mich vor seinem Büro warten, obwohl ich weiß, dass da sicher niemand drin ist. Das braucht er, um mir seine Macht zu demonstrieren. Soll er, ich werde mich wie ein Mäuschen gebärden und mir lieber die Zunge abbeißen, als wie beim letzten Treffen eine Anspielung auf die von ihm bei einem Opfer übersehene Stichwunde zu machen. Endlich darf ich rein. Da sitzt er hinter seinem leeren Schreibtisch, den nur eine vertrocknete Grünlilie ziert.

»Nehmen Sie Platz!«

Er dirigiert mich auf den Delinquentensessel, obwohl er auch eine Sitzgarnitur zu Besprechungszwecken in seinem Büro hat. Gehorsam setze ich mich.

»Danke, dass Sie sich Zeit für mich nehmen.«

»Selbstverständlich, meine Pflicht! Welchen Suizid wollen Sie mir herausreißen?«

So viel Zynismus hätte ich ihm gar nicht zugetraut.

»Sie sind sich wohl darüber im Klaren, dass ich nicht verpflichtet bin, Ihnen bei Ihrer Publikation unter die Arme zu greifen. Das ist reine Gefälligkeit.«

Ich sage mir, Alma bleib cool, lass dich nicht provozieren …

»Ja, dafür bin ich Ihnen auch sehr dankbar. Ich werde Ihre Unterstützung natürlich in meinem Vorwort erwähnen, als Kollege.«

»Als Co-Autor?«

Also, da muss ich jetzt tief durchatmen. Der Mensch will mich erpressen, was sonst?

»Hm, so hatte ich das nicht gedacht, mehr so, quasi als … hm, zum Beispiel: Ich danke für die Unterstützung durch Chefarzt Dr. Würzl …«

»Co-Autor …«

Wenn Würzl pokern möchte, das kann ich auch.

»Sabine Katz. Ich möchte das Gutachten lesen.«

»Den Fall kenne ich nicht.«

Er lügt.

»Ich denke drüber nach. Ich, hm, meine … wegen der Co-Autorenschaft bei meiner Publikation. Das Gutachten Katz lässt sich nicht ausheben, oder?«

Würzl greift zum Telefon.

»Bringen Sie mir den Akt Katz und einen Espresso.«

Ich weiß jetzt schon, dass der Espresso nicht für mich ist. Oh Gott, wie ich diese Machtspielchen hasse!

»Danke, das ist sehr nett, ich hatte noch kein Frühstück.«

»Ach, Sie wollten auch einen. Da hätten Sie was sagen sollen.«

Er greift zum Hörer.

»Noch einen Espresso!«

Zu mir: »Mit Milch, Zucker?«

»Milch, bitte!«

Würzl gibt die Informationen weiter und lächelt mich verkniffen an. Ich lächle verkniffen zurück.

»Danke.«

»Gerne … Durchs Reden kommen die Leute zusammen.«

Ich nicke. Wie wurstle ich mich da jetzt raus? Nie und nimmer nenne ich den als Co-Autor. Egal, jetzt einmal den Akt. Bis die Veröffentlichung fertig ist, hat ihn womöglich irgendein nächtlich Betrunkener statt meiner erwürgt und ich mache mir umsonst Gedanken.

Die Sekretärin bringt den Akt und zwei Kaffeetassen, keine Milch. Ich sage nichts.

»Bitte schön«, er schiebt mir den Kaffee an seine Schreibtischkante, sodass ich, um zu trinken, aufstehen muss. »Milch ist aus.«

»Macht nichts.«

Der Akt liegt vor ihm. Er klopft mit den Fingern darauf. Ich sage mir, nur nicht so tun, als ob ich sehr neugierig wäre. Ich halte den Espresso in den Händen und rühre gelassen mit dem Löffel in der

Tasse, obwohl es da nichts zu rühren gibt. Dazwischen trinke ich mit Minischlucken, um die Zeit zu dehnen. Ich denke, wenn du mich auf die Folter spannen willst, bitte, das kann ich auch. Er öffnet das Deckblatt des Akts, genau so, dass ich nichts lesen kann.

»Schlimm«, meint er und macht wieder zu: »Schlimm!«

Ich mache eine tragische Miene.

»Ja, schlimm. Es ist immer schlimm, wenn ein Mensch sich was antut.«

»Da hat die Psychiatrie wieder einmal versagt.«

Okay, ich verstehe den Seitenhieb. Er hat es ja nicht bis zum Facharzt geschafft.

»Und wer war der Gutachter?« Oh je, das war zu forsch. Ich dürfte gar nicht wissen, dass da ein posthumes Gutachten gemacht wurde.

»Hm, das darf ich nicht sagen, Amtsgeheimnis, leider.«

»Kein Problem, spielt ja keine Rolle. Hätte mich nur interessiert, ich meine fachlich, was meine Kollegin dazu meint.«

»Kollege …«

»Ach so. Eindeutig Selbstmord? Kein Zweifel?«

»Kein Zweifel, aber wie gesagt, Datenschutz …«

»Wenn Sie mitpublizieren, auch?«

»Ich kann mich vom Amtsgeheimnis in dringlichen Fällen befreien lassen. Müsste man ansuchen. Ist aber langwierig, schwierig …«

»Verstehe. Nur bei Dringlichkeit. Ist der Fall Katz dringlich? Versicherungstechnisch, meine ich.«

»Wie kommen Sie darauf?«

»Nur so, bei Suizidgutachten ist ja oft eine Versicherung der Auftraggeber.«

»Gutachterlich gibt es keinen Zweifel an der Selbsttötung. ICD F31.5.«

»War die Tote in stationärer Behandlung? Ich meine, kurz vorher?«

»Ich habe schon zu viel gesagt. Sie verstehen, Datenschutz. Stationär, ja.«

Das habe ich nicht erwartet. Sabine Katz war also schon in einem psychiatrischen Krankenhaus. Michael hatte doch recht, wenn er meinte, dass mein Bauchgefühl einem Richter nicht als Beweis dienen würde. Okay, das war's dann. Dann brauche ich mir auch keine Gedanken mehr über Würzls Co-Autorenschaft zu machen. Die Katz ist einfach nur ein Fall für meine Suizidforschung. Die Krankengeschichte kann ich selber auf der Baumgartnerhöhe ausheben lassen. Ich stehe auf, stelle die Tasse auf Würzls Schreibtisch, strecke ihm meine Hand hin, die er verwirrt ergreift, und verabschiede mich.

»Danke, war sehr aufschlussreich. Auf Wiedersehen.«

Würzl schluckt, erhebt sich aus seinem Bürosessel und will mich aufhalten. Aber ich bin schon bei der Tür draußen.

»Hm, Frau Dr. hm, Spanner, hm Lieb...«

Als ich die Treppe hinunterrenne, nehme ich zwei Stufen auf einmal, nur weg von diesem Waterloo. Der Anblick eines Fahndungsfotos, das an der Wand gegenüber dem Stiegenaufgang hängt, bremst mich ein.

Ein unscharfes Bild, offenbar mit dem Handy gemacht, das einen Mann von hinten zeigt, der einen weiblichen Körper über seine Arme gelegt trägt. Unter dem Foto steht:

»Wer kennt diesen Mann oder diese Frau? Am 7.6.2013 knapp nach 6 Uhr wurde diese Person dabei beobachtet und fotografiert, wie sie einen weiblichen Körper am rechten Donaukanalufer unterhalb der Brigittenauer Brücke entweder aus dem Wasser gezogen oder ins Wasser geworfen hat. Sachdienliche Hinweise an die Polizeidirektion Wien, Frau Oberinspektor Sacherl.«

Am 7. Juni? Am 7. Juni? Das war doch drei Tage, bevor die Katz gefunden wurde. Und noch dazu früh morgens? Und Hochwasser?

Ich triumphiere, denn mein Bauchgefühl könnte recht behalten. Beweis hin oder her, auf die Intuition kommt es an und auf die Freude am Psychopuzzle.

Ich muss Erika Sacherl anrufen. Erika hebt nicht ab, klar Schulung. Ich simse:

»Muss treffen bring. A.«

Kurz darauf vibriert mein Handy: »Was heißt bring?«

Ach Gott, die blöde Worterkennung. Ich werde es nie schaffen, ein fehlerloses SMS zu schreiben. Mühselig tippe ich Buchstaben für Buchstaben ein: »Brioni.«

»Super, wann?«

»Beneide.« Schon wieder! Bevor ich wieder ein »Was heißt« bekomme, schaffe ich es »abends« zu tippen.

»19h?«

»Ok.«

Ok schreibt mein Handy ohne Fehler. Klar, ist ja auch kein Schriftdeutsch. All die elektronischen Kommunikationsmöglichkeiten, wie das Handy, bringen uns nur den Untergang der Sprachkultur, meint zumindest meine Mutter. Darum lehnt sie Handys apodiktisch ab. Sie meint, dass wir uns bald nur mehr in Kürzeln unterhalten werden: Okay, grins, brr, hm, ha, holla usw. Auch die medizinischen Diagnosen werden abgekürzt: PSD; ADHS; PAVK ... Ich heiße ALS (Alma Liebekind-Spanneck), aber ich könnte auch Amyotrophe Lateralsklerose, eine neurologische Erkrankung, an der man innerhalb von sieben Jahren stirbt, heißen. Um ein Zeichen gegen diese Unkultur zu setzen, ist Mutter Mitglied eines Blogs im Internet, wo sie Witze aus dem Deutschen ins Lateinische übersetzt. Sie ist überzeugt, dass sie damit einen erzieherischen Akt setzt, der die elektronische Sprachwüste mit humanistischem Gedankengut bewässert. Zwar richtige Worte, die aber ebenfalls keiner versteht.

In meiner Ordination angekommen, nervt meine Mutter mich sofort. Diesmal beschwert sie sich, dass ich nie abhebe.

»Hast du angerufen?«

»Musste ich doch, ich weiß, dass du immer verschläfst, wenn dein ›Liebhaber‹ bei dir ist.«

»Was heißt ›Liebhaber‹? Ich kann auch ohne deinen Weckruf aufstehen.«

»Konntest du noch nie.«

Mutter dreht sich beleidigt weg und tut so, als ob sie hochnotpeinlich am E-Card-Terminal herummachen müsste.

»Können wir?«

»Wenn es Frau Doktor genehm ist, dann können wir.«

Ich kontere scharf: »Wir können!«

Ich muss endlich einmal klarstellen, dass ich hier das Sagen habe. Deshalb eile ich geschäftig in mein Sprechzimmer. Da warte ich einmal, denn Mutter lässt sich absichtlich Zeit mit dem Aufrufen der ersten Patientin. Außerdem verweigert sie mir die genaue Reihenfolge meiner Klienten auf dem Bildschirm, wo ich normalerweise sehen kann, wer drankommt. Ich rufe sie in der Anmeldung an.

»Ich hab es nicht so gemeint, bitte entschuldige.«

Sofort erscheint der Name der Patientin und der der anderen auf meinem Bildschirm und – oh Wunder – die Dame tritt ein.

Ich arbeite bis 13 Uhr durch und esse dann brav die Tirolerknödel, die mir Mutter hinstellt. Nachmittags schreibe ich an meiner Publikation. Ich bin unkonzentriert, denn ich fiebere dem Treffen mit Erika entgegen. Mutter merkt, dass was nicht mit mir stimmt. Sie bringt mir Kaffee und Erdbeerkuchen, obwohl sie weiß, dass ich auf mein Gewicht achte.

»Die Erdbeeren waren so schön«, meint sie entschuldigend und streicht mir über den Kopf. Das mag ich gar nicht. Genauso wenig, wie wenn sie mir mit ihrem Spuckefinger die Brösel von meiner Wange wischt. Ich sage mir: »Alma, es ist Zeit, dass du dich wehrst.« Aber ich bin gedanklich zu sehr mit der Katz beschäftigt, als dass ich eine Beziehungsdebatte provozieren möchte. Drum bedanke ich mich gequält und denke, es ist am besten, wenn ich ihr was zu tun gebe.

»Mama, bist du ein Schatz? Könntest du die Baumgartnerhöhe anrufen und den Krankenakt einer Sabine Katz, geb. 21.4.1986, wohnhaft Pappenheimgasse, ausheben lassen?«

»Aber das ist ja gar keine von uns ...«

Mutter unterscheidet die Patienten von uns und die von den anderen. Die von den anderen werden schlechter von ihr behandelt, die müssen warten.

»Sie ist eine meiner Suizidanten.«

»Wenn ich dir einen Rat geben darf ...«

»Danke, ich brauche keinen Rat. Ich weiß, was du meinst.«

Sie dreht sich gekränkt um und nimmt den Kuchen mit, als sie mein Büro verlässt. Ich schreie ihr nach: »Sabine Katz, geb. 21.4.1986, wohnhaft Pappenheimgasse.«

Ich brauche mir keine Sorgen zu machen, auch wenn sie mault, wird sie mir zuverlässig die Krankengeschichte besorgen. Mutter lehnt meine wissenschaftliche Tätigkeit ab, da sie kein Geld einbringt und sie sicher ist, dass ich nie habilitiert werde. »Leere Kilometer«, meint sie.

Wahrscheinlich hat sie sogar recht, aber ich brauche meine wissenschaftliche Wichtigmacherei für den Selbstwert.

Kaum ist sie draußen, ruft sie mich an.

»Dringend?«

»Ja«, ich lege auf. Jetzt möchte *sie* eine Beziehungsdebatte, aber ich will nicht.

Das Brioni ist voll. Voll mit Menschen und mit Rauch, den diese Menschen mit ihren Zigaretten herausblasen. Raucherlokale sind immer voll. Raucherlokale sind eine Marktlücke. Wenn ich ein Lokal hätte, dann nur ein Raucherlokal. Ich selber bin Nichtraucherin und den Rauch mag ich auch nicht. Aber die militante Verteufelung der Raucher weckt in mir eine Protesthaltung, die mich mit ihnen solidarisch werden lässt. Als ob wir nicht andere Sorgen als das Rauchen hätten? Für die Kosten des Gesundheitssystems sind die Raucher ein Segen. Sie verursachen weniger Pensionsmonate, werden zu keinen Pflegefällen, da sie vorher sterben, und tun sich was Gutes, weil das Nikotin gut gegen Parkinson ist – falls sie das Alter dafür erleben.

In diesen Rauchschwaden sitzt Erika und tschickt. Erika ist eine schlanke – klar, raucht ja – Mittvierzigerin, die privat eher einer Diva als einer Polizistin ähnelt. Sie ist immer perfekt gestylt. Ihre Klamotten sehen immer teuer aus und das Make-up ist zwar üppig, aber nicht geschmacklos. Von Erika bekomme ich die besten Adressen für Second-Hand-Shops für günstige Designerware. Ich kaufe da zwar nie ein, aber ich tue so, als ob ich da gewesen wäre, aber nichts für mich gefunden hätte. Erika ist ein netter Mensch und lustig. Sie winkt mir durch die Rauchschwaden zu: »Alma, hier!«

Wenn man schon länger im Brioni gesessen ist, haben sich die Augen an den Dunst gewöhnt. Ich bin noch ziemlich blind. Nachdem wir uns auf beide Wangen geküsst haben, deutet sie auf ihre Jacke: »Kenzo, saugünstig.«

Ich heuchle Begeisterung: »Super, steht dir super!«

»Es gibt auch eine von D&G in Blau, perfekt für deine Augen.«

Keine Ahnung, was D&G heißt, aber ich nicke begeistert.

»Morgen geht es sich leider nicht aus.«

»Ich ruf die Erni an, sie soll sie dir zurücklegen, kein Problem.«

»Danke, ich bin momentan knapp bei Kasse. Einkommensteuervorauszahlung.«

Ich setze mich. Der Wirt kommt und fragt: »Wie immer?«

»Wie immer.« Wie immer bedeutet: ein Achtel Veltliner. Dazu bestelle ich einen italienischen Vorspeisenteller. Ich darf ja, da Mutter mir den Kuchen weggenommen hat.

»Hm, seit wann isst du abends was?«

»Heute darf ich und außerdem ist die Hälfte für dich.«

»Ich darf aber nicht! Meine Uniform spannt. Ich möchte nicht auf 38 aufsteigen, das wäre mir peinlich. Das ganze Kommissariat würde sich das Maul zerreißen.«

»Du isst nur den Schinken, der hat keine Kohlehydrate. Was war das für ein Seminar heute?«

»Oh Gott, wenn ich da anfange, dann ist mir der ganze Abend verdorben.«

»Um was ist es gegangen?«

»Gesprächsführung in Konfliktsituationen.«

»Also? Was du sagst, wenn dir einer das Messer hineinstechen will?«

»Genau! Ein blässlicher Psychologe mit wässrigem Blick bringt uns den Umgang mit ›Menschen in Ausnahmesituationen‹ bei.«

Ich äffe so einen Psychologen nach: »Denken, fühlen, handeln.«

»Ja, vor allem fühlen. Für heute bin ich ausgefühlt.«

»Das ist gut. Mir geht's mit dem Denken so. Und handeln tu ich heute auch nicht mehr, nur trinken. Prost!«

Mit Erika bin ich immer sofort entspannt. Wir lachen und schimpfen und machen uns über die anderen lustig und lachen und essen und lachen. Beinahe hätte ich vergessen, weshalb ich mich mit ihr getroffen habe. Nach dem dritten Achtel reiße ich mich am Riemen und setze an, über das Foto zu sprechen. Es ist mir unangenehm, denn ich selber mag es auch gar nicht, wenn ich in meiner Freizeit von jemandem beruflich belästigt werde. Aber es nützt nichts, ich muss mit ihr drüber reden.

Ich werde ernst: »Erika es ist mir unangenehm, gerade jetzt ...«

Erika seufzt: »Du hast schon wieder Zoff mit Michelangelo?«

Ich schüttle den Kopf: »Immer, aber ...«

»Mach endlich Schluss.«

»Nein, es ist beruflich.«

»Okay! Dann will sich der Würzl bei deiner Publikation hineinpressen. Das kannst du nicht zulassen.«

»Auch, aber es geht um das Foto.«

»Was für ein Foto?«

»Das mit dem Mann am Donaukanal mit der Leiche auf den Armen.«

»Ach, das meinst du? Hochwasser.«

»Ich vermute da was.«

»Keine Gespensterfantasien, heute. Ich warne dich. Sonst wende ich an dir sofort an, was der Psychologe mir heute beigebracht hat. Und dann ist es aus mit lustig.«

Sie legt meine Hand auf ihr Herz: »Fühl mal ...«

Ich ziehe meine Hand weg: »Im Ernst, erzähl mir was über diesen Fall. Bitte!«

Erika schaut mich böse an.

»Wir hatten doch ausgemacht, dass wir im Brioni niemals über Leichen sprechen werden, außer, wie wir unsere Liebhaber beseitigen würden.«

»Ich weiß, es tut mir leid. Aber es ist eine Ausnahme, ich schwöre.« Ich hebe meine rechte Hand zum Schwur.

»Die Linke auf den Tisch!«

Ich lege meine linke Hand gehorsam auf den Tisch. Das Kreuz hinter meinem Rücken habe ich schon vorher gemacht. Lügen kann ich noch immer nicht ohne schlechtes Gewissen – die katholische Schule lässt grüßen.

»Also gut, aber nur zehn Minuten. Ich lasse mir von dir nicht diesen Abend versauen.«

Erika zündet sich die nächste Zigarette an, ein Zeichen, dass sie sich ihre Laune verbessern möchte. Nikotin setzt im Gehirn nämlich Glückshormone frei. Ein Flash aus Serotonin, Dopamin und Endorphinen versetzt den Nucleus accumbens in einen Miniorgasmus (mental allerdings), der leider nur kurz anhält, da die Botenstoffe gleich wieder abgebaut werden. Drum braucht das Raucherhirn gleich wieder Nachschub.

»Kann ich den Akt haben? Dann brauchst mir gar nichts erzählen.«

»Da ist nicht viel da. Ein angeblicher Fischer …«

»Wieso angeblich?«

»Na, der hat bei diesem Hochwasser doch nach was anderem gefischt, als nach Fischen …, Spanner, nehme ich an.«

»Sagst mir, wie er heißt?«

»Nicht im Traum. Ich bin die Kommissarin, nicht du.«

»Ich glaube, ich weiß, wer die Tote vom Foto ist.«

»Und ich weiß, dass dir wieder einmal deine Fantasie durchgeht. Wer sagt außerdem, dass die tot ist? Die haben geschnackselt.«

»Die Frau auf dem Foto heißt Sabine Katz.«

»Interessant. Wer ist das?«

»Ihre Leiche wurde am 10. Juni bei der Strandbar Herrmann angeschwemmt. Und sie hat sich angeblich am 7. Juni ertränkt. Angeblich …«

»Na und?«

»Na, am 7. wurde dieses Foto gemacht, steht am Fahndungsbild, Frau Kommissar.«

»Oje, schon wieder eine Selbstmörderin, die ›ermordet‹ wurde.«

»Bitte, Erika, bitte geh dem nach … Ich habe mit der Mutter der Katz gesprochen, die schließt einen Suizid aus.«

»Das tun die Verwandten immer, sonst müssen sie sich ja Vorwürfe machen. Wer hat den Akt?«

»Würzl.«

»Okay, ich tu's, damit du endlich einmal einsiehst, dass die Realität und deine Fantasie zwei verschiedene Paar Schuhe sind. Versprichst du mir was?«

Ich lege die linke Hand auf den Tisch und schwöre mit der rechten. Unter dem Tisch verkreuze ich die Beine.

»Alles …«

»Bitte schreib deine Gerichtsgutachten, aber spiel dich nicht als Detektivin auf.«

»Ich schwöre!«

»So, und wann besuchst du die Erni wegen der D & G-Jacke?«

Auch ohne Detektivin zu sein, bin ich mir sicher, dass die Erika Prozente von ihren Second-Hand-Tandlern bekommt.

»Wenn du dir den Akt Katz durchgelesen hast ...«

Als ich zu Hause beschwingt die Tür aufsperre, erwartet mich Michael. Zuerst bin ich gerührt, dass er den ganzen Tag aus Liebe auf mich gewartet hat, doch dann schießt es mir durch den Kopf: Ich habe ihn morgens eingeschlossen. Wie rette ich mich aus dieser Situation? Spannung liegt in der Luft. Michael setzt zum Angriff an, zu Recht. Aber ich möchte mich nicht entschuldigen. Ich tue so, als wenn nichts wäre. Ich falle ihm um den Hals und küsse ihn, dass ihm die Luft wegbleibt. Er versucht mich wegzudrücken, aber ich sauge mich an seinen Lippen fest, dass er gar nichts sagen kann. Dabei drücke ich mich ganz eng an seinen Unterleib. Das wirkt auf Männer doch immer besänftigend, vor allem, wenn sie erst Mitte dreißig sind. Er weicht mir aus, obwohl ich zusätzlich handgreiflich werde.

»Lass das ...«

Ich tue erstaunt.

»Was hast du? Ich war mit der Erika was trinken, nur wir beide, kein Mann.«

»Stell dich nicht so blöd.«

»Ich verstehe nicht ...«

»Du hast mich eingesperrt.«

»Wieso?«

»Du hast mich in deiner Wohnung eingeschlossen, ich konnte nicht weg.«

»Oh Gott, das tut mir leid. Hast du Hunger?«

»Das auch, aber ich habe meinen wichtigen Termin mit einem Verleger versäumt.«

»Hm? Wieso hast du nicht angerufen?«

»Du … hast … dein … Handy … hiergelassen.«

»Dann hättest du in der Ordination von meinem Handy aus anrufen können. Oder von deinem …, dem Alma-Handy.«

»Dein Handy war ausgeschaltet.«

Ich versuche mich zu erinnern, ob ich das Handy irrtümlich ausgeschaltet habe, als ich die unbekannte Nummer am Display gesehen habe. Kann sein. Ich war hektisch.

»Und deines?«

»Kein Akku mehr …«

Ich schaue schuldbewusst und strecke ihm meine Hände entgegen.

»Es tut mir leid. Bist du sehr hungrig?«

Michael nickt. Dann lacht er.

»Du verdienst eine Tracht Prügel!«

Er versucht, mich über das Knie zu legen. Ich renne durch die ganze Wohnung, er hinter mir her. Dabei streife ich einen Blumenstock mit meiner Handtasche, die ich noch immer nicht weggelegt habe, von einer Konsole. Der Übertopf aus Porzellan zerspringt und die Erde verteilt sich auf dem Parkettboden. Aber das ist mir auch egal. Michael hat mich erwischt und zerrt mich zum Sofa, wo er mich quer über seinen Schoß legt. Ich tue so, als ob ich mich wehren würde, als er mir auf den Hintern klopft. Mir wird ganz heiß unter seinen Händen. Immer heißer, ganz heiß, als er mir die Hosen hinunterschiebt, und am heißesten, als er sie ausgezogen hat. Was dann passiert, ist die logische Folge, wenn Mann und Frau engen Körperkontakt haben. Vielleicht sollte ich Michelangelo nächste Woche wieder unabsichtlich einsperren?

Als ich am nächsten Morgen aufwache, sitzt Michael an unserem Bett und serviert mir Kaffee und ein Marmeladebrot. Verschlafen küsse ich ihn auf die Wange und stehe auf. Ich nehme ihm das Tablett ab und trage es ins Esszimmer. Er folgt mir.

»Was machst du da?«

»Ich mag keine Brösel im Bett …«

Michael seufzt: »Dir kann man es nie recht machen.«

»Außerdem habe ich es eilig.«

Ich stopfe das Brot in meinen Mund und spüle mit Kaffee nach. Währenddessen sammle ich meine Kleider zusammen und beginne mich schon anzuziehen. Michael steht kopfschüttelnd da, weil ich leider die Erde vom Vorabend durch die ganze Wohnung verteile. Er deutet auf den Boden: »Diese Schweinerei hast du gemacht. Das war nicht ich, alles klar?«

Ich nicke mit vollem Mund und würge das Frühstück hinunter. »Könntest du das bitte saubermachen? Ich bin viel zu spät.«

»Nur, wenn du mir nie mehr vorwirfst, dass ich der Chaot von uns beiden bin.«

»Verspreche ich! Du bist kein Chaot.«

Ich fahre mir mit beiden Händen durch die Haare, um mich zu stylen, das muss für heute Vormittag reichen. Michael steht mit meinem Handy in der Hand vor der Tür und wirft es mir in die Handtasche.

»Vergiss es nicht.«

Ich drehe vor der Tür nochmal um und suche das Alma-Handy, das ich wiederum ihm demonstrativ in die Hand drücke: »Damit wäre unsere Kommunikation gerettet, falls du es auflädst und abhebst. Und …«, ich küsse ihn auf den Mund, »ich liebe dich«. Und schon bin ich weg – ohne zuzusperren.

Auf meinem Handy ist wieder die unbekannte Nummer. Der Anrufer hat es sieben Mal versucht. Ich rufe nicht zurück, denn ich nehme an, dass es ein Patient ist, der irgendwie meine Privatnummer herausbekommen hat. Zurückrufen fange ich mir erst gar nicht an! Wenn die was wollen, dann sollen sie in der Ordination anrufen. Mutter freut sich, wenn sie den kostenpflichtigen Rat einer lebensweisen Mittachtzigerin geben darf. Bei Mutter ist nichts gratis. »Was nichts kostet, ist nichts wert«, meint sie und ihr

Rat hat den Wert von vierundachtzig Lebensjahren. Und sie hat immer recht!

Ich steige in die U4 und fahre Richtung Justizanstalt Wien-Mittersteig. Der Fall von vorgestern, der mit dem Handydiebstahl, der leider tödlich ausgegangen ist, bedarf noch einer genaueren Exploration, sonst macht mich der Verteidiger zur Schnecke. Bei den § 20 Rechtsbrechern (also Unzurechnungsfähigkeit) liegt der Ausgang einer Verhandlung immer am Gutachten. Dementsprechend pingelig sind die Verteidiger. Bei diesem Fall ist sowohl der Mörder klar als auch die Leiche da und somit die Tat nicht zu leugnen, also bleibt nur der Tatbestand der Unzurechnungsfähigkeit, mit dem sich der Anwalt profilieren kann. Der Anwalt möchte, dass sein Klient stockbesoffen war und damit unschuldig ist. Den Gefallen werde ich ihm nicht tun.

Ich verabscheue sowohl den Körper- als auch den Blickkontakt mit anderen Öffi-Benutzern und betrachte es als eine Zumutung, dass ich durch deren Telefonitis belästigt werde. Als allerdings mein Handy klingelt, hebe ich ab, da es Erika ist. Ich werde mich aber kurzhalten.

»Hallo?«

»Guten Morgen!« Erika singt förmlich ins Telefon, sie scheint sehr fröhlich zu sein.

Ich flüstere: »Bin in der U-Bahn. Wenn es lang dauert, ruf ich später zurück.«

»Nicht nötig, wollte dir nur sagen, dass an dem Selbstmord nicht zu zweifeln ist. Vergiss es!«

»Weshalb?«

»Deshalb! Aus!«

»Wer war der Gutachter?«

»Würzl.«

Ich flüstere nicht mehr.

»So ein Schwein! Mir gegenüber tut er so, als ob er nichts damit zu tun hätte. Klar, der wurde von der Versicherung bestochen.«

Rund um mich starren mich die anderen Öffi-Passagiere interessiert an. Ist mir auch egal, denn ich koche.

»Hör auf Alma, lass es sein, das bringt nichts.«

»Den lass ich auffliegen.«

»Das Gutachten ist aber in Ordnung.«

Jetzt schreie ich.

»Verdammt noch mal, der ist nicht einmal Psychiater, ein halbdebiler Polizeiarzt, ein Schnösel ohne Kenntnisse!«

Erika unterbricht mich: »Ist ja schon gut. Beruhige dich. Er ist nicht schuld. Die war bipolar.«

Ich seufze: »Danke trotzdem, aber ...«

»Nichts aber, du lässt das sein, okay?«

»Okay, bis bald.«

»Vergiss nicht auf die Jacke bei der Erni.«

»Ja, ja, hab ich ja versprochen.«

Ich lege auf. Ich bin frustriert, sehr frustriert, immens frustriert, am frustriertesten. Ich werde mich damit abfinden müssen, dass der Würzl einem unschuldigen Waisenkind die finanzielle Basis für eine gute Ausbildung zunichtegemacht hat. Der kriegt sicher was von der Versicherung.

Man muss das Gutachten anfechten, *man* muss ein Gegengutachten schreiben, *man* muss den Mörder, von dem es sogar ein Bild gibt, finden, *man* muss den Fall in die Hand nehmen. *Man* bin ich.

Ich rufe Sabines Mutter an. Sie hebt nicht ab, aber ich hinterlasse eine Nachricht am Beantworter: »Bitte rufen Sie mich zurück.« Ich werde es noch einmal versuchen, wenn ich mit dem Handydieb fertig bin.

Das Interview mit dem Raubmörder verläuft wie beim letzten Mal: zäh. Es ist sehr schwierig, über einen Delinquenten etwas zu erfahren, wenn er entweder nicht sprechen will oder aber, wie bei dem, einen so geringen Wortschatz hat, dass er nicht mehr als:

»Woas net, konn net, wül net …«, sagen kann. Ich bin jedenfalls nicht gescheiter als vorgestern. Egal, ich werde ein Gutachten zusammenschustern, ohne ihm die volle Unzurechnungsfähigkeit zu bescheinigen. Wenn jeder im Vollrausch so unzurechnungsfähig wäre wie er und jemanden umbringen würde, dann wären wir schon ausgerottet.

Am Weg zurück zur U-Bahn versuche ich es noch einmal bei Frau Katz. Wieder nichts. Gut, dann werde ich zuerst einmal die Krankengeschichte von der Baumgartnerhöhe durchlesen, hoffentlich ist sie schon eingelangt.

Heute hat Mutter für mich die Tiroler Knödel noch einmal aufgewärmt – mit Sauerkraut. Das Sauerkraut liebe ich zwar, ich nehme aber Abstand davon, es zu konsumieren, da ich eine Abneigung gegen menschliche Abgase hege. Es muss diskret entsorgt werden. Leider mögen die Tauben kein Sauerkraut. Deshalb kommt es in den Container mit den gebrauchten Spritzen. Da kann es gemeinsam mit den Blutresten vor sich hin gären.

Ich bin heute besonders freundlich zu Mutter: »Oh, fein, ich hatte schon so lange kein Sauerkraut. Hast du es mit Speck gemacht?«

»Ich habe es extra vom Naschmarkt geholt. Und mit Speck! Alles für mein Kind!« Den letzten Satz spricht sie extra laut, damit die Patienten im Wartezimmer auch hören können, dass sie alles für ihr Kind macht. Sie küsst mich auf die Stirn. Ich atme tief durch.

»Mami«, flöte ich, »hast du die Krankengeschichte?«

»Hab ich, mein Schatz, liegt schon am Schreibtisch.«

Ich küsse sie zurück auf die Wange. Alles gut, Gott sei Dank.

Statt mich mit Essen aufzuhalten, schlage ich die Krankengeschichte der Katz auf und beginne zu lesen. Zuerst das übliche Blabla, diktiert von einem Turnusarzt. Ich denke mir oft, Krankengeschichten müssen viele unnötige Buchstaben beinhalten, damit man sich nicht festlegen muss. Das überblättere ich, dann alle Laborbefunde – viele Laborbefunde. So als ob der Cholesterinwert etwas mit einer psychischen Erkrankung zu tun hätte. Viele Laborbefunde sollen darüber hinwegtäuschen, dass die klinische, zeitaufwendige Untersuchung zu kurz kommt. Ich verstehe es, aber ich heiße es nicht gut. Mir macht die Rederei mit meinen Klienten oft auch keinen Spaß. Trotzdem tue ich es, denn dafür werde ich bezahlt und dafür habe ich diesen Job gewählt. Ich hätte ja auch Kanalräumer werden können.

Sabine wurde unfreiwillig auf die Allgemeinpsychiatrische Aufnahme- und Therapiestation Pavillon 21/2 gebracht. Sie habe paranoide Ideen geäußert, sich verfolgt gefühlt, ohne genaue Angaben über den Verfolger zu machen. Man nehme an, dass sie auch Stimmen gehört habe, das habe sie allerdings immer bestritten. Außerdem sei sie im Ductus beschleunigt gewesen und zerfahren. Man habe eine akute Selbstgefährdung angenommen und sie deshalb auf der geschlossenen Abteilung untergebracht. Die Stimmung sei ängstlich gefärbt depressiv gewesen. Man habe sie mit einem Neuroleptikum ruhig stellen müssen. Nach drei Tagen sei sie auf die offene Abteilung verlegt worden, von wo sie nach einer Woche nach Hause entlassen wurde. Im Entlassungsbefund wird ihr eine deutliche Besserung ihrer paranoiden Ideen und der Stimmung bescheinigt. Sie sei kooperativ gewesen und wurde auf ein Depotneuroleptikum sowie einen SSRI eingestellt.

Als Entlassungsdiagnose steht ICD F31.5, also bipolare affektive Psychose. Komisch, passt irgendwie nicht zur Paranoia.

Mich würde interessieren, wer Sabine einweisen ließ. Das wird ihre Mutter wissen.

Eine stationäre unfreiwillige Aufnahme erfolgt nur nach polizeiärztlicher Genehmigung. Man kann nicht so einfach irgendjemanden, der einem unliebsam ist, auf die Psychiatrie abschieben. Normalerweise ist es eher so, dass Menschen, die eigentlich einer Beschränkung bedürften, aus rechtlichen Gründen nicht eingesperrt werden, was oft deren Suizid oder eine Gefährdung ihrer Umgebung zur Folge hat. Ich muss die Mutter erreichen.

Dieses Problem löst sich schneller als gedacht. Auf meinem Computerdisplay erscheint als nächster Patient: »Katz Elisabeth 3436 130965«, mit dem Kommentar meiner Mutter: »Habe sie eingeschoben, dachte, es interessiert dich, was sie post mortem zu ihrer Tochter zu sagen hat. Audiatur et altera pars.« Danke Mutter, aber ich brauche keinen lateinischen Rat. Ich rufe Frau Katz auf. Sie betritt mein Sprechzimmer. Sie scheint nervös. Ich deute ihr, sich zu setzen, und gebe ihr die Hand.

»Grüß Gott, bitte schön ...«

»Hallo, ... ich, hm ...«

»Fein, dass Sie gekommen sind, ich habe schon mehrmals versucht, Sie telefonisch zu erreichen.«

»Eigenartig, bei mir am Telefon habe ich nichts gesehen.«

»Ich habe bei der gleichen Nummer wie das letzte Mal angerufen. Egal, Sie sind ja jetzt da.«

»Es tut mir leid, dass ich Ihnen nicht gesagt habe, dass Sabine schon in Behandlung war. Aber ich dachte, dass Sie ihren Fall dann nicht weiter verfolgen würden.«

»Da haben Sie recht. Ich habe für Sie herausbekommen, wer der Gutachter der Versicherung war.«

»Danke. Sie müssen mir glauben, Sabine war nicht krank. Sie war ein fröhlicher Mensch.«

»In ihrer Krankengeschichte steht, dass sie sich verfolgt fühlte. Hat sie mit Ihnen darüber gesprochen?«

»Ja, sie hat einmal gesagt, dass sie das Gefühl hätte, beobachtet zu werden.«

»Und? Wer sollte das sein?«

»Das wusste sie nicht. Sie hat nur gemeint, dass sie mehrmals einen Mann bemerkt hat, der hinter ihr herging. Und dass sie vom Fenster aus bemerkt hat, dass ihr Haus fotografiert wurde.«

»Aber Sie sagten doch, dass Sabine keine Feinde hatte.«

»Stimmt, deshalb war sie ja so verunsichert.«

»Wissen Sie, wie sie zum Vater ihrer Tochter stand?«

»Ich weiß nicht, wer er ist, und ich bin sicher, dass sie keinen Kontakt mehr zu ihm hatte.«

»Könnte es sein, dass dieser Mann, wie soll ich sagen, dass der, na ja, dass der sie verfolgte, weil er …?«

»Keine Ahnung.«

»Ich meine, es gibt viele Männer, die eine Trennung nicht verkraften.«

»Darüber hat sie nie gesprochen. Sie wollte ja auch nicht, dass Piechen – meine Enkelin – je erfährt, wer er ist.«

»Sie scheint nicht viel vom Kindesvater gehalten zu haben.«

»Das ist sicher so. Vielleicht war er auch nur ein One-Night-Stand. Ich kenne ihn nicht.«

»Kann es sein, dass es irgendein Kollege von ihr, ein Schauspieler, war?«

»Möglich. Können Sie mir jetzt den Namen des Gutachters sagen?«

»Es ist Herr Dr. Würzl. Polizeiarzt.«

Frau Katz springt vom Sessel auf.

»Kennen Sie ihn?«

Sie marschiert unruhig vor meinem Schreibtisch hin und her.

»Der Würzl ist ein Bekannter meines Lebensgefährten. Er macht manchmal Gutachten für ihn.«

»Wieso? Was macht Ihr Lebensgefährte?«

»Er ist Versicherungsagent.«

»Und die Lebensversicherung? Ist die von ihm?«

»Ja, er hat gemeint, dass es gut wäre, wenn Sabine eine zugunsten der Kleinen abschließen würde. Zur Sicherheit.«

»Na bravo! Das ist ja interessant.«

»Ich muss mit ihm reden.«

»Mit dem Würzl brauchen Sie nicht zu reden, der wird Sie nicht empfangen.«

Frau Katz schüttelt den Kopf: »Nicht mit ihm, mit Herwig.«

»Ihrem Freund?«

Die Augen der Katz werden wässrig, sie versucht Haltung zu bewahren. Sie unterdrückt ihre Tränen, gepresst meint sie: »Besonders gute Konditionen hat er Sabine gemacht ...«

Ich werde nicht weiter in sie dringen, denn mit der Enttäuschung über ihren Liebhaber muss sie selber fertigwerden. Was sagt Mutter immer: »Amor facit caecus!«

»Ich hätte noch eine Bitte: Können Sie mir eine Liste der Theater schicken, an denen Sabine zuletzt gespielt hat?«

Frau Katz nickt.

»Mach ich. Per Mail, die Links?«

»Ja, bitte, das wäre mir am liebsten. Hier ist meine Karte, da steht alles drauf.«

Ich komplimentiere sie aus meinem Sprechzimmer, denn auf meinem Display erscheint folgendes Insert: »Wartezimmer platzt und ich auch bald, wenn du dich nicht beeilst.«

Ich gebe ihr noch die Hand und öffne die Tür: »Alles Gute! Wenn Sie was brauchen, Sie haben ja meine Nummer.«

Das ist wirklich ein Hammer, der Liebhaber der Mutter verrät die Tochter. Womöglich steckt er auch noch hinter der Einweisung auf die Psychiatrie? Und hat den Würzl dafür bezahlt, dass der ihm eine hieb- und stichfeste Begründung liefert, dass im Falle des Falles die Versicherung nicht bezahlt werden muss. Es ist gar nicht so ungewöhnlich, dass Versicherungen Verträge abschließen, von denen sie im Vorhinein wissen, dass sie nie zur Auszahlung kommen werden, da im Nachhinein die Bedingungen nicht erfüllt sind. Wie viele Zusatzversicherungen mussten keine Spitalskosten übernehmen, da die Versicherungsnehmer nicht wussten, dass ein Ausschließungsgrund, zum Beispiel eine chronische Krankheit, vorliegt?

Gauner! Gauner! Gauner!

Mein Arbeitsnachmittag zieht sich. Da ich durch die Katz aufgehalten wurde, bin ich stark im Zeitverzug und kann nicht einmal Erika anrufen, um sie zu bitten, dass sie mir eine Kopie des Fahndungsfotos mit dem Frauenkörper schickt. Irgendwie bin ich immer noch überzeugt, dass diese Person Sabine ist und der Mann ihr Mörder. Der Kindesvater? Eifersucht? Rache? Aber auch der Freund ihrer Mutter scheint mir nicht ganz koscher. Die These, dass Sabine keine Feinde hatte, scheint so nicht zu stimmen. Wie so oft wünscht man sich eine heile Welt! Und den Selbstmord kann ich realistischerweise auch nicht ausschließen.

Um Punkt vier machen Mutter und ich immer eine Pause, geschehe, was da wolle. Das heißt, Mutter zwingt mich zur Pause und zu einem Kaffee, den sie mir mit oder ohne Kuchen in mein Sprechzimmer bringt. So auch heute, wie immer. Draußen warten die verärgerten Patienten. Es ist immer das gleiche Ritual. Sie deckt zwei Sets auf meinen kleinen Beistelltisch, der vor meinem Sofa steht. Darauf platziert sie die Tassen. Die Kanne kommt auf ein extra Set. Falls es Kuchen gibt – heute Marillenstrudel –, wird noch ein Untersetzer auf den Tisch gelegt, denn es könnten sich Ränder auf der Tischplatte bilden. Ich habe ihr schon x-mal erklärt, dass das Tischchen nur von Ikea ist und aus Resopal, also wasserfest und mit einem Entsorgungsablaufdatum. Das geht ihr aber nicht mehr in den Kopf.

»Wir achten auf die Form, denn diese gibt uns einen Rahmen für unser Schaffen«, erklärt sie mir. Und die Form bestimmt natürlich sie.

Heute deckt sie besonders bedeutungsvoll und ich nehme an, dass sie mir eine wichtige Mitteilung, sprich einen unerwünschten Rat, zu machen hat.

»Ich kann deine Gedanken lesen«, erklärt sie mir, »du hast da was mit der Katz. Ich habe die Krankengeschichte studiert, das ICD gefällt mir auch nicht. Dir auch nicht?«

Ich seufze, ich habe keine Zeit, Mutter lange Erklärungen abzugeben. Ich versuche es kurz: »Sie hat sich am 7. Juni ertränkt.«

»Wer sagt das?«

»Die Polizei.«

»Und du, sagst du das auch?«

»Ja.«

»Eben nicht! Ich kenne dich, du hast ein Haar in der Suppe gefunden, oder?«

»Mama, ich kann mich jetzt nicht mit langen Erklärungen aufhalten, ich erzähle es später.«

»Gut, hier ist der Strudel.«

»Danke, aber ich möchte ihn erst, wenn ich fertig bin, essen. Draußen staut es sich.«

Ich schütte meinen Kaffee hinunter und verbrühe mir die Zunge. Deshalb stürze ich zum Waschbecken, halte meinen Kopf darunter und kühle meinen Mund.

»Das kommt davon, wenn man hudelt.«

Sie demonstriert anhand ihres Kaffees, wie man die heiße Flüssigkeit ohne Schaden zu sich nimmt. Sie taucht den Löffel ein, nimmt ein wenig von der Brühe auf, bläst darauf, schiebt dann den Löffel in den Mund und schluckt hinunter. Dann lächelt sie mich triumphierend an: »Gar nicht so heiß!«

Ich schicke ein Stoßgebet zum Himmel, atme tief durch, trage meine Tasse zu meinem Schreibtisch und setze mich dahinter.

»Danke Mama, aber ich warte lieber, bis er von selber kalt wird.«

»Davon wirst du aber auch nicht mehr schöner ...«

Sie räumt beleidigt die Utensilien unseres Kaffeekränzchens auf ihr Tablett und verzieht sich. Den Marillenstrudel nimmt sie mit.

»Den wollte ich doch anschließend essen! Lass ihn da, bitte.«

»Wenn du mir nicht vertraust, dann brauchst du auch keinen Kuchen.«

»Maamaa ...«

Es soll mir einer diese Logik erklären. Was hat der Kuchen mit

Vertrauen zu tun? Und warum muss sie mich immer bestrafen, wenn ich meine Gedanken nicht nackert vor sie hinlege? Warum darf ich nicht wie andere Menschen etwas für mich behalten? Und wieso muss ich einen heißen Kaffee mit dem Löffel schlürfen?

Ich rufe in der Rezeption an: »Ich werde von kaltem Kaffee schöner!« und knalle den Hörer auf das Telefon. Gerade als die nächste Patientin mein Sprechzimmer betritt, bekomme ich das Mail von Frau Katz mit mehreren Links zu Off-Theatern, in denen Sabine gespielt hat.

Da werde ich mir gleich eine Vorstellung heraussuchen, um in diesem Umfeld zu recherchieren. Meine Wut auf meine Mutter hat sich ein wenig gelegt und um sie zu versöhnen, werde ich sie ins Theater einladen. Ich gehe nämlich nicht gerne allein ins Theater. Erstens wird Mutter darauf achten, dass wir heute ausnahmsweise die Ordinationszeit nicht überziehen, denn wenn sie ein Abendprogramm hat, sind wir immer pünktlich fertig, zweitens ist Theater meistens sowieso fad und drittens will ich in der Theaterbar mit jemandem über das Stück schimpfen können. Es gibt keine bessere Gefährtin als Mutter, wenn man über eine Inszenierung herziehen möchte. Immerhin war sie jahrzehntelang Statistin in der Oper und kennt sich aus.

Ich schicke ihr eine Nachricht ins Vorzimmer: »Gehst du mit mir heute ins Theater?«

»Heute kann ich nicht ...«

»Glaub ich dir nicht, du willst mich nur hinhalten, weil du die beleidigte Leberwurst spielen willst.«

»Wenn du so mit mir redest, gehe ich schon gar nicht mit.«

»Entschuldige, Mami, ich dachte, du freust dich.«

»Na, gut, ich habe ein großes Herz.«

»Schaust du, dass wir es rechtzeitig schaffen?«

»Mach ich. Die zwei Alzheimer kann ich übernehmen.«

»Da kennst du dich aus ...«

»Was soll das heißen? Ich habe noch keinen Alzheimer!«

»Nein, natürlich nicht. Ich meinte beim MMSE und Uhrentest.«

Ich bin froh, wenn sie die Tests macht. Mir sind die immer ein wenig peinlich. Es ist mir peinlich, Menschen, auch wenn sie dement sind, so blöde Fragen wie: »Was ist das?« zu stellen und dabei auf eine Uhr zu deuten. Es gibt immer wieder Patienten, die sich gefrotzelt fühlen. Diese Tests verlangt die Krankenkasse dafür, dass die teuren Medikamente bezahlt werden. Hat einer einen Punkt zu viel oder zu wenig, dann gibt es keine dieser Tabletten.

Zusätzlicher Aufwand für eine Diagnosestellung, die für einen erfahrenen Psychiater völlig unnötig ist. Als wenn man die geistigen Fähigkeiten in Zahlen fassen könnte.

Ich hatte recht, wir holen zeitlich auf. Ja, Mutter hat den Turbogang eingelegt. Ruckizucki sind wir durch. Sie muss sich ja noch schön machen fürs Theater. Ich weiß, sie wird auch im Kellertheater in einem Brokatkostüm mit Perlenkette und Handschuhen erscheinen. Angesichts ihres Alters darf sie das. Sie ist befreit vom Los der Lässigkeit. Sie darf ihr persönliches Abendkostüm wählen, während ich mit Mitte vierzig noch so tun muss, als ob ich jung wäre, und, um nicht aufzufallen, mit Jeans und T-Shirt hingehen muss. Um Kollegen von Sabine kennenzulernen, muss ich in deren Stil gekleidet sein, versteht sich.

3. Kapitel

Das Mozarttheater liegt bezeichnenderweise in der Mozartgasse. Ich war noch nie dort und ehrlich gesagt war mir bisher dessen Existenz nicht bekannt. Als ich den Innenhof betrete, in dem sich der Eingang zu dem Etablissement befindet, kommt mir schon ein Geruch nach Abfällen entgegen, denn neben der wackeligen Eingangstür zum Theaterfoyer stehen die Müllcontainer für die Mieter. Über dem Eingang steht, offensichtlich selber gemalt, auf einer Holztafel »Mozarttheater« und drunter »Das freundlichste Theater von Wien«. Vor dem Eingang warten rauchend etwa zwanzig, meist junge Leute, die eindeutig Grünwähler oder auch Kommunistenwähler sind. Gott sei Dank habe ich mich in Jeans und T-Shirt geworfen. Nur nicht unangenehm auffallen! Ich gehe durch die wackelige Tür, um zwei Karten zu kaufen. Innen drin Geruch nach Moder. Das Haus ist feucht, diagnostiziere ich. Und schlecht geputzt! Ich weiß nicht, weshalb es bei den alternativen Künstlern meist eines gewissen, ärmlichen Hautgouts bedarf. Ist es wirklich der Mangel an Subventionen oder die Darstellung der Armut, die ein wahrer Künstler auszustrahlen hat? Ich mache mich auf eine politische Performance gefasst, wo ich nichts verstehe, außer: »Die Gesellschaft muss verändert werden ...«

In der Zwischenzeit ist Mutter im Hof erschienen. Wahrlich »erschienen« in ihrem feuerroten Brokatkostüm aus den Sechzigern mit weißen Rehlederhandschuhen und Krokodilschuhen und -tasche. Die in der Zwischenzeit auf mindestens dreißig angeschwollene Zuschauerzahl scheint zu glauben, dass Mutter die Vorhut zur anschließenden Performance ist, denn sie scharen sich im Kreis um sie und warten, dass da was kommt. Und es kommt was! Mutter produziert sich. Sie lächelt mir zu, als ich wieder in den Innenhof trete. Wie es sich für eine stumme Rolle gehört – die hat sie als geübte Statistin wahrlich intus –, dreht sie sich, lächelt die und den an, wendet sich, posiert, zieht aus ihrer Handtasche eine Puderdose mit Taschenspiegel, betrachtet ihre Lippen, verschmiert den Lippenstift durch Zusammenpressen des Mundes, pudert sich die Nase, steckt die Puderdose wieder in die Tasche und beginnt dann Finger für Finger ihre Rehlederhandschuhe auszuziehen. Als sie zuletzt den kleinen Finger der linken Hand entkleidet hat – ich finde diesen Vorgang obszön –, nimmt sie die Handschuhe und wirft sie mir zu. Ich schaffe es gerade, sie aufzufangen, bevor sie auf dem Boden des dreckigen Innenhofs landen. Dann schenkt sie der Runde noch einen huldvollen Blick, bevor sie sich mir zuwendet und mich rechts und links neben den Wangen in die Luft küsst.

Ich flüstere ihr ins Ohr: »Bitte, Mama …«

Sie flüstert zurück: »Ma Chère, wir sind im Theater!«

Die Zuschauer haben überrissen, dass sie nicht die Vorhut ist, was ihrem Erfolg aber keinen Abbruch tut. Ganz im Gegenteil, ich schnappe so Bemerkungen auf wie: »Die ist cool. Super Vintage. Glaubst du, dass das Kroko echt ist?« Die Antwort, ob das Kroko echt ist, höre ich leider nicht mehr, denn es ist Einlass – freie Platzwahl.

Ich dränge mich an Mutter vorbei, denn ich weiß, sie würde sich in die erste Reihe setzen. Das will ich aber nicht, da ich von hinten einen besseren Überblick über die Leute habe. Das nützt mir nichts, denn sie setzt sich trotzdem in die erste Reihe und deutet mir auffällig nach hinten, dass auch ich kommen solle. Ich sage mir: »Jeder Mensch hat die Eltern, die er verdient.« Eine Weisheit, die ich auch an meine Patienten weitergebe und von der ich sonst glaube, dass sie sehr witzig ist. Ich stelle fest: Sie ist nicht witzig!

Geschlagen schreite ich nach vorne, nicht ohne vorher mindestens zehn Leute zum Aufstehen zu bewegen, da ich sonst nicht zum Ende meiner Reihe gelange.

Es ist uns wieder einmal geglückt, aufzufallen. Gerade dann, wenn ich es gar nicht brauchen kann!

Bevor die Vorstellung beginnt, betritt ein Mann die Bühne und bittet um unsere Aufmerksamkeit: »Liebe Freundinnen und Freunde des Mozarttheaters …«

Ich bin keine Freundin!

»Sabine hat uns verlassen. Sie hat *ihren* Weg gewählt. Es war *ihre* Entscheidung, der Welt zu entfliehen.«

So ein Stuss!

»Unsere liebe Sabine ist abgeflogen, zu neuen Ufern, zu neuen Erfahrungen.«

Sabine liegt in einer Tiefkühlbox auf der Gerichtsmedizin, du Trottel!

»Wir vermissen dich, du Engel, du Freigeist, du Freundin. Du!«

So eine Schmierenkomödie! Da ist nicht ein Funke von Trauer um den Engel Sabine, auch wenn er zum Schluss sogar noch ein paar Tränen herausdrückt.

Mutter gibt mir einen Stoß mit ihrem Krokostöckel auf mein Schienbein. Sie schaut mich an und verdreht die Augen. Ich verdrehe zurück.

»Wir möchten eine Trauerminute einlegen, bitte erheben Sie sich.«

Es ertönen ein paar verzerrte Takte aus dem Requiem von Mozart (Wolfgang Amadeus ist im Mozarttheater offenbar Pflicht), die in einer Endlosschleife laufen, da man diese Musik offensichtlich von YouTube heruntergeladen hat. Nach Abschalten der Musik setzen sich die Leute wieder.

»Sabines Rolle der Natalie wird Birgit Platzer übernehmen.«

Ich bin schon genervt. Zu blöd, dass wir kein Programmheft gekauft haben, denn dann hätte ich die Namen der Schauspieler und des Ansagers erfahren. Ich nehme aber an, dass es sich bei dem Mann um den »Prinzipal« handelt. Das Stück heißt übrigens: »Theateroperette« und handelt von einer alten Diva, die die Geliebte von Klaus Kinski war. Gespielt werden die Figuren von fast lebensgroßen Klappmaulpuppen, die von den Schauspielern geführt und gesprochen werden.

Trotz aller meiner Vorurteile bin ich sofort gefangen. Es ist grandios! Noch nie habe ich so eine bezaubernde Inszenierung gesehen. Ich versuche, unbedingt ein Haar in der Suppe zu finden, aber es gelingt mir nicht. Die Story spannend, die Puppen genial gebaut, die Puppenspieler souverän, leider auch der Mann, der die Ansprache gehalten hat. Ich bin fasziniert. Als die Pause beginnt, bleibe ich sitzen, da ich diesen Zauber nicht durch das

Geschwätz der anderen Zuschauer brechen möchte. Auch Mutter scheint es so zu gehen.

»Toll ...«, meint sie. Normalerweise, wenn wir uns etwas zusammen anschauen, bringt sie sogleich ihre Kritik an, erzählt, in welchem Jahr, in welchem Theater, bei welchem Regisseur, in welchem Monolog das Bühnenbild besser, treffender oder bunter war. Das Bühnenbild deshalb, vermute ich, weil sie die Namen des Stücks und der Schauspieler nicht mehr erinnert. Heute nichts, kein Kommentar.

»Toll ...«

»Ja, toll ...«

Die Fortsetzung endet in einem furiosen Säbelkampf der Klaus-Kinski-Puppe mit der Puppe, die den Regisseur im Stück gibt. Der Regisseur, gespielt vom »Prinzipal«, unterliegt und wird erstochen. Recht geschieht ihm. Theaterblut tropft aus dem Puppenkopf, der zum Schluss auf der Bühne liegt. Ehrlich, gigantisch.

Wie uns ergeht es auch dem anderen Publikum. Frenetischer Applaus, zehn Vorhänge und zahllose Bravorufe.

Vielleicht sollte ich doch öfter in ein Off-Theater gehen?

Beim Hinausgehen meint Mutter ebenfalls: »Vielleicht sollten wir doch öfter in ein Off-Theater gehen?«

»Trinken wir noch was?«

»Selbstverständlich, ich möchte den Schauspielerkollegen gratulieren.«

Kollegen? Meine Mutter leidet an grenzenloser Selbstüberschätzung. Auch gut, bei einer alten Frau wird kein Misstrauen aufkommen, wenn wir den »Kollegen« ein wenig auf den Zahn fühlen. Im Foyer ist eine Spendenbox mit dem Foto von Sabines Kind aufgestellt.

»Für Piechens Ausbildung«, steht da. Mutter und ich zücken gleichzeitig unsere Brieftasche und Mutter versenkt tatsächlich hundert Euro darin. Ich möchte die zwanzig Euro geben, die ich als Bares mittrage, mehr habe ich nicht. Im Gegensatz zu Mutter bin ich schon im Kartenzeitalter angekommen. Ich flüstere ihr zu: »Hast du noch was für einen Spritzer?« Sie schüttelt den Kopf: »Ich dachte, ich bin eingeladen?«

Gerade rechtzeitig ziehe ich den Zwanziger wieder zurück, sonst hätte ich noch schnell zum Bankomat laufen müssen. Aber ich werde ja noch öfter herkommen und dann kann ich so richtig großzügig sein. Wir stellen uns vor der Bar an – Selbstbedienung –, wo erst jemand hinter der Theke erscheint, als die Schauspieler und der Techniker mit ihrer Arbeit auf der Bühne fertig sind. Die Schauspielerin der Natalie, Birgit Platzer, schenkt aus. Ein anderer Mann kassiert. Es geht flott voran, denn die Auswahl an Getränken ist nicht groß. Wasser, Cola, Wein weiß und rot, alles im Pappbecher, Bier aus der Flasche. Ich nehme ein Bier, Mutter einen Pappbecher Rot. Wir bleiben in der Nähe der Bar stehen und warten, bis der erste Ansturm vorbei ist, um uns dann da anzulehnen. Es gibt nur wenige Sitzplätze, die sofort besetzt sind. Als Erster sitzt der Direktor im einzigen gepolsterten Fauteuil. Er winkt Birgit und schreit über die Köpfe: »Ein Bier!«

Birgit reicht das Bier über die Köpfe der Wartenden einem Kollegen, der es an den Prinzipal weiterreicht. Na ja, da ist ja hierarchisch alles klar, trotz Gleichmacher-Touch.

Neben Mutter sitzt ein Schauspieler, der, als er sieht, dass die alte Frau stehen muss, aufspringt und ihr seinen Sitz anbietet. Mutter lehnt dankend ab. Ich weiß, dass sie das gar nicht mag, da sie sich nicht den Status einer alten Frau verpassen lassen will.

»Sehr freundlich, aber meine Beine tragen mich noch. Sie müssen sich ausrasten. Das muss ja unheimlich anstrengend sein.«

Und schon hat sie einen Kontakt geknüpft! Bravo! Der junge Schauspieler – jung sind alle – steht aber trotzdem auf, um sich mit ihr zu unterhalten. So eine Person wie Mutter verirrt sich nur selten hierher. Da ist man neugierig, was die so will. Könnte ja eine Kritikerin, eine Kollegin, eine Dramaturgin von einem großen Haus oder gar eine Theaterdirektorin sein? Da muss man die Chance nutzen, bekannt mit ihr zu werden. Alles Unterstellungen, ich weiß, aber der Mensch projiziert seine Träume in skurrile Figuren leichter als in die alltäglichen. Und ich bin stolz auf sie! Mutters Skurrilität ruft bei mir entweder das Gefühl der Scham oder des Stolzes hervor. Je nachdem, wie die Umgebung sie wahrnimmt. Hier ist Stolz angebracht, denn hier bewundert man sie. Mutter lehnt lässig, sofort im Mittelpunkt, unter ihr das Fußvolk auf den Sitzen, an der Bar und trinkt aus ihrem Becher, den kleinen Finger in der Rehlederhülle abgespreizt, wie wenn sie ein Kristallglas in der Hand hätte. Ich versuche mich, während Mutter Hof hält, mit Birgit, der kellnernden Schauspielerin, anzufreunden. Birgit scheint hier das Mädchen für alles zu sein, denn sie wäscht die mit vertrockneter Spaghettisauce beschmutzten Teller ab, putzt die kleine Spüle, wischt die Theke und nimmt dazwischen auch noch die Bestellungen der Gäste auf. Mir scheint, sie ist in diesem Chaoshaufen das ordnende Element.

»Kein leichter Job hier?«, versuche ich ins Gespräch zu kommen.

»Ach was, das machen wir gerne. In so einem kleinen Theater müssen alle alles machen. Sonst geht es sich mit dem Budget nicht aus. Ist ja nichts dabei.«

»Ihre verstorbene Kollegin, was war mit ihr?«

Das hätte ich nicht fragen sollen, denn die Schauspielerin macht sofort zu. Sie wendet sich von mir ab und wischt mit besonderer Akribie die Abwasch zum x-ten Mal. Diesmal sogar mit Hilfe ihrer Fingernägel, mit denen sie ein Blatt Küchenrolle in die Ritze zwischen Armatur und Becken drückt und da hin und her bewegt. Ich soll nicht sehen, dass sie heult.

»Tut mir leid, ich, ich ..., es war indiskret.«

Sie schüttelt den Kopf: »Nein ..., das frage ich mich ja selber die ganze Zeit. Was war mit ihr? Wieso habe ich es nicht bemerkt?«

»Sie machen sich Vorwürfe?«

Sie nickt, ohne sich mir zuzuwenden, und bearbeitet weiter

den Kalkrand zwischen Wasserhahn und Spüle mit ihren Fingernägeln, diesmal ohne Küchenrolle als Puffer. Erst als der Nagel abbricht, dreht sie sich um.

»Pfff, meine Nägel sind so dünn. Sabine hatte ganz starke Fingernägel. Sie konnte damit bei den Puppen sogar den Lack abkratzen.«

»Machen Sie die Puppen selber?«

»Ich nicht. Ich habe nur beim Kostümnähen geholfen. Sabine hat die meisten Figuren gebaut. Sie war sehr begabt und geschickt und lieb.« Birgit meint das ehrlich, eine echte Freundin.

»Die Puppen sind großartig. Ihre Kollegin muss eine tolle Künstlerin gewesen sein.«

»Ja, das war sie.«

Mehr traut sich Birgit nicht zu sagen, denn der Prinzipal steht aus seinem Sessel auf und deutet ihr, zu ihm zu kommen. Sie gehorcht. Er befiehlt ihr die Sessel im Foyer zusammenzustellen: »Wie es da ausschaut!« Dabei wirft er mir einen bedeutungsvollen Blick zu. Der Herr signalisiert, dass er seine Truppe im Griff hat. Und dass er an einem Kontakt mit mir interessiert wäre. Schaue ich, trotz Jeans und Leiberl, nach Geld aus? Eine Sponsorin? Nachdem Birgit sich an die Sessel macht, steht er auf und bewegt sich auf mich zu.

»Hat es dir gefallen?«

Oh Gott, lass doch diese Anbiederungsmasche! Wieso müssen gewisse Leute mit allen per Du sein? Im Möbelhaus, im Handyshop, in der Cafeteria, sogar beruflich, greift die Du-Seuche immer mehr um sich. Statt dass wir froh sind, eine Sprache zu sprechen, die uns voneinander auf Distanz hält!

»War großartig, ich bin begeistert. Ich habe noch nie solches Puppentheater gesehen.«

»Ja, ich leiste hier in Wien Pionierarbeit. Es ist schwer. Wenige Subventionen. Die Kulturpolitiker glauben immer, wir machen Kindertheater.«

»Finde ich sehr schade, dass das Theater nicht mehr bekannt ist.«

»Wie bist du hierhergekommen?«

Oh je, was sage ich jetzt? Mutter kommt mir zu Hilfe. Sie posaunt dem jungen Schauspieler so lautstark zu, dass es auch der Rest der Gäste hören kann: »Ich habe vor zwanzig Jahren den genialen Narolli Pastore gesehen. Und immer, immer wieder war ich auf der Suche, dass bei uns in Wien dieses Genre auch einmal auflebt. Er war und ist der Größte. Aber er hat in euch würdige Nachfolger gefunden.«

»Sie hören es, meine Mutter hat mich verschleppt.« Danke, Mama!

Der Prinzipal lächelt süffisant: »Das ist deine Mama?«

»Meinen Sie, dass ich nicht zu ihr passe?«

Der Puppenspieler verweigert mir eine Antwort. Er wendet sich wichtigtuerisch dem Schauspieler, den Mutter in Beschlag genommen hat, zu: »Ernst, möchtest du mir nicht diese Dame vorstellen?« Der Ernst wird sofort ernst.

Beflissen stottert er: »Frau, Frau ...«

Mutter unterbricht ihn: »Liebekind-Spanneck ..., Martha.« Sie reicht dem Chef ihre rehlederbekleidete Hand zum Kuss. Der weiß nicht, was jetzt damit anfangen. Er nimmt die Hand und drückt sie. In Mutters Gesicht entdecke ich, aber nur ich, die Verachtung für diesen unerzogenen Lümmel. Für ihn aber setzt sie ihr bezauberndes Lächeln auf. Ich kenne das, es ist so, wie wenn man ihr eine Zahnspange in den Mund gedrückt hätte, die ihre Wangen hebt. Die obere Gesichtshälfte zieht sich nach oben, die untere bleibt verächtlich hängen. Die linke Augenbraue hebt sich und der Laserstrahl ihres Blicks vernichtet jegliches Selbstbewusstsein beim Gegenüber. Aber der Theaterdirektor ist eine harte Nuss. Granit! Er erwidert ihr Lächeln in gleicher Manier. Zwei eiskalte Augenpaare treffen sich und sagen: Ich bin der Bessere! – Ich bin die Bessere!

»Kennen Sie Trenter?«

»Ich habe von ihm gehört. Kennen: leider nein.«

Eins zu null für Mama.

»Da haben Sie aber was versäumt. Von dem könnten selbst Sie noch was lernen.«

»Und was?«

Ich unterbreche die Unterhaltung, bevor es zu einem Gesichtsverlust des Prinzipals kommt, denn ich möchte kein Hausverbot bekommen. Jetzt muss ein Kompliment von mir her, sonst haben wir den als Feind: »Ich wüsste nicht, was Sie noch lernen könnten.«

Mutter hebt an, mir zu widersprechen, aber ich trete sie mit meinem Sneeker aufs Schienbein. Das wirkt. Wir schauen uns an. Auch wenn sie immer recht haben muss, kapiert sie, dass ich es mir mit dem nicht vertun will. Also wieder Zahnspangenlächeln an und eine verbindliche Floskel her: »Trenter ist halt eine andere Generation. Die Innovation kommt von der Jugend.«

Bravo, Mama, hast dich mit dem Alter herausgeschummelt.

Alt werden ist schrecklich, der einzige Vorteil, den man hat, ist, dass man das Altsein immer als Ausrede verwenden kann.

Irgendwie muss ich es schaffen, einen Grund zu finden, weiter mit dem Ensemble in Kontakt zu bleiben. Hätte ich doch mehr Bargeld eingesteckt, dann würde ich eine Runde ausgeben. Alkohol ist immer der beste Kommunikationsassistent. Ich muss zum Bankomat und währenddessen muss Mutter den Prinzipal weiter bei der Stange halten.

Ich nestle in meiner Tasche und tue so, als ob ich Geld suchen würde, obwohl ich ja weiß, dass zwanzig Euro – also zu wenig – drin sind. Dann seufze ich und meine zu Mutter: »Ich bin so blöd, jetzt habe ich gar kein Geld mit.«

»Gehst halt zum Geldautomaten ..., ich warte hier.«

Der Prinzipal hebt großartig seine Arme, wie um mich zu segnen, und wirft mir den Rettungsanker zu: »Ach, kein Problem, du hast bei mir immer Kredit.«

Diesen Kredit werde ich aufnehmen. Als erste Schuld ordere ich eine Runde Alkohol für das gesamte Ensemble, was bei allen große Begeisterung hervorruft. Birgit wird von ihrem Chef von den Stühlen weg wieder an die Bar versetzt. Und der Sprit beflügelt die Verbrüderung! Er öffnet die Münder und das Herz. Der Herr Theaterdirektor legt seinen Arm wie zufällig um meine Taille und schildert mir ausführlich seinen künstlerischen Werdegang.

»Bei der Aufnahmeprüfung am Reinhardt-Seminar bin ich durchgefallen. Heute weiß ich, dass das ein Kriterium für wirkliche Begabung ist. Die wollen keine, die besser als sie selber werden könnten. Also habe ich mir die Schauspielerei selber beigebracht. Wenn man Talent hat, dann geht das, ohne ..., ha, ha, ha ..., dass man Seminarist sein muss.«

Das leuchtet mir ein. Ist ungefähr so, wie wenn ich mir als Mediziner mein Wissen selber beibringe. Ich denke, ich habe es mit einem Typen zu tun, der sich maßlos überschätzt.

»Und dann bin ich auf die Puppen gestoßen. Du musst wissen, dass ich auch als Bildhauer gearbeitet habe. Da war es naheliegend, Puppen zu bauen.«

Was kann der Kerl nicht? Habe ich es mit einem Leonardo da Vinci des einundzwanzigsten Jahrhunderts zu tun? Scheint so. Mich würde interessieren, was seine Kollegen dazu meinen. Leider lässt er mich nicht von seiner Seite, sodass ich keine Möglichkeit habe, mit Birgit oder Ernst, der gar nicht mehr ernst ist, zu sprechen. Immerhin ist Mutter im Gespräch mit den anderen Theaterleuten. Die wird hoffentlich was rauskriegen. Als der Prinzipal, von dem ich jetzt weiß, dass er auch Claus heißt (»Als ich das erste Mal von Klaus Kinski hörte, wusste ich, dass das ein Wink des Himmels ist!«), meint, zur Sache kommen zu müssen, beschließe ich, dass es höchste Zeit zum Aufbruch ist, bevor ich ihm eine runterhauen muss. Ich ziehe sanft seine Hand von meinem Hintern und schenke ihm ein aufmunterndes Lächeln.

»Ich muss jetzt, so leid es mir tut. Morgen ist ein starker Tag. Leider bin ich keine Künstlerin. Mein profanes Leben zwingt mich, um sieben aufzustehen. Sehen wir uns?«

Claus findet das gar nicht gut. Er will partout seine Hand nicht von mir lassen.

»So geht das nicht, meine Süße«, meint er beleidigt, »zuerst aufgeilen und dann passen, das spielt es bei mir nicht.«

Der Mann hat keinen Humor. Verträgt kein Nein. Oder besser gesagt, kein Nein auf sein eingebildetes Ja. Denn Avancen habe ich ihm sicher keine gemacht, bis auf die Duldung seiner Hand auf einem Körperteil, wo ein Fremder sie nicht hinzulegen hat. Ich muss ihn trotzdem bei Laune halten und ein Date vereinbaren.

Darum lenke ich ihn ab: »Wann sehen wir uns? Ich möchte gerne alle Puppen sehen.«

Das beschwichtigt ihn vorerst. »Und ich muss ja auch noch meine Schulden bezahlen.«

»Bar oder mit Lebendware?«, säuselt er.

So viel Dreistigkeit ist unerhört. In jeder anderen Situation hätte ich ihm seinen Pappbecher Wein über seine Birne gegossen, aber ich darf nicht. Drum strahle ich ihn an und küsse ihn kokett auf die Wange.

»Wann?«

»Ich veranstalte einen Kurs für Laienpuppenspiel. Da könntest du mitmachen. Und anschließend …?«

»Geniale Idee. Das würde ich unheimlich gerne …«

Er schreit nach Birgit: »Bring die Flyer für den Kurs!« Birgit schurlt und kehrt mit einem Stoß Flyer zurück. Er reißt sie ihr aus der Hand. Kein Danke, kein nichts. Mir steckt er zwei Prospekte zu, während er mich an sich zieht: »Die Haltung ist das Wichtigste für eine Puppenspielerin, biegsam im Kreuz und flink mit den Händen. Nicht zu vergessen …«, und da versucht er mir seine Zunge in den Mund zu stecken, »das Maul.«

Hm, vielleicht sollte ich meine weitere Recherche doch mehr

theoretisch in den Krankenakten der Sabine K. vornehmen? Es wird schwierig werden, den Begehrlichkeiten dieses Herrn auszuweichen.

Aber wozu bin ich diplomierter Psychiater, der selbst mit den Häfenbrüdern zurechtkommt? Immerhin hatte ich im Gegensatz zu all meinen Kollegen noch keinen Verurteilten, der mir nach der Entlassung wegen meines Gutachtens vor der Tür auflauert und mich bedroht. Ich konnte es bisher immer irgendwie deichseln, dass mir die Gefangenen nicht so gram waren, dass sie sich an mir rächen wollten. Mit dem werde ich auch fertig werden.

Mutter hat mitbekommen, dass ich in einer brenzligen Situation bin, und verabschiedet sich seufzend mit dem Hinweis auf ihr Alter von ihrem Fanclub: »Ihr habt es gut! Als ich in eurem Alter war, habe ich auch die ganze Nacht durchgemacht, aber jetzt ...«

Sie inszeniert sich zum Abschied als die große Entsagerin des Vergnügens. Gerade, dass sie nicht zu schluchzen beginnt vor lauter Wehmut. Sie reicht jedem einzelnen Mann die Hand zum Kuss. Wenn wir weg sind, muss ich sie fragen, welche Szene aus welchem Film sie da nachgespielt hat. Die Damen bekommen nur ein Küsschen auf die Wange und da schaut sie auch noch weg.

»Meine Lieben, ich komme wieder ...«

Während wir das Theater verlassen, flüstere ich ihr zu: »Keine Kusshände, Mama, keine Kusshände ...«

Sie schaut mich fragend an: »Wieso nicht?«

»Zu viel, zu dick aufgetragen.«

Endlich sind wir draußen. Da fällt mir ein, dass ich noch ein Programm von heute Abend mitnehmen wollte, um die Namen der Agierenden zu haben. Egal, noch einmal zurück geht gar nicht. Wozu gibt es das Internet? Da schaue ich gleich nach, wenn ich zu Hause bin.

Wir gehen zusammen bis zur nächsten Ecke. Da rufe ich dann ein Taxi, das zuerst Mutter und dann mich nach Hause bringt. Gott sei Dank habe ich die zwanzig Euro noch.

Im Taxi schweigen wir beide, obwohl wir am liebsten alles besprochen hätten. Aber wir wollen keine Zuhörer wie den Fahrer. Drum beschränken wir uns auf einen kurzen Kommentar: »Da stinkt was ...«, meint Mutter, und ich: »Ja, und wie ...«

Als Mutter aussteigt, küssen wir uns auf die Wange und ich lasse mich zu einem Kompliment herab: »Du warst gut!«

Das freut sie, das erkenne ich daran, dass sie mir das Kompliment beinahe zurückgibt: »Du auch, aber du musst noch an deiner Maske arbeiten.«

Zu Hause komme ich drauf, dass ich das Handy auf lautlos hatte und mich Michael nicht erreichen konnte. Ich habe einfach nach der Vorstellung vergessen, den Ton wieder zu aktivieren. Mir schwant Böses. Und es ist so. Am Anrufbeantworter zehn Nachrichten, von denen ich annehme, dass sie, je später der Anruf, im Ton immer aggressiver werden. Ich lösche alle. Und schreibe ein SMS: »Akku leer, sorry. Ich liebe dich.« Bei »Ich liebe dich« kann ich mich nicht vertippen, das habe ich eingespeichert! Und »sorry« auch.

Während ich meine Zähne putze, läutet das Telefon. Eigentlich habe ich gar keine Lust mehr, mich auf Michelangelos Leibesliebesspiele einzulassen – zu müde, zu spät, zu betrunken –, oder aber noch schlimmer, Michaels Vorwürfe anzuhören, aber aus schlechtem Gewissen hebe ich ab.

»Hast du dich endlich libidinös an mich gewöhnt? Ich wusste, ich werde dich aussitzen. Hat dich dein Lover sitzen gelassen?«

Hoppala, das ist Manfreds Stimme. Ich tippe auf mein Handy und sehe, dass ich das SMS an die letzte Nummer geschickt habe. Man soll nie beschwipst ein Handy bedienen!

»Das war nur so eine Metapher«, flöte ich ins Telefon. »Ich meine, ähm, ich ...«

»Du brauchst dich nicht zu entschuldigen, ich liebe dich ja auch ...«

»So war es nicht gemeint, mehr so theoretisch. So von Herzen, weniger so libidinös.«

Das ist sogar nicht gelogen. Den Manfred liebe ich ja wirklich sehr – von Herzen.

Manfred seufzt ins Telefon: »Also libidinös wäre mir viel lieber. Von Herzen liebt mich auch meine Mami und mit der will ich bei Gott nicht ins Bett.«

»Was wolltest du mir sagen? Ich meine, weshalb hast du mich um halb eins angerufen?«

»Sei ehrlich, das SMS war gar nicht für mich. Für deinen Beischläfer, vermute ich. Und – sorry – weil er heute nicht beischlafen darf. So sind die Frauen.«

»Ich bin müde, was wolltest du? Außer meinen Beischläfer ersetzen?«

»Die Wasserleiche, mir ist da noch was eingefallen. Wir hatten einen Drogenbefund bei der gemacht, aber schon Wochen vor ihrem Tod.«

»Und?« Das klingt interessant.

»Erste Probe auf Cannabis positiv, aber, und das ist komisch ...«

»Was?«

»Die Haarprobe negativ.«

»Die erste war Serum?«

»Ja.«

»Was heißt das?«

»Entweder sie hat nur einmal was genommen, oder die Probe stammte von jemand anderem.«

»In der Krankengeschichte steht, dass sie sich verfolgt fühlte. Das passiert oft, wenn jemand regelmäßig Haschisch konsumiert, aber dann müsste doch im Haar auch was gewesen sein?«

»Drum habe ich dich ja angerufen. Das kommt selbst mir eigenartig vor. Ich meine, die von der Polizeidirektion sind schon oft sehr schlampert, was die Proben betrifft, aber an diesem Tag waren nicht so viele.«

»Du bist ein Schatz! Und ich gehe bald mit dir essen! Oder noch besser, ich koche für dich.«

»Alma, meine Liebste, bitte tu mir das nicht an.«

Ach, wie viel Arbeit erspart man sich, wenn man konsequent sein Image als Antikoch pflegt!

»Das wollte ich hören. Ich lade dich ein, okay?«

»Brauchst du nicht. Bleib mir einfach so lange gewogen, bis du ins Klimakterium kommst und einen bärigen Liebhaber deinem jungen Adonis vorziehst. Ich sitze ihn aus, wirst schon sehen.«

»Bussi. Gute Nacht.«

»Kuss dorthin, wo es der Anstand nicht erlaubt. Schlaf gut.«

Wieso kann ich nicht auf den Manfred stehen? Alles wäre gut. Kein Chaos, zuverlässig, gutes Einkommen, Villa in Hietzing (leider mag ich den Bezirk nicht) und – Mutter findet ihn auch gut, sehr gut sogar. Eine wunderbare Zukunftsvision: Manfred, Mutter und ich beim Sonntagsfrühstück im Garten der Villa in Hietzing. Die Hortensien blühen blau – eingefärbt mit Kaliumaluminiumsulfat –, die Amseln singen und Mutter serviert uns ein Ei im Glas. Die Idylle in meinem Kopf dauert genauso lange an, bis ich mein fiktives Glas Orangensaft auf das blütenweiße Tischtuch umschütte und Manfred mir einen missbilligenden, aber auch mitleidigen Blick zuwirft: »Tschapperl …« Hietzing ist wirklich ein schrecklicher Bezirk!

Durch diese Zukunftsvision wieder meinem chaotischen Lover ohne Villa zugeneigt, wähle ich Michaels Nummer, um mich zu entschuldigen, aber der hebt nicht ab. So hält man Frauen bei der Stange, indem man ihnen ein schlechtes Gewissen macht. Ich habe ein schlechtes Gewissen und Sehnsucht nach Michelangelo, denn meine Müdigkeit ist verschwunden. Und mein Schwipserl auch. Heute werde ich schlecht schlafen.

Leider bewahrheitet sich meine Schlafprognose. Ich wälze mich die halbe Nacht im Bett hin und her. Dazwischen träume ich, dass

Sabines Wasserleiche unter den blauen Hortensien liegt und sie der Prinzipal auf eine Stelle küsst, wo es der Anstand nicht erlaubt. Dieses Bild hat aber trotzdem ästhetisch ausgeschaut – ich meine farblich –, denn der hellblaugraue Körper hat gut zu den Hortensien gepasst. Hatte so ein bisschen was von Monet.

Ich bin wie gerädert. Der Fuselwein, Michael beleidigt und die Geschichte um die Tote, das ist zu viel für mein Hirn.

Dementsprechend ist meine Laune, als ich in meiner Ordination erscheine. Mutter sitzt wie immer dominant aufrecht an ihrem strategisch in der Mitte des Raumes gelegenen Schreibtisch und wirft mir, als ich vorbeihusche, einen strafenden Blick zu, der bedeutet: »Reiß dich zusammen! Eine Frau Dr. Liebekind-Spanneck lässt sich ihren Kater nicht anmerken.« Ich habe verstanden, Mutter, trotzdem habe ich Kopfweh!

Ausnahmsweise bin ich froh, dass sie die Organisation des Vormittags dirigiert. Das Duett erklingt, auch wenn die Geige quietscht, da die Bratsche umso lauter spielt!

Ich spule meine Patienten routiniert herunter. Mutter hat Erbarmen mit mir, denn sie schiebt mir niemanden außertourlich ein. Das macht sie sonst, wenn ich verkatert bin, immer – zur Strafe. Gerade als ich ihr eine Dankesbotschaft auf ihren Bildschirm schicken möchte, erscheint auf meinem Display: »Ein dringender Einschub, dringend!«

Ich antworte: »Kommt nicht infrage!«

Zu spät! Die Tür öffnet sich gerade, als ich den Enterknopf drücke. Im ersten Augenblick erkenne ich die weibliche Person nicht, aber dann schafft es mein beduseltes Gehirn doch, mir das gestrige Bild der kellnernden Schauspielerin ins Bewusstsein zu rücken. Wie hieß die doch gleich? Dies aus dem Gedächtnis aufzurufen, bleibt mir erspart, denn auf dem Bildschirm erscheint ihr Name: Birgit Platzer. Genau, Birgit, das dienende Wesen. Ich begrüße sie freundlich und biete ihr den Sessel vor meinem Schreibtisch an. Erstaunlicherweise wirkt sie heute gar nicht so eingeschüchtert wie gestern Abend in Anwesenheit ihres Prinzipals – der hieß Claus, den Namen vergesse ich so schnell nicht mehr.

»Wir haben uns gestern kennengelernt. Sie erinnern sich?«

Ich tue so, als ob ich die letzten Stunden an nichts anderes als an die Aufführung gedacht hätte: »Genial gestern, gratuliere, genial. Und das meine ich ernst.«

»Danke! Ich bin gekommen, da ich vorige Woche einen Vortrag von Ihnen über Selbstmord gehört habe. Was Sie gesagt haben, hat mir sehr imponiert. Ich war da, wegen Sabine Katz. Und gestern, zufällig ...«

»Ach so. Und ...?«

»Ihr Freund Michael Mikulina ist ein Bekannter von mir.«

Schau, schau, das wusste ich gar nicht, dass sich mein Michael mit hübschen Schauspielerinnen herumtreibt. Ist mir doch egal, ich bin nicht eifersüchtig, soll er doch seinen Spaß haben!

»Nur ein Bekannter ...«

Oh je, offensichtlich hat mich mein Unterbewusstsein verraten. Aber ich stehe doch über solchen Gefühlen wie Eifersucht, ich bin doch Psychiater! Drum setze ich mein Psychiaterlächeln auf und wende mich Birgit empathisch zu: »Was kann ich für Sie tun?«

»Ich wollt Ihnen was vorbeibringen und Sie fragen, was Sie dazu meinen?«

Birgit zieht aus ihrer Handtasche einen USB-Stick und reicht ihn mir.

»Da ist ein Roman drauf, den Sabine Katz – sie wissen, meine Freundin – begonnen hat zu schreiben.«

»Und Sie wollen jetzt von mir wissen, ob es da Hinweise auf ihre Absicht, sich umzubringen, gibt, oder?«

»Genau, aber nicht nur. Auch, ob sie wirklich eine paranoide Psychose hatte? Deshalb war sie auf der Psychiatrie.«

»Sie fühlen sich schuldig an ihrem Tod?«

»Ja.« Das klingt ehrlich und traurig. »Sie war meine beste

Freundin. Wir haben uns gegenseitig mit den Kindern geholfen und auch so ...«

»Machen Sie sich Vorwürfe, dass Sie ihr nicht helfen konnten?«

Birgit versucht, das Weinen zu unterdrücken. Ich reiche ihr ein Taschentuch aus einer Schachtel, die für solche Eventualitäten auf meinem Schreibtisch steht. So ein Papiertaschentüchervorrat ist eigentlich die einzige Ausstattung, die man in einer psychiatrischen Praxis benötigt. Es vermittelt den Patienten das Gefühl, hier hemmungslos heulen zu dürfen. Ich benötige etwa zwei Schachteln die Woche. Je nachdem, ob ich mehr weibliche oder mehr männliche Patienten habe. Birgit ergreift die Gelegenheit, professionell begleitet ihren Tränen freien Lauf zu lassen. Bis sie sich so einigermaßen wieder im Griff hat, schweige ich, stecke aber dazwischen den Stick an meinen Computer an. Kaum hat das Gerät die neue Hardware erkannt, kommt schon ein Kommentar von Mutter auf mein Display: »Achtung, vielleicht hat der einen Virus! Ich scanne ihn zur Sicherheit.« Ach Mutter, tu nicht so, ich weiß doch, dass du nur spionieren willst!

»Sabine war nicht krank. Sie war so ein lieber Mensch. Sie hat sich für alle verantwortlich gefühlt. Sie hätte für ihre Mitmenschen ihr Leben gegeben.«

»Das schließt nicht aus, dass man in ein schwarzes Loch fällt und sich tötet.«

»Ich weiß, aber ich kann es einfach nicht glauben. Da waren doch Piechen und ihre Mam und das Theater. Alles war gut.«

»Sie glauben also, dass sie sich gar nicht umgebracht hat? Ein Unfall?«

»Ich weiß es nicht, aber lesen Sie mal ...«

Birgit steht auf, schneuzt sich nochmal in ein Taschentuch und streckt mir die Hand hin. Ich drücke sie und deute auf mein Waschbecken: »Die Wimperntusche. Da ist ein Spiegel.« Sie nimmt noch ein Taschentuch und wischt sich die schwarze Farbe unter den Augen ab. Dann nimmt sie ihre Handtasche und wendet sich

Richtung Tür, die ich schon für sie geöffnet habe: »Bitte ..., und ich zahle auch ...«

Ich schüttle den Kopf: »Geht aufs Haus!«

Als ich wieder zu meinem Schreibtisch zurückkehre, sehe ich, dass Mutter die Geschichte schon »gescannt« hat. Auf meinem Display steht der geöffnete Text. Jetzt reicht es mir aber! Ich schieße wütend aus dem Sprechzimmer, um Mutter endlich einmal zur Rede zu stellen. Wer ist hier der Arzt? Sie oder ich? Und – Mutters Schreibtisch ist leer. Das Wartezimmer auch. Auf ihrem abgeschalteten Computer liegt ein Zettel: »Du hast noch die Post zu machen. Übrigens, ich schaue mir heute die gestrige Vorstellung noch einmal an. PS.: Der Roman scheint interessant zu sein.«

Ich atme tief durch. Ein Mal, ein Mal wollte ich klarstellen, dass es so nicht weitergeht. Nur ein Mal! Ich nehme die Post – das Geld, das die Pharmaindustrie für Werbung ausgibt, sollte sie lieber in die Forschung stecken – und blättere im Stehen die Prospekte durch. Bis auf zwei Befunde nur Schmarrn! Den Schmarrn werfe ich in Mutters Papierkorb, damit sie weiß, dass ich die Post erledigt habe.

Wieder an meinem Schreibtisch angekommen, beginne ich zu lesen:

Kapitel 1

Wer auf die Idee gekommen war, Piechens dritten Geburtstag bei McDonald's zu feiern, wusste sie nicht mehr. Sie und ihre Mam nahmen an, dass die bunte Geburtstagsinszenierung dort – mit Girlanden, Spritzkerzen und viel Plastikspielzeug – bei Piechen gut ankommen würde. Es war wohl auch so, dass weder ihre Mam noch sie Zeit für die Organisation einer unterhaltsamen Kindergeburtstagsparty gehabt hätten.

Auf jeden Fall blickte sie nun, mit Piechen auf dem Schoß, zufrieden vergnügt in die Runde. Da waren die Kinder Leo und Lena von Sophie, dann Max und noch eine Lena von Mikke, der Anton von Birgit und Viola von Ernst, dem einzigen alleinerziehenden Vater. Die anderen waren ebenfalls alleinerziehend, allerdings Mütter, und ihre Mam als einzige Oma. Sogar Michael war zu ihrer Unterstützung gekommen.

Mein Michael? Eine Namensgleichheit, es gibt viele Michaels. Aber mein Michael ist ja auch ein Bekannter von Birgit. Von Birgit ein Bekannter und von Sabine? Auch nur ein Bekannter? Zu ihrer Unterstützung?

Leo und Lena, die Zwillinge, stritten sich um die Ketchupflasche, dabei spritzte das Ketchup auf den Schoß von Anton, der daraufhin zu brüllen begann. Birgit war etwas zwänglerisch, was Sauberkeit betrifft, und Anton, entweder anerzogen oder vererbt, empfand Schmutz ebenfalls als eine persönliche Kränkung oder, noch schlimmer, als schmerzhafte körperliche Attacke. Birgit flüchtete daher mit Anton aufs Klo, um ihn zu säubern. Als Gastgeberin fühlte sie sich verpflichtet, sie dabei zu begleiten. Immerhin richteten ihre Gäste diesen Schaden an. Sie setzte Piechen auf den Schoß ihrer Oma.

»Warte! Ich helfe dir«, rief sie Birgit hinterher. Die aber war damit beschäftigt, ihren Anton zu beruhigen, dem die rote Sauce anscheinend Schmerzen wie nach einer Säureattacke bereitete und der dementsprechend laut brüllte.

Kaum war sie aus dem extra von Ronald McDonald für Piechen dekorierten Raum draußen, sah sie ihn wieder. Nicht ihn, aber seinen Schatten. Ja, immer nur seinen Schatten. Kein Gesicht, keine Hände, keine Haut, nur den Umriss des Mannes, der sie verfolgte.

Oh Gott, was interessiert mich ein Kindergeburtstag? Sie sieht Schatten. Kein Gesicht, keine Haut, keine Hände. Klischee lass nach! Bin ich in einem Edgar-Wallace-Krimi oder doch nur in der

Paranoia von Sabine Katz gelandet? Der kohärente Ductus passt allerdings nicht zur Paranoia, mehr zu Wallace.

Bevor ich weiterlese, muss ich das mit Michael klären. Sonst kann ich heute wieder nicht gut schlafen. Sabine und er als seelenverwandte erfolglose Schriftsteller? Ich zücke mein Handy, um mit dem Alma-Handy Kontakt aufzunehmen. Besetzt! Wenn ich es mir so überlege, hatte Michael in den letzten Monaten wenig Zeit. Und war er nicht auch ein wenig abwesend, irgendwie geknickt? Als ich ihn den ganzen Tag irrtümlich eingesperrt habe, hat er da nicht etwas überreagiert? So schlimm war es ja auch wieder nicht. Und hat er nicht gemeint, dass er einen Termin versäumt hat? Allerdings nicht mit Sabine, denn die lag schon im Kühlhaus. Aber vielleicht mit Birgit, um sich gemeinsam zu trösten?

Ich sage mir: »Du bist eine blöde Gans, die Fantasie geht wieder einmal mit dir durch.« Wieso soll es sich gerade um meinen Michael handeln?

Ich google »Michael« und komme auf 1.430.000.000 Einträge. Gut, dass es so viele Michaels gibt, das beruhigt mich wieder. Gerade als ich festgestellt habe, dass es über eine Milliarde Michaelmöglichkeiten gibt, ruft er an.

»Na du? Ich vermisse dich.«

Gut gelogen, wenn gelogen!

»Das habe ich nicht bemerkt.«

»Fang nicht wieder mit Vorwürfen an. Du warst gestern Abend weg. Nicht ich.«

»Und wer hat nicht abgehoben? Ha? Wer trifft sich mit Damen namens Birgit, Sabine?«

»Hör auf, du spinnst wieder einmal.«

»Ich spinne? Wenn gerade vor mir eine Dame namens Platzer gesessen ist und mir von ihrem lieben Bekannten Michael erzählt hat …«

Das mit dem »lieben« hat sie nicht gesagt, aber ich teste ihn mal.

»Ich weiß gar nicht, von wem du redest.«

»Oh, la, la! Weiß von nichts, auch nichts davon, dass er schon in einem Roman vorkommt, den die andere liebe Bekannte geschrieben hat.«

Ich beiße mir auf die Zunge, das hätte ich nicht sagen dürfen – Arztgeheimnis. Obwohl die ja schon tot ist, und wenn der Roman veröffentlicht worden wäre, dann hätte es ja auch jeder erfahren.

»Jetzt klär mich mal auf. Ich, in einem Roman einer lieben Bekannten, oder wie?«

Ich tue beleidigt: »Ja!«

»Also das musst du mir jetzt aber genauer erklären.«

»Tu nicht so, als ob du nicht wüsstest.«

»Ehrlich Alma, ich kenne mich nicht aus.«

Das klingt wirklich ehrlich, aber übers Telefon kann man sich irren. Ich werde ihm eine Chance geben.

»Na gut! Dann reden wir Aug zu Aug.«

»Tu nicht so dramatisch. Was soll das?«

»Ich und dramatisch? Wenn mein Mann sich auf Kindergeburtstagen herumtreibt?«

»Spinnst du? Ich mag doch keine Kinder.«

»Dachte ich auch, aber …«

»Nichts aber. Mir reicht's!«

Aus und aufgelegt. Ich habe es wohl mal wieder übertrieben, was meinen Hang zum Drama betrifft. So besonnen ich beruflich bin, so exaltiert reagiere ich privat. Auch gut, seine Wut wird sich setzen und dann starte ich einen Versöhnungsversuch. Zur Sicherheit tippe ich gleich ein SMS: »Vielleicht war das auch ein anderer Michael am Kindergeburtstag? Heute Abend bei mir?«

Stehen tut am Display: »Vielleicht war das auch ein anderer Michael am Wiedergeburtt.«

Diesmal korrigiere ich rechtzeitig, bevor ich Enter drücke.

Jetzt brauche ich einen Lunch und einen Menschen, der mit mir über mich lacht. Also Erika!

Ich tippe: »In einer Viertelstunde Brioni?«

Und prompt kommt zurück: »Passt pause seminar, okay!«

Die Viertelstunde nütze ich, um weiterzulesen. Ich gebe im Text unter Suchen »Michael« ein, denn der restliche Kindergeburtstag interessiert mich momentan nicht mehr. Mein Cursor landet auf Seite 35:

Als sie Michaels Stimme aus dem Hörer des Türöffners hörte, spürte sie, dass hier jemand war, der sie beschützen würde.

Ich merke, dass ich panisch werde. Aus! Ich fahre den Computer hinunter, gehe zum Spiegel – schon wieder Wimperntusche unter den Lidern, ich habe doch gar nicht geweint –, wische die schwarzen Flecken weg, pudere mir die Nase und trage Lippenstift auf. Natürlich daneben, auch egal, nichts wie weg!

Im Brioni ist es voll. Nur ein Stehplatz an der Bar ist frei. Alles voller Rauch, das heißt, Kleidung wechseln, bevor ich wieder arbeite. Als Arzt darf man nie nach Rauch riechen, sonst glauben die Patienten, man lebt nicht so gesund, wie man es von ihnen verlangt. Das muss ich aushalten, denn Erika lehnt Nichtraucherlokale auch untertags ab. Ich beherrsche mich und bestelle keinen Veltliner – den würde ich jetzt brauchen –, sondern ein Soda Zitron. Das hat keine Kalorien und ist auch flüssig. Da ich mit dem Soda so wenig konsumiere und ich es mir mit dem Wirt nicht vertun will, bestelle ich noch ein Schinkenbrot, obwohl mir jeglicher Appetit vergangen ist. Erika wird es schon essen. Die schaut auch wirklich begehrlich auf das belegte Brot, als sie erscheint: »Pah, hab ich einen Hunger! Darf ich?« Und schon hat sie sich das Brot geschnappt und macht einen Riesenbiss. Mit vollem Mund mampfend, küsst sie mich rechts und links auf meine Wangen, wobei der Kren, der ihr aus den Mundwinkeln herausfällt, auf meiner linken Gesichtshälfte kleben bleibt. Ich sehe das ja nicht, erst als sie mich mit einer Serviette abwischt, bemerke ich es. Ich bin allergisch gegen fremde Hände, die, wie sonst die meiner

Mutter, in meinem Gesicht herumfummeln. Ich wische Erikas Hand weg. Die versteht das als Aggression: »Was hast? Bist grantig?«

»Nein, ich mag nur nicht, wenn man in meinem Gesicht …«

»Entschuldige, hab ich vergessen. Ich weiß, deine Mutter mit den Spuckefingern.«

»Genau.«

Ich küsse sie nun versöhnt zurück.

»Und? Das Leben, die Liebe und sonst?«

»Kater gestern, Zoff mit …«

»Wie immer Zoff mit Michael, oder?«

Ich nicke: »Ich glaub, er hatte eine andere.«

»Was heißt hatte? Dann ist ja alles gut.«

»Die ist tot.«

»Die Arme.«

»Ich glaube, er hatte was mit der Katz.«

»Hm, wer?«

»Na die Wasserleiche.«

»Wie kommst du da drauf?«

»Ich habe es gelesen. Sie hat einen Roman geschrieben und er kommt vor.«

»Oh je! Alma und die durchgeknallte Fantasie. Indizien?«

»Der in ihrem Buch heißt auch Michael.«

»Ehrlich, Alma, Michael ist nur ein Name. Hallo, bleib am Boden!«

»Er kennt aber ihre Freundin.«

»Na und? Ich kenne ihn auch.«

»Eben, mit mir hat er ja auch was.«

Erika schüttelt den Kopf, zündet sich eine Zigarette an und streicht mit der freien Hand über meinen Kopf, so wie wenn sie ein Kind beruhigen wollte.

»Frau Dr. Liebekind-Spanneck, ich bitte Sie, Ihren Verstand einzuschalten. Emotionen aus.«

Ich atme tief durch und nicke gehorsam.

»Alma, mir fällt da was ein. Der junge Wachebeamte. Da gab es Gerüchte, dass der sich was mit einer, die auf der Psychiatrie war, angefangen hat. Der heißt auch Michael. Michael, Michael …, mir fällt es wieder ein, wenn ich im Kommissariat bin. Soll ich dem nachgehen? Ob der mit der Katz was hatte?«

Ich nicke dankbar. Okay, Verstand ein, Emotion aus. Erika wirkt immer.

»Ich bin ein Trottel, aber was soll ich machen? Dreitausend Stunden Selbsterfahrung ändern nichts an der Leidenschaft.«

»Ich schlage vor, du schnackselst heute mit deinem Michael und alles ist wieder gut.«

»Das ist Laienpsychiatrie, was du da verzapfst. Schnackseln hilft nicht immer.«

»Aber ein Besuch bei der Erni. Übrigens die Jacke von D & G ist schon weg.«

Ich heuchle Verzweiflung: »Zu dumm, ich hätte wohl – aber du weißt eh, zu wenig Zeit.«

»Sei ehrlich, zu viel Geiz …«

»Mutter gibt mir zu wenig Taschengeld.«

»Nicht wirklich, das ist ein Schmäh.«

Ich kreuze hinter meinem Rücken meine Finger und lüge: »Ja, sie verwaltet mich.«

Erika seufzt, so ganz aus dem Bauch heraus: »Alma, wenn das wahr ist, dann …«

Diesen kleinen Schwindel ziehe ich jetzt durch, dann brauche ich nie wieder zur Erni oder sonst einer Textiltussi. Ich schaue ihr entwaffnend ehrlich in die Augen.

»Ganz ehrlich!«

Erika schüttelt ihren Kopf und streicht mir noch einmal, aber diesmal mitleidig über meinen Kopf. Bevor ich gehe, fällt mir ein, dass ich doch das Fahndungsfoto wollte. Erika verspricht, es mir bald zu schicken.

Als wir uns zum Abschied küssen, bleibt ihr dunkelroter Lippenstift an meiner rechten Wange und mein sowieso verschmierter blassrosa Lippenstift an ihrer linken Wange kleben. Wir schauen uns an und lachen.

In meine Ordination zurückgekehrt, öffne ich sofort den Text der Katz, scrolle schnell durch ein paar fade Seiten und bleibe dann beim netten Wachmann hängen:

Als sie bei der Toilette rauskam, gesellte sich zu dem netten Wachmann noch ein anderer dazu. Der raunzte sie an: »Und jetzt mal hopp auf … Beeilung.«

Sie nahmen sie rechts und links untergefasst und führten sie zu einem Polizeiwagen. Sie leistete keinen Widerstand. Der Aufwand war unnötig. Sie überlegte, wie sie dem jungen Netten sein Handy zurückgeben konnte, ohne dass er Schwierigkeiten wegen einer Dienstverfehlung bekäme. Da sie ja ihre Hände nicht frei hatte, konnte sie es ihm auch nicht unbemerkt zustecken. Dazu hätte sie in ihre Handtasche greifen müssen, die über ihrer Schulter hing. Sie versuchte ihm mittels Blickkontakt mimisch verständlich zu machen, dass sein Telefon in ihrer Handtasche war und er es sich unbemerkt herausnehmen sollte. Er verstand nichts. Im Polizeiwagen saßen sie rechts und links von ihr, ein anderer fuhr. Die Tasche hatte sie eingeklemmt zwischen dem unsympathischen Polizisten und ihr. Bei einer leichten Bremsung tat sie so, als ob sie nach vorne fallen würde, dabei leerte sie den Inhalt der Tasche auf den Boden. Der junge Wachmann half ihr, die Sachen einzuräumen, und nahm dabei unbemerkt sein Handy an sich. Sie war erleichtert:

»Danke, herzlichen Dank …«

»Gern geschehen.« Er lächelte sie so herzlich an, dass sie sich wünschte, er würde ihr Bewacher bleiben.

Der andere meinte nur: »Pass eben besser auf, Mädel.«

Als sie in der Klinik anlangten, wurde sie sofort in ein Untersuchungszimmer gebracht, wo die beiden Polizisten so lange bei ihr blieben, bis ein Arzt und ein Pfleger eintrafen. So hatte sie wenigstens noch kurze Zeit die Gelegenheit, mit ihrem Wohltäter, wenn auch nur nonverbal, zu kommunizieren. Er war nervös, das merkte sie. Er wollte ihr was sagen, traute sich aber im Beisein des anderen nicht.

Sie begann ein Gespräch: »Wann bekomme ich mein Telefon zurück? Ich muss meine Mutter verständigen. Meine Tochter ist erst drei. Die machen sich Sorgen, wenn ich verschwunden bin. Und auch mein Theater, ich habe abends Vorstellung.«

»Tun Sie sich nichts an. Das wird schon erledigt«, meinte der Grantige. Ihr lieber Polizist beruhigte sie: »Wenn Sie wollen, dann fahre ich mit dem Streifenwagen vorbei und sage Bescheid. Die Adresse?«

»Meine Mutter heißt Elisabeth Katz und wohnt in der Lieblgasse in Kagran. Und das Mozarttheater ist in der Mozartgasse, mein Chef heißt Claus de la Menta.«

»Claus de la Menta, wer heißt denn so? Ha, ha, ha!« Der Grantige fand den Namen komisch. Ihr Freund (denn sie hatte allen Grund, ihm freundliche Gefühle zu unterstellen) blickte sie so lieb an, dass sie kurzzeitig an einen Wink des Schicksals glaubte, welches sie nur deshalb in diese vertrackte Situation gebracht hatte, damit sie diesen sympathischen Mann kennenlernte. Sie wagte es nicht, nach seinem Namen zu fragen, obwohl sie ihn unbedingt wiedersehen wollte. Es fiel ihr ein, dass sie ja durch den Anruf bei Mam die Nummer seines Handys auf Mams Telefon hatte. Wenn sie wieder heraußen wäre, würde sie ihn zu einer Vorstellung einladen. Und dass sie bald wieder zu Hause wäre, bezweifelte sie nicht.

God bless you, Sabine! Und dich, Erika, auch!

4. Kapitel

Nach der Lektüre des Katz'schen Berichts – sei er erfunden oder nicht – bin ich beruhigt. Ich bin unter Zeitdruck, denn ich sollte schon lange im Gefangenenhaus Mittersteig sein, um dem Handyräuber noch ein paar Worte aus der Nase zu ziehen. Also schließe ich den Text, ohne vor oder nach der Passage über den »lieben Polizisten« weiterzulesen. Das mache ich morgen. Ich öffne noch schnell meine Mails, um zu schauen, ob Erika wohl nicht auf das Foto vergessen hat. Hat sie nicht. Ist schon da! Ich lege es mir als das Hintergrundfoto auf meinen Desktop ab. So eine leblose Frau auf dem Bildschirm erinnert mich immer daran, wie froh ich sein kann, dass es mir so gut geht.

Beschwingt stürze ich mich unter die nachmittäglichen U-Bahn-Passagiere. Heute Abend werde ich Michael versöhnen. Wenn ich mir unsere Versöhnung vorstelle, wird mir ganz warm ums Herz und zwischen den Beinen. Jetzt noch einen Vivaldi im MP3-Player und ich beame mich in meine eigene Welt, die mit den undeodorierten Leuten rundherum nichts zu tun hat. Da gelingt es mir sogar, die Leichtigkeit des Seins zu empfinden, obwohl sich gerade die Gefängnistore hinter mir schließen. Meine aufgeheiterte Stimmung bringt meinen Räuber dazu, ein bisschen mehr als sonst zu plaudern: »Du riachst guat!«, meint er, als ich das Besprechungszimmer betrete.

»Danke für das Kompliment.«

»Host an Fraind?«

Ich vermeide sonst persönliche Gespräche mit Klienten, aber darauf muss ich antworten, sonst macht er sich Hoffnungen, dass er bei mir landen kann. Ein Typ, der so blöd ist, dass er sich wegen eines Handys einen Mord einhandelt, glaubt auch, er kann seine Gutachterin vögeln, wenn er einmal draußen ist.

»Ja, der ist zwei Meter groß und Türsteher, Security.« So, das hätte ich geklärt. Das imponiert ihm. Obwohl wir jetzt so eine Art

Arbeitsübereinkommen – Security ist beinahe der Jetset der Unterwelt – haben, bringe ich es nicht zustande, ihm irgendeine relevante Information zu entlocken. Weder tut ihm die Tat leid noch ist er stolz auf seinen Mord. Es ist ihm einfach egal. Im Häfen ist es sowieso schöner als draußen. Kein Druck, sich Geld fürs Überleben besorgen zu müssen. Das einzige Manko: zu wenig Alkohol und Drogen, sonst alles paletti.

Bürscherl, ich gönne dir ein paar Jahre im Knast. Dein Pflichtbeistand wird sich hoffentlich nicht zu sehr um eine kurze Haft bemühen, und bedingt gibt's bei ihm sowieso nicht mehr – zu viele Vorstrafen.

Dass Individuen wie er, die der untersten Unterschicht entsprossen sind, kaum eine Chance haben, ist Menschen aus meiner Gesellschaftsschicht selten bewusst. Die Christen haben schon recht, wenn sie von einer Erbsünde sprechen. Dieser Kerl hat einen Riesenrucksack, gefüllt mit Erbsünde, abgekriegt, genetisch und sozial. Mutter Alkoholikerin (also frühkindlicher Intelligenzschaden), Vater nicht da (wahrscheinlich ebenfalls Häfenbruder), aufgewachsen bei der Oma (ich nehme an, abgearbeitete Hure), Geschwister (halb und ganz) wird er möglicherweise bald beim Gefängnisrundgang treffen.

Aus dem Gefangenenhaus entkommen, stecke ich mir meine Stöpsel ins Ohr und gehe zu Fuß bis zur Paulanerkirche auf der Wiedner Hauptstraße, wo ich aufgrund meiner katholischen Erziehung drei Kerzen anzünde. Eine für Mutter, eine für Michael und eine als Trinkgeld für Gott, wenn er sich die Mühe antut, es uns weiter so gut gehen zu lassen. Das Eigenartige ist, dass ich ja nicht an Gott glaube. Zur Sicherheit aber – meint das Kind in mir – sollte ich es mir doch nicht mit ihm verscherzen.

Der Preis für das Lichtlein ist in jeder Kirche anders. Es fängt bei fünfzig Cent an und hört bei zwei Euro auf. Wobei die Kerzen für zwei Euro größer sind. So ein Glaube an Gott ist eine Mezie – da haben sich die Katholiken was von den Juden abgeschaut. Man kann sich immer von aller Schuld freikaufen und auch noch eine Option auf das Glück erwerben. Dann gibt es noch zusätzlich die Chance, in einem Kasten kniend, in dem einem gegenüber ein – von Gott konzessionierter – Richter sitzt, nur durch das Aufsagen der bösen Taten, anonym freigesprochen zu werden. Allerdings muss man die Strafe Gottes in Form von »Vater unser«- und/oder »Gegrüßet seist du Maria«-Beten erfüllen. Eine billige Buße! Wie viele »Vater unser« und/oder »Gegrüßet seist du Maria« hätte mein Handymörder wohl von so einem Richter ausgefasst? Jedenfalls so viele, dass er die Gebete dann, trotz seines Intelligenzdefektes, auswendig gewusst hätte.

Offenbar hat trotz meiner Ungläubigkeit der Heilige Geist Michael daran erinnert, dass er mein SMS beantworten soll. Gerade als ich die Trinkgeldkerze angezündet habe, bekomme ich eine Botschaft von meinem Liebsten: »Bei Google gibt es 1.430.000.000 Michael und ich bin nur einer davon. Wo bist du?«

Ich tippe: »Habe gerade Kerze für dich angezündet. Wann kommst du?«

Als Dank für die angezündete Kerze klopft das Alma-Handy bei meinem Handy an, ich hebe ab.

»Bist du am Friedhof?«

»Nein, ich war in der Kirche. Ich wollte uns bei Gott einschmeicheln, weil der uns zusammengebracht hat. Stell dir vor, wie schwer das bei 1.430.000.000 Michaels ist.«

Michael lacht ins Telefon: »Ja, da hat er wohl lange gescannt. Noch dazu gibt es auch noch 228.000.000 Almas.«

»Siehst du, ich bin seltener. Das heißt, er hatte 1.430.000.000 hoch 228.000.000 Möglichkeiten. Hm, soll ich noch eine Kerze anzünden, als Dank?«

»Das machen wir zusammen, heute Abend. Die stellen wir ins Fenster.«

»Ich gehe jetzt nach Hause. Ich koche.«

»Um Gottes Willen, nein.«

»Ich will aber, für dich.«

»Verbrenn dich nicht, ich komme in einer Stunde.«

Nachdem ich aufgelegt habe, kommt noch ein SMS: »lkodurababraseren saidjiajfijfoj ...«

Ich antworte nicht, denn ich weiß, das Alma-Handy steckt in seiner Hosentasche und tippt vor sich hin, so lange, bis der Akku leer ist. Egal, heute brauchen wir keine Ätherkommunikation mehr.

Auf dem Weg zu mir in den Zweiten erstehe ich ein fertiges Grillhendl, Kartoffelsalat dazu und zwei Cremeschnitten. Heute darf ich, denn das Schinkenbrot hat ja die Erika beinahe allein gegessen. Als ich zu Hause die Türe öffne, sehe ich, dass Mutter da war. Sie hat mir zur Versöhnung ein Menü, bestehend aus einer Rindsuppe mit Lungenstrudl, Rahmherz mit Fisolen und als Nachspeise einem Marillenstrudel, hingestellt. Sie ist doch lieb, meine Mama!

Auf dem Topf klebt ein Post-it: »Genieße den Abend, es ist genug für zwei. Ich werfe mich in die Höhle des Löwen. Vanitas vanitatum et omnia vanitas.«

Ach Mutter, wieso zwingst du mich ständig, mein Latein zu verbessern? Ich habe schon maturiert und ich habe den Doktor, den du nicht hast. Trotzdem, als Dankeschön für das Essen werde ich dich morgen fragen, was das ... vanitas ... auf Deutsch heißt – zu deiner Befriedigung. Das Grillhendl mit den Cremeschnitten werde ich einfrieren oder dem Michael mitgeben.

Da mir das Kochen erspart bleibt, kann ich mich schön machen. Immerhin soll mein Lover nicht gleich sehen, dass ich eine kurze, dafür zu alkoholische Nacht hinter mir habe. Leider bemerke ich, dass ich schön langsam in ein Alter komme, wo man mir die um die Ohren geschlagenen Nächte ansieht. Erika weiß sicher eine Adresse, um diesen Zustand zu verbessern. Nach einer kleinen Korrektur der visuellen Realität finde ich mich schön genug, um den einzigen Michael unter den eineinhalb Milliarden anderen zu empfangen. Als es läutet, habe ich sogar schon den Tisch gedeckt – leider keine Kerzen im Haus – und die Suppe in die Mikrowelle gestellt. Da ich nur meinen Michael erwarte, drücke ich, ohne nach dem Namen zu fragen, auf den Türöffner. Ich mache die Wohnungstür, ohne zu warten, schon mal auf, da in der Küche die Mikrowelle klingelt und ich gleich nach der Suppe das Rahmherz hineinstellen will. Als ich gerade die Schüssel mit der Suppe aus der Mikrowelle nehme, spüre ich eine Umarmung von hinten. Ich werde steif, das fühlt sich nicht wie Michael an. Das fühlt sich gar nicht nach Michael an, das riecht auch nicht nach Michael, das ist ein fester, harter Griff, das sind nicht Michaels sensible Hände. Und dann saugt sich auch noch so ein fremder Mund in meinen Nacken. Ich winde mich aus der Umarmung. Schock, da steht Claus de la irgendwie, der mich aber nicht loslassen will. Ich ringe um Fassung: »Wie, hm, wie kommen Sie hier rein?«

Er lacht: »Durch die Tür, die war offen, Pulchra.«

»Aber«, stottere ich, »aber, haben Sie nicht Vorstellung?«

»Habe ich, aber ich dachte, ich schau vorher bei dir vorbei.«

»Hm, wie wussten Sie?«

Er zieht mich an sich und greift mir zwischen die Beine: »Es ginge sich noch aus ...«

Ich ziehe seine Hand weg, ihn zu schlagen, traue ich mich nicht. Ich lache verlegen: »Mein Freund muss jeden Augenblick kommen, verstehen Sie?«

»Ach deshalb! Wir können auch nach der Vorstellung.«

»Da, hm, da ist er noch da.«

»Schick ihn weg, sag ..., sag, du bist krank. Kopfweh, das haben sie ja immer.«

Ich schüttle den Kopf: »Heute nicht, nicht heute. Ich komme in den Kurs. Okay?«

Dann nehme ich den Sack mit dem Grillhendl und dem Kartoffelsalat und drücke es ihm in die Hand, damit er was anderes als mich zum Greifen hat.

»Guten Appetit, langt für euch, denke ich. Und ...«, ich schnappe auch noch die Cremeschnitten, damit auch die andere Hand was zu tun hat, »da sind noch Cremeschnitten.«

Ohne eine Hand frei zu haben, versucht er dennoch seinen Mund auf den meinen zu drücken und seine Zunge in mich hineinzustecken. Das kann ich durch einen Sidestep verhindern.

»Toi, toi, toi für heute!« Ich schiebe ihn sanft zur Tür hinaus. Mit gestelztem Blick auf den Sack mit den Süßigkeiten meint er noch: »Dich tät ich lieber vernaschen, aber ...«

Ich erspare es mir, weitere Anzüglichkeiten anhören zu müssen, indem ich die Tür hinter ihm zudrücke. Als er draußen ist, atme ich tief durch und ahne, dass ich mir mit dem was Schönes eingebrockt habe. Ich glaube, ich werde Michael jetzt doch einen Wohnungsschlüssel geben müssen!

Apropos, woher weiß der, wer ich bin und wo ich wohne? Ich habe mich doch gar nicht vorgestellt. Aber meine selbstdarstellende Mutter, die ihm sogar die Hand zum Kuss gereicht hat: »Liebekind-Spanneck ... Martha.« Nichts leichter als mich dann zu googeln. Und meine Adresse hat er wohl aus dem Telefonbuch oder dem Internet. Vielleicht war es auch die nette Birgit Platzer, die ihm erzählt hat, wer ich bin. Aus Naivität? Absichtlich sicher nicht, sonst hätte sie mir nicht heimlich den USB-Stick gebracht. Irgendwie stimmt in dieser Theatergruppe was nicht. Bei meinem Besuch bei der Mutter der Katz hat diese ja auch angedeutet, dass ihre Sabine von den Theaterleuten ausgenutzt wurde. Das kann ich mir gut vorstellen. Der Claus irgendwas fühlt sich wie die zweite Auflage von Otto Mühl.

Ich setze auf Mutters Spionagequalitäten heute Abend und ich werde Michael über die Birgit ausquetschen.

Der kommt wie immer zu spät. In einer Stunde, hat er am Telefon versprochen! Bei »in einer Stunde« gebe ich sowieso eine halbe dazu, ohne böse zu sein. Bei einer ganzen zu spät bin ich dosiert grantig (küsse ihn bei der Begrüßung nicht auf den Mund, nur Bussi, Bussi), da kennt er sich schon aus. Bei eineinhalb Stunden zu spät rede ich eineinhalb Stunden nichts mit ihm und verweigere den Geschlechtsakt. Nach zwei Stunden Warten mache ich einfach nicht mehr auf. Da kann er dann unverrichteter Dinge wieder zu ihm nach Hause gehen. Das ist aber bisher erst einmal vorgekommen. Nachher hat er gewusst, man darf sich mit meiner Geduld nicht spielen. Noch dazu war das damals im Winter und er konnte sich das Taxi zurück nicht mehr leisten. Also nächtliches nach Hause Stapfen bei minus zehn Grad. Das merkt man sich! Ich habe in meiner zwar nicht abgeschlossenen Verhaltenstherapieausbildung und vor allem durch Mutters Erziehungsvorbild gelernt, wie man Männer erzieht.

Heute ist es eine Stunde Verspätung. Also Bussi, Bussi. Er tut so, als ob er auf die Uhr schauen würde. Nur da ist keine! Michael trägt nie eine Uhr.

»Ach, keine Uhr, keine Zeit.« Er tut so, als ob er ein schlechtes Gewissen hätte: »Wirklich, ich dachte …«

»Zum Denken bedarf es eines Verstandes«, werfe ich ihm vor und schließe die Küchentür hinter mir. Dann komme ich wieder heraus und tue verzweifelt: »Alles trocken und verbrannt! Ich bin nicht schuld.«

»Du hast noch nie gekocht, ohne etwas anbrennen zu lassen. Ich bin nicht schuld.«

»Ja, aber nur, weil du mich immer warten lässt. Ein Braten kann nicht warten.«

»Kann er schon, wenn man ihn rechtzeitig zurückdreht.«

»Kann er nicht!«

»Kann er schon!«

»Kann er nicht!«

Michael drückt mich gegen die Wand und versucht mich zu küssen, aber ich winde mich unter seinen Armen durch.

»So leicht kannst du es dir nicht machen. Wo warst du? Bei deiner Birgit?«

Er lässt sofort von mir ab. Ärgerlich meint er: »Was soll das eigentlich? Ich kenne keine Birgit. Vielleicht schon, aber jedenfalls nicht bewusst.«

»Birgit Platzer, sie war heute bei mir in der Ordi. Sie hat mir erzählt, dass sie eine Bekannte von dir ist und du sie auf einen Vortrag von mir aufmerksam gemacht hast. Also musst du sie kennen. Schauspielerin.«

»Wie schaut sie aus?«

»Zart, so einssiebzig, braune, halblange Haare mit Mèchen, hübsch, aber nicht auffällig schön. Ihre Freundin hat sich ertränkt. Das muss sie dir erzählt haben.«

Michael greift sich auf die Stirn: »Klar, ich weiß schon. Das war bei dem Literaturzirkel des PEN-Clubs. Der Marizcka hat gelesen. Urfad – Kunst. Nachher hat uns der Marizcka vorgestellt. Ich habe mich mit ihr kurz unterhalten. Sie wirkte sehr bedrückt und ich wollte sie aufheitern. Sie hat mir erzählt, dass sie eigentlich mit ihrer Freundin zu der Lesung kommen wollte, die sich aber vor zwei Tagen umgebracht hätte.«

»Gefällt sie dir?«

Michael nimmt mich wieder in den Arm: »Nein! Ich kann mich ja nicht einmal mehr genau erinnern.«

»Das sagst du so.«

»Ach geh, du weißt doch, dass dir keine das Wasser reichen kann. Ich meine ...«, dabei deutet er auf meinen Hosenreißverschluss, »und so ...«, dabei küsst er mich auf meine Stirn.

»Und weil du keine Lust hattest, dir ihre traurige Geschichte weiter anzuhören, hast du dir gedacht, ich schicke sie zu Alma, dann bin ich sie los ...«

»Du bist der Profi! Ich kenne mich da nicht aus.«

»Du willst dich nicht mit Menschen abgeben, ... zu anstrengend. Das wäre aber gut für deine Schreiberei.« Oh je, das hätte ich besser nicht gesagt. Da ist er empfindlich. Eben sensibler Künstler, der keine Kritik verträgt. Er verzieht den Mund und meint: »Ich habe Hunger, ich esse sogar die schädlichen Benzpyrene auf deinem Kohlebraten.«

Wir gehen in die Küche, um die Suppe zu holen. Ich hätte es so schön geplant gehabt, mit Kerzen, Vorlegebesteck und Porzellanschüssel, aber wieder einmal alles danebengegangen. Also tun wir das Tupperwaregeschirr von Mutter noch einmal in die Mikro und schöpfen gleich daraus die Suppe auf unsere Teller. Beim Öffnen der Mikrowelle sieht Michael das Rahmherz, das nicht verbrannt ist: »Phuu, was ist denn das? Herz?«

»Rahmherz.«

»Herz esse ich nicht.«

»Kosten wenigstens.«

»Wie pervers muss man sein, wenn man Herz isst. Das ist wie, wie, wie Kannibalismus.«

»Es ist von einer Kuh, nicht von einer Leiche.«

Michael verzieht sein Gesicht, Ekel. Ich seufze: »Und ich habe mich so geplagt.«

»Stimmt doch gar nicht, das war die liebe Mama, oder?«

»Rahmherz ist trotzdem was Feines, glaube mir.«

»Ich esse die Suppe und die Fisolen.«

Als ich ihm dann ein Stück Lungenstrudel in seinen Teller lege, tut er so, als ob er gleich in Tränen ausbrechen müsste: »Und das?«

»Das ist Strudel, ähm Lu… ähm Fleischstrudel.«

Er seufzt ganz laut durch die Nase, demonstrativ, das ärgert mich: »Dann isst du eben nichts, nie wieder, nie wieder, mache ich mir die Mühe. Das nächste Mal kauf ich ein Grillhendl.«

»Ich flehe dich an, bitte tu das!«

Trotzdem schaffen wir es mit vollem Suppenteller bis zum Tisch. Das Achtel kühlen Veltliners versöhnt ihn sofort – Alkoholiker. Ich halte mich an selbstgemachten Holundersaft , da ich noch unter den Folgen des Vorabends leide und ich morgen mit einem klaren Kopf aufwachen möchte. Beim Rahmherz werde ich allerdings schwach. Bei dieser Delikatesse wäre ein Hollersaft als Getränk dazu ein Verbrechen. Durch den Veltliner steigt unser Stimmungsthermometer sogar so weit, dass er das Rahmherz probiert und ich ihm die Verspätung, die Birgit und seine Faulheit, was empathisches Zuhören von Sorgen anderer Menschen betrifft, verzeihe. Alles ist gut! Michael isst zwei Stück Lungenstrudel und zwei Portionen Rahmherz. Man muss eben durch Überprüfen Vorurteile überwinden! Das habe ich ihm heute beigebracht. Als Dank dafür, dass ich so gut gekocht habe, bringt er mir später ebenfalls was sensationell Aufregendes bei. Während seines Unterrichts stört uns nicht einmal das Klingeln des Handys, das hat im Schlafzimmer nichts verloren.

Ich wache panisch auf, da Michael auf mir draufliegt und mich mit beiden Händen festhält.

Ich sehe mich selber, wie ich als bläuliche aufgequollene Wasserleiche gerade von der Klaus-Kinski-Puppe geküsst werde. Das Klappmaul der Puppe stülpt sich über mein Gesicht, um mich aufzufressen. Dahinter sehe ich das Antlitz von Claus de la Menta (im Traum weiß ich, wie er heißt), der die Puppe führt. Seine linke Hand führt die Hand des Klaus Kinski und greift meinem Leichenkörper zwischen die aufgequollenen Beine. Ich will schreien und mich wehren, aber ich bin ja tot. Der Puppenspieler grinst mich an, während er die Puppenhand in meine Vagina einführt. Ich bekomme keine Luft, obwohl ich ja eine Leiche bin.

Anscheinend habe ich aber doch geschrien und um mich geschlagen, denn davon ist Michael aufgewacht. Als mir dämmert, dass ich geträumt habe, beruhige ich mich. Michael nimmt mich ganz fest in seine Arme und streichelt mich: »Ganz ruhig, mein Liebling. Ich bin ja da, ich beschütze dich, welches Monster auch immer dich auffressen wollte.«

Durch seine liebevolle Umarmung, die so warm ist, wie man sich Geborgenheit wünscht, bricht aus mir ein Schwall von

Tränen. Ich kann gar nicht mehr aufhören zu schluchzen und ich will auch gar nicht. Es tut so gut, beschützt einfach heulen zu dürfen.

Dann fuchtelt er mit seinen Armen in der Luft herum: »Weg, gehe weg. Lass meine Alma in Ruhe, du Miststück!« Da muss ich lachen. Ich bin so froh, dass ich ihn habe.

Nach diesem nächtlichen Abenteuer dämmere ich an Michaels Schulter noch bis zum Morgen. Michael schnarcht tief und fest. Ich mag sein Schnarchen!

Ich stehe wie immer vor meinem Bettgenossen auf. Es fällt mir ein, dass ich ihn bitten wollte, für die nächsten Tage bei mir zu wohnen. Dazu müsste ich ihm aber erzählen, dass es nicht nur einen Traumpuppenclaus gibt, sondern auch einen realen. Michael wäre dann sicher nicht damit einverstanden, dass ich den Puppenspielkurs bei dem mache. Er würde nicht verstehen, warum mich dieser Mann zwar bis in meine Träume verfolgt, ich mich aber freiwillig in die Höhle des Löwen begebe.

Deshalb verbiete ich mir meine Ängstlichkeit. Ich sage mir, ich werde mich schon allein zu wehren wissen, wozu bin ich Psychiater? Immerhin gibt es eine Sprechanlage. Die Wohnungstür bleibt ab jetzt so lange verschlossen, bis ich mich vergewissert habe, dass da kein böser, schwarzer Mann draußen ist. Bin ich ein Weibchen, das des Schutzes ihres Bettgenossen bedarf? Nein, ich trage ab jetzt immer meinen Pfefferspray in der Hosentasche.

Diagnostisch gesehen ist Claus de la Menta – seit diesem Traum werde ich seinen Künstlernamen sicher nicht mehr vergessen – ein übergriffiger, selbstverliebter Machopsychopath. Unter seiner gefällig lässigen Oberfläche verbirgt sich ein deutlich erhöhtes Aggressionspotenzial. Allein der Umgang mit seinen Mitarbeitern spricht dafür, dass ihm charakterlich jegliche Empathie fehlt. Das ist so einer, der sich nimmt, was er möchte. Seine Leute scheinen sich von ihm einschüchtern zu lassen, er setzt sie unter Druck. Ein soziopathisches Alphatier. Hält er sie in finanzieller Abhängigkeit? Sind sie ihm hörig? Ist er ihr selbsternannter Guru? Gibt es sexuelle Übergriffe?

Jedenfalls halte ich ihn für skrupellos, wenn er nicht bekommt, was er möchte.

Soziopathen sind häufig Führungspersönlichkeiten, die die Auswirkungen ihrer Entscheidungen auf ihre Mitmenschen nicht in ihre Entscheidungsfindung miteinbeziehen, da sie nicht in der Lage sind, sich in andere hineinzuversetzen. Sie leiden an einer genetischen Disposition für kriminelles Verhalten, die niedrige Monoaminooxidase-A-Variante. Das bedingt, dass sie über Leichen gehen können, ohne Mitleid zu empfinden. Beste Voraussetzungen, um zu herrschen. Wir haben keine Ahnung, wie viele Menschen, von deren Entscheidungen wir abhängig sind, unter einer soziopathischen Charakterstörung leiden. Weit verbreitet ist diese Spezies unter Bankern, Politikern, eben Karrieristen in verschiedensten Branchen, aber auch unter den unemotional handelnden Betrügern und Mördern. Mit modernen Untersuchungsmethoden wie PET oder SPECT wäre es uns sogar schon möglich, diese Leute herauszufiltern, da sie auf Reize, die bei der Normbevölkerung Reaktionen in den Amygdalae hervorrufen, andersartig reagieren. Leider ist das nur in klinischen Versuchsanordnungen erlaubt. Ein Screening der gesamten Bevölkerung wäre politisch nicht korrekt. Den Claus de la Menta täte ich gerne in einen Scanner stecken und seine Monoaminooxidase-Variante abchecken.

Ich richte Michael das Frühstück, lasse ihn aber weiterschlafen. Da ich ihm kein Guten-Morgen-SMS schreiben kann – der Akku ist tatsächlich leer vom automatischen Simsen –, lege ich einen Zettel auf seinen Teller: »Darf ich heute Abend bei dir schlafen? Ich bringe ein Grillhendl mit. Je t'aime.«

Ich ertappe mich, bevor ich auf die Rembrandtstraße hinaustrete, dass ich durch den Spalt der Eingangstüre luge, ob mich jemand abpasst. Ich reiße mich am Riemen: »Blöde Kuh. Du wirst auch schon paranoid.«

Am Weg über den Augartensteg hinüber in den zivilisierten neunten Bezirk ruft Erika an.

»Hey Käse«, Erika nennt mich manchmal so, wegen der Alma-Käseecken, sie findet das witzig, »bist du munter?«, und zweideutig: »Aha! Du hast meinen Rat gestern Abend befolgt? Das Handy hast du jedenfalls nicht gehört.«

»Munter ja, habe jetzt Ordi. Rat auch.«

»Gut, dann kann ich ja reden.«

»Das tust du doch schon.«

»Also, der junge Polizist, der ist gerade fertig geworden mit der Schule. Also der, der hatte angeblich wirklich was mit der Katz.«

»Ein Gerücht, oder?«

»Kein Gerücht, er wurde verwarnt. Stell dir vor, jeder Wachebeamte täte mit einer Beschuldigten ins Bett gehen?«

»Aber die hat doch gar nichts angestellt.«

»Aber er hatte sie perlustriert.«

»Okay, Polizeiinterna. Interessiert mich nicht. Wie heißt er?«

»Eigentlich darf ich dir das nicht sagen.«

»Geh Erika, mach nicht schon wieder so einen Zirkus. Bleibt doch unter uns.«

»Nein, wirklich, Amtsgeheimnis.«

»Wieso rufst du mich dann an?«

»Weil du meine Freundin bist, deshalb. Und ich weiß, dass du mich solange sekkierst, bis ich es für dich rausbekommen habe.«

»Genau! Also?«

»Brunner. Er heißt Brunner.«

»Da gibt es aber viele.«

»Leider kann ich ihn für dich nicht umbenennen.«

»Und? Hast du seine Nummer?«

»Das darf ich dir wirklich nicht verraten. Da komm ich in Teufels Küche. Ist sein Diensthandy. Private hab ich nicht.«

»Okay, ich krieg's raus. Ich muss Schluss machen, bin schon fast da. Bussi.«

»Und? Kein Danke, keine Einladung auf einen Prosecco, keine Shoppingtour zu zweit?«

»Sag schon, was soll ich bei der Erni kaufen? Eine Hose?«

»Einen Kaschmirpullover von Kenzo, toll, toll, toll!«

I am not amused: »Okay«, stöhne ich, »ich lade dich auf einen Prosecco ein. Wann?«

»Übermorgen. Frag deine Mama, ob sie ausnahmsweise was springen lässt. Sag, du brauchst einen Pullover, ist ja bald Winter.«

»Es ist Sommer!«

»Trotzdem, der Winter kommt sicher.«

»Also übermorgen um sieben?«

»Ciao, Käse, ich bring den Pulli zum Probieren mit.«

Ich lege auf, bevor sie mir auch noch eine Hose, eine Jacke, eine Unterhose, Socken und einen BH andrehen möchte. Ich werde ihr den Pullover abnehmen, dann ist für einige Zeit Schluss mit Fetzen – hoffe ich.

Als ich meine Ordination betrete, erwarten mich schon jede Menge »Klienten« – so heißen Patienten heutzutage –, die mir fordernde Blicke zuwerfen. Das ist der schlimmste Augenblick an so einem Arbeitstag. Wenn ich an den Klienten vorbei bin und hinter mir die Sprechzimmertür zumachen kann, atme ich mal tief durch und sage mir: »Gehen wir's an!«

Ich weiß, dass ich die Probleme dieser Patienten nicht lösen kann. Aber sie erwarten es von mir. Deshalb beschert mir meine Tätigkeit auch ein Gefühl der Insuffizienz. Ich müsste halt die heilige Maria sein, dann könnte ich durch Wunder heilen.

Heute strahlt mich Mutter an? Ist das ein Lichtblick? Sie rollt ihre Augen geheimnisvoll und deutet mir mit ihrem rechten Zeigfinger, dass sie mit mir in mein Sprechzimmer gehen möchte. Das tun wir, nicht ohne zu bemerken, dass die Menge im Wartezimmer über diese Verzögerung ungehalten ist. Wir drängen uns zwischen den vor meiner Tür Habt-Acht-Stehenden – viele glauben, dass sie früher drankommen, wenn sie meinen Eingang blockieren, aber da kennen sie Mutter schlecht, die sind die Letzten – durch und drücken die Tür zu.

»Ich weiß was!«, posaunt Mama aufgeregt hinaus.

»Super.«

»Der Prinzipal spricht auch fließend Latein.«

Meine Neugierde schwindet, diese Neuigkeit interessiert mich gar nicht. Mutter denkt wohl, sie habe einen Seelenfreund gefunden.

»Ein intelligenter Mensch …«

»Und sonst?«

»Aber irgendwas stimmt nicht mit dem, trotz Latein.«

»Vielleicht genau deswegen …«

Jetzt ist sie beleidigt: »Gut, wenn es dich nicht interessiert, dann belästige ich dich eben nicht.«

Ich beruhige sie: »Wir reden in der Pause. Es sind so viele Leute, ich will da durch.«

Sie lenkt ein: »Hast recht, fangen wir an. Aber ich sag dir, interessant …«

»Ich glaub's dir.«

Als sie draußen ist, schicke ich ihr eine Botschaft auf ihr Display: »Was heißt das mit dem Vanitas etc.?«

»Mein liebes Kind, du hast in Latein maturiert. Übersetze selber.«

Ich schreibe zurück: »Aber vor 28 Jahren.«

»Und ich vor 66 Jahren.«

Gewonnen, sie hat wie immer gewonnen.

Der Vormittag zieht sich – eine Mobbingepidemie ist ausgebrochen –, da ich nicht bei der Sache bin. Immer wieder ertappe ich mich, dass ich in Versuchung gerate, den Text der Katz zu lesen. Ich fiebere danach zu erfahren, was meine Wasserleiche vor ihrem Tod beschäftigt hat. Trotz Beherrschung – ärztliche Ethik – muss ich zwischen zwei Gemobbten immer wieder kurz durch das Buch scrollen:

Das ging Wochen so. Wann genau sie ihn das erste Mal bemerkte, wusste sie nicht mehr. Es war ja auch nicht so, dass sie sofort dachte, der verfolgt sie. Erst als sie immer wieder diesen Schatten hinter sich beobachtete, wurde sie hellhörig. Irgendwann wurde ihr klar, der wollte was von ihr, der spionierte ihr nach.

Diese Worte klingen nicht wie die Wahnvorstellungen einer paranoiden Person.

Kurz vor unserer Mittagspause stellt mir Mutter ein Gespräch durch. Das macht sie nur bei Notfällen. Sonst lässt sie es nicht zu, dass ich gestört werde. Außerdem wird sie mit den meisten Anrufern sowieso selber fertig. Ist sie doch der Meinung, dass ihre »Lebenserfahrung« therapeutisch mindestens so viel bringe wie meine jahrelange Ausbildung. Wahrscheinlich hat sie recht! Mir hat die Selbsterfahrung ja auch nicht geholfen, Mutters »Lebenserfahrung« dominiert mich nach wie vor.

»Darf ich dir die Frau Katz geben?«

»Sag, ich ruf zurück.«

»Ist dringend!«

»Gut ...«

Mutter verbindet. Vor mir sitzt diesmal kein Mobbingopfer, sondern eine Frau mit einem Kotzbrocken als Ehemann. Ich halte den Hörer zu und entschuldige mich bei ihr: »Ein Notfall, pardon.«

Ich drücke der gedemütigten Ehefrau ein Taschentuch in die Hand, damit sie beschäftigt ist, während ich telefoniere. Sie schnäuzt sich laut und unterbricht ihr Schluchzen, damit ihr nur ja nichts von meinem Telefonat entgeht. Dafür schluchzt mir die Katz in den Hörer:

»Hn, hn, hn …«

»Hallo, hier Dr. Liebekind! Was ist los Frau …?«

Ich darf sie ja nicht beim Namen nennen – Arztgeheimnis.

»Hn, hn, hn, er …, er …, er …«

»Was ist mit ihm?«

Ich ahne sofort, dass es sich bei »er« nur um ihren Kotzbrocken von Lebensgefährten handeln kann.

»Kann ich kommen?«

So, was ist mir wichtiger? Meine Mittagspause mit einem Powernap oder noch eine zusätzliche Stunde in einer Tränenflut? Ich entscheide mich, weiter im Tränenmeer zu schwimmen, und sage zu: »Kommen Sie!«

Die Frau mit dem ebenfalls kotzbrockigen Ehemann lächelt mir dankbar zu: »Sie haben ein großes Herz …«

Ich denke mir nur: »Wenn die wüsste, wie mir Frauen wie sie, die sich von solchen Typen unterbuttern lassen, auf die Nerven gehen?«

Jetzt ist der richtige Zeitpunkt, um die unterbutterte Gattin sanft aus meinem Sprechzimmer hinauszukomplimentieren. Momentan fühlt sie sich verstanden und angenommen. Ich habe es mir zur Regel gemacht, dass kein Patient seine Therapiestunde verlässt, ohne von mir einen Auftrag zu bekommen. Drum drücke ich der Frau einen Zettel mit ihrem ganz persönlichen Auftrag in die Hand: »Täglich drei Mal Anordnungen Ihres Mannes nicht befolgen.«

Sie schaut mich hilflos an: »Und wenn er dann böse auf mich ist?«

»Dann sind Sie auch böse auf ihn. Üben Sie das bis zum nächsten Mal, in einer Woche. Bitte genau dokumentieren.« Das funktioniert normalerweise sehr gut, weil diese Frauen es nicht nur ihren Männern, sondern auch mir recht machen wollen.

Ich muss sie nicht hinausbegleiten, das macht schon Mutter, die ungefragt erscheint und sie unter ihre Fittiche nimmt. Auf meinem Display steht: »Ich übernehme sie, dann kannst du noch essen. Schinkenfleckerl.«

Ich liebe Schinkenfleckerl, nur muss ich bei denen immer so viel essen, dass ich den Rest des Arbeitstages vergessen kann. Ein voller Magen macht bei mir ein leeres Hirn. Und ich sollte nach der Katz an meiner Publikation arbeiten. Bei der geht nämlich nichts weiter. Anstatt einfach die Wasserleiche als Selbstmord zu bearbeiten, versteige ich mich in Mordfantastereien. Dabei wäre Sabine Katz als Fall ideal für meine wissenschaftliche Arbeit. Ein stationärer Aufenthalt auf der Psychiatrie, Drogen, alleinerziehende Mutter ohne Kindesvater, widerlicher Chef und auch noch Verfolgungswahn. Was will ich mehr?

Bevor Sabines Mutter da ist, bringt mir Mama noch die Schinkenfleckerl. Sie deckt das Tischchen neben der Couch wie immer.

»Danke, Mama, aber ich hab keine Zeit zum Essen.«

»Du isst, aus. Die kann draußen warten.«

»Dann bin ich aber so voll.«

Sie unterbricht ihre Tätigkeit, um zu mir zum Schreibtisch zu kommen und mich auf die Stirn zu küssen: »Ich weiß alles. Das ist eine schöne Bescherung mit dem toten Mädel.«

Ich nicke.

»Pass auf! Das ist ein Wespennest.«

Ich drücke ihre Hand: »Ich habe ja dich!«

Das rührt meine Mama. Mamas sind immer glücklich, wenn sie gebraucht werden.

Sie zieht aus der Tasche ihres weißen Mantels das Anmeldeformular für den Puppenspielerkurs.

»Habe ich schon ausgefüllt. Du musst nur ebenfalls unterschreiben und das Geld überweisen.«

Mutter legt mir das Papier hin und deutet mit dem Zeigefinger, wo ich meine Paraphe hinkritzeln soll. Um die Termine zu sehen, drehe ich das Formular um und entdecke Mutters Unterschrift.

»Waaas? Du auch?«

»Na und?«, sie zuckt mit der Schulter, »Ich auch.«
»Du bist zu alt. Deine Koordination.«
»Immerhin nicht zu alt, um dir den lästigen Ordinationskram vom Hals zu schaffen.«
»Mir ist der Appetit vergangen, bitte nimm die Fleckerl wieder mit.«
Jetzt reicht es mir wirklich. Darf ich nichts alleine machen? Muss sie mich immer kontrollieren?
»Mutter, ich möchte einmal etwas *allein* tun, ... bitte.«
»Ich auch. Ich will Puppenspielen lernen.«
»Das willst du nicht. Du willst mich beaufsichtigen, ... aus Neugierde.«
Sie räumt schweigend das Essen weg. Ich schaue ihr dabei sehnsüchtig zu, denn mir knurrt der Magen. Aber ich bin stark. Ich sage nichts und entschuldigen werde ich mich auch nicht.
Ich setze meine Paraphe auf das Papier und halte es ihr quer über den Schreibtisch hin. Sie nimmt es nicht.
»Du darfst ... das alles *allein* organisieren. Ich melde mich extra an.«
Schon als sie die Tür hinter sich – und vor allem den Schinkenfleckerln auf dem Tablett – schließt, bereue ich, dass ich zu weit gegangen bin. Ich setze mich an meinen Computer und schreibe: »Tut mir leid! Ich wollte mich nur emanzipieren. Natürlich freue ich mich, wenn du mitkommst.«
Keine Antwort, aber ein Klopfen an der Tür. Die Mutter Katz – verheult.
Ich bitte sie auf mein gemütliches Besprechungssofa, denn Honorar bekomme ich von der sowieso nicht, einen Schein kann ich auch nicht verlangen, also – Besprechung. Ich lasse sie mal heulen, ohne sie, außer für das Anbieten der Taschentücher, zu unterbrechen. Anschließend ist schon mal ein wenig Luft draußen und der Informationsfluss geordneter. Balint lehrte, dass man Patienten fünf Minuten ohne Kommentar nur reden lassen soll,

dann hören sie von selber zu erzählen auf. Ich mache das so mit dem Weinen. Fünf Minuten Weinen und jede hört von selber auf.

Frau Katz auch: »Ich habe Ihnen doch erzählt, dass der Herwig ein Freund vom Dr. Würzl ist. Ich habe ihn nach unserer Unterhaltung daraufhin angesprochen. Wegen dem Lebensversicherungsvertrag und überhaupt. Wie er das machen kann, dass er der Sabine einen Vertrag andreht, der dann nicht gültig ist. Er hat gesagt, dass er mit dem Gutachten des Würzl nichts zu tun. Angeblich hat er nicht gewusst, dass der als Gutachter beauftragt wurde.«

»Und das glauben Sie ihm?«

»Natürlich nicht. Wir haben dann heftig gestritten. Er hat mir vorgeworfen, dass ich ihn nur ausnutze und dass die Sabine das auch gemacht hätte.«

»Und? Bekommen Sie Geld von ihm?«

»Er zahlt die Betriebskosten für meine Wohnung.«

»Aber er wohnt ja auch da, oder?«

»Sicher, aber es ist meine Wohnung.«

»Dann müsste er doch auch Miete zahlen, oder?«

»Er ist in finanziellen Schwierigkeiten, wegen seiner Exfrau.«

»Das ist nicht Ihr Problem.«

»Er hat auch weniger Polizzen verkauft in der letzten Zeit. Die Lebensversicherungen gehen nicht mehr gut.«

Ach, wie mir das Mitleid mit den »armen Männern« auf die Nerven geht! Immer wieder finden die Frauen eine Ausrede, wenn es darum geht, ihren Gemahl zu entschuldigen. Immer suchen sie die Schuld bei sich. Die Katz offenbar auch.

»Er war sehr gestresst. Wahrscheinlich auch dadurch, dass Piechen so oft bei mir war. Und jetzt immer da ist. Obwohl er zu Piechen immer sehr lieb ist. Aber ich weiß, er verträgt keinen Lärm.«

Ach der Arme! Setzt sich in ein gemachtes Nest und kann dann die Geräusche der anderen Nestbewohner nicht ertragen!

»Haben Sie ihn hinausgeworfen?«

Oh je, diesen Knopf hätte ich nicht drücken sollen, denn sie beginnt vor lauter Heulen sofort wieder rhythmisch zu beben.

Sie nickt: »Hnnn, hnnn, hnnn, er ist weg.«

»Super.«

»Das Schlimmste ist, dass er mir an den Kopf geworfen hat, dass ich ein Flittchen bin und Sabine das geerbt hätte.«

»Wieso?«

»Weil wir beide ein lediges Kind haben.«

»Unmöglich, der Mensch …«

»Ich sollte froh sein, dass er sich meiner erbarmt, und …«, das Schluchzen verstärkt sich wieder, »Sabine hätte sowieso keinen mehr abgekriegt.«

»Ich hoffe, dass Sie froh sind, dass Sie den los sind.«

»Sabine hat sich an ihn herangemacht …«

»Das glauben Sie ihm aber nicht wirklich?«

»Sie hatte keinen Freund …«

Ich merke, wie ich zornig werde. Zuerst will sie mich nicht sehen, weil ich »so eine« bin, dann verschweigt sie mir, dass Sabine schon in stationärer Behandlung war, und jetzt raubt sie mir meine Mittagspause, nur um ihren Ex in Schutz zu nehmen.

»Wissen Sie, was ich glaube? Er hat sich an Ihre Tochter herangemacht und sie hat Ihnen das nicht erzählt, weil sie Sie nicht belasten wollte. Ihr Ex ist ein Kotzbrocken.«

Erstaunlich, wie wenig solidarisch Mütter sein können. Und ich habe eine Frau sympathisch gefunden, die ihr verstorbenes Kind verdächtigt, mit ihrem Ex angebandelt zu haben?

Frau Katz stoppt ihr Heulen und schaut mich entgeistert an: »Meinen Sie wirklich?«

Ich reiße mich zusammen und stelle möglichst unemotional fest: »Ja, das meine ich. Er konnte nicht bei ihr landen. Drum dreht er die Geschichte um.«

Frau Katz überlegt. Sie kramt in ihrer Handtasche: »Das habe ich auf seinem Computer gefunden …« Sie legt mir einige unscharfe Fotos auf den Schoß. Darauf ist Sabine abgebildet. Die meisten Fotos scheinen mit Blitz gemacht worden zu sein. Ich erkenne das, da mir Erika einmal erklärt hat, wie man sehen kann, ob eine Aufnahme nachts gemacht wurde. Die Farbgebung ist anders, auch wenn die Leute keine roten Augen drauf haben. Sabine meist im Laufschritt, mit Mantel, ohne Mantel, im Sommerkleid und auch in Joggingkleidung. Meist ernst, aber auch auf einigen Bildern vergnügt lachend, immer allein.

»Ich habe sie ausgedruckt. Er hat ganz viele.«

»Schau, schau! Ihr Freund scheint ein stilles Wasser zu sein …«

»Ich geniere mich ja, dass ich ihn bespitzelt habe, aber ich hab schon lange gespürt, dass da eine andere ist. Nicht nur der Stress …« Dann beginnt sie wieder zu beben.

»Aber Sabine! Hnh, hnh, hnh, nicht Sabine, so eine Sauerei …«

»Sauerei von wem?«

»Von beiden … Und ich pass immer auf die Kleine auf. Drum war er am Abend so viel unterwegs, bei … ›Kunden‹.«

»Ich glaube nicht, dass Ihre Tochter Sie hintergangen hat. Die Fotos können alle ohne ihr Wissen gemacht worden sein. Es gibt kein Foto, wo man die beiden zusammen drauf sieht, oder?«

Sie schüttelt den Kopf: »Jedenfalls habe ich keins gefunden.«

»Darf ich die Fotos behalten?«

Sie nickt: »Zu Hause trau ich sie mich sowieso nicht lassen. Wenn er sie findet?«

Ich schaue sie entgeistert an: »Ich dachte, er ist weg? Sie sind ihn los?«

Frau Katz schaut mich so von unten mit geneigtem Haupt verlegen an: »Er hat gemeint, dass wir uns wieder versöhnen könnten, wenn ich, … wenn ich, … wenn ich die Geschichte mit der Lebensversicherung nicht weiter betreibe.«

»Das ist nicht Ihr Ernst? Sie wollen mit einem Mann zusammensein, der Ihre Tochter und Enkelin betrogen hat und auch Sie?

Der Ihrer Tochter nachgestellt hat und sie um ihr schwer verdientes Geld gebracht hat? Das kann ich nicht glauben.«

»Aber er war wieder so lieb, am Telefon.«

Ich stehe auf und blicke sie von oben herab verächtlich an. Dann deute ich zur Tür: »Ich glaube, Sie benötigen meinen Rat nicht. Falls Sie zur Vernunft kommen, können wir weiterreden.«

Frau Katz erhebt sich langsam, Blickkontakt vermeidend, von der Couch: »Wiedersehen und danke auch noch ...« Dann ist sie draußen. Ich lasse mich auf mein bequemes Sofa fallen und verfluche meine Gutmütigkeit. Statt Schinkenfleckerl und eines Powernaps Heulen und eine unbelehrbare, wahrscheinlich libidinös abhängige Trotteline. Das weibliche Gehirn hat einen Defekt, allen Untersuchungen zum Trotz. Kein Mann würde sich das gefallen lassen!

Bevor ich es mir bequem auf dem Sofa einrichte, kommt Mutter herein: »In der hast du dich aber schön getäuscht, oder?«

Ich nicke.

»Ich hab mir schon beim letzten Mal gedacht, die hat ein schlechtes Gewissen. Immer wenn sie so dringend einen Termin brauchen, dann tricksen sie. Die ist so eine.«

»Mehr als tricksen ...«

»Soll ich ihr eine Honorarnote schicken, Ordination außerhalb der Ordinationszeiten etc.?«

»Schreib einen Hausbesuch dazu!«

»Ach so, du warst schon bei der zu Hause?«

»Recherche.«

»Umsonst? Denn die Tochter hat sich nicht umgebracht, oder?«

»Eben! Das glaube ich auch nicht mehr.«

»Was sag ich, meine Lebenserfahrung, Menschenkenntnis, Mama fragen ...«

Sie sieht die Fotos, die ich neben mir auf dem Sofa liegen habe. Ich reiche sie ihr. Sie blättert sie durch.

»Hübsche Frau, schaut aus wie ... immer auf der Flucht.«

»Ja! Der, der die Fotos gemacht hat, ist der Freund der Mutter.«

»Drum hat sie ein schlechtes Gewissen?«

»Mama, ich brauch was von dir.«

Meine Mutter setzt sich befriedigt auf den Sessel, in dem vorher ich gesessen bin. Mit steifem Rücken blickt sie auf mich, die ich auf dem Sofa lümmle, herab. Das war schon als Kind so. Mutter aufrecht, ich verbogen.

»Ich höre!«

»Würdest du eine Lebensversicherung abschließen? Nicht wirklich, nur einmal so tun als ob. Du lässt dich vom Freund der Frau Katz beraten. Er hat …«

Sie unterbricht mich: »Er hat der Tochter eine Versicherung angedreht und …«

»Wieso weißt du?«

»Ich habe mitgehört. Dein Skype ist eingeschaltet.«

Ich springe auf und schaue nach. Tatsächlich.

»Wieso? Hören das alle?«

Sie schüttelt den Kopf: »Nur ich. Ich tue so, als ob ich Befunde tippen würde, mit Stöpsel.«

»Aber da müsste ich doch abheben!«

»Hab ich fix so eingestellt.«

Mutter du bist eine Schlange! Sie hört also alles mit, was ich mit meinen Patienten bespreche.

»Hörst du mich ab?«

Sie schnalzt mit der Zunge: »Aber geh, nur das, was mich interessiert.«

Vielleicht hat sie in meiner Wohnung auch Abhörgeräte oder gar eine Kamera installiert? Damit sie live dabei ist, wenn mich Michelangelo beglückt. Irgendwie glaube ich, dass sie meine Gedanken lesen kann, denn sie beruhigt mich sogleich: »Dein Intimleben geht mich nichts an, keine Sorge.«

»Das ist ja schon was. Ich habe schon befürchtet, dass du …«

Sie schüttelt den Kopf.

»Willst du wissen, wie es im Theater war?«

»Ich hätte aber gerne vorher die Schinkenfleckerl.«

»Sind schon im Rohr.«

Ich stehe auf und gehe in unsere kleine Personalküche. Da riecht es verdammt gut. Ich hole die Kasserolle aus dem Rohr und, klar, ich verbrenne mir meinen rechten Unterarm, da ich an den Grillstäben ankomme. Ich wickle ein Stück Küchenrolle über die Brandwunde und ziehe den Ärmel darüber. Mutter soll meine Ungeschicklichkeit nicht merken. Dann packe ich das Essen auf das Tablett, auf dem noch mein Teller und Besteck von vorher sind. Gerade als ich die Küche verlassen möchte, fällt mir ein, dass Mutter vielleicht auch Hunger hat. Ich balanciere das Tablett mit einer Hand, um mit der anderen aus dem Schrank einen weiteren Teller zu holen. Es gelingt! Nichts ist hinuntergefallen, ich komme mit meinen duftenden Schätzen ohne Zwischenfall in mein Sprechzimmer. »Gratulation Alma«, denke ich, und Mutter sagt: »Gratulation Alma, nichts passiert!«

Dann essen wir genüsslich die Fleckerl, auch wenn sie schon ein bisserl trocken sind. Macht nichts, Hauptsache, alles ist gut.

Als ich mir das letzte Fleckerl mit der Serviette aus dem Mundwinkel wische, gesteht mir Mutter, dass sie auch Sabines Roman gelesen hat: »Schau dir Seite 4 an!«

Sie sprach dann nie mehr mit ihr darüber. Sie wollte sie nicht beunruhigen. Mam hatte schon genug Troubles mit Herwig. Irgendwie schaffte sie es nicht, sich von ihm zu trennen. Sie mischte sich nicht ein, denn sie hielten es so, dass ihre Männergeschichten jeweils ihr eigener Kaffee waren. Herwig hatte ihr für Piechen eine Lebensversicherung aufgeschwatzt – unter besonders guten Bedingungen –, was sie bald bereute, da die Raten ihr geringes Haushaltsbudget sehr belasteten. Die letzten drei Monate musste immer Mam die Raten zahlen. Auflösen konnte sie die Versicherung nicht, da die »besonders günstigen Konditionen« auch beinhalteten, dass der Vertrag nicht vor zehn

Jahren gekündigt werden konnte. Herwig war auch aus diesem Grund nicht gerade ihr Fall. Und aus einem anderen Grund schon gar nicht! Sie konnte Mam nicht erzählen, dass er vor Kurzem einmal versucht hatte, mit ihr zu schlafen, als sie nicht da war. Als sie sich weigerte, versuchte er sie mit Gewalt zu nehmen, was ihm auch gelungen wäre, wenn sie ihm nicht mit einem Kaktus ins Gesicht gefahren wäre. Übereinstimmend hatten sie Mam erzählt, dass er ausgerutscht und in den Kaktus gefallen sei. Sie musste ihm auch noch die Stacheln aus seiner Visage operieren, da ihre Augen besser als Mams waren. Hätte sie sich geweigert, wäre das aufgefallen und sie wollte Mam nicht wehtun.

»Das Buch ist nicht fertig. Da ist ihr wohl der Donaukanal dazwischengekommen.«

»Steht auch was vom Theater drin?«

»Nein, das kommt nicht vor. Ehrlich gesagt, es ist nicht schade, dass dieses Werk nie verlegt wurde. Furchtbarer Stil. Schuster, bleib bei deinen Leisten. Die Stücke sind besser.«

»Hm?«

»Ich glaub, dass die Katz für das Puppentheater geschrieben hat.«

»Woher?«

»Intuition. Lebenserfahrung.«

»Spekulation, Vision ...«

»Willst du nicht wissen, wie es gestern war?«

Ich will nicht wissen, wie gut Claus de la Menta Latein spricht. Ich wünsche mir einen Powernap, um dann ausgeruht an meiner Publikation zu arbeiten. Ich habe genug von Soziopathen, Heulsusen, eben von all diesen Leuten, für die ich in der Kirche keine Kerze anzünden würde. Ich muss mich runterbeamen, sonst werde ich auch eine davon.

»Jetzt nicht, ich mag an was Schönes denken. Ich werde arbeiten.«

»Und das nennst du schön? Sich mit Leichen beschäftigen?«

»Die sind wenigstens schon tot, heulen nicht mehr, sprechen nicht mehr und sind auch sonst substanziell nur mehr theoretisch, verstehst?«

Ich helfe Mutter beim Abservieren, dabei fällt mir das Stück Küchenrolle aus dem Ärmel.

Sie sagt nichts, sondern wirft das blutige Stück Papier in den Behälter für die gebrauchten Spritzen, wo sie des entsorgten Sauerkrauts ansichtig wird. Bedeutungsvoll hält sie mir den Kübel vor die Nase: »Das stinkt!«

Ich zucke mit der Schulter: »Wir müssen die Putzfrau wechseln, das sage ich schon lange.«

Pikiert nimmt sie den Container: »Andere Möglichkeit: Mutters Essen aufessen.«

Demonstrativ den Eimer vor sich herhaltend, verlässt sie mein Sprechzimmer: »Vergiss nicht, die Anmeldung zu unterschreiben, ich faxe sie gleich hin.«

Ich unterschreibe. Da nur ein Kurs angeboten wird, neben Mutters Unterschrift.

Bevor ich mich wieder zu meinem Sofa schleppen will, um doch noch zu einem kurzen Schläfchen zu kommen, erscheint am Display: »Übersetzung: Eitelkeiten der Eitelkeiten, und alles ist Eitelkeit.«

Lebenserfahrung? Menschenkenntnis? Claus de la Menta heißt Claus von der Krauseminze. Wenn man sich so einen eitlen Künstlernamen wählt, sollte man wirklich Latein können!

5. Kapitel

Ich habe dann doch nicht bei Michael geschlafen! Ist doch lächerlich, sich nur wegen eines Typen, der einem nachstellt, in die schützenden Arme des Liebhabers zu flüchten. Michael allerdings hat meinen »Guten-Morgen-Gruß« für bare Münze genommen und auf mich und das von mir versprochene Grillhendl gewartet. Er hat vier Mal angerufen, ich habe nicht abgehoben – zu blöd, denn jetzt ist er böse auf mich . Letzte Nachricht am Anrufbeantworter: »Du brauchst nicht zurückrufen, denn ich habe das Alma-Handy im Klo hinuntergespült. Du kannst mich mal. Deine emotionale Hochschaubahn kannst du mit einem anderen fahren.« Ich habe ein Beruhigungs-SMS zurückgetippt, zu einer Erklärung war ich schon zu müde: »Bin total k.o. Sorry. Je t'aime trotzdem.«

Ich war einfach zu faul, um zu ihm zu fahren, da ich bis in die Nacht hinein an meiner Arbeit gesessen bin. Immerhin, es ist was weitergegangen und das befriedigt mich mehr, als wenn ich mit ihm einen zwar amüsanten, aber unproduktiven Abend verbracht hätte. Ab und zu muss ich eben auch mein Über-Ich zufriedenstellen.

Da das Fahndungsfoto mit dem Mann, der die unbekannte Frau auf seinen Armen trägt, meinen Desktop ziert, wurde ich während meiner Korrekturarbeiten immer an die Wasserleiche erinnert. Das hat mein Brain leider auch in der Nacht zu Spekulationen über »Was?«, »Wer?« und »Wie?« gezwungen und einen erholsamen Schlaf verhindert. Aber am Wochenende werde ich mir eine Ausschlafnacht bei Michael gönnen! Zumindest beschließe ich das, als ich mich beim Zähneputzen im Spiegel betrachten muss. Eine ästhetische Katastrophe! Selbst Botox könnte da nicht mehr helfen. Ich schaue älter als Mutter aus. Weil es eh schon wurst ist, werfe ich mir zum Frühstück drei Marillenmarmeladebrote ein. Als sie unten sind, ist es nicht mehr wurst. Ich hasse mich. Das habe ich davon: frühzeitige Alterung, möglicherweise sogar Klimakterium und einen angefressenen Liebhaber.

Der Alltag wurde uns geschenkt, damit wir uns nicht allzu lange in Selbstmitleid vergraben können. Wenn die Uhr sagt: »Es ist Zeit zu arbeiten«, dann gehorche ich. Also auf geht's!

Gestern ist mir im Rahmen meiner Publikation bei einem meiner Fälle ein Mangel an Monoaminooxidase-Variante A untergekommen. In der Dunedin-MAO-Studie geht hervor, dass vor allem Männer mit einem erniedrigten Monoaminooxidase-A-Spiegel zu Gewalt neigen. Das Enzym liegt genetisch am X-Chromosom. Bei einem Monoaminooxidase-B-Mangel kommt es zu Sensationsseeking. Das heißt, Menschen mit diesem Defekt können nicht genug vom Nervenkitzel bekommen.

Wenn, und das ist natürlich Spekulation, Sabine ermordet wurde – worauf nichts hinweist – dann braucht es einen Mörder. Und der wird in ihrer Umgebung zu finden sein, da man aufgrund der Obduktion ausschließen kann, dass sie von einem Fremden überfallen wurde. Ich denke, ich checke mal ihre Umgebung auf einen Menschen mit diesen Defekten ab. Das ist noch kein Beweis, aber ein Hinweis. Und wer bietet sich da als Erster an? Claus von der Krauseminze!

Dazu brauche ich wieder mal den Manfred. Ein Besuch bei ihm wird ihn mir gewogen stimmen und nach einem zärtlichen Augenaufschlag kann er mir keinen Wunsch mehr abschlagen. Vielleicht gehe ich sogar mit ihm essen? Zu Mittag – abends ist mir zu riskant.

Heute Mittag nicht, ich bin zu hässlich. Außerdem brauche ich zuerst das Material.

Ich rufe Manfred scheinheilig an: »Lange nichts gehört ...«

»Was brauchst?«

»Ich wollt nur hören, wie es dir geht.«

»Ich habe einen Notstand, den nur du beheben könntest.«

»Du hast doch eine Sekretärin und zwei Hände, oder?«

Ich sage mir, Alma sei nicht zu dreist, auch Manfred ist nur ein Mann.

Dieser Mann ist aber nicht gekränkt. Manfred hat eben Humor, bedingt durch seinen Job. Angesichts der täglichen Fäulnis entwickelt sich eine positive Lebenseinstellung. Die haben viele Leute, die in so trostlosen Berufen tätig sind. Ich weiß nicht, ob das der persönliche Triumph ist, dass es einen selber nicht erwischt hat, oder ob ein Übermaß an Grauslichkeiten zur Verdrängung und Abstumpfung führt. Bei mir ist es der tägliche Triumph, dass mich die Psychose noch nicht befallen hat.

»Meine Sekretärin ist nicht zu haben und meine Hände sind gelähmt.«

»Ich tät gerne morgen bei dir vorbeischauen. Wann passt es dir?«

»Morgen ist Sonntag, aber ich empfange dich gerne, allerdings zu Hause.«

Das darf nicht wahr sein. Ich bin zeitlich desorientiert. Ich hätte ausschlafen können. Drum war der Michael so böse: Freitag ist Alma-Abend.

»Sag schon, was brauchst du? Damit ich mir keine falschen Hoffnungen mache, dass du gar wegen mir kommst.«

»Ich bin völlig daneben. Ich dachte, heute ist erst Freitag.«

»Ich sag dir ja immer, lass deinen jungen Lover und nimm mich. Ich würde dein Chaos und auch sonst noch was in die Hand nehmen.«

»Sag mir, funktioniert eine genetische Bestimmung eines Monoaminooxidasemangel-Syndroms auch mit einem einzelnen Haar?«

»Nein, nein, nein, Alma! Ich ahne, was du vorhast. Wir testen keinen Menschen auf ein Verbrecher-Gen. Ich bin da nicht dabei.«

»War nur eine Frage, brauchst ja nicht zu antworten. Das kriege ich auch ohne dich raus.«

»Alma, ich warne dich. Du weißt, das ist verboten! Verboten!«

»Hab ich gesagt, dass du das machen sollst? Ich wollte nur wissen, ob man von einem Haar …«

»Wer soll es sein?«

»Theoretisch, ich gebe dir mein Haar und du stellst fest, ob ich das habe?«

»Ich glaub dir nicht.«

»Ich brauch's für meine Arbeit, ich schwöre.«

»Wieso? Willst du jemanden umbringen?«

»Ja, manchmal, meine Mutter.«

Verzeih mir Mama, ich brauche eine Notlüge.

»Und jetzt möchtest du wissen, ob du das nur fantasierst oder ob du dazu in der Lage bist.«

»Genau.«

»Jeder Mensch kann einen Mord begehen. Mit und ohne Gen.«

»Danke, Herr Professor! Aber die mit dem Gen öfter. Also, geht ein Haar?«

»Eigentlich ist es einfacher aus einer 24-Stunden-Harn-Probe.«

»Das geht nicht. Da müsste ich ja einen Kanister mit mir herumschleppen.«

»Kein Problem. Du kommst zu mir und bleibst bis Montag. Auf meinem Klo sammeln wir dann.«

»Sehr erotisch! Turnt dich das an? Wenn ja, dann solltest du auch einen Gen-Test machen.«

»Ich bin Gerichtsmediziner, ich hab kein Problem mit jeglichen Stoffwechselendprodukten.«

»Manfred, funktioniert es nun mit einem Haar?«

»Natürlich, ist aber teurer.«

»Dann bring ich dir ein Haar, morgen, ... aber ohne Klo.«

»Und Sex?«

»Mit wem?«

Manfred seufzt theatralisch ins Telefon. Irgendwann wird unser traditionelles »Hasch mich, fang mich«-Mann-Frau-Spiel ein Ende haben. Spätestens dann, wenn Manfred eine andere Sekretärin hat. Das wäre schade. Es ist doch so schön, wenn man weiß, dass man einen Dauerverehrer in petto hat.

»Mit mir. Probieren könnten wir doch mal. Bei Nichtgefallen jederzeitiges Storno möglich.«

»Ich denk drüber nach. Bis morgen, geht?«

»Morgen bei mir zu Hause, ich kühle einen Drink ein.«

»Ich laufe zu dir nach Hietzing, irgendwann am Vormittag.«

»Wunderbar! Alma verschwitzt und ich darf sie duschen.«

»Träum weiter, Honey. Ciao.«

Das mit meinem eigenen Haar, das war eine geniale Idee. Jetzt muss ich nur mehr zu einem Haar vom Krauseminze kommen. Da werde ich mich wohl beim Puppenkurs ein wenig von ihm begrapschen lassen müssen – ekelig. Oder Mutter? Die ist auch da. Soll die das machen?

Da ich mich mit dem Wochentag (Samstag!) vertan habe – herrlich, keine Ordination –, beschließe ich, den Tag mit Michael zu versumpern. Die Sonne scheint, ich wünsche mir ein Picknick mit meinem Liebsten am Kahlenberg, bevor ich in den Puppenspielkurs muss. Ich werde ihn zur Versöhnung mit einem Frühstück überraschen. Dazu packe ich Mutters Marillenmarmelade ein, besorge beim Bäcker frische Mohnweckerl und kaufe Eier und Schinken. Als ich im Vorbeigehen in die Auslage des Supermarkts blicke, fühle ich mich schon wieder schön. Die Stimmung färbt die Wahrnehmung in allen Schattierungen von schwarz bis rosa. War sie beim Aufstehen grau, niedriger Serotoninspiegel, so verfärbt sie sich schön langsam Richtung rot. Ich nehme den D-Wagen, da mir vorkommt, dass in der Straßenbahn weniger dysthyme Menschen unterwegs sind als in der U-Bahn. Das kann damit zusammenhängen, dass Menschen, die die Straßenbahn benutzen, das Bedürfnis haben, beim Fenster hinauszuschauen. In der Straßenbahn macht man eine kleine Reise, während man von der U-Bahn nur transportiert wird. Bis ich beim Kunsthistorischen Museum aussteige, lasse ich das Burgtheater – ich schaue hier immer nur nach links, das Rathaus mag ich nicht –, das Parlament, die Hofburg und das Naturhistorische Museum an mir vorbeiziehen. Ich fühle mich wie eine Touristin. Wien ist die schönste Stadt der Welt, wenn man sie nur anschaut!

Das letzte Stück des Weges gehe ich zu Fuß. Rauf zur Mariahilferstraße und dann die Fillgraderstiege hinunter in die ruhige Fillgradergasse. Ich habe einen Schlüssel zu Michaels Wohnung. Er hat keine Abgrenzungsproblematik so wie ich, aber er ist ja auch Künstler. Bei der Haustür komme ich noch rein, aber die Wohnungstür kann ich nicht mehr aufsperren, da er von innen seinen Schlüssel hat stecken lassen. Schon schwindet mein Hochgefühl, da seine Klingel natürlich kaputt ist und er sie noch immer nicht hat reparieren lassen.

Diktion Michael: »Ich will sowieso nicht gestört werden und du hast ja einen Schlüssel.« Ja, ich habe einen Schlüssel, aber der nützt mir nichts, wenn da ein Gegner im Loch steckt. Vorsicht, bei mir steigen schon wieder Eifersuchtsfantasien auf. Alma, heute nicht! Heute versaust du dir nicht den sonnigen Nachmittag mit Argwohn! Da ist keine Birgit oder sonst wer, aus!

Ich läute, trotz bekannt kaputter Klingel, Sturm. Das nutzt nichts, aber es befriedigt mich, den Klingelknopf so zu malträtieren, dass mir mein Daumen wehtut. Also Anruf. Keine Antwort – war nicht anders zu erwarten. Dann Klopfen, nichts, also mit der Faust an die Tür schlagen und zum Schluss mit dem Fuß dagegen treten. Nichts! Wenn Michael schläft, dann schläft er. Ich gebe nicht auf. Michaels Wohnung ist doch im Mezzanin! Drum durch den Keller in den Hof, wo die Mülltonnen stehen. Ich schiebe die Restmülltonne vor Michaels Schlafzimmerfenster. Obwohl mir bewusst ist, dass ich mich auf eine gefährliche Kletterei einlasse, schaffe ich es, mit ein paar Kisten als Steighilfe, auf die schwarze Tonne zu gelangen. Ich fühle mich wie auf einem Surfbrett, das mich bei jeder Bewegung abwerfen möchte. Leider ist unter dem Abfallkübel kein Wasser, sondern Beton. Diese Dinger haben einen Deckel, der nicht stabil ist, sondern nach oben oder unten geschoben werden kann. Auf diesem Deckel hocke ich und er schiebt sich mit mir nach unten. Zu guter Letzt kippt die Tonne auch noch um, da ich mich an den Griff des Deckels klammere, um nicht abzustürzen.

Nichts schmerzt so sehr, wie sich lächerlich zu machen. Die ausgeleerte Tonne auf mir drauf, liege ich im Hinterhof inmitten von offenen und geschlossenen Restmüllsäcken. Der Lärm, den die umgekippte Tonne verursacht hat, lockt etliche Hausbewohner, entweder ihre Köpfe beim Fenster hinauszurecken, oder noch schlimmer, gleich auf die Balkone hinauszutreten. Wahrscheinlich glauben sie, dass ich einbrechen wollte. Was eigentlich auch stimmt. Ich rapple mich hoch und stammle eine Entschuldigung, während ich mir die Bananenschalen, Pampers, Zeitungen – die gehören doch in die Papiertonne, die Mülltrennung funktioniert eben nie! – von meiner Hose klaube: »Der Mistkübel ist kaputt.«

Kein einziger von meinen Bewunderern fragt mich, ob ich mich verletzt hätte oder gar, ob er mir helfen könnte. Es stimmt, was die Zeitungen schreiben, wenn ein Unfall passiert, kümmert sich keiner.

Als ich endlich stehe, öffnet sich Michaels Fenster und sein somnambules Gesicht schaut heraus. Als er die Bescherung erkennt, ist er sofort aufgewacht: »Alma, um Gottes Willen, Alma!« Dann verschwindet sein Kopf und taucht eine Minute später in der Tür zum Hof wieder auf. Ich warte da einfach, handlungsunfähig. In so einer Situation entstehen im Gehirn die unlogischsten Gedanken: »Was für ein schöner Mann!«, kommt mir in den Sinn. Völlig daneben, wenn man bedenkt, dass ich gerade die Hauptrolle in einer peinlichen Comedy spiele. Michael in Boxershorts mit nacktem Oberkörper und von oben die Stimme eines Nachbarn: »Des müssn S' scho wegputzn ...«

Er zieht mich an der Hand aus dem Blickfeld der Zuschauer. Einer von oben klatscht. So einfach ist es, Menschen zu erheitern. Ein kleiner Anlass zur Schadenfreude und du machst die Mitmenschen froh.

Ich bin auch froh, allerdings nur so lange, bis wir wieder vor der Wohnungstür stehen. Michael hat in der Hektik vergessen, den Schlüssel abzuziehen. Wir sind ausgesperrt. Mein schöner Liebster bekommt einen Lachanfall. Mir bleibt gar nichts anderes übrig, als auch mitzulachen. Ich lache, bis ich einen Bauchmuskelkrampf bekomme. Das reinigt total, einmal abgesehen von der mit Speiseresten kontaminierten Kleidung. Als wir ausgelacht haben, küssen wir uns, trotz Michaels ungeputzter Zähne und meines verschmierten Gesichts. Bis der Aufsperrdienst kommt, sitzen wir auf dem Boden vor der Tür und essen die Mohnweckerl mit Schinken auf.

Als der Techniker vom Aufsperrdienst da ist, verlangt er, noch bevor er eine Handlung setzt, sein Honorar – 270 Euro. Ich verstehe, weshalb vorab kassiert wird, denn im Nachhinein würde für das halbminütige Einführen einer Plastikkarte in den Türschlitz niemand mehr zahlen. Hauptsache, es ist offen.

Nach einer Dusche will ich in Michaels Kasten nach einem T-Shirt und kurzen Hosen suchen, da meine Kleidung unzumutbar stinkt. Ich komme ins Schlafzimmer, öffne den Schrank, dabei schweift mein Blick über das Doppelbett. Neiiiiiiiiiiiiiin!

Ich schieße aus dem Zimmer, klaube meine Klamotten zusammen, steige in die verdreckte Hose, ziehe mein Stinke-T-Shirt über, fasse meine Handtasche und flüchte Richtung Wohnungstür. Michael, noch immer in Boxershorts, hält mich auf: »Was ist jetzt schon wieder?«

Ich sage nichts, sondern versuche, mich von ihm loszureißen: »Das war's. Es reicht!«

Er tut so, als ob er nicht verstünde: »Spinnst du?«

Ich schreie: »Ich?«

»Was, waaas?«

»Deshalb der Schlüssel innen ...«

Michael drückt mich auf die Bank im Vorzimmer: »So jetzt mal ruhig. Was ist?«

»Du bist so ein Arschloch.«

»Hallo, hallo, das ist doch keine Alma-Diktion. Ich verstehe Bahnhof.«

»Arschloch«, stammle ich, bevor ich so zu schluchzen beginne, dass ich nicht mehr weiterreden kann. Er umarmt mich, obwohl ich mich zu wehren versuche, aber ich bin jetzt endgültig zu schwach. Dann zieht er mich von der Bank hoch und schiebt mich ins Schlafzimmer: »Ich verstehe ...«

Als ich direkt vor unserem Bett stehe, kippe ich vom Heulkrampf in einen Lachkrampf. Warm zugedeckt, liegt da eine lebensgroße Plastikpuppe, deren Kopf ich in der Peripherie meines Gesichtsfeldes wahrgenommen habe. Der Punkt des scharfen Sehens ist bei uns Menschen winzig, alles außerhalb nehmen wir nur schemenhaft wahr. Ich werfe mich trotz kontaminierten Outfits neben die Puppe aufs Ehebett.

Michael dazu: »Ich mag nicht immer allein schlafen, sie leistet mir Gesellschaft«, meint er im Spaß und zieht mich aus. Es explodiert was in meinem Becken. Das muss eine Drüse voll mit heißen Körpersäften sein. Wir brauchen kein Vorspiel, um zum Punkt zu kommen. Ekstase passiert immer dann, wenn man sie nicht erwartet. Wir bemerken nicht einmal, dass bei der Plastikpuppe der Stöpsel herausrutscht und sich unter mir liegend ihr Luftkörper, begleitet von unvornehmen Geräuschen, zu einer Plastikhülle transformiert.

Ach, wie aufregend kann das Leben sein! Und wie wenig braucht es dazu? Nur einen Menschen, den man begehrt. Wir sind Tiere, zumindest was unsere hormonellen Reaktionen betrifft. Völlig entspannt klebt noch die Plastikpuppe auf meinem Rücken und ihre schlaffen Beine umschlingen die meinen. Ich rolle von dem Monster auf die Seite und ziehe die Puppe unter mir weg. Als ich sie als Ganzes vor mir halte, schießt es mir durch den Kopf: »Was wäre, wenn die Frau auf dem Foto gar keine Frau wäre, sondern auch eine Puppe?«

Ich verwerfe den Gedanken aber sofort, denn was würde das für einen Sinn machen? Ein Mann, der eine Plastikpuppe am Donaukanal entlangschleppt. Könnte aber ein Perverser sein. Perverser? Und Michael? Mit einer Puppe im Bett?

Achtung, Alma, keine Verdächtigungen, keine Fantasien, keine Kurzschlüsse!

Obwohl ich versuche, meine Hirngespinste abzuwehren, muss ich doch, als wir angekleidet in der Küche noch einen Kaffee trinken und die mitgebrachten Eier ohne Mohnweckerl essen, den Michael fragen: »Und? Hast du es mit der probiert?«

»Natürlich! Die ist wunderbar. Hält still, hat immer Zeit für mich, schimpft nicht, fällt nicht von Mülltonnen, besteht nicht auf einem eingeschalteten Alma-Handy, braucht nicht ausgezogen zu werden, ich brauche nie auf sie zu warten, die ist genial! Und – sie ist nie eifersüchtig.«

»Das sehe ich ein. Ich werde mir auch einen Plastikmann zulegen. Mit Pumpe. Wo gibt es die?«

»Leider keine Ahnung. Ich hab sie geschenkt bekommen. War Requisite bei der Performance im Mumok.«

»Kannst du sie wieder aufblasen? Ich möchte wissen, wie sie sich anfühlt.«

»Jetzt nicht, ich brauche sie jetzt nicht. Du bist ja da.«

Michael schiebt mir einen Löffel der Marillenmarmelade in den Mund: »Ich liebe dich, weil du vorgibst, Marillenmarmelade kochen zu können, weil du nie stillhältst, weil du nie Zeit hast, immer schimpfst und von Mülltonnen fällst.«

Ich küsse ihn dafür und er schmeckt genauso wie die Marillenmarmelade: »Ich verspreche dir, in Zukunft ziehe ich mich immer selber aus.«

»Kommt nicht infrage ...«

Den Nachmittag verbringen wir faul, kein Picknick, keine Wanderung, nur Lümmeln und ein bisschen Kuscheln. Muss ich ein schlechtes Gewissen wegen der Ineffizienz dieses Nachmittags haben?

Als es auf fünf zugeht, werde ich unruhig. Der Kurs beginnt um halb sieben, die Vorstellung ist anschließend und beginnt um acht. Ich muss Michael beichten, dass ich zumindest für zwei Stunden weg muss. Lügen mag ich nicht, also erzähle ich ihm die Geschichte von Sabine und dem Theater. Ich verschweige allerdings, dass der Krauseminze zudringlich ist. Würde mich nur in einen Argumentationsnotstand bringen.

»Du bist unverbesserlich. Ich verstehe nicht, weshalb du die Meinung deiner Kollegen nicht akzeptieren kannst? Die war einfach krank.«

»War sie nicht. Ein Würzl'sches Gutachten heißt gar nichts.«

»Wieso willst du immer recht haben? Du bist so stur. Was bringt dir dieser Aufwand? Hm?«

»Sie hat eine Tochter, die das Geld braucht. Und ich werde beweisen, dass es kein Selbstmord war.«

»Misch dich nicht ein. Da kommt nichts dabei heraus, außer, dass du durchdrehst. Bist ja schon nahe dran, wie man heute sehen konnte.«

»Wer hat den Schlüssel stecken lassen? Wer hat nicht abgehoben? Wer legt sich eine Plastikdomina ins Bett?«

»Wenn schon, dann Plastiksklavin. Ehrlich Alma, ich mach mir Sorgen um dich.«

Ich stehe auf und straffe mein Rückgrat, so wie ich es von Mutter kenne: »Ich habe alles im Griff. Keine Sorge.«

Ich küsse ihn noch schnell auf den Mund und haue ab, bevor er mich noch mehr verunsichert. Ich werfe ihm auch noch ein Flugbussi zu: »In zwei Stunden bin ich wieder da.« Dann bin ich draußen. Ich schaue auf die Uhr. Oh je, nur mehr eine Stunde Zeit und ich muss noch nach Hause und mich umziehen. Ich rufe entgegen meiner Ideologie ein Taxi. Ich lehne Autos nämlich wegen des CO^2-Ausstoßes ab und benutze sie nur in Notfällen. Zu Hause hetze ich zum Schrank und zieh mir das nächstbeste Kleid an. Kleid deshalb, damit ich sexy aussehe. In der Zwischenzeit habe ich eine Nachricht auf meiner Mailbox – von Mutter: »Kannst du ein bisschen früher dort sein? Ich muss dir was erzählen. Bis bald.«

Ich kann nicht früher da sein, ich bin froh, wenn ich es knapp schaffe. Also wieder ein Taxi – damit habe ich mein CO^2-Kontingent für heute weit überschritten.

Als ich im Mozarttheater eintreffe, sind schon alle anderen Teilnehmer im Zuschauerraum versammelt, Mutter auch. Sie stehen in Grüppchen herum und geben sich gelangweilt, obwohl man fast allen ansieht, dass sie die Nonchalance nur spielen. Wenn Menschen in eine unbekannte Gruppensituation kommen, reagieren sie gestresst. Die Tatsache, dass man in einer Gruppe erst einen Platz in der Hierarchie erkämpfen muss, lässt den Cortisol- und Adrenalinspiegel steigen. Wer in dieser neu gebildeten Gruppe das Alpha-Tier ist, steht wohl schon fest: Claus de la Menta. Allerdings wird er sich um diesen Platz langfristig mit meiner Mutter streiten müssen. Aber heute ist ihm die Position noch sicher. Der Prinzipal stolziert eitel von einem Grüppchen zum anderen. Er fordert die Herrschaften mit aufgesetzt sanfter Stimme auf, sich jeweils auf einen der Sessel zu setzen, die in einem Kreis auf der Bühne angeordnet sind. Er kann es nicht lassen, mich am Hintern zu streifen, um mich zu einem der Stühle zu schieben. Aha, da spielen wir nicht nur Puppentheater, sondern auch Selbsterfahrung. Es ist, wie ich es vermutet habe. Mit lächerlichem, aufgesetzt singendem Timbre macht er auf hypnotisierenden Guru: »So! Und jetzt kommen wir alle mal zur Ruhe. Bevor wir beginnen, möchte ich eine kleine Meditationsübung machen. Damit wir ganz bei uns sind. Puppenspiel ist nicht nur, aber auch Selbsterfahrung. Die Figur lebt durch uns und wir leben die Figur ...«

Mutter blickt mich von ihrem mir gegenüber liegenden Platz an. Sie verdreht diskret die Augen. Als sie bemerkt, dass der Krauseminze sie strafend im Visier hat, setzt sie entschuldigend ihr Charmeoffensivelächeln auf.

»Wir nehmen uns an den Händen, schließen die Augen und atmen tief in den Bauch ...«

Durch den Raum rauscht die Luft aus Raucherlungen (leises Giemen), aus Sportlerlungen (lautes Vesikuläratmen) und aus verkrampften Lungen (Schnauben). Der Krauseminze schnauft vor, die anderen nach. Ich checke durch meine halbgeschlossenen Augen die Runde ab. Ich bin immerhin so ein Gruppentherapieprofi, dass ich weiß, wenn man die Absicht hat, den Trainer vom Thron zu stürzen, muss man sich gleich von Anfang an auf die Suche nach Mitstreitern machen. Und tatsächlich, außer Mutter, die auch mit halbgeschlossen Lidern die Teilnehmer taxiert, findet sich noch ein junger Mann, der ebenfalls die kollektive Schnauferei boykottiert. Als sich unsere Blicke treffen, verziehen sich seine Mundwinkel zu einem konspirativen Lächeln. Einen Partner scheinen wir schon gefunden zu haben, der auf unserer Seite ist.

»Wir horchen in uns hinein. Wir wecken unser inneres Wesen. Das wird die Seele unserer Puppe sein.«

Dann wird wieder geatmet. Rechts und links von mir beben die Brustkörbe und mit deren Auf und Ab drücken meine Kolleginnen – von den elf Teilnehmern sind neun Frauen – rhythmisch meine Hände. Vor allem die rechts quetscht mich so schmerzhaft, dass ich versuche, aus ihrer Umklammerung herauszuflutschen. Es geht nicht, ganz im Gegenteil, je mehr ich ziehe, desto fester hält sie. Es bleibt mir nichts anderes übrig, als ihr meine Fingernägel in ihren Daumen zu nageln. Ich ernte einen bösen Blick, aber sie lässt ein wenig locker. Die wird *keine* Koalitionspartnerin werden.

Als fertig geatmet ist, kommt die Vorstellungsrunde. Das kenne ich auch schon so.

»Wir stellen jetzt einander vor. Jeder erzählt, was ihn dazu bewegt, ein Puppenspieler, eine Puppenspielerin zu werden. Und! Welche Seele er der Figur einatmen möchte.« Der la Menta deutet auf mich: »Du beginnst.«

Oh je, ich habe mir keine Antrittsrede ausgedacht. Ich stütze mich auf meine routinierten Gruppenstatements, die ich in meiner jahrelangen, misslungenen Ausbildung internalisiert habe: »Ich heiße Alma«, Nachnamen braucht man in einer Gruppe nicht, wo sich alle lieb haben und duzen, »und ich bin fasziniert davon, mich durch eine Figur ausdrücken zu können. Ich hoffe, dass mein Ich durch die Puppe ehrlich und wahr sprechen wird.«

»Das ist schön Alma. Und wie willst du das erreichen?«

»Indem ich mich der Aufgabe stelle.«

»Das musst du uns ein wenig näher erklären.«

»Ich möchte mich auf den Prozess der Erkenntnis einlassen. Und die Figur, die ich vor mich stelle, wird es mir erleichtern, ganz und wahrhaftig zu empfinden.«

Das gefällt ihm! Denn er steht auf und stellt sich hinter mich: »Schließ die Augen!« Dabei drückt er seine Hände auf meine Lider, nicht ohne seinen Unterleib durch die Rückenlehne des Sessels an meinen Rücken zu pressen. Kotzbrocken!

»So und jetzt lass dich fallen. Was siehst du?«

Ich sehe mein Knie in den Körperteil, den er mir leicht erigiert in meinen Rücken drückt, treten, sage aber: »Ich sehe mir dabei zu, wie die Puppe meine geheimsten Wünsche ausspricht.«

»Möchtest du uns diese Wünsche mitteilen?«

Ich tue verzagt: »Ich kann nicht …«

Bevor er sich wieder in seinen Sessel setzt, zwirbelt er noch lüstern meine Haare. Ekelhaft! Ich erhasche einen Blick von Mutter, der mir sagt: »Gut gemacht, Alma!«

Der Krauseminze nickt mir wohlwollend zu, denkt wohl, ich wünsch mir seinen erigierten Körperteil: »Das kommt schon. Das kommt …«

Dann ist die Nächste dran. Vor lauter seelischem Blabla driftet meine Aufmerksamkeit von der Gruppenteilnehmerin ab. Der junge Mann, den ich als Koalitionär ausersehen habe, scheint ebenfalls wenig angetan von der geistigen Kontemplation, denn er starrt entweder zu Boden oder mit angewidertem Blick auf den de la Menta. Ich warte gespannt auf seine Vorstellung. Vorher aber mache ich ihn durch ein kurzes Sesselscharren auf mich aufmerksam. Als er gerade den Blick vom Boden hebt, fixiere ich ihn und deute ihm durch einen Lidschlag an, dass wir uns nach Abschluss der Sitzung draußen treffen sollten. Er scheint verstanden zu haben, denn er schließt kurz seine Augen als Bestätigung für unser Date.

Dann kommt Mutter dran. Ich erwarte einen theatralischen Auftritt, aber sie hält sich – für ihre Verhältnisse zumindest – vorerst zurück. Zuckersüß schmachtet sie den Claus an. Der eitle Geck (Vanitas vanitatum et omnia vanitas) nimmt ihre Huldigung für bare Münze. Im Einkochen, nicht nur von Marillenmarmelade, ist sie spitze: »Mein Name ist Martha und ich bin alt. Ich möchte aber trotzdem noch neue Erfahrungen in meinem Leben machen, drum ...«

Sensation! Mutter lässt sich von ihm gehorsam unterbrechen.

»Du bist so alt, wie du dich fühlst!«, Floskelkönig, dieser Krauseminze, »du hast einen regen Geist, die Falten zählen nicht. Die Puppe ist so jung, wie du sie belebst ...«

»Ich, vielleicht kann ich nicht ..., mein Geschick ...«

Claus de la blablabla winkt ab: »Du hast unsere Unterstützung, wir sind hier eine Familie.«

Mama flüstert (bitte übertreib nicht so!): »Danke ...«

»Wir lieben dich, so wie du bist.«

Und jetzt zieht sie ein Ordinationstaschentuch aus der Tasche und tupft damit ihre Augen ab: »Danke ...«

Jetzt, wo die anderen nicht mehr atmen, schnaufe ich tief durch. Hat sie doch tatsächlich die Tränennummer durchgezogen. Schon als ich noch ein Kind war, konnte sie auf Befehl ihre Tränen fließen lassen, um mich zu erpressen. Diese Erpressungsshow funktionierte bei mir allerdings ab dem Zeitpunkt nicht mehr, als sie bei einer Einladung etwas besäuselt diese Nummer als Unterhaltungshöhepunkt vorführte. Sie hatte meine Anwesenheit nicht wahrgenommen – ich war ein Kind, das bei Gesellschaften immer unbemerkt im Hintergrund lauschte. Ab da habe ich mich nie mehr bei ihr entschuldigt, wenn sie heulte. Drum hat sie es aufgegeben, dieses Instrument – sie verfügt auch noch über ein riesiges Reservoir an anderen Instrumentarien – zu meiner Erziehung weiter einzusetzen.

Danke, Mama, denn dadurch bin ich auch gegen die Tränen meiner Patienten resistent geworden.

In unserer Gruppe allerdings erzielen ihre Krokodilstränen volle Wirkung. Ihre Nachbarin rückt näher zu ihr und umarmt sie tröstend. Jetzt gibt Mutter noch einmal Gas: »Hnn, hnn, danke, ich möchte euch nicht aufhalten ...« Trotz der anstrengenden Performance registriert sie rechtzeitig, dass der Prinzipal ein wenig ungeduldig wird. Sofort setzt sie ein verlegenes Lächeln auf und blickt dankbar in die Runde.

Nach ihr kommt noch eine von der Esoteriker-Fraktion und dann der junge Mann. Krauseminze hat schon kapiert, dass es mit dem nicht so einfach wie mit den Eso-Tanten werden wird, drum geht er ihn forscher an: »Und du, was möchtest du?«

Vorsicht, mein lieber Mitstreiter! Pass auf, bitte nicht jetzt schon aus dem spiritistischen Rahmen fallen! Leider versteht er meinen gedanklichen Rat, trotz Beschwörung der gruppentelepathischen Energie, nicht. Klappt hier nur die Gedankenübertragung mittels Minzeguru?

»Ich will mir das mal anschauen. Finde ich ganz interessant, das mit dem Theater mit Puppen.« Oh je, mit dieser Antwort hast du keinen Stein im Brett!

»Du findest das gaaanz inteeeressaant? Interessant! Und sonst? Wie willst du dich einbringen?«

»Ich bin da, dass Sie mir das beibringen, ... wie das geht.«

Claus lächelt verächtlich: »Ach? Wir haben es mit einem Techniker zu tun! Du willst nur die Technik erlernen?«

Der junge Mann nickt: »Ja, ich will wissen, wie ich das tun soll.«

Jetzt wird unser Prinzipal endgültig ungehalten: »Dazu wird es am besten sein, du ziehst dir einfach ein Video auf YouTube rein.«

De la Menta streckt seine Arme wie eine Messiasstatue segnend zur Zimmerdecke: »Wir hier ..., wir, wir leben durch die Figur und dazu braucht es ..., dazu braucht es Geist, dazu braucht es Visionen. Wir spielen nicht, ... wir leben das Puppenspiel. Die Puppe wird zum Ich und ich werde zur Puppe.«

Die Gruppenmitglieder sind vom Unverständnis des jungen Mannes erschüttert. Kollektiv nicken sie zur Rede ihres Gurus. Ich aber versuche, mit einem Zwinkern dem Noname, er hat sich als Einziger nicht vorgestellt, meine Solidarität zu kommunizieren. Hoffentlich kapiert er, dass ich auf seiner Seite bin.

Nachdem die Vorstellungsrunde ohne weitere Skandale durch esoterische Ordnung beendet ist, erwarte ich mir, endlich eine Puppe in die Hand zu bekommen. Weit gefehlt! Jetzt kommt die Nummer mit der Körperarbeit. Also Matten raus und auf den Boden, im Kreis liegen und – atmen. Ich schaue, dass ich neben dem Unbekannten zu liegen komme. Das überreißt der Krauseminze aber sofort und weist mir wieder meinen angestammten Platz zwischen der rechten Handquetscherin und dem linken Eso-Hascherl zu. Wenigstens Mutter hat es geschafft, sich neben den jungen Mann zu legen. Da ich es hier offenbar mit einer Therapiegruppe von Emphysem-Erkrankten zu tun habe, wird bis zum Ersticken geschnauft. Eine bekommt tatsächlich durch die Hyperventilation eine Panikattacke. Kein Problem, Claus ist zur Stelle und hilft ihr durch Stabilisierung ihrer Brüste zu einer Spontanheilung. Das muss ich mir für meine Patienten mit Panikattacken merken: Voll bekleidet Brüste kneten und Brustwarzen zwirbeln.

Damit wir nicht vergessen, weshalb wir hundertfünfzig Euro bezahlt haben, legt sich unser Messias zum Schluss mit der Klaus-Kinski-Puppe in die Mitte des Kreises. Und was sollen wir tun?

»Ihr haucht Klaus Kinski Leben ein! Mit jedem Atemzug schwingt die Energie in ihm.«

Und tatsächlich, desto mehr gekeucht wird, desto lebendiger wird die Puppe. Erst öffnet sie den Mund und atmet aus. Dann atmet sie ein paar Mal ein und aus. Sie hebt den Kopf, schaut sich um, sie setzt sich langsam auf, der rechte Arm packt den linken Arm und streckt beide Hände in die Höhe. Sie reckt und streckt sich, um langsam, langsam aufzustehen. Stehend blickt sie auf ihre liegenden Untertanen herab. Geht von einem zum anderen, legt ihre Hand auf deren Bauch – bei mir zu weit unten, schon mehr auf meinen Unterleib! –, lässt die Hand je nach Sympathie länger oder kürzer – beim Noname – auf dem Bauch verweilen. Als alle durch sind, tritt Klaus K. aus der Mitte und faltet seine Puppenhände, um uns mit einer Art Segen zu beglücken: »Gehet hin und seid froh!«

Ich bin froh, denn länger hätte ich diesen Zirkus nicht mehr ausgehalten. Ich hätte mich vorschnell, durch Brüskierung seiner Göttlichkeit, verdächtig gemacht. So aber streichelt mich die Puppe und flüstert mir, bevor ich den Raum verlasse, in schlecht kopiertem Klaus-Kinski-Pathos zu: »Pulchra, heute kommen wir noch zu dir …«

Hilfe, was sag ich da? Mutter, mein rettender Engel steht plötzlich neben mir und küsst den Puppen-Klaus-Kinski auf seine raue Wange: »Es war so erhebend, ich spüre mich plötzlich … so wie als Teenager.«

Der Klaus-Claus küsst sie mit seinem Klappmaul zurück: »Schöön …, schöööön!«

Während noch Mutters Kinn in seinem Riesenmund eingeklemmt ist, presst sie heraus: »Schnell, schnell, wir müssen nach Hause, der Installateur!« Als sie ihr Gesicht aus der Zwangslage befreit hat, meint sie entschuldigend: »Ein Rohrbruch, wie immer am Wochenende.«

Die Aussicht auf eine überflutete Wohnung dämpft Krauseminzes sexuelle Leidenschaft, denn er meint leise zu mir: »Dann das nächste Mal«, nicht ohne noch: »Pulchraaaaa« zu hauchen.

Für meinen Auftrag, ein Haarbüschel von ihm für Manfred zu ergattern, muss ich ihn, um ihm nahe genug zu kommen, umarmen. Während er sein »Pulchra« haucht, drücke ich mich ganz fest, ohne ihn jedoch an der delikaten Stelle zu berühren, an ihn. Er dreht reflexartig sein Becken, um die Gelegenheit zu nützen, sich kurz an mir zu reiben. Dadurch abgelenkt, gelingt es mir, aus seinem Nackenhaar ein Strähnchen auszureißen. Diesen kurzen Schmerz interpretiert er als SM-Neigung und zieht mich angetörnt ebenfalls an meinen Haaren: »So eine bist du also …«

Nein, mein Lieber, so eine bin ich nicht!

Es gelingt mir, durch eine schlangenartige Bewegung aus seiner Umklammerung zu schlüpfen, ohne meine Beute zu verlieren. Bevor er mich wieder zu fassen bekommt, bin ich schon beim Ausgang draußen. Bei Gefahr im Verzug kann ich erstaunlich behände sein.

Disgusting, hu!

Meine vor der Tür auf mich wartende Mama bekommt von mir ein Küsschen auf die Wange: »Danke …«

»Nichts zu danken, stimmt ja. In meinem Keller ist tatsächlich ein Rohrbruch.«

»Das geht uns aber nichts an.«

»Natürlich nicht, aber ich lüge nie.« Na ja, schon diese Ansage ist gelogen!

Ich muss das Haarbüschel, das ich noch immer zwischen Daumen und Zeigefinger halte, loswerden: »Kann ich ein Taschentuch haben?«

Mutter kramt in ihrer Tasche: »Alle aufgebraucht.«

»Wieso musstest du so viel heulen? Ein paar Tränen weniger hätten es auch getan.«

»Nie kann ich es dir recht machen.«

»Entschuldige, es war eine gute Vorstellung.«

Das beruhigt sie wieder und es findet sich doch noch ein Taschentuch, wenn auch gebraucht, in ihrer Tasche. Ich tue so, als ob ich mich schnäuzen würde, und wickle dabei die Haare in das Taschentuch, das ich dann in meine Handtasche packe.

Da wir aufgehalten wurden, ist der junge Mann schon weg. Ich begleite Mutter noch bis zur U-Bahn-Haltestelle Taubstummengasse. Ich selber werde zu Fuß zurück in die Fillgradergasse gehen. Am Weg zur Station erzählt sie von dem Ex der Katz: »Ich habe ihn angerufen und gesagt, dass ich seine Nummer vom Dr. Würzl hab. Ein Bekannter von einem Bekannten von einem Bekannten.«

»Nein, bitte nicht! Der kennt unseren Namen ja.«

»Glaubst du, ich hab mich verraten? Für wie blöd hältst du mich eigentlich?«

Jetzt ist sie beleidigt, also Informationssperre.

»Und weiter?« Sie zuckt die Schulter und zischt vor mir weg. Ich hinter ihr her. Ich ziehe an ihrer Jacke, um sie aufzuhalten. Wieso muss immer ich hinter ihr herrennen? Wieso kann sie nicht einmal, ohne mich gleich zu bestrafen, über einen Fauxpas hinwegsehen?

Gnädig hält sie nach einer Wegstrecke von circa zwanzig Schritten an. Das bedeutet bei ihr, mein Vergehen war nicht so schlimm (Ausmaß der Strafe, als ich ein Kind war: nach dreißig Schritten Halt – keinen Saft, nur Wasser; nach vierzig Schritten Halt – kein Kuchen; nach hundert Schritten Halt – gar nichts mehr zu essen).

»Ich habe mich als Denise ausgegeben.«

Oh Gott, Denise ist ihre beste Feindin. Mutter scheut vor nichts zurück: »… und ich habe mir einen Termin mit ihm ausgemacht. Wegen einer Lebensversicherung zugunsten des Bienenzuchtvereins Wien Westende.« Schau, schau, Denise hat nämlich eine schwere Bienenallergie!

Ich entgegne nichts, denn ich sehne mich danach, so schnell wie möglich ein Achtel Veltliner in der Fillgradergasse zu kippen: »Danke.«

In der U-Bahn-Station treffen wir den jungen Mann, der ebenfalls wartet. Ich grüße ihn freundlich und will mich vorstellen, als mir Mutter ins Wort fällt: »Sie hatten so recht. Für hundertfünfzig Euro darf man auch die Technik der Puppenführung erwarten.« Sie reißt seine Hand an sich und schüttelt sie: »Liebekind-Spanneck. Martha. Für Sie Martha.« Ich stammle: »Alma …«

Der bisher Noname verrät uns seinen Namen: »Freut mich, Brunner. Michael.«

Aha, das ist interessant. Brunner! Der nette junge Polizist, augenscheinlich auf Augenschein? Da die U-Bahn in die Station einfährt, erübrigt sich jede weitere Unterhaltung. Nachdem sich die Tür hinter ihnen geschlossen hat, winke ich ihnen noch zu. Mutter schickt mir ein Luftbussi, während sie heftig auf den Brunner einredet.

Am Weg zu meinem Michael gebe ich mir auf meinem MP3-Player die Arie aus »Samson und Dalila« von Saint-Saëns. Da muss ich meistens gerade *nicht* weinen, heute gerade *schon*. Die Nerven! Diese herzzerreißende Musik lässt mich am Liebestaumel dieses Paares teilhaben und soll mich in meinen persönlichen Liebestaumel hineinkatapultieren. Einfach nur Liebe, so unwahr oder wahr sie auch sein mag. Die Liebe findet sowieso nur im Kopf statt. Da ich mir meine Welt im Kopf selber erschaffe, teile ich auch der Liebe die Zeit und den Platz in dieser Gedankenwelt zu – wenn es sich gerade ausgeht und es mir passt. Jetzt passt es mir.

Oh Wunder, ich läute, mein Michael öffnet, zwar verschlafen von der Siesta, aber gut gelaunt. Großartig, bisher läuft das mit der Liebe wie geplant. Nach Sex ist mir momentan allerdings nicht, denn die Ekstase vom Vormittag werden wir heute nicht mehr toppen. Drum raus und zum Naschmarkt auf ein Achtel oder zwei. Gegessen hab ich auch noch nichts.

Solche Menschenknäuel wie an einem Sommerabend am Naschmarkt haben was sinnlich Belebendes. So viele – nicht auf

Befehl – Atmende erzeugen selbst in mir eine Leichtigkeit des Seins. Ich flaniere mit meinem »Samson« Hand in Hand durch die verstopften Gässchen zwischen den Kiosken auf der Suche nach einem Sitz. In einer Weinbar ergattern wir wenigstens einen Stehplatz, bestellen ein Achtel, dazu je ein Bratlfettbrot mit viel Knoblauch – wenn beide stinken, ist es ausgeglichen –, Pfefferoni und wenig Wasser. Wir stoßen darauf an, dass es uns weiter so gut gehen soll wie bisher. Alle Disharmonien sind in die tiefsten Keller unserer Gehirne eingesperrt. Endlich einmal ein Abend, um Beziehungsarbeit zu leisten!

Gefehlt! Ich versuche, mich noch schnell umzudrehen, als ich Erika in der Menge entdecke. Verdammt noch mal, heute ist Michelangelo-Abend, nicht Palavern mit einer Freundin, noch dazu in Anwesenheit des Lovers. Da kann ich weder mit ihm noch mit ihr frei von der Leber weg reden. Und wenn sie blöde Bemerkungen dem Michael gegenüber macht? Als meine Beziehungsbeichtmutter weiß sie zwar beinahe alles über uns, unterliegt aber keinem Schweigegelübde.

Zu spät! Erika winkt mit ihrem linken Arm – den anderen braucht sie für ihre vielen Einkaufssackerl –, um darauf aufmerksam zu machen, dass sie uns entdeckt hat. Wieso bin ich auf die blöde Idee gekommen, gerade an so einem herrlichen Sommerabend, wo ganz Wien zum Naschmarkt pilgert, dorthin zu gehen? Wien ist ein Dorf. Inkognito gibt es nicht. Erika drängt sich durch die Massen auf uns zu. An unserem Stehtisch angekommen, schiebt sie unsere Teller zur Seite, um ihre Einkäufe auf dem Tisch zu platzieren, herzt zuerst den Michael und dann mich: »Ich wusste, dass ich jemand treffe. Sehr voll heute.«

Erika war auf der Pirsch nach »jemandem« und traf ihr Reh punktgenau – mich. Ich tue auch begeistert, immerhin ist sie meine Freundin: »Wie wenn wir uns verabredet hätten, super!«

Erika fühlt sich nun als Mittelpunkt. Sie zündet sofort eine Zigarette an. Ich schweige, während sie uns über ihre neuesten Einkäufe berichtet und dabei eine Trophäe nach der anderen aus den Säcken herausfischt: »Ist die nicht genial?«, dabei demonstriert sie mir eine batteriebetriebene Pfeffermühle, »leider habe ich sie dir gerade gezeigt, sonst hättest du die zum Geburtstag bekommen.«

»Du meinst, wenn die Batterie aus ist?«

»Wieso?«

»Weil mein Geburtstag erst in einem Dreivierteljahr ist.«

Michael langweilt sich. Er schaut ostentativ über uns hinweg, Richtung Menschenflut. Erika bemerkt dies leicht ungehalten: »Ist dir fad mit uns?«

Michael schüttelt wenig überzeugend den Kopf.

»Ich habe aber auch was, was dir gefallen wird.«

Michael braucht gar nichts, denn er lehnt sinnlosen Konsum ab (armer Künstler eben), außer: »Einen Single Malt Whisky?«

»Aber geh, du Alkoholiker. Nein, das da ...« Und sie öffnet das nächste Sackerl (Billa) kurz, um uns hineinschauen zu lassen. Nachdem wir einen Blick auf das Wunderspielzeug erhascht haben, macht sie sofort wieder zu.

Mir ist so was peinlich. Erika hat doch was von einer Tussi. Drum rüge ich sie: »Wenn du schon so was benützt, dann solltest du auch dazu stehen und es nicht hinter der Billafassade verbergen.«

»Spaßverderberin!«

Michael gefällt, was er da zu sehen bekommen hat. Er nickt wohlwollend: »Auch mit Batterie, sehr praktisch!«

»Das hättest du auch zum Geburtstag bekommen ...«

»Auch dann, wenn die Batterie aus ist?«

Ich schmiege mich absichtlich an meinen Liebhaber, um ihr zu verdeutlichen, dass ich ja meinen Michelangelo besitze und solcherlei Ersatzstücke nicht bedarf. Da Erika so gar nicht punkten konnte, stärkt sie sich aus meinem Weinglas zur Beruhigung.

»Ich lade dich ein«, meint Michael, der Frauenzänkereien nicht aushält. Als Mann kann er den Grad der Boshaftigkeit nicht abschätzen. Er kennt die Grenze zwischen liebevollem Veräppeln und bösartigem Kränken nicht. Das ist alles noch liebevolles Geplänkel zweier Freundinnen, die sich gerne necken.

»Übrigens, ich habe den Michael Brunner gefunden, auch ohne die Telefonnummer.«

»Ah ehrlich? Der ist nett. Hast du ihn getroffen?«

»Ich schätze, dass er nett ist. So viel habe ich noch nicht mit ihm gesprochen. Er ist auch in dem Puppenspielkurs, den ich belegt habe.«

»Hm? Puppenspielkurs? Was soll das denn?«

»Hab ich dir das gar nicht erzählt?«

Erika schaut mich erstaunt an: »Ich verstehe nur Bahnhof.«

Michael erklärt ihr, während er für sie gestisch ein Glas Veltliner bestellt: »Sie macht den Kurs, damit sie recherchieren kann. Auf euch kann man sich ja nicht verlassen.«

»Ich spioniere im Theatermilieu.«

Erika schüttelt den Kopf und seufzt: »Die Katz ... Kannst du nicht akzeptieren, dass die einfach von der Brücke gesprungen ist, im Wahn.«

»Da gibt es aber offenbar noch einen – sogar Polizist –, der das bezweifelt.«

»Hallo, der ist noch nicht einmal ganz fertig. Außerdem war er der Liebhaber. Der macht das wegen seinem schlechten Gewissen, Frau Psychologin.«

»Erstens bin ich keine Psychologin, sondern Facharzt für Psychiatrie, also Ärztin, Frau Oberoffizial irgendwas, und zweitens darf auch einer von euch, der sich noch nicht hauptsächlich mit dem Shoppen von Spielsachen beschäftigt, einen Verdacht haben.«

»Sag einmal, du wirst ja richtig emotional bei der.«

»Ja! Das regt mich auf. Und wenn du wirklich meine Freundin wärest, dann würdest du mich unterstützen, nicht lächerlich machen.«

Erika kramt in ihrer Handtasche, zieht ihr Handy heraus und sucht die Nummer des Brunner.

Als sie die gefunden hat, tippt sie was ein. Gleich darauf habe ich die Nummer auf meinem Handy.

»Da!«

»Jetzt kann ich ihn nach seiner Nummer auch selber fragen. Mutter hat das wahrscheinlich sowieso schon erledigt.«

»Hallo, deine Mama ist auch dabei? Ich pack es nicht.«

»Sie eignet sich gut. Alt, deshalb unverdächtig.«

»Okay, was soll ich tun?«

»Schau, dass du einen Durchsuchungsbefehl für das Theater kriegst und für die Wohnung der Mutter Katz auch.«

»Du spinnst! Du stellst dir das so einfach vor. Wohnungen durchsuchen ohne Mordverdacht, mit eindeutigem Obduktionsbefund, ohne Indizien?«

»Ich liefere dir die Indizien. Ich verspreche es.«

Erika nimmt ihr Glas, das in der Zwischenzeit auf dem Tisch steht, um anzustoßen: »Sobald du nur irgendwelche Beweise geliefert hast, mache ich es. Aber so wie jetzt, keine Chance.« Irgendwie scheint der Abend nicht so zu verlaufen, wie ich ihn mir in meiner Kopfwelt erschaffen habe. Keine Romantik, wieder nur der Fall Katz.

Nach dem zweiten Achtel habe ich mich damit abgefunden, dass ich heute nicht Dalila bin und Michael nicht Samson. Es wird dann doch noch recht lustig, weil wir ein Spiel erfinden, das heißt: Menschen raten. Man erfindet eine Geschichte zu einem Menschen, der am Nebentisch sitzt. Das eröffnet einem die Möglichkeit, alle Vorurteile, die man so im Innersten verborgen hat, ausleben zu können. Interessant, dass Erika die Leute nach der Marke ihrer Kleidung beurteilt (könnte ich nicht, da ich mich nicht auskenne), Michael nach Gefühl (so was von subjektiv) und ich nach ihrem Gesichtsausdruck (so was von objektiv). Als dieses Spiel schön langsam auch langweilig wird – leider können wir nicht überprüfen, ob jemand recht hat –, dränge ich zum Aufbruch. Als es ans Zahlen geht, fällt mir das wertvolle Taschentuch mit den Haaren aus der Tasche. Zuerst bemerke ich es gar nicht, aber als wir schon am Verabschieden sind, sehe ich den weißen Fleck auf dem Boden. Ich krieche unter den Tisch und schaffe es gerade noch, den Knäuel zu fassen, bevor Erika mit ihren High Heels daraufsteigt. Das war knapp!

Erika wundert sich: »Du bist doch sonst nicht so eine Ökosusi!?«

»Ich habe mir vorgenommen, dass ich unsere Stadt reinhalte. Schau dich um, was für eine Schweinerei überall ist.«

Ich knülle das Tuch zusammen und versuche es diskret wieder in meine Handtasche zu tun.

»Graust dir nicht, das war ja schon am Boden?«

»Ich werfe es später weg.«

Sie wendet sich Michael zu: »Dass du es mit ihr aushältst? Sie wird immer schrulliger.«

Daraufhin bückt sich mein Samson ebenfalls und hebt demonstrativ vom Boden eine dreckige, zerknautschte Red-Bull-Dose auf: »Wir sind beide schrullig.« Erika verdreht die Augen und nickt. Ich finde, dass dieser Abend doch einen romantischen Abschluss hat. Drum gehen wir zu mir!

6. Kapitel

Als Michael und ich, Hand in Hand, ganz entspannt, von der Augartenbrücke kommend, in die Rembrandtstraße einbiegen wollen, sehe ich gerade noch rechtzeitig einen Mann vor meiner Haustür stehen – die Silhouette passt zu Claus Krauseminze. Hm, was mache ich jetzt? Ablenkung – bevor Michael ihn auch entdeckt –, sonst Erklärungen und angespannte Situation. Ich schiebe meinen Liebsten, statt nach rechts einzubiegen, geradeaus weiter die Brigittenauerlände entlang. Er bleibt stehen: »Wollten wir nicht nach Hause?«

»Ich hab mir gerade überlegt, ob wir nicht noch einen Absacker in der ›Bunkerei‹ nehmen sollten?«

»Die haben doch schon zu.«

Ich tue so, als ob ich auf die Uhr schauen würde: »Erst halb elf, bis elf ist offen.«

Michael zuckt mit der Achsel: »Na gut, wenn du meinst. *Du* wolltest ja so früh ins Bett, wegen deiner Lauferei.«

Ich zwicke ihn liebevoll in die Wange: »Hab mir's anders überlegt, ist ja nur einmal Sommer.«

Wir gehen weiter, ich schicke ein Stoßgebet zum Himmel: Bitte lass den Krauseminze nicht um die nächste Ecke biegen ...

Als wir in der Bunkerei ankommen, ist zu. Klar, schon weit nach elf. Wenigstens einmal ist es für etwas gut, dass mein Lover die Zeit verweigert, sonst hätte er mich der Trickserei überführt. So aber tue ich so, als ob meine Uhr nachginge: »Phh, bei mir ist es erst drei Viertel. Na gut, dann nehmen wir noch was bei mir.« Michael lässt sich seine »Happy going«-Stimmung nicht verderben: »Bei dir am Balkon ist auch noch Sommer.«

Wir schaffen es ohne Störung – dem Himmel sei Dank, denn Krauseminze hat die Warterei inzwischen aufgegeben – bis zu unserem Absackerveltliner auf meinem Sommerabendbalkon.

Wieder einmal schwer aufstehen. Wieso bin ich eigentlich so blöd, den Veltliner pur zu trinken, statt ihn zu spritzen? In der Früh nehme ich mir immer vor, den Wein ausschließlich verdünnt – ist gesünder, hat weniger Kalorien, beschert kein Hangover – zu genießen, kaum fragt mich abends irgendjemand, was ich trinken möchte, schießt aus meinem Mund: »Ein Achtel Veltliner!« Unter uns: Alkoholikerin! Der Morgen ist meine Reuezeit. Michael schläft wie immer wie ein Stein.

Aktivität ist jetzt eigentlich gefragt, denn ich habe ja Manfred versprochen, am Vormittag bei ihm aufzukreuzen. Schon wieder Konflikt: weiterschlafen und Frühstück? Oder aufstehen und Sport ohne Marillenmarmeladebrot? Mein Über-Ich bestimmt morgens, mein Es eher abends. Also leise aufstehen, Jogginghose an, Zähne putzen, Liebesbotschaft an Michael schreiben und raus.

Bis Hietzing ist es weit. So soll es sein. Man darf es sich im Leben nicht zu leicht machen. Bis zur Urania sind meine Beine schwer wie Blei, bei der Strandbar Herrmann allerdings werde ich von einem Gedankenblitz geweckt: »Die Haare sind noch in der Handtasche!«

Ich schwöre, nie wieder trinke ich einen Tropfen Alkohol – wegen Demenz, die unnötige Kilometer verursacht. Also zurück! Ich kann nicht einmal die zwei Stationen mit der U-Bahn retour fahren, da mein Geld auch in der Tasche ist. Dafür gönne ich mir den Lift. Ich bin ja schon die Stiegen hinuntergelaufen – ist ein bisschen getrickst, denn hinauf ist natürlich anstrengender. Michael schläft noch immer. Ich schreibe noch eine zusätzliche Liebesbotschaft auf das Post-it: »Ist so schön mit dir, heute Abend wieder bei dir?«

Dann nochmals raus, diesmal mit Geld und Haaren. Ich kämpfe mit mir, ob ich nicht die U4 zumindest bis Stadtpark nehmen soll. Immerhin bin ich die Strecke heute ja schon einmal gelaufen. Aber mein Über-Ich sagt streng: »Nein, du musst lernen, nicht immer auf alles zu vergessen!« Also Strafe! Die habe ich mir zwar schon bisher oft ohne großen Erfolg verordnet, aber mein Über-Ich gibt nie auf.

Ab der Strandbar Herrmann fühle ich mich gleich besser, habe die Strafe abgelaufen, dann den Wienfluss entlang durch den Stadtpark. Ich grüße den goldenen Strauß, der mich daran erinnert, dass in Ö1 gerade das Sonntagmorgenkonzert läuft. Sogleich stöpsle ich mir den MP3-Player ins Ohr. Kaum ertönen die ersten Takte, springen meine Sinne sofort auf die Vierte von Mahler an. Der 3. Satz ist so eine Musik, die mir die Tränen in die Augen spült

– allerdings nur, wenn ich allein bin, in Gegenwart meiner Mutter tue ich unbewegt. Beim 4. Satz ist es um mich geschehen. Gut, dass ich keine Wimperntusche oben habe. Ich bemerke weder, ob die Ampeln rot sind, noch, dass ich in ein Hundewürstel gestiegen bin. Erst als im Radio das »Künstlerzimmer« beginnt, komme ich wieder von meiner Romantikwolke runter. Ich ärgere mich oft über die Eitelkeit der Moderatoren. Müssen die immer so tun, als ob sie gescheiter als die von ihnen Befragten wären? Aber heute – oh –, die Stimme kenne ich. Das ist nicht der Moderator, der sich so klug aufspielt, sondern: Claus de la Menta. Wie hat der es bloß bis ins »Künstlerzimmer« von Ö1 geschafft?

»Puppenspiel ist Theater pur. Es vereinigt die Bildnerische Kunst mit der Theatralik, die Vorgabe einer Realität mit der Wirklichkeit, die Sehnsucht nach dem Alterego mit der Seele des Vollkommenen ...« Und so weiter blablabla.

»Sie schreiben alle Stücke selber?«

»Ja, das Puppentheater erfordert subtilere Texte.«

»Und bauen Sie die Puppen auch selbst?«

»Ich gebe jeder Figur, die ich in meinen Stücken erfunden habe, ein Gesicht.«

»Wissen Sie, wenn Sie das Stück schreiben, schon, wie die Puppe aussehen wird?«

»Ich sehe das Antlitz vor mir. Ich kenne die Figur so gut, als ob sie lebendig wäre. Sie ist ein Freund, ein Feind, am Leben eben.«

»Und was fasziniert Sie am meisten am Puppentheater?«

»Kein Schauspieler kann so gut sterben wie eine Puppe, ... denn sie ist schon tot.«

Ich drücke auf Stopp: »Sie ist schon tot ...«

Sabine, die Puppe? Der Mann auf dem Foto mit der Frau auf den Armen, ... eine Puppe? Oder der Mann mit Sabine auf den Armen?

Claus de la Menta ist ein Schwein. Schmückt sich mit den Lorbeeren von Sabine. *Sie* hat doch die Puppen gebaut und *sie* hat die

Stücke geschrieben, oder? Jedenfalls war sie gewiss daran beteiligt. Eine Tote kann nicht mehr reden, ist wie eine Klappmaulpuppe ohne die menschliche Klappe.

Meine Fantasie geht mit mir durch. Gott sei Dank ist der Weg dem Wienfluss entlang nach Schönbrunn kreuzungsfrei, so kann ich mich nicht verirren. Dann noch bis zur Steckhovengasse und in die Schließmanngasse abbiegen.

Manfred wohnt in einer imposanten Hietzinger Villa, die er von seinen Eltern geerbt hat. Kaufen könnte sich so was ein Gerichtsmediziner ja nicht. Sein Gehalt reicht gerade für die dringendsten Renovierungsarbeiten. Darum wirkt das Gebäude bei näherem Hinsehen auch ein wenig desolat. Die Farbe, die mal Schönbrunnergelb war, ist einem grauen Ockergelb gewichen, die Steinplatten zum Eingang sind größtenteils zerbrochen und das Gartentor klemmt. Geschweige denn die Klingel, die auch nicht mehr funktioniert. Drum öffne ich einfach das quietschende Eingangstor und betrete einen verwilderten, aber bezaubernden Garten. Charme hat sie noch, die alte Villa!

Ich bin verschwitzt, ungeschminkt und wahrscheinlich rot im Gesicht. Ein Anblick, der den Manfred hoffentlich abturnt. Tut er aber nicht! Als ich den rückwärtigen Garten betrete, kommt er schon mit offenen Armen auf mich zu und nutzt die Gelegenheit, mich ganz fest an sich zu drücken – allerdings nicht zweideutig, sondern eher aus Freude. Der Mann mag mich einfach und ich ihn auch. Sexy schaut er allerdings nicht aus in seinen kurzen Hosen, aus denen die weißen Waden herauswachsen. Und die Sandalen erst! Bequem, braun, bio und sicher zehn Jahre alt. Die passen zu seinem Bärenbauch und dem kurzen gestreiften Hemd, das sich darüber spannt.

»Du bist aber spät. Ist schon Mittag.«

»Entschuldige, aber ich habe was vergessen und musste noch einmal nach Hause.«

»Egal, Hauptsache du bist da und du bist schön wie immer.«

»Ich bin verschwitzt, alt und hässlich, merk dir das, klar?

Er tritt einen Schritt zurück, um mich zu begutachten: »Schön, verschwitzt und mit Sonnenbrand.«

Wahrscheinlich hat er recht, denn ich habe natürlich auch auf die Sonnencreme vergessen. So kann man nicht jung bleiben! Die Hautalterung durch UV-Strahlung. Sogleich habe ich wieder ein schlechtes Gewissen. Meine kollagenen Fasern im Gesicht haben sich jetzt sicher zu noch mehr Falten zusammengekrümmt. Für Manfred wäre das ja egal, aber für meinen um zehn Jahre jüngeren Liebhaber nicht. Kein Schönheitsstress bitte! Habe ich nicht die Gene meiner Mutter geerbt? Die war allerdings nie in der Sonne. Sie hält es wie Churchill: »No sports« und vornehme Blässe.

»Möchtest du duschen?« Oh nein, bitte keine Hoffnungen auf meinen nackigen Körper machen. Ich schüttle den Kopf und marschiere schnurstracks auf den Tisch zu, der unter einer alten Linde steht. Wäre romantisch, wenn nicht mit Manfred. Dort hat er auch schon ein Tablett mit einem eisgekühlten Veltliner hingestellt. Er ist so lieb. Leider ist mir gar nicht nach Veltliner, mehr nach was Wässrigem: »Kann ich ein Soda Zitron haben? Wein ist zu früh.«

Manfred schaut mich verzweifelt an: »Kein Soda, keine Zitrone und ... es ist Mittag. Sonntagmittag.«

»Dann eben Leitungswasser, sonst bin ich gleich besoffen.«

»Was spricht dagegen?«

»Dass ich gestern abends auch schon zu viel hatte, das spricht dagegen.«

Manfred seufzt: »Super, mit mir willst du nicht einmal mehr saufen.«

Er tut mir leid, drum streiche ich über seinen Arm und deute auf den Wein: »Ein Glaserl geht.«

Manfred dreht sich um, um mir aus dem Haus Wasser zu holen. Ich werfe mich in einen der verwitterten Korbsessel mit den verschlissenen Polstern. Sehr gemütlich. Wie schön würde ich dieses Haus herrichten! Streichen, Bezüge nähen, Garten pflegen, die

Fenster putzen – ein Schmuckkästchen würde es werden. Wenn, wenn ich so eine wäre, so eine Liebe, so ein fleißiges Lieschen an der Seite ihres Ehemannes. Schade, dass ich dieses Gen von Mutter nicht geerbt habe. Die hat es nämlich auch nicht. Sonst wäre sie mit mir beim Herrn Dr. Liebekind in seiner Villa in Sievering geblieben. Aber schön wäre es schon.

Manfred kommt mit einem Krug Leitungswasser zurück. Er lächelt mich an, so ganz verträumt. Denkt sich sicher: Wenn, wenn sie so eine wäre, so eine Liebe, so ein fleißiges Lieschen an der Seite von mir als Ehemann.

»Sehr beschaulich hier, so schön. Du hast es so schön.«

»Könntest du auch haben. Du machst dich gut unter der Linde.«

Er setzt sich neben mich, schenkt mir Wasser ein und uns beiden ein Glas Wein. Ich merke, dass ich wirklich sehr durstig bin, und leere das Glas auf einen Zug. Dann stoße ich mit ihm an, nippe aber nur am Achtel. Ein Schwips wäre für meine Sache momentan gar nicht dienlich. Ich sage mir: »Alma, du musst einen klaren Kopf behalten!«

Manfred nippt nicht, er saugt den Wein in sich hinein, wie wenn es Leitungswasser wäre. Trinkt wohl zur Beruhigung. Ich versuche zur Sache zu kommen.

»Wegen dem Haar und dem Monoaminooxidase-Mangel ...« Ich lächle ihn verlegen an.

»Es wäre ..., du könntest mir einen großen Gefallen tun.«

»Alma, du weißt, dass ich alles für dich tun würde, aber das ist gegen das Gesetz.«

Ich packe mein Taschentuch aus meiner Bauchtasche: »Da sind sie drin, ... meine Haare.«

Er macht das Taschentuch auf: »Seit wann hast du braune Haare?«

Ich tue so, als ob ich nichts verstünde: »Die schauen nur so aus, im Licht, wegen der Sonne ...«

Manfred nickt: »Schon gut, ich frage nicht, von wem.«

Ich strahle ihn an: »Du machst es?«

»Ich mache es nicht.« Dann nimmt er das Taschentuch und leert die Haare ins Gras. Ich knie mich auf den Boden, um das Haarbüschel zu retten. Es gelingt mir, einige Härchen zu bergen.

Manfred beobachtet mich entgeistert: »So wichtig ist dir das?«

Ich falte meine Hände flehentlich im Knien: »Bitte, bitte ...«

Manfred ist das peinlich. Er zieht mich hoch und drückt mich wieder in den Sessel: »Alma, man muss dich vor dir selber beschützen, drum ...«

»Wieso? Vor so einer Genanalyse brauchst du mich doch nicht zu beschützen.«

Manfred lacht: »Und wenn herauskommt, dass du das Verbrecher-Gen hast? Sollen wir dich dann gleich einsperren, bevor du deine Mutter umlegst?«

»Ts, ts, ts ... einsperren nicht, ich nehme dann was dagegen. Ein niederpotentes Neuroleptikum.«

»Alma, von wem sind die Haare? Wen verdächtigst du, die Wasserleiche ertränkt zu haben?«

Ich schüttle den Kopf: »Tu einfach so, als ob sie von mir wären. Dann brauchst auch kein schlechtes Gewissen haben, von wegen Berufsethik.«

»Und was krieg ich dafür?«

Oh je, er wird doch nicht *das Eine* haben wollen. So eine bin ich nicht, das weiß er ja, und er ist auch kein solcher.

»Wenn ich recht habe mit der Wasserleiche, dann nenn ich dich als meinen Unterstützer. Wenn nicht, dann bleibt es unter uns.«

»Ich dachte da an was anderes ...«

Ich schaue ihn gespielt erstaunt an: »Das ist doch schon gegessen, oder?«

Manfred tut enttäuscht, ich merke aber, dass es nur ein Schmäh ist. Er seufzt: »Hm, dann warte ich halt so lange, bis es mit deinem Youngster aus ist.«

»Ich ruf dich sofort an, damit du mich trösten darfst.«

»Versprochen?«

»Versprochen.«

Dann packe ich die Haare in das Taschentuch und drücke sie ihm wieder in die Hand. Um ihn nicht gar so niedergeschlagen zurückzulassen, trinke ich das Achtel aus. Das hebt meine Stimmung, trotz schlechten Gewissens wegen des Alkohols.

»Weißt du noch, wie ich am Seziertisch aus lauter Hektik den Quadrizeps quer durchgeschnitten hab? Und dann mich in den Finger auch gleich noch dazu?«

Manfred nimmt meine Hände, dreht sie, um sie zu betrachten, dann deutet er auf eine Narbe: »Das ist sie? Oder?«

»Ich glaub schon, bei so vielen kann man sich das einzelne Entstehungsdatum nicht mehr merken.«

Er küsst meine Handflächen: »Du bist schon eine ganz Besondere.«

Ich kneife meine Lippen zusammen und denke: »Bitte, bitte, bitte keine Liebeserklärung.«

Ich entziehe ihm meine Hände und küsse ihn unverfänglich auf seine Stirn: »Du aber auch!« Dann stehe ich auf, um mich wieder auf meinen langen Weg zurück zu machen.

»Ich muss. Noch einmal die zehn Kilometer zurück.«

Manfred schüttelt den Kopf: »Ich fahre dich.«

»Nein, nein. Das muss sein.«

Ich leere mir noch ein Glas Leitungswasser in meinen Schlund und drücke ihm die Hand. Dann bin ich weg – mit einem schlechten Gewissen, wegen ihn nicht lieben und so.

Der Weg zurück zieht sich. Ich stelle mir vor, wie ich zu Hause geduscht zu Michelangelo ins Bett kriechen werde. Gerade als ich ihn anrufen möchte, bekomme ich von ihm ein SMS: »Bin gegangen, immer nur warten, das ist auch nicht meins. Glaub ja nicht, dass ich das ewig mitmache. Du kannst kommen und gehen, wann du willst, und ich soll Hab-Acht-Stehen.«

Oh, là, là »Hab-Acht-Stehen«! Na ja, ich werde ihn wieder versöhnen. Drum schreib ich zurück: »Hab-Acht-Stehen macht dir doch auch spaß. Komme abends bei dir vorbei, grüß mir deinen standhaften freund.« Das wirkt immer. Michael ist auch nur ein Mann.

Bei der SMSerei habe ich mich vertippt und zufällig die Nummer vom jungen Polizisten erwischt – während des Laufens tippe ich noch ungenauer als sonst. Wenn mein Michael schon keine Zeit hat, dann könnte ich doch den Katz'schen Michael treffen. Ich wähle die Handynummer, die ich von Erika habe. Er meldet sich: »Brunner.«

»Dr. Liebekind-Spanneck, ich bin die vom Puppenkurs. Hätten Sie Zeit für mich? Ich wollte Sie was fragen. Es geht um Sabine Katz.«

»Hm? Sabine? Ja ..., ich ...«

»Um vier im Sperl?«

»Hm, um was geht es?«

»Ich schreibe eine Arbeit über Selbstmord. Und ich dachte, vielleicht können Sie mir was über Frau Katz erzählen?«

Brunner klingt erregt: »Sabine hat sich nicht umgebracht.«

Er legt auf. Als ich ihm ein SMS mit dem Text »Das meine ich auch« schicke, ruft er sofort zurück.

»Das geht, sechzehn Uhr Sperl.«

Dieser eingeschobene Termin hat mein sportliches Konzept durcheinandergebracht. So, in meinem aktuellen Aufzug, kann ich auf keinen Fall im Sperl erscheinen. Wenn ich mich noch duschen und umziehen möchte, muss ich bereits in Meidling in die U4 einsteigen. Also fünf Kilometer weniger – macht nichts –, mit meiner Strafstrecke komme ich auch so auf meine zwanzig.

Bevor ich nach Verlassen der U-Bahn in die Rembrandtstraße einbiege, schaue ich genau, ob mich da nicht wieder der de la Menta abpasst. Die beginnende Paranoia lässt grüßen!

Oder ist es keine Paranoia und meine Furcht ist berechtigt?

Noch schlimmer! Ich würde den krankhaften Verfolgungswahn der realen Verfolgung vorziehen. In Geisteskrankheiten bin ich Profi, im körperlichen Verteidigen weniger.

Der Krauseminze wartet nicht auf mich. Also diesmal die Stiege zu Fuß hinauf, Wohnung aufgesperrt, das Frühstücksgeschirr von Michael steht benützt da. Jetzt krieg ich eine Wut auf ihn. Zickt wegen »Warten müssen« herum, lässt sich aber bedienen. Okay, das nächste Mal bekommst du kein Frühstück mehr! Vielleicht sollte ich heute doch lieber allein zu Hause schlafen? Zur Bestrafung? Ich werde mal sehen, wie groß heute Abend meine Angst ist.

Ich bin rucki zucki fertig mit Duschen, Anziehen und Frühstücksgeschirr-Wegräumen. Unter dem Papiersackerl, in dem die Mohnweckerl drin waren, liegt ... das Alma-Handy, mit meiner Botschaft drauf! Macht nichts. Ich habe ja Michaels Wohnungsschlüssel. Abends wird er entweder zu Hause am Computer spielen oder wenn nicht, dann ist er auf seiner nächtlichen Lokaltour. Immer noch besser, in Sicherheit auf *ihn* zu warten, als vor Angst bibbernd auf den Claus. Ich lege das Alma-Handy zum Funkkuscheln neben meines in die Handtasche.

Obwohl ich im Sperl – fast – pünktlich ankomme, ist der Brunner noch nicht da. Draußen ist kein Platz mehr, drum setze ich mich ans Fenster neben dem Eingang. Den Gastgarten habe ich im Visier, falls er mich dort sucht. Er verspätet sich um zehn Minuten. Obwohl ich ihm von meinem Fenster aus zuwinke, bemerkt er mich nicht.

Ich fürchte, junger Mann, aus Ihnen wird kein taffer Kommissar! Vor dem Eingang dirigiere ich ihn zu meinem Platz. Wir setzen uns. Ich diesmal auf die andere Seite des Tisches, ohne den Garten im Blickfeld zu haben.

Nachdem er auch bestellt hat (Soda Zitron, kein Alkoholiker!), starte ich gleich in medias res.

»Ich bin auf Sabine Katz im Rahmen meiner Recherchen für meine wissenschaftliche Arbeit gestoßen. Über die Wahl der Todesart bei Suizid nach Kriterien der Psychopathologie.«

»Ach so! Alle glauben, dass sie sich ertränkt hat, aber das stimmt nicht.«

»Wieso zweifeln Sie daran?«

»Ich habe Sabine kennengelernt, als ich sie auf die Psychiatrie, auf die Geschlossene, begleiten musste.«

Ich unterbreche ihn: »Das weiß ich alles.«

Er ist erstaunt: »Wieso? Meine Vorgesetzten haben mir versichert, dass unsere Beziehung nicht öffentlich gemacht wird, ... wenn ich selber auch den Mund halte.«

»Wussten Sie, dass Sabine begonnen hat, ein Buch zu schreiben? Da kommen Sie auch drin vor, ... darum.«

Der junge Mann ist nervös. Immer wieder schaut er beim Fenster hinaus, so als ob er Angst hätte, dass ihn jemand mit mir sehen könnte: »Das wusste ich nicht.«

»Sie schildert darin auch, wie sie auf die Psychiatrie kam. Und wie sie Sie sogleich lieb gewonnen hat. Ich meine die Geschichte mit dem Handy im Polizeiwagen.«

Brunner wird rot: »Das darf niemand wissen, streng verboten.«

»Ich erzähle es sicher nicht weiter.«

»Darf ich Sabines Text auch lesen?«

»Klar! Aber zuerst erzählen Sie mir einmal von ihr. Ich weiß noch immer zu wenig über sie.«

Stockend legt er los. Es ist offensichtlich, dass ihm die Geschichte sehr nahe geht.

»Es ist eine Sauerei. Sabine war nicht verrückt«, er schluckt die Tränen hinunter, »sie war so anders, also ich meine, nicht im Sinne von geistesgestört. Nein, weil sie so gescheit war, so liebevoll, auch mit ihrer Tochter. Eigentlich mit allen Menschen. Sie war einfach, wie soll ich sagen? Es klingt blöd, sie war einfach ein durch und durch guter Mensch. Immer für alle da.«

»Hat sie sich ausnutzen lassen?«

Brunner nickt: »Ja, der Chef hat sie voll ausgenutzt. Sie hat geschrieben, die Puppen gebaut, organisiert. Und, und er, er …«

»… er hat sie missbraucht?«

»Das hat sie nie erwähnt. Aber ich glaube schon. Sabine hat über die anderen Leute nie schlecht gesprochen. Aber da war schon was. Sie hat sich vor ihm gefürchtet. Deshalb hat sie nie aufgemuckt.«

»Warum glauben Sie, hat sie sich das gefallen lassen?«

»Sie war abhängig, sie brauchte das Geld. Woanders hätte man sie nicht engagiert, … glaubte sie jedenfalls.«

»Na, da wird er schon dafür gesorgt haben, dass sie das glaubte, oder?«

»Er hält seine Truppe wie Sklaven.«

»Aber sie hatte doch ihre Mutter, die ihr hätte helfen können?«

»Ach die, die tut doch auch nur, was der Herwig, ihr Lebensgefährte, sagt. Der ist auch ein Scheißkerl. Das mit der Versicherung und … angegangen ist er sie auch immer wieder.«

»Sie meinen die Lebensversicherung?«

»Ja, ich bin mir sicher, dass er die Aufnahme in die Psychiatrie über den Würzl organisiert hat. Der Würzl arbeitet ja für diese Versicherung.«

»Glauben Sie, dass sie ermordet wurde?«

Brunner zuckt mit der Schulter: »Da ist ja nichts gewesen, ich meine im Befund.«

»Könnte man sie in den Selbstmord getrieben haben?«

»Nein, nie. Das hätte sie nicht gemacht.«

»Aber irgendeinen Grund muss es geben, dass sie ertrunken ist?«

»Ich zerbreche mir ständig den Kopf. Vielleicht wollte sie jemanden vorm Ertrinken retten? Ein Unfall? Sie hat schon einmal ein Kind aus der Donau gezogen. Dafür hat sie sogar eine Urkunde vom Bürgermeister Häupl gekriegt.«

»Unwahrscheinlich, dass jemand am frühen Morgen im Donaukanal schwimmen geht.«

»Hm, vielleicht ein Betrunkener? Schlafen genug Sandler da. Und bei dem Hochwasser hätte es sein können, dass so einer ausrutscht und sie hüpft nach?«

»Wär möglich. Aber den hätte man wohl erwischt?«

»Ach was, die gehen doch nicht zur Polizei in ihrem Dusel. Die legen sich so, wie sie sind, nass, in die Büsche und aus.«

Auf einmal duckt sich der andere Michael. Mit dem Kopf unter dem Tisch flüstert er: »Legen Sie sich zurück, ... der de la Menta! Ich will nicht, dass er uns gemeinsam sieht.«

Ich wage nicht, beim Fenster hinauszusehen, sondern drücke mich in die Polsterung der Rückenlehne. Der Brunner schaut immer wieder kurz unter dem Tisch in den Gastgarten: »Hoffentlich kommt er nicht rein.«

Ich flüstere zurück: »Ich gehe aufs Klo!«

Dann schiebe ich mich in gebückter Haltung die Tische entlang, so weit, bis ich glaube, aus dem Blickfeld gelangt zu sein. Die Kellnerin steht am Tresen und starrt mich verwundert an.

Ich lege meine Hand auf mein Kreuz und lächle sie schmerzverzerrt an: »Hexenschuss ...«

Sie blickt mitleidig zurück: »Sie Arme!«

Auf dem Klo angekommen, sperre ich mich ein und hoffe, dass der andere Michael so vif ist, mir ein SMS zu schreiben, sobald die Luft rein ist. Ich warte und warte. An der Klotür wird gerüttelt, ich öffne nicht. Da heute ein schöner Sommertag ist, erzeugt die Konsumation der vielen Sommerspritzer bei den Gästinnen einen erhöhten Andrang am stillen Örtchen. Ich bin mit meiner dauerbesetzten Kabine zusätzlich eine Ursache für den Stau.

Es ist interessant, dass sich die Benutzer der Toiletten am Geruch ihrer Ausscheidungen unterscheiden. Das riecht nicht gut, wäre aber einer wissenschaftlichen Arbeit wert. So könnte man vielleicht sogar bei einer Gaschromatografie ein Bandmuster für eine bestimmte Person erstellen und dieses dann für die Personensuche verwenden. Diese Idee muss ich Manfred vorschlagen. Man könnte anhand der Luftanalyse feststellen, ob ein Verbrecher an einem bestimmten Ort war.

Irgendwann halte ich es nicht mehr aus. Ich bin schon eine halbe Stunde da drin. Als ich höre, dass momentan keine andere Dame in der Toilette ist, verlasse ich das stille Örtchen – warum sagt man eigentlich »stilles Örtchen« dazu?

Das ist ein Fehler! Am Gang vor der Damentoilette steht – der Krauseminze.

Ich tue begeistert: »Oh, so ein Zufall. Sind Sie auch da? Das Sperl, ... der Gastgarten, ... die Eiernockerl ...«

Ich habe keine Ahnung, weshalb mir gerade die Eiernockerl einfallen, aber ich nehme an, dass die Assoziationskette in meinem Kopf von der Ausscheidung zur Einverleibung gezappt ist.

Krauseminze umfasst meine Taille: »So ein Zufall, ... mit dem Kollegen hier?«

Also hat er überrissen, dass ich nicht allein da bin. Ich lächle verlegen: »Netter Kerl, sehr interessiert ...«

Er meint gehässig: »An dir?«

Wie rede ich mich da raus? Ein Kompliment? Ja, ein Kompliment, das seine Eitelkeit bedient: »Die Atmosphäre gestern, die, die Körperarbeit ... Hm, hm, da, da fließt die Energie ... ähm ...«

Claus behagt das gar nicht: »... in die falsche Richtung!«

Ich zucke mit der Achsel: »Wieso?«

Er starrt mich an, wie um mich zu hypnotisieren: »Weil wir ein Zentrum haben. Unser Gruppenzentrum.«

Dabei drückt er mich an die Wand. Ich bete, dass jemand von den Gästen aufs Klo muss. Jetzt wird es langsam ungemütlich. Ich könnte mich ja wehren, aber dann würde ich es mir mit ihm komplett verscherzen. Das geht nicht, ich muss ihn hinhalten.

So, wie macht das Mutter? Mundwinkel hinauf und kokett aus

der Umklammerung entwinden. Ich strahle ihn mit weit geöffneten Augen und einem leicht geöffneten Mund an. Das wirkt sinnlich und vielversprechend.

»Das Zentrum sind Sie?«, hauche ich und versuche, aus seiner Umklammerung zu rutschen. Mit meinem Schädel zwischen seinem Arm und der Wand eingeklemmt, bemerke ich gerade noch rechtzeitig – das darf nicht wahr sein!

Ist ganz Wien heute im Sperl zu Gast? Oder hat sich der liebe Gott gegen mich verschworen, weil ich die letzten Kilometer mit der U-Bahn gefahren bin, statt zu laufen? Wer quetscht sich, ohne rechts und links zu schauen, den engen Gang bis zum Herrenklo? Mein Michael. Er scheint mich nicht bemerkt zu haben, denn der Krauseminze verdeckt mich. Ich drücke mich so lange weiter hinter den de la Menta, bis der Michael in der Herrenkabine verschwunden ist. Claus interpretiert dies als ein Versprechen auf noch mehr Körperkontakt. Er starrt mich noch einmal mit seinem aufgesetzt (oder auch nicht?) hypnotischen Blick an und gibt mich dann frei: »Heute Abend bin ich bei dir?«

Ich strahle zurück: »Leider, der Rohrbruch. Es ist noch ganz nass. Ich schlafe bei Mutter.«

Ich bin verwundert, dass er mir nicht seine Wohnung anbietet. Es scheint so, als ob die anderwärtig besetzt wäre. Aber Krauseminze hat eine Lösung: »Um elf nach der Vorstellung im Theater. Keine Widerrede.«

Ich muss so schnell wie möglich weg, bevor Michael aus der Toilette kommt. Während ich dem la Menta noch einen Abschiedsgrinser schenke, nicke ich zaghaft und drücke seine Hand: »Vielleicht, ich schau mal.«

»Keine Widerrede!«

Ich nicke so halb und halb. So wie man eben nickt, wenn man sich nicht Nein zu sagen traut. Dann flüchte ich aus dem Klo. Am Tisch von vorher ist kein anderer Michael mehr. Der hat sich verzogen, das tue ich auch. Ich drücke der Kellnerin am Tresen zwanzig Euro – viel zu viel – in die Hand und husche aus dem Kaffeehaus. Sie winkt mir dankbar zu: »Kreuzweh wieder gut? Sie kriegen noch was ...«

Draußen renne ich die Gumpendorferstraße entlang bis zur Abzweigung Richtung Fillgradergasse. Mir egal, wenn ich den schönen Sommerabend in Michaels Wohnung verbringen muss. Hauptsache, der Claus taucht nicht mehr auf. Im Stiegenhaus vor Michaels Wohnung treffe ich einen Nachbarn, der bleibt stehen und kommentiert mitleidig: »Tun's net so hudeln, sonst passiert wieder so was wie gestern früh. Ha, ha, ha, war sehr lustig.«

Er hat ja recht, alles sehr lustig.

Auf meinem Handy klingelt es, ein SMS ist gekommen: »Musste weg, ich glaube, er hat uns zusammen gesehen. Blöd. Lg m.«

Ich schreibe zurück: »Hat er, gefällt ihm gar nicht. Was tun?«

Zurück: »Das nächste mal so tun als ob nichts wäre.«

Und ich retour: »Okay! Geht subiduwo anders.«

Retour, retour: »Subiduwo?«

Retour, retour, retour: »Nicht.«

In Michaels Wohnung mache ich im Wohnzimmer die Vorhänge zu und lege mich auf sein üppiges Sofa. So im Finstern möchte ich glauben, dass mich niemand sieht. So wie die kleinen Kinder, die die Augen zumachen und dann meinen, dass sie unsichtbar sind. Für heute habe ich genug von Männern aller Art. Von den hartnäckig Liebenden (Manfred), den naiv Liebenden (der andere Michael), den besitzend Liebenden (wenn die überhaupt Liebende sind – Claus) und den unbekümmert Liebenden (mein Michelangelo). Meine Ausrede, bei Mutter zu übernachten, war gar keine so schlechte Idee gewesen. Die nervt zwar auch, aber sexfrei.

Ich überlege, ob ich Michael nicht doch bezüglich des Krauseminze einweihen sollte. Nein, unmöglich, ich höre ihn sogleich sagen: Du spinnst. Hör sofort auf. Was hast du davon? Misch dich nicht in Sachen, die dich nichts angehen. Du könntest es so schön haben. Wir setzen uns in den Zug und fahren nach Cividale. Nimm ein Aspirin und leg dich hin. Iss was! (Nein, das sagt Mutter.) Schalte mal dein Hirn ein. Schalte mal deinen Bauch aus.

Nein, den Michael einzuweihen ist gar keine gute Idee.

Apropos Bauch! Ich habe seit meinem Nichtfrühstück noch nichts gegessen. Immer wenn ich Stress habe, vergesse ich auf die Nahrungsaufnahme. Das ist zwar gut für meine Figur, aber schlecht für meinen Blutzucker, der, wenn er zu nieder ist, Reizbarkeit und Depressionen verursacht. Drum rapple ich mich von der weichen Couch auf und wanke in die Küche. Kühlschrank auf: ein einsames Ei, ein mit Butter beschmierter Teller, allerdings ohne Butter, ein vertrocknetes Blatt Schinken in einer geöffneten Plastikverpackung, zwei leere Bierflaschen, eine geöffnete Sardinenbüchse halbleer und geschätzte drei Wochen alt, eine leere Milchpackung und ein Dosenöffner. Das ist es. Nein, im letzten Winkel findet sich noch der Zipfel des Mohnweckerls von gestern. Ich schmiere mit diesem Zipfel über den mit Butter angefetteten Teller und schiebe ihn in den Mund. Wie wenn meine Sinne initial gezündet worden wären, springt meine Gier an. Verzweiflung, Appetit, Hunger!

Ich durchsuche alle Kästen nach Essbarem. Außer trockenen Nudeln (nicht einmal Sugo in der Dose) und Backerbsen findet sich nichts. Na gut, dann eben Backerbsen.

Mit dem Sack Backerbsen und einem Glas Wasser werfe ich mich wieder auf die Couch, um zu warten. Im Fernsehen nur Kochsendungen, oder ist es so, dass gerade die mich momentan magisch anziehen?

Während ich eine Backerbse nach der anderen in meinen Mund stecke, lerne ich von den Haubenköchen, die natürlich nur das verkochen, was zufällig in ihrem Kühlschrank lagert, dass man Entenbrüste in Folie nachgaren lassen muss, dass Pastinakensuppe – wer hat zufällig Pastinaken daheim? – am besten mit Zitronengras zu würzen ist und dass ein Krebsfond fünf Stunden reduziert werden sollte. Dazwischen klarerweise rühren. Nach der Packung Backerbsen und den visuellen Genüssen ist mir schlecht. Vielleicht sollte ich einen Schnaps nehmen? »Nein, du bist eine Alkoholikerin«, ich verbiete mir jeglichen weiteren Alkoholkonsum. Besser mit Blähbauch auf den Liebsten warten und der verlorenen Wartezeit nachtrauern.

Ich selber habe ja keinen Fernsehapparat. Eine Tatsache, auf die ich nicht oft genug Michael gegenüber hinweisen muss. Es ist ein erhebendes Gefühl, sich von der Masse der stupid Berieselung Konsumierenden abzuheben. Mein Hirn soll selber arbeiten. Wenn ich einmal dement bin, dann ist es noch früh genug, fernzuschauen. Mutter findet das auch! Ich wurde fernsehfrei erzogen. Und hat es mir geschadet? Nein, denn dadurch habe ich gelernt, dass es nicht so schlimm ist, wenn man nicht überall am Laufenden ist. Fernsehen oder nicht Fernsehen ist eine Religionsfrage. Wir, die mit der Intellektuellenreligion, lehnen Fernsehen ab.

Heute ist eine Ausnahme. Wenn man einen leeren Kühlschrank vorfindet, dann muss man wenigstens visuell Nahrung zu sich nehmen. Dass ich dann von den Kochsendungen zu einer Liebesschnulze gezappt bin, entschuldige ich damit, dass ich mich so lange ablenken muss, bis Michael erscheint. Des Lesens oder gar der Arbeit an meiner Publikation, obwohl ich den USB-Stick immer dabei habe, bin ich heute nicht mehr fähig.

Wieso kommt der Kerl nicht daher? Wenn ich Pech habe, erscheint er um vier Uhr früh, kurz bevor ich aufstehen muss. Ich schreibe für alle Fälle ein Beschimpfungs-SMS. Er kann es zwar jetzt nicht lesen, aber morgen: »Dir fällt nichts anderes ein als dich vom klasto zum basto durchzusaufen. Kannst du nicht einmal was vernünftiges am abend tun? Mit nobelpreis wirds nix, wenn du keine zeile schreibst. Wenn es so weitergeht, bin ich weg.«

Das entlastet mich. Morgen wird er das SMS lesen. Ich kann mir nicht alles gefallen lassen. Gerade jetzt, wo ich ihn brauche.

Wo ich einfach beschützt an seiner Schulter einschlafen möchte. Ob ich ungerecht bin oder nicht, spielt keine Rolle. Auch wenn er ja gar nicht weiß, dass ich da bin? Aber er könnte ja von einer Telefonzelle oder von einem Handy eines Saufkumpanen anrufen. Oder einfach nach Hause kommen, oder einfach …

Es ist elf. Der Film ist aus. Okay, ich lege mich hin. Ich kann ihn ja noch immer, wenn er dann endlich da ist, betonieren.

Mein Kopf steckt in einem Nylonsack. Durch die Plastikhülle hindurch sehe ich, wie jemand – Krauseminze? –, mit einem Strumpf über seinem Gesicht, einen Schlauch unter den Sack steckt. Ich atme nach Fäkalien stinkende Dämpfe ein. Im Sack wird es immer trüber. Die Nebelschwaden des Gases versperren mir die Sicht und nehmen mir die Luft. Die Person über mir befiehlt: »Einatmen, ausatmen, einatmen, ausatmen …«

Die Gaschromatografie! Ich muss das Gas für die Gaschromatografie sammeln, … in meiner Lunge sammeln. Manfred muss eine Analyse machen. Ich atme tief, es brennt in der Lunge. Michelangelo steht neben dem Maskierten und lächelt mich beruhigend an. So wie: Keine Angst, ich bin da, dir kann nichts passieren! Oh doch, ich ersticke. Mutter, hilf mir …!

Als ich meine Augen öffne, sehe ich Michaels Gesicht über mir. Ich atme seinen nach Schnaps stinkenden Odem, mit dem er mich anhaucht, ein. Er liegt auf mir drauf und hält mich fest. Speichelnd lallt er mir ins Gesicht: »Du falsch …, falsche …, falsche Schl …, Schl …, Schlange …«

Dann fällt er halb bewusstlos auf mich drauf. Ich wälze ihn von mir runter und mich auf die Seite. Obwohl ich schlaftrunken bin, kapiere ich sofort, dass mich Michael gestern entweder mit dem Krauseminze oder mit dem anderen Michael gesehen hat. Jetzt zu diskutieren ist zwecklos, denn außer grunzenden Schnarchlauten werde ich aus ihm nichts mehr herauskitzeln. Also ziehe ich ihm mal die Schuhe aus und lege ihn in die stabile Seitenlage, falls er erbrechen muss. Ich möchte nicht, dass er an seinem Almakummer erstickt. Dann hätte ich sozusagen unabsichtlich einen Mord begangen! Unabsichtlich? Kann man einen Mord unabsichtlich begehen? Oder ist es nur dann Mord, wenn die Tat absichtlich ist? Für solche juridischen Spitzfindigkeiten ist kein Platz um vier Uhr morgens. Schon gar nicht, wenn neben mir ein stinkender, stöhnender, mit sich selber sprechender Liebster liegt. Ich bin gerührt! Michael hat sich aus Liebe zu mir betrunken. Meine Wut auf ihn hat sich in Rührung über so viel Eifersucht aufgelöst.

Ich bin auch nicht besser als die Weiber, die sich von ihrem Mann verprügeln lassen und ihn dann nicht anzeigen, da sie seine Eifersucht als Liebe deuten. Bei den Emotionen setzt auch mein Verstand aus. Grauenhaft! Der Mensch ein Konstrukt aus feuernden Neuronen, die durch ungebremste Hormone gesteuert werden. Dankeschön!

Ich sage mir: »Alma, stopp! Das kannst du nicht durchgehen lassen. Der Mann hat keine Beherrschung. Statt Konflikte anzusprechen, säuft er sich zu. Was ist das für eine Konfliktlösungsstrategie? Mach Schluss, endlich.«

Ich mache aber nicht Schluss, sondern schicke ein SMS an das Alma-Handy: »Tut mir leid, alles gut. Kein grund zur eifersucht, ich erkläre alles. Je t'aime.« Das Handy lege ich ihm auf den Kopfpolster, direkt neben seinen Kopf, Klingelton eingeschaltet.

Den Rest der Nacht verbringe ich neben ihm, horchend, ob er wohl nicht an mir erstickt.

Als die ersten Sonnenstrahlen durch das Rollo blinzeln, stehe ich auf. Nachdem ich kontrolliert habe, dass er zugedeckt friedlich seinen Rausch ausschläft, ziehe ich mich an und starte in den Montag. Ich bin völlig fertig!

Und dann noch heute Abend der Puppenkurs! Ach was, ich

lasse die Katz einfach in ihrem Kühlfach in Frieden ruhen. Was geht mich ein Mädchen an, das, verunglückt oder nicht, sowieso nicht mehr lebendig wird?

Heute in der U4 kommt mir vor, dass allen Leuten noch mehr als sonst der misanthropische Ausdruck auf ihren Gesichtern klebt. Was ist das für ein grauer Tag, trotz Sonnenschein? Bevor ich in die Ordination gehe, muss ich noch duschen. Vielleicht hilft das, gemeinsam mit einem Marillenmarmeladebrot und dem Marsch von meiner Wohnung in die Praxis, um meine Stimmungskurve zu heben? Tatsächlich!

Als ich forsch die Tür zu meiner Praxis aufdrücken möchte, stelle ich verwundert fest: Verschlossen. Sofort schießt es mir durch den Kopf: Mama tot! Noch nie war ich die Erste in der Ordination. Bevor ich komme, ist schon immer alles bereit. Dann fällt mir ein, dass sie ja heute den Termin mit dem Herwig Lesek, dem Freund der Katzmutter, hat.

Apropos Termin, den gestrigen mit Erika habe ich auch verschwitzt. Sie aber offenbar auch, sonst hätte sie mich angerufen. Egal, das Treffen am Naschmarkt gilt für das vergessene Rendezvous von gestern.

So ohne meine Assistentin muss ich alle Vorbereitungstätigkeiten selber machen. Ich komme drauf, dass ich weder weiß, wie man den blöden Drucker hochfährt, noch, wie ich den Anrufbeantworter ausschalte. Daran ist Mutter schuld! Sie schafft es, mich in jeder Lebenslage von ihr abhängig zu halten. Meine Ungeduld erlaubt es nicht, meine Zeit mit der Lektüre der Beschreibung des Druckers und der Telefonanlage zu vertrödeln. Ich probiere es mit Versuch und Irrtum. Das funktioniert mit dem Drucker, beim Anrufbeantworter scheitere ich. Immerhin sagt er mir, dass ich drei Meldungen habe: Zwei terminliche Angelegenheiten und eine Ansage von Erika, gestern um 19.30 Uhr. Hat sie doch nicht vergessen, zu blöd: »Hallo Käse, wieso bist du nicht gekommen? Ich warte schon seit einer halben Stunde. Muss dir was erzählen.«

Ich drücke auf Wahlwiederholung, tatsächlich, es funktioniert, Erika meldet sich: »Du Treulose! Hast mich versetzt. Ich kann jetzt nicht. Ruf dich später an.«

Dann legt sie auf.

Während ich auf Mutter warte – ich bin neugierig –, schaue ich noch mal in den Text der Katz:

Der junge Polizist wollte gehen, aber der Doktor gestattete es ihm nicht: »Sie bleiben da, nicht, dass die nachher sagt, ich hätte sie unter Druck gesetzt.«

Zu ihr: »So und jetzt erzählen Sie mal. Der Verfolger, was hat der gesagt?«

»Ich habe immer nur seine Umrisse gesehen, gesprochen hat er nie.«

»Und wer ist er? Der Teufel? Der liebe Gott? Arnold Schwarzenegger? Ein Terrorist?«

»Ich kenne ihn nicht. Ich sagte schon, dass ich nur seinen Umriss gesehen habe, meist nur seinen Schatten.«

Ohne Frage, der Polizeiarzt hatte schon, bevor sie etwas erzählen konnte, seine Diagnose gestellt. Sie sah aber ein, dass ihre Geschichte wirklich sehr unglaubwürdig war.

»Ich verstehe, wenn Sie denken, dass ich verrückt bin. Aber es stimmt!«

»Was machen Sie beruflich?«

Oh je, dachte sie, als Schauspielerin würde man sie noch weniger ernst nehmen, deshalb beschloss sie zu lügen: »Sekretärin.«

Noch während sie diese Lüge aussprach, wusste sie, dass auch das ein Fehler war.

Paranoid war die nicht, das steht für mich als Profi fest. Also, wer ist der Verfolger? Würde zu Krauseminze passen. Doch warum? Der konnte sie ja täglich sehen. Vermutete er einen Kontrahenten? Oder wollte er eine bestimmte Gelegenheit abpassen, um ...?

Das Telefon klingelt, Erika: »Hallo Eckerl!«

Ich unterbreche: »Was heißt Eckerl?«

»Na, das beste Eck vom Käs.«

»Ich heiße Alma, aus.«

»Schlecht gelaunt?«

»Überhaupt nicht.«

»Wurst, ha, ha ...«, Erika ist bummelwitzig, »jedenfalls muss ich dir was erzählen.«

»Mach's nicht so spannend.«

»Der Würzl ist suspendiert.«

»Wow, das ist aber eine gute Nachricht. Hat es ihn endlich erwischt?«

»Vorläufig beurlaubt. Weißt eh, lange Untersuchung, dann Berufung, dann Frühpension wegen Invalidität mit vollen Bezügen.«

»Das darf sich der Steuerzahler schon was kosten lassen, Hauptsache weg. Weshalb?«

»Der Brunner hat ihn angezeigt, wegen Amtsmissbrauch, Bestechung. Er selber hat vorher gekündigt.«

»Alle Achtung, hätte ich dem gar nicht zugetraut. Warum hat er gekündigt?«

»Damit er nicht mit hineingezogen werden kann, wegen dem Amtsgeheimnis. Jetzt hat er den Status eines Privatklägers.«

»Hat der Brunner was gefunden? Ich meine Beweise?«

»So genau weiß ich das noch nicht. Ist ja gerade erst passiert. Aber alle reden davon. Da gibt es einige, die sich darüber freuen, aber auch welche, die gar nicht begeistert sind.«

»Ich schätze, seine getürkten Gutachten haben ihm das Genick gebrochen.«

»Wahrscheinlich. Wann sehen wir uns?«

»Heute kann ich nicht. Puppenkurs.«

Erikas Stimme klingt besorgt: »Alma! Irgendwas gefällt mir da nicht. Lass die Finger davon. Pfusch uns nicht dazwischen, bitte!«

»Darf ich mich nicht auch künstlerisch betätigen, hm?«

»Es müssen wahrscheinlich ohnedies alle Würzl-Gutachten neu aufgerollt werden, also auch das von deiner Wasserleiche. Die ist übrigens vom Staatsanwalt noch immer nicht freigegeben worden. Also sei zufrieden, okay?«

»Bin ich ja. Da gibt es eine Chance, dass das Kind doch noch was kriegt.«

»Also versprochen, kein Alleingang?«

Ich kreuze meine Finger hinter meinem Rücken: »Versprochen.«

»Ciao, Alma.«

»Danke, du!«

Mutter, die inzwischen von ihrem Termin mit Lesek zurückgekommen ist, hat die letzten Worte meines Telefonats mitgehört: »Erika?«

Ich nicke. Dann wende ich mich ihr zu und hauche ihr rechts und links ein Bussi auf die Wange. Sie ist erstaunt: »Na, was ist denn in dich gefahren? Überkommt dich die Mutterliebe?«

Ach Gott, weshalb muss sie immer alles kaputt machen?

»Magst einen Kaffee, Frühstück?«

Wir gehen in unsere kleine Küche. Dort packt sie wie erwartet einen Kuchen, diesmal Kirsche, aus. Ich werfe die Espressomaschine an. Sie füllt die Filterkaffeemaschine mit Wasser und Mahlkaffee. Ich mag ja auch lieber Filter, aber ich möchte mich abgrenzen, drum trinke ich den Espresso, obwohl ich Magenweh davon bekomme.

Sie schaut mir zu, wie ich die Kapsel in die Maschine drücke: »Du magst den ja gar nicht, oder?«

»Sicher!«

»Du schaust aber immer so drein, als ob du was Bitteres hinunterschlucken müsstest.«

Ich resigniere und nehme auch eine Tasse Filter, egal, sie hat doch immer recht.

»War interessant mit dem Lesek. Ich hab ihm, als Denise Pötzinger, eine lange Geschichte über Bienenvölker und die Varroamilbe erzählt. Dass mein verstorbener Mann ein Imker war und ich seinen letzten Wunsch erfüllen möchte ...«

Ich werde ungeduldig: »... dass die Bienen vor dem Aussterben gerettet werden müssen. Ich weiß, also?«

Mutter ist wie immer leicht pikiert, wenn ich sie nicht ihre so schön erfundenen Geschichten fertigerzählen lasse: »Wenn es dich nicht interessiert ...«

»Es interessiert mich, aber ...«, ich blicke auf die Uhr, »wir starten in einer Viertelstunde.«

»Er will mich begutachten lassen, wegen meiner Zurechnungsfähigkeit«, dann macht sie ihn nach: »Nur eine Formalität, gnädige Frau, nur eine Formalität.«

Sie zieht aus ihrer Tasche eine Visitenkarte:

Obersanitätsrat Dr. Klaus E. Würzl

Gerichtlich beeideter Sachverständiger

Privat und Wahlarzt

Etc. etc.

Ich muss lachen: »Das E. steht für Emmerich. Ich verstehe nicht, weshalb er das nicht einfach weglässt?«

»Vanitas vanitatum et omnia vanitas!«

»Da wirst du nicht mehr hingehen können. Den haben sie beurlaubt. Verdacht auf Amtsmissbrauch.«

»Schau, schau! Schade, dem hätte ich auch gerne eine Geschichte über die Bienen erzählt. Auf Latein. Hätte mich endlich einer verstanden, ... Mediziner.«

»Der Filterkaffee ist wirklich gut.«

Mutter räumt das Geschirr in die Abwasch und ich den Kuchen in den Kühlschrank. Harmonie ist was Schönes!

Bevor ich meine erste Patientin empfange – Frau Weniger, sympathische alte Frau, die an Einsamkeit leidet, beste Therapie wäre Haustier –, schicke ich dem Brunner noch ein SMS: »Gratulation super finde gut«

Er soll wissen, dass ich Bescheid weiß. Der Erika schicke ich auch eines: »Und jetzt haus durch such befehl?«

Auf meinem Display steht: »Verordne Frau Weniger einen Hund. Am besten einen Dackel, die sind anstrengend, aber können sie nicht umwerfen.« Geistige Harmonie ist noch was Schöneres!

Aber Frau Weniger geht am Stock, drum empfehle ich eine Katze – Siam –, die sind auch anstrengend, da sie immer miauen, brauchen aber keine Leine, die sich um den Stock wickeln kann.

7. Kapitel

Auch beim sechsten Versuch, Michael zu erreichen, scheitere ich – immer wenn ein Patient rausgeht und bevor der nächste reinkommt, ruf ich am Alma-Handy an. Michael hebt nicht ab. Es ist inzwischen 14.26 Uhr. Ich bin schon sehr beunruhigt. Hat er erbrochen, nachdem ich gegangen bin? Herzstillstand? Selbstmord im Dusel? Nein, sage ich mir, der ist Mitte dreißig und pumperlgesund.

Noch schlimmer, er mag mich nicht mehr. Er hat es satt, die Launen einer ältlichen Frau, die dann auch noch mit malignen Typen vor dem Klo schmust, zu ertragen. Ich muss ihm alles erklären. Hätte ich schon früher machen sollen. Ich versuche es mit SMS: »ich komm um halb sechs zu dir ok?« Keine Antwort. Er will nicht mit mir reden.

Drum Erika auf ihn ansetzen? Erika muss ihn anrufen und ihm erklären, dass ich ihn liebe, liebe, liebe. Dass da kein anderer ist, dass ganz im Gegenteil und überhaupt, nur er und sowieso. Also nach der nächsten Patientin Anruf bei Erika. Hebt nicht ab. Klar, also Anrufbeantworter: »Bitte mach schnell und ruf gar nicht mich an, gleich den Michael. Sag ihm Missverständnis, da ist nichts. Kein anderer, schwöre es ihm. Bei dir wird er abheben.«

Gerade als Erika zurückruft, kann ich wieder nicht abheben, weil ich mir die uninteressante Partnergeschichte einer betrogenen – zu Recht, finde ich –, vor Bigotterie triefenden »Gattin« anhören muss. Ich komplimentiere diese so schnell als möglich hinaus, indem ich ihr den Auftrag gebe, ihren Mann täglich mit einem Haubenmenü zu beglücken.

»Liebe geht durch den Magen«, erkläre ich ihr und »Zuwendung hat ein jeder gern.«

Es ist von mir die reine Boshaftigkeit, denn die Dame hat eine Haushälterin. Sie soll das Menü aber selber kochen!

Ich erreiche Erika wieder einmal in ihrem »Wie gehe ich mit Konflikten um?«-Kurs.

Sie flüstert: »Ich kann jetzt nicht. Ich hab nur abgehoben, weil ich nicht will, dass du auch zur Wasserleiche wirst. Was ist jetzt schon wieder?«

Ich flüstere zurück (warum flüstere ich auch?): »Der Michael hat mich mit einem anderen gesehen. Ich weiß nicht, mit welchem, aber entweder mit dem einen am Tisch oder mit dem anderen, noch schlimmer, vorm Klo, ... mit Körperkontakt. Und jetzt hat er sich besoffen und hebt nicht ab.«

»Was soll ich damit, wenn du zwei gleichzeitig? Hm, Swingerin?«

»Frag nicht, ruf ihn einfach an und sag, dass es ein Missverständnis ist, und er soll mit mir reden.«

»Wieso ich?«

»Weil du meine Freundin bist und er bei dir abheben wird. Biiiiiitte, bitte, bitte ...«

»Okay, ich mach's, aber nur, wenn du keinen Blödsinn mehr machst, klaro?«

Ich seufze erleichtert ins Telefon: »Ich ruf dich an, wenn wir beide fertig sind. Du bist die Beste.«

Den Rest des Nachmittags verbringe ich damit, mit einem Ohr auf meine Patienten zu hören und mit dem anderen, dem konzentrierteren, auf den Summerton des Handys. Und dann, dann summt es endlich: »Lass mich in ruh. Du brauchst keine erika beauftragen, um mich rumzukriegen. Ruf bitte nicht mehr an.«

Man muss sich vorstellen, was für großer ärztlicher Disziplin es bedarf, auf Klienten einzugehen, wenn man selber vor Kummer fast platzt. Da ist es einem völlig egal, ob die da psychisch auf der Matte liegen, denn man selber fühlt sich so, als ob man noch darunterläge. Und das noch drei Stunden! Ich darf die Taschentuchbox gar nicht anschauen, denn dann beginne ich selber zu weinen. Die stelle ich darum unter den Schreibtisch. Dafür nehme ich mir den Plüschelefanten auf den Schoß. Immer wenn ich spüre, dass die Tränen aufsteigen, drück ich ihm den Hals zu. Das hilft – das Drücken entspannt, hab ich bei der Muskelrelaxation nach Jacobson gelernt.

An so einem Tag spielt auch ein Puppenspielkurs mit einem psychopathischen Guru keine Rolle mehr.

Mutter gegenüber versuche ich, mir nichts anmerken zu lassen, was nicht so einfach ist, da der Kurs um halb sieben beginnt und wir zusammen mit der U-Bahn dorthin fahren müssen. Gott sei Dank scheint um sechs noch die Sonne, sodass ich mich hinter einer Sonnenbrille verstecken kann. In der U-Bahn bemerkt sie spitz: »Was versteckst du hinter schwarzen Gläsern?« Ich tue so, als ob mir gar nicht aufgefallen wäre, dass ich die noch anhab: »Ich mag die Leute nicht so genau sehen.«

»Hm, gute Idee!« Sie setzt ihre Brille auch auf. Die mit der ausladenden Brillenfassung, schätze 50er-Jahre. Die hat sie sich als Kostüm mitgenommen (Vintage).

Ich sollte sie dazu überreden, anstatt mich in der Ordi zu nerven, ihrer wahren Berufung nachzugehen: Selbstdarstellerin in der Statisterie der Oper. Schade nur für sie, dass sie da nicht die Einzige sein wird. Solo gibt es nur an meiner Rezeption!

»Ich sehe auch hinter einer Brille, dass du am Heulen bist.«

Na ja, die Stimme verrät einen immer. Die bekommt dann so einen gutturalen Unterton, den man nicht kaschieren kann. Ich versuche es trotzdem, ich zwitschere: »Wie kommst du darauf?«

»Ich habe dich geboren. Ich höre und sehe dein Unglück schon, bevor du noch selber ahnst, dass es dich krallen wird.«

»... krallen wird ...«, wie kann man nur so theatralisch über das Unglück der Tochter reden! Sie nimmt mich nicht ernst. Aber möchte ich überhaupt von ihr ernst genommen werden? Ist es nicht so, wie schon Gaucho Marx erkannt hat: »In einem Club, der mich aufnimmt, möchte ich nicht Mitglied sein.« Wenn sie mich ernst nähme, dann könnte ich mich selber nimmer ernst nehmen, da ich von ihr gar nicht ernst genommen werden möchte.

»Alles in Ordnung, keine Sorge. Ich bin nur nicht ausgeschlafen.«

»Männer! Es sind nur die Männer. Immer die Männer. Manchmal denke ich mir, dass es gut ist, dass du noch keinen abbekommen hast. Obwohl du mir noch ein Enkelkind schuldig bist.«

»Mama, es ist zu spät!«

»Wieso? In Italien könnte selbst ich noch schwanger werden.«

Unsere anregende Unterhaltung wird unterbrochen, da wir am Karlsplatz in die U1 umsteigen müssen. Obwohl ich normalerweise den Karlsplatz unterirdisch verabscheue – lange Gänge, noch mehr Existenzen, die am Abgrund balancieren als sonst –, bin ich heute froh darüber, dass diese laute Umgebung eine weitere Konversation – das Kinderthema und Liebeskummer, das geht gar nicht – erschwert.

Vor dem Mozarttheater Auftritt von Mutter wie gehabt. Allerdings kommt sie bei den esoterisch angehauchten Gruppentanten nicht so an wie beim jungen Publikum. De la Menta empfängt uns am Eingang. Heute hat er sich besonders klerikal hergerichtet: schwarzer Umhang, anstatt wie sonst schwarze Hose mit schwarzem Shirt. Der Umhang ermöglicht ihm noch großartigere

Gesten, wenn er seine Arme wie der segnende Herrgott in die Höhe streckt.

Und: Er kann mich bei der Begrüßung gleich mit einwickeln. Da gibt es kein Entrinnen. Das Kostüm rollt sich wie ein Wrap um meinen Körper. So nahe an ihn gepresst, spüre ich sein hartes Ding an meinem Unterleib. Mir ist zum Kotzen!

Gott sei Dank bin ich nicht die Einzige, die begrüßt werden muss. Mir fällt aber auf, dass die anderen Damen nicht in den Genuss seiner Männlichkeit kommen. Die hält er auf Distanz, selbst wenn sie sich freiwillig an ihn drücken (für die energetische Aufladung?). Dem Michael Brunner gibt er nicht einmal die Hand, den will er gar nicht erst hereinlassen. Brunner kann gerade noch durch die Tür schlüpfen, bevor unser Guru hinter sich zuschließt.

Nach dem rituellen Atmen bekommen wir endlich einen Strumpf über die Hand gezogen, mit dem wir so tun müssen, als ob es eine Puppe wäre. Also dort, wo die Ferse ist, den Daumen rein, die restlichen Finger dort, wo die Zehen wären. Krauseminze spricht vor, wir klappen dazu den Sockenmund silbenkonform auf und zu. Wenn ein Satz aus ist, muss das Strumpfmaul geschlossen sein. Bei Mutter bleibt der Sockenmund am Ende des Satzes immer offen – klar, hat immer das letzte Wort. Kommentar de la Menta: »Das wird schon!«

Unser Chef konzentriert sich ganz auf seine Lieblinge, welche sind: erstens ich, zweitens ich, drittens das kleine Eso-Hascherl (leichte Beute! Was tut man nicht für die gute Energie?). Die Männer beachtet er gar nicht. Der andere Michael und ich vermeiden jeglichen Augenkontakt. Wir wollen den Krauseminze nicht provozieren. Wir tun beide so, als ob das ehrfürchtige Zusammenklappen unserer Maulsocken im Rhythmus seiner Worte momentan das Wichtigste auf der Welt für uns wäre.

De la Menta spricht in Reimen und er tut es nicht unter Goethe: »*Werd'/ ich/ zum Au/gen/blicke saa/gen:/ Ver/weile/ doch!/ du/ bist/*

so/ schön! / Dann/ magst/ du/ mich/ in Fess/eln/ schlaa/gen, / Dann/ will/ ich/ gern/ zu/grun/de/ gehn ...«

Dem nicht genug, unser Guru demonstriert auch seine lateinische Kompetenz: »*Eri/tis/ si/cut/ Deus/ sci/entes/ bonum/ et/ malum.*«

Mutter, ein Seelenverwandter! Aber möchtest du mit dem verwandt sein?

Irgendwann – für mich endlos –, kurz bevor ich eine Sehnenscheidenentzündung bekomme, dürfen wir aufhören zu klappen.

Ich habe mir schon die ganze Zeit überlegt, wie ich es anstellen werde, dass ich allein den Raum verlassen kann, um mich im Theater dort umzusehen, wo ich das Puppenlager vermute. Ich möchte nur einen Blick auf diese morbiden Geschöpfe werfen, vielleicht verbirgt sich die Puppe vom Foto darunter! Sobald de la Menta nicht mehr durch die Gruppe beschäftigt ist, wird es schwer sein, sich von ihm loszueisen. Ich könnte unter dem Vorwand, meine Schulden zu bezahlen, vor seiner Vorstellung noch versuchen zu spionieren, aber da sind schon zu viele Leute im Haus, die mich sehen könnten. Also versuche ich es mit einem alten Trick, nämlich: »Ich muss aufs Klo.«

Ich zeige mit meiner besockten Hand auf, genauso wie in der Schule, ganz kleines Mädi und mit einem Augenaufschlag bittend, flüstere ich: »Ich müsste mal ...« Die ganze Runde, sogar Mutter (gespielt), natürlich außer dem Brunner, schaut mich vorwurfsvoll an. So ein Sakrileg, in diesen heiligen Minuten so was Profanes wie Harndrang zu empfinden. Tue ich ja auch nicht, aber ich tue so als ob. Beim Aufstehen zwicke ich meine Beine zusammen, um zu demonstrieren, dass es nicht böse Absicht ist, die Gruppe zu stören, sondern um Schlimmeres zu vermeiden. Aus dem Bühnenraum draußen, schaue ich mich hastig um, ob wohl nicht einer der Schauspieler da ist, und drücke leise den Knauf der nächstliegenden Tür. Verschlossen! Und die nächste.

Ebenfalls. Bis zur letzten Tür, die ich noch nicht probiert habe und die auch nicht zum Klo führt, komme ich nicht mehr, denn Ernst, der Schauspieler, mit dem sich Mutter im Café so lange unterhalten hat, begrüßt mich und fragt mich: »Kann ich Ihnen helfen?«

»Ich, ich, ich suche das Klo.«

Er deutet verwundert auf die nicht zu übersehende, groß mit einem Puppenfrauenkopf gekennzeichnete Tür. Ich nicke dankend und verschwinde dahinter. Hm, das ging noch mal gut. Obwohl, der scheint mir nicht wie einer, der sogleich zum Krauseminze schiagn gehen wird.

Als ich in die Gruppe zurückkomme, liegen alle wieder auf dem Boden und unser Guru streicht ihnen die Energie aus. Dazu fährt er mit seinen Handrücken von den Zehenspitzen bis zum Haaransatz jedes Teilnehmers. An der Stirn angekommen, lässt er dann die Kraft mit einem Wisch in die Luft entweichen. Guter Trick, denn durch die Reibung entsteht eine elektrische Spannung, die die Haare der Probanden zu Berge stehen lässt. Ein Beweis für die energetische Aufladung zuvor. Ich freue mich schon, dass mir das erspart bleibt, aber nein, Krauseminze hat mich schon gegrapscht, auf den Boden gedrückt und ebenfalls entladen. Weil ich gar so viel Energie von ihm gebunkert habe, sogar zweimal.

Jetzt will ich noch schnell meine Schulden im Café bezahlen. Von Krauseminze möchte ich nämlich nicht einmal den Sauerampferwein geschenkt. Aber wieder nicht genug Bares. Mutter wird schon was mithaben. Und sie hat.

Ich pumpe sie an: »Kannst du dich erinnern, ich bin noch was schuldig!«

Sie nickt überlegen: »Wieder mal nur Bankomatkarte?« Dann öffnet sie ihre Tasche und drückt mir einen Hunderter in die Hand: »Den Rest kannst spenden.«

An der Bar steht wieder Birgit. Wir grüßen uns, tun aber so, als ob wir uns nicht näher kennen würden.

»Schauen Sie sich die Vorstellung noch einmal an?«

Ich schüttle den Kopf: »Ich möchte meine Schulden begleichen. Wie viel?«

»Der Chef hat gesagt, dass alles aufs Haus geht, drum habe ich nichts aufgeschrieben.«

»Trotzdem!«

»Geht nicht. Das akzeptiert er nicht.«

»Gut, dann stecke ich es in die Kasse für das Kind.«

Ich schaue mich um, aber die Dose mit dem Spendenplakat ist nicht mehr da.

Birgit zuckt die Schulter: »Wir mussten es wegräumen, wegen dem Image.«

»Hm?«

»Die Leute könnten denken, dass wir auf so was angewiesen sind.«

»Ist nicht wahr? Er will, dass man nicht mehr über sie spricht, oder?«

Birgit senkt den Kopf. Sie hat Angst, was zu sagen. Sie dreht sich zur Abwasch und bohrt ihre Fingernägel in die Ritze zwischen Lavoir und Resopalplatte, wo sie langsam nickend das Silikon (den Lurch hat sie anscheinend schon bei ehemaligen Stresssituationen entfernt) herauskratzt.

Während meines kurzen Gesprächs mit der Platzer lenkt Mutter den Krauseminze ab. Sie redet auf ihn ein, fuchtelt mit ihren inzwischen behandschuhten Fingern vor seinem Gesicht herum. Als ich bei ihnen auftauche, schnappe ich Mutters letzten Satz auf: »Und da mache ich so ...«, dabei schrammt sie mit ihrem rechten Daumen gerade noch an seiner Wange vorbei, »... oder so?« Unser Chef versucht mit seinem Kopf ihrer Gestikulation auszuweichen, aber einer Martha Liebekind-Spanneck entkommt man nicht so einfach. Sie hält ihn mit ihrer Linken an seinem Überwurf fest, während sie mit der Rechten jetzt vor seinen Augen Klavier spielt: »Wie eine Prelude, oder? Oder mehr Stakkato?« Dabei hämmert sie mit dem rechten Zeigefinger, gerade nicht seine Stirn berührend, auf ihn ein. Schön, diesen Kotzbrocken hilflos zu sehen! Ich bin sicher, wäre Mutter nicht eine zahlende Kursteilnehmerin, hätte er sie schon längst weggestoßen, so aber bleibt ihm nichts anderes über, als zu versuchen, ihr ohne Aufsehen zu entkommen. Schon in einer gefährlichen Rückenlage, mit versucht salbungsvollem Ton, presst es aus ihm heraus: »Du, duuu, duu wirst sehen, wenn du das Chi, das Chi, wenn es fließt, wenn ...«

Mutter unterbricht, sie zieht ihn aus seiner Rückenlage nach oben, ganz nah zu sich heran: »Das Chi? Wo ist das Chi?«

Krauseminze, wieder gerade stehend, schnappt nach Luft, streift ihre Hand von seinem Kaftan und dreht sich um: »Ich muss, ähm ... Vorstellung.« Dann ist er weg, verschwunden hinter der zweiten, ehemals verschlossenen, jetzt offenen Tür.

Mein Handy gibt Laut: »Um elf bei dir.« Die Nummer kenne ich nicht, das kann nur Krauseminze sein. Woher hat der meine Nummer? Ich simse zurück: »Sorry, Nachtdienst.«

Am Weg zur Taubstummengasse, wo sich unsere Wege trennen werden – ich zu Fuß zu meinem Michael, Mutter in die U-Bahn –, drücke ich Mutter begeistert einen Kuss auf die Wange. Sie wischt die nicht vorhandene Spucke ab. Macht mir nichts, heute darf sie.

»Du warst toll, ehrlich. Danke.«

»Glaubst du, ich lasse mein Kind heute noch einmal von einem verrückten Erotomanen sexuell belästigen?«

»Mein Beruf fordert eben Opfer.«

»Immer ohne Bezahlung ...«

»Ach, wir haben genug, aber das Kind ...«

»Apropos Kind. Der Lesek, der, also ich weiß nicht, der gefällt mir auch nicht, das sagt mir meine Lebenserfahrung. Wenn ich es mir so überlege, dann ist da mehr als nur das mit der Versicherung.«

»Wann triffst du dich wieder mit ihm?«

»Ich mache morgen einen neuen Termin aus.«

»Wieso einen neuen?«

»Wir haben für morgen, also Dienstag, ausgemacht, aber ich werde so tun, als ob ich mir die Wochentage nicht mehr merken kann. Drum werde ich ihn fragen, wann. Er soll glauben, dass ich ein bisschen dement bin.«

Irgendwie schafft sie es, mich von meiner Michael-Verzweiflung so abzulenken, dass ich sogar schmunzeln muss.

»Siehst du, das Leben ist nicht so schlimm, wie du es dir momentan einbildest. Alles nur eine Frage der Perspektive.«

Bei der Taubstummengasse verabschieden wir uns, ich drücke sie an mich.

»Weißt du, was ›Eritis sicut Deus scientes bonum et malum‹ heißt?«, fragt sie.

Ich verneine, vor allem, um sie zu erfreuen – zur Not hätte ich die Übersetzung geschafft.

»Ihr werdet sein wie Gott und wissen, was gut und böse ist.« Sie drückt mich zurück: »Und jetzt mein Kleines, ... *er* wartet, beeile dich!«

Ich eile, ich renne, ich bete, ich beschwöre Samson und Dalila, die sich eindringlich aus meinen Ohrstöpseln in mein Herz singen. Alles wird gut, alles wird gut, alles wird gut ... Das Mantra wird helfen und meinen Michael daheim sein lassen, damit ich ihm alles erklären kann. Damit ich mich in seine Arme werfen und statt der Plastikpuppe (unaufgeblasen) neben ihm einschlafen darf.

Erst in der Fillgradergasse bemerke ich, dass mich ein Mann verfolgt. Ich schaue unauffällig nach hinten, um ihn zu erkennen. Der Statur nach könnte es der Krauseminze sein. Nein, ich bin nicht verrückt. Nein, ich bilde mir das nicht ein. Nein, ich werde nicht verfolgt. Nein, ich laufe nicht weg. Nein, ich gehe hin und stelle ihn. Ich mache eine Kehrtwendung und marschiere auf ihn los.

Je näher ich komme, desto mehr verliert sich die Silhouette des

Krauseminze und die Umrisse des anderen Michael werden deutlich. Ich atme auf.

Ich warte, bis Brunner mich eingeholt hat. Es ist nicht mehr weit bis zum Hauseingang meines Michael.

»Ich habe vor dem Theater auf Sie gewartet, aber dann waren Sie so ins Gespräch mit Ihrer Mutter vertieft, da wollte ich nicht stören. Und dann sind Sie so gerannt, dass ich gar nicht nachgekommen bin.«

»Na ja, jetzt haben Sie mich ja erwischt.«

»Ihr SMS, das war nett.«

»Ich meinte es auch so. Was Sie da gemacht haben, ist tapfer. Und riskant. Ich meine, Ihr Job und überhaupt.«

»Ich will, dass Sabine zu ihrem Recht kommt. Der Lesek spielt ein falsches Spiel. Der Würzl ist nur ein Mitläufer, aber anders kriege ich den nicht, nur über die Würzl-Geschichte.«

»Was haben Sie für einen Verdacht? Ich meine, nur der Krauseminze hätte ein Motiv.«

»Hm? Krauseminze?«

»Ach, de la Menta heißt auf Deutsch Krauseminze. Ich nenne ihn so.«

Der Brunner muss schmunzeln: »Schon lächerlich ...«

»Irgendwie sind alle Kotzbrocken vor allem dumm.«

Wieso hat sich das Schicksal nur so gegen mich verschworen? Schön langsam glaube ich wirklich, dass ein Schmetterling ein Erdbeben auslösen kann. Gerade jetzt, wo ich zu meinem Michael pilgere, um mich zu versöhnen und alles aufzuklären, muss er mich mit dem anderen Michael in flagranti erwischen. Unbemerkt von mir (der Brunner kennt ihn ja nicht) ist er die Stiege von der Capistrangasse hinuntergetorkelt und wen sieht er da? Mich mit einem anderen Mann.

In der Fehlannahme, dass es sich bei dem anderen Michael um den Küsser handelt, zögert er nicht lange, sondern packt den armen Brunner an seinem Hemd, zieht ihn zur Hauswand und drückt ihn dagegen. Der junge Polizist missinterpretiert die Situation, er glaubt an einen Überfall, und setzt meinen Michael mit einem gezielten Karateschlag (oder so) k.o. Das alles geht so schnell, dass ich nicht mehr eingreifen kann. Mir bleibt nur, mich zu meinem Michelangelo hinunterzubeugen, um ihm wieder aufzuhelfen.

Der Brunner hat inzwischen kapiert, dass ich den Angreifer kenne. Ich stelle die Kontrahenten vor: »Das ist mein Freund Michael ... Und das ist Michael Brunner, der Freund von Sabine, ich, ähm, die ... Wasserleiche.«

Gerade als ich das Wort Wasserleiche ausgesprochen habe, bin ich mir des Pietätfehlers bewusst, aber es ist schon draußen. Das kommt beim Brunner nicht gut an, pikiert korrigiert er mich: »Als sie noch lebte: Sabine Katz.«

»Entschuldigung, ich, ich, ich bin ganz durcheinander ...«

Im duseligen Hirn meines Michaels rotieren die Informationen, die nicht wissen, wo sie abgelegt gehören. Ohne Alkohol hätte Michael es sogleich geschafft, die Lage zu überreißen, aber so steht er auf der Leitung: »Ähm, wer?«, und zu Brunner, »und Sie, Sie, Sie Arschloch!«

Ich nehme die rechte Hand meines Michael und die rechte des anderen Michael und versuche die beiden Hände ineinander zu einem Handshake zu verbinden – zur Versöhnung.

Aber die wollen nicht. Michelangelos Finger hängen wie bei einer schlaffen, die des anderen Michael krampfen wie bei einer spastischen Parese.

»Es ist ein Missverständnis«, meine ich zu meinem Michael, »Herr Brunner und ich, wir versuchen nur gemeinsam den Tod von Frau Katz aufzuklären.«

»Daa, daa, das ... muss man im Sperl knutschend tun?«

Der andere kennt sich gar nicht mehr aus. Drum versuche ich ihm meine Situation auszudeutschen: »Michael, ähm, ich meine mein Freund, hat mich, ähm, vorm Klo, ähm im Sperl mit dem

Krauseminze gesehen, wie der versucht hat, mich zu küssen. Der Krauseminze verfolgt mich. Er stalkt mich.«

Dem anderen Michael geht ein Licht auf: »Das hat der bei Sabine auch gemacht. Seien Sie vorsichtig.«

Daraufhin versucht er, meinen Michael zu versöhnen und nimmt dessen schlaff paretische Hand, um sie kräftig zu schütteln: »Michael Brunner. Sie irren sich, wenn Sie glauben, dass Ihre Freundin Sie betrügt. Gehen Sie mit ihr nach Hause, sie wird Ihnen alles erklären.«

Er hilft mir, den Meinigen in die Wohnung zu schaffen, denn bei dem klappt es nicht mehr so recht mit der Koordination. Wir fassen ihn rechts und links unter, schleppen ihn über die Straße und durch die Eingangstür seines Hauses. Dann schieben wir ihn über die Stiege bis in die Wohnung und platzieren ihn sicher auf seinem Sofa im Salon. Während unseres Transports erzähle ich in knappen Sätzen, wie sich mein Verhältnis zu de la Menta seit unserem Kennenlernen gestaltet hat. Ich hoffe, dass mein Michael auch was davon mitbekommt und er die Informationen in seinem Hirn richtig abspeichert.

Der junge Polizist hat Erfahrung mit Alkoholleichen: »Ich mache ihm einen Kaffee und Sie flößen ihm viel Wasser ein.« Ich deute auf den Eingang zur Küche, der Brunner verschwindet dahinter, um sogleich mit einem Krug voller Wasser zurückzukommen: »Kaffee ist gleich fertig.«

Das Wasser flößen wir dem Meinigen so lange ein, bis er erbrechen muss. Wir stützen ihn bis aufs Klo und damit ist das Schlimmste überstanden. Tatsächlich kann man mit ihm nach dem Kaffee wieder halbwegs vernünftig reden. Er kauert wie ein begossener Pudel auf dem Sofa und nickt immer nur zustimmend – schuldbewusst: »Ich bin sonst kein aggressiver Mensch, aber Sie müssen verstehen. Zuerst sie mit ihm Mund auf Mund, dann sie mit Ihnen unter der Straßenlaterne, da bin ich ausgezuckt.«

»Ich verstehe das, mir wäre es auch so gegangen.«

Als der andere Michael sicher ist, dass sich die Lage entspannt hat, verabschiedet er sich: »Nichts für ungut, keine Sorge wegen der Rangelei. Ich melde mich morgen, auch wegen Lesek. Ist jetzt nicht der richtige Augenblick, das zu besprechen«, dann blickt er bitter auf uns zwei, »Ich wünschte, ich könnte mich auch noch versöhnen …«

Das verstehe ich zwar jetzt nicht ganz, aber …? Egal, ich winke ihm ermattet zu, als er die Wohnung verlässt.

»Gehen wir ins Bett?«

Michael rafft sich mühsam vom Sofa auf und schlapft Richtung Schlafzimmer. Schau, schau, er schafft es vorher sogar noch ins Bad, um sich die Zähne zu putzen. Das bringt ihm mindestens hundert Bonuspunkte bei mir ein!

Im Schlafzimmer wuchtet er die aufgeblasene Puppe mit einem Fußtritt aus dem Bett und zieht mich anstatt ihr neben sich. Wir schlafen eng umschlungen ein, wenn ich auch gestehen muss, dass ich den Schnapsgeruch nur aus Liebe ertrage.

Ich liege auf einer Bahre aus Stahl in einem eiskalten, winzigen Verlies, vermutlich eine Kühlbox. Ich kann nur meine Füße sehen, da es mir nicht möglich ist, meinen Kopf mehr als circa fünf Zentimeter von der harten Unterlage zu heben. An meiner rechten großen Zehe ist ein Schildchen angebunden. Ich vermute, dass da mein Name draufsteht. Da ich als Ganzes in ein Wrap aus Klarsichtfolie – die, die man für das Body Wrapping gegen Cellulitis verwendet – eingewickelt bin, kann ich mich nicht bewegen. Meine Arme liegen seitlich an meinem Körper an, die Beine sind zusammengepresst. Der enge Verband nimmt mir den Atem, aber ich kann mich nicht befreien. Plötzlich wird der Deckel meines engen Verlieses geöffnet. Wie in einer Großaufnahme starren mich die verzerrten Gesichter von Krauseminze, Manfred, dem Brunner und meinem Michael an. Ich versuche mich zu artikulieren, aber kein Ton kommt aus meinem Mund. Aus allen vier

Mündern entweicht der Gestank von Alkohol und Fäulnis. Die Mäuler, die innen mit einem roten Strumpf ausgekleidet sind, schreien mich gleichzeitig an: »Du bleibst drinnen!«, dann klappt der Deckel wieder zu.

Michael wird durch meinen durchdringenden Schrei und durch mein Herumschlagen aufgeweckt. Er streicht mir über den Kopf, bis ich mich wieder beruhigt habe.

Halb noch in meiner Traumwelt kralle ich mich an ihm fest. Ich presse die Luft aus meinem Brustkorb, um wieder zu mir zu kommen. Als die Panikattacke endlich vorbei ist, bin ich so erschöpft, als ob ich gar nicht geschlafen hätte: »Ich glaube, ich werde verrückt. Ich werfe mir in der Ordi sofort einen SSRI ein.«

Damit ist Michael gar nicht einverstanden: »Du wirfst dir gar nichts ein, du beendest die Geschichte und aus. Versprochen?«

Momentan würde ich alles versprechen, nur damit ich meine Ruhe habe. Aber morgen ist ein neuer Tag – das habe ich von Scarlett O'Hara aus »Vom Winde verweht« gelernt – und da ich meinen Entschlüssen, die ich mitten in der Nacht tätige, nicht traue, antworte ich lieber nicht. Michael deutet mein Schweigen als Zustimmung. Damit ich nicht wieder solche Geruchshalluzinationen – vier stinkende männliche Mäuler – bekomme, drehe ich mich von meinem Liebsten weg und kuschle mich mit dem Rücken in seine Bauchnische. So fühle ich mich so lange wohl und schlafe ruhig, bis mein Telefon läutet. Schlaftrunken hebe ich ab.

Mein Blick fällt auf mein Display, oh je, schon nach acht. Mit einer Hand telefonierend, mit der anderen meine Kleidung an mich reißend, eile ich aus dem Schlafzimmer. Am Handy Manfred: »Hallo du. Hm, bist du verkühlt?«

»Wieso? Nein, nur verschlafen.«

»Du und verschlafen, das gibt es doch nicht. Das muss ja heftig gewesen sein, heute Nacht.«

Mir ist gar nicht nach anzüglichen Scherzen zumute, drum kontere ich scharf: »Nach zehn Mal Geschlechtsverkehr mit einem Stier ist man eben k.o. Kapiert?«

»Sachte, sachte, ich hab dir nichts getan. Du brauchst deinen Grant nicht an mir auslassen.«

»Entschuldige, aber ich hab eine starke Zeit.«

»Das merke ich. Muss ich mich sorgen?«

»Vergiss es. Was wolltest du mir mitteilen?«

»Deine angeblichen Gene schauen gar nicht gut aus. Da gibt es beinahe keine Monoaminooxidase-A.«

Immer, wenn ich recht habe, bin ich sofort gut gelaunt. Die Gewissheit, mich nicht geirrt zu haben, verursacht bei mir ein Ansteigen des Dopamins, Serotonins, Endorphins, des Noradrenalins und des Oxytocins, mehr noch, als wenn ich zwei Stunden gejoggt wäre.

»Siehst du jetzt ein, dass du es mit einer potenziellen Muttermörderin zu tun hast?«

»Dann muss ich dich prophylaktisch einkerkern. Am besten bei mir, in meinem Keller.«

»Danke für deine Fürsorge, aber wie erkläre ich das Mutter, wenn ich verschwunden bin?«

»Ehrlich, Alma, glaubst du nicht, dass es jetzt genug ist mit Hobbydetektiv spielen?«

»Du hast ja recht, wie immer, aber vorher musst du noch die Haare meiner Mutter anschauen. Wegen dem Erbgang …«

Manfred tut hysterisch: »Neeeeeiiiiiiiiiiiiin, neeeeeeeeeiiiiiiiiiin! Ich mache nichts Illegales mehr, nur weil du mich mit deinem Augenaufschlag dazu bringst. Ich will meinen Job nicht verlieren.«

»Aber ich bezahle ja. Das kostet den Steuerzahler gar nichts.«

»Kapierst du nicht, es ist verboten, Genanalysen von Menschen zu machen, die dazu nicht ihr Einverständnis gegeben haben. Aus!«

»Wieso? Ich habe mein Einverständnis gegeben und Mama wird das auch tun, schon wegen der Enkelkinder und so …«

»Alma, es ist Betrug, verstanden?«

»Einmal ist kein Mal und ein zweites Mal ist wie einmal, also keinmal.«

Manfred schnauft ins Telefon: »Ich mache es nicht mehr.«

»Na gut, ich dachte, du bist mein Freund. Wenn ich denke, was ich dir zuliebe schon alles getan habe.«

»Was hast du mir zuliebe getan?«

»Ich habe verhindert, dass du mit mir unglücklich wirst.«

Ich sehe Manfred vor mir, wie er den Kopf schüttelt. Er kommt mit dieser Art von Logik gar nicht zurecht. Jetzt überlegt er, ob ich ihn am Schmäh halte oder ob ich wirklich so einen verqueren Verstand habe. Bevor ich seine Antwort abwarten kann, taucht Michael im Wohnzimmer auf. Der hat nur den letzten Satz aufgeschnappt und klar – missinterpretiert ihn.

»Mit wem redest du?«

Ich halte meine Hand auf das Telefon: »Mit Manfred, wegen Patient.«

»Und der wird mit dir unglücklich? Der auch?«

Wegen Michael versuche ich mich nun telefonisch möglichst professionell zu artikulieren, obwohl ich weiß, dass dann der Manfred wieder beleidigt sein wird: »Ich muss aufhören, Ordination. Baba.«

Ich lege auf, ohne seine Antwort abzuwarten. Halb angezogen, ohne BH, den stopfe ich in die Tasche, ohne Zähneputzen, ohne Frühstück, drücke ich Michael einen Kuss auf die Wange und rausche aus der Wohnung. Nur keine Szene! Nur kein vorwurfsvolles Gesicht! Nur … kein … Mann!

Wieder Taxi, wieder zu viel CO^2-Output, wieder zu spät, wieder am Unglück aller schuld!

Als ich meine Ordination betrete, höre ich, wie Mutter offenbar mit dem Lesek telefoniert – alle Patienten hören mit, die Frau hat keinen Genierer: »Mein Gedächtnis! Haben Sie das auch, immer sind alle Namen, alle Termine alles weg? Manches Mal gehe ich durch die Stadt und finde nicht mehr nach Hause. Ja, man soll nicht alt werden. Ich werde mir die Zeit aufschreiben. Also«, sie deutet auf den Telefonhörer, als sie mich erblickt, »heute um 15 Uhr bei Ihnen im Büro.« Dann deutet sie auf ihre Armbanduhr. Ich nicke. Sie setzt das Gespräch fort: »Und wo ist das?«

Nach einer Pause: »Ach so, da war ich schon? Wirklich?«

Bevor ich durch meine Ordinationstür durch bin, zeige ich ihr pantomimisch, dass sie nicht so übertreiben soll, sonst wird er misstrauisch.

Daraufhin flötet sie: »Tatsächlich, ich erinnere mich. Tatsächlich, na so was. Gut, um 16 Uhr, nein, natürlich um 15 Uhr.«

Dann Business as usual. Zuhören, Nicken, Zuhören, Intervenieren, Zuhören, Überreden, Zuhören ...

Auch die Psychiatrie würde einem irgendwann fad, wenn es nicht immer wieder Fälle gäbe, die dem beruflichen Alltag etwas Esprit verleihen. Heute schenkt mir ein ca. dreißigjähriger Mann mit beginnender Glatze und! Trichotillomanie (Sucht des Haarausreißens) vergnügliche, wenn auch makabre Abwechslung. Der Patient wurde mir von einer bekannten Dermatologin zugewiesen, die er, man höre und staune, zur Behandlung seines Haarausfalls aufsuchte. Jedenfalls fehlen ihm die Haare am Scheitel physiologisch und am Hinterhaupt per manus. Die von ihm selber ausgerissenen vom Hinterhaupt isst er dann auch noch, weshalb er sich schon einmal einer Entfernung des Bezoars (Haarknäuel) per Endoskop unterziehen musste. Ich soll ihn von dieser Unsitte heilen! Das mache ich auch, zumindest mal für die nächsten drei Monate, indem ich ihm eine Überweisung zu meinem Friseur mitgebe, auf der ich eine rasierte Vollglatze verordne. Und zum Kauen empfehle ich meine Marke Kaugummi, nämlich Orbit ohne Zucker.

Danach Mittagspausenritual wie immer – diesmal Nudelauflauf mit grünem Salat, Mutter bestens gelaunt, ich nicht.

»Ich freu mich schon auf den Lesek. Ich habe sogar schon mein Handy dabei, zum Aufnehmen.«

Jetzt bin ich von den Socken. Mutter und ein Handy! Wir lehnen Handys eigentlich ab, die elektronische Sprachwüste, das humanistische Gedankengut ...

»Hm? Seit wann hast du ein Handy?«

»Seit genau 15. Juni. Sonderangebot mit gratis Smartphone.«

»Aber, aber ...«

»Aber, aber ..., ich brauche es, um zu kommunizieren.«

»... und die humanistische Sprachwüste?«

»Erstens die elektronische Sprachwüste, zweitens die Zeiten ändern sich und mit ihnen der Mensch und drittens will ich immer erreichbar sein.«

»Das heißt in Wahrheit, du willst mich immer erreichen können? Kontrolle oder?«

»Sei nicht so eingebildet. Du bist nicht die Einzige auf der Welt. Außerdem«, sie fixiert mich strafend, »du hebst nicht ab.«

»Wann hast du mich angerufen?«

»Oft, um zu üben.«

»Nicht wahr. Du warst das mit der unbekannten Nummer!«

Mutter nimmt mein Handy vom Schreibtisch, scrollt wie ein Profi durch meine Anruferlisten und drückt mir das Telefon triumphierend in die Hand: »Da!«

Tatsächlich, das ist die Nummer, die ich fälschlich als Patientenbelästigung identifiziert habe.

»Gratulation! Und du kannst damit umgehen? Du gehörst also zu den statistisch 1,5 % der Senioren über achtzig, die den Umgang mit einem Smartphone erlernen?«

Mutter lächelt von oben herab: »Kleines, entschuldige, aber wer von uns beiden kennt sich besser mit der EDV aus? Du oder ich?«

Ich möchte das Thema wechseln: »Super, da kannst du ja heute den Dialog mit dem Lesek aufnehmen.«

Mutter setzt ihre Ordinationsbrille auf und doziert: »Wozu,

wozu, wozuuu, glaubst du, habe ich mir einen zweiten Akku gekauft?«

Ich gebe mich geschlagen. Sie weiß immer alles besser. Sie macht immer alles besser. Aber ich bin Doktor der Medizin und sie nicht!

Die Haare, ich darf die Haare nicht vergessen: »Könntest du bei der Gelegenheit irgendwie an ein Haarbüschel von dem Lesek kommen? Wegen einer DNA-Untersuchung.«

»Habe ich mir auch schon überlegt. Miss Marple hatte mal einen sehr schwierigen Fall, in ›Das Schicksal in Person‹, da hat sie den Fall auch durch – allerdings gefärbte – Haare gelöst.«

Jetzt verstehe ich, weshalb Mutter sich so für die Katz-Geschichte engagiert – Identifikation mit Agatha Christie. Hoffentlich wird kein Roman daraus.

»Wenn wir den Fall gelöst haben, dann ..., dann ..., vielleicht ..., ähm ..., ich muss ja auch mal in Pension, da habe ich dann Zeit. Ich habe schon alles gemacht, aber keinen Roman geschrieben.«

Ich sage nichts. Aber sie: »Was hältst du davon?«

Ich halte gar nichts davon, aber sagen tue ich: »Gute Idee.«

Das klang nicht überzeugend, drum: »Du traust mir das nicht zu.«

»Oh doch, klar. Auf Latein?«

Oh je, das war zu viel. Sie ist beleidigt. Sie packt ihr Handy ein und lässt mich wortlos zurück. Sie ist noch nicht mal bei der Tür draußen, habe ich ein so schlechtes Gewissen, dass ich ihr nachschreie: »War doch nur ein Scherz, ehrlich.«

Wieso müssen wir uns immer piesacken?

Eigentlich wollte ich mir heute Nachmittag freigeben, denn meine psychiatrische Diagnose über mich selber lautet: F 43.0 Akute Belastungsstörung. Also Therapie: Entlastung.

Ich werde einen langen Lauf machen, nicht entlang des Donaukanals, nein, auf den Kahlenberg oder nach Sievering oder

Grinzing oder …? Oder Richtung Ottakring, Brunnenmarkt oder so.

So ein Zufall, dass sich das Büro des Lesek in der Hyrtlgasse befindet. Ich kann Mutter nach dem Gespräch nach Hause begleiten und vorher? Vorher kann ich aufpassen, dass ihr nichts geschieht. Bei einer Dementen kann man nie wissen. Ich darf nie vergessen, dass sie eigentlich schon zum Kreis der Pflegebedürftigen gehören würde, wenn sie nicht sie wäre.

Man kann nicht behaupten, dass die Strecke von meiner Ordination bis in den sechzehnten Bezirk zu den kontemplativen Laufstrecken gehört. Die Alser Straße rauf bis zum Gürtel kann ich mir zwar insofern verschönern, als ich durch das Areal des alten AKH laufe, dann aber muss ich den Gestank und Lärm des Nachmittagsverkehrs in Kauf nehmen. Über den Gürtel drüber bis zur Ottakringerstraße ist es noch schlimmer. Ich mache mir erst gar nicht die Mühe, mir den Lauf mit einem Beethoven zu versüßen, denn selbst die Eroica kann an Lautstärke nicht mit dem Krach mithalten. Als mich der Brunner anruft, muss ich in einen Hauseingang ausweichen: »Haben Sie sich versöhnt?«, fragt er.

»Ich denke schon. Ich hatte heute Morgen keine Zeit, darüber zu sprechen.«

»Er ist ein Netter.«

»Finde ich auch.«

»Wegen Lesek …«

»Meine Mutter trifft ihn gerade und ich bin am Weg zu seinem Büro. Ich mag nicht, dass sie ganz allein dort ist.«

»Wo sind Sie?«

»Gerade Ecke Veronikagasse, Hernalser Hauptstraße, ich bin zu Fuß unterwegs.«

»Können wir uns treffen?«

»Ja, wo? Ich kenne mich nicht aus.«

»Radi's Brauhaus, Gablenzgasse, Ecke Hyrtlgasse, das ist halbwegs nahe, der Lesek ist schräg gegenüber. Vom Gastgarten sieht man den Eingang.«

»Sie waren schon dort?«

»Ich beobachte ihn schon seit längerer Zeit.«

»Okay, in einer halben Stunde?«

Ich schaue auf die Uhr, es ist ein bisschen nach zwei. Also um halb drei. Mutter ist sicher pünktlich mit einem Taxi da. Ich bin erleichtert, mit dem Brunner habe ich ein gutes Gefühl.

Ich schaffe es gerade rechtzeitig vor halb drei. Diesmal ist der andere Michael der Erste. Er sitzt, durch einen Sonnenschirmständer gegen Blicke von der Straße geschützt, im Gastgarten, das Büro des Lesek im Blickfeld. Wir begrüßen uns unauffällig. Ich platziere mich, ebenfalls so wie er, halb der Straße zugewendet, halb mit dem Rücken zur Gasse. Nie hätte ich mir jemals träumen lassen, dass ich mich so wie diese peinlichen Detektive in schlechten Krimis unauffällig, auffällig getarnt verhalten würde. Ich glaube zwar nicht, dass mich der Lesek nach unserem kurzen Treffen erkennen würde, aber den Brunner erkennt er sicher. Der war oft gemeinsam mit Sabine bei deren Mutter zu Gast. Und dem Lesek wird die Geschichte mit dem Würzl wohl schwer im Magen liegen. Drum wird er vor dem Brunner auf der Hut sein. Kaum habe ich mich neben meinem Komplizen (ist er doch, oder?) niedergelassen, überfällt er mich mit einer Ansage, die ihm anscheinend schwer am Herzen liegt: »Ich glaube, dass der Lesek die Sabine vergewaltigt hat.«

Wumm! Das ist ein starker Vorwurf.

»Wie kommen Sie darauf?«

»Sabine und ich hatten am Abend vor ihrem Tod Streit. Es ging darum, dass ich eifersüchtig war. Sie war jeden Abend weg und wenn sie nicht arbeiten musste, dann war sie mit Piechen bei ihrer Mutter. Ich wollte mal mit ihr alleine sein. Ich meine, auch mit Piechen, aber ohne die Alten. Den Lesek mochte ich sowieso nicht und er mich schon gar nicht.«

»Er ist ja auch nicht gerade sympathisch. Das fand ich auch, als ich bei Frau Katz war.«

»Ich habe ihr vorgeworfen, dass sie wohl den Ungustl Lesek mir vorziehe, sonst würde sie nicht immer bei denen picken. Es war nur so ein Angriff ins Blaue, wie man halt redet, wenn man gekränkt ist …«

»… aber sie hat das ernst genommen, oder? Da haben Sie ins Wespennest gestochen?«

»Anscheinend, denn sie ist ausgezuckt. Ich hasse ihn, hat sie geschrien, ich hasse ihn.«

Wir müssen unser Gespräch unterbrechen, denn der Lesek steigt aus einem Taxi und geht in sein Bürohaus. Es ist drei viertel drei.

»Der Lesek hat finanzielle Probleme. Ich weiß das wegen der Würzl-Geschichte. Sie haben die meisten Lebensversicherungsverträge so gemacht, dass sie im Fall des Ablebens oder auch zu Lebzeiten nicht ausbezahlt werden mussten. Der Lesek hat seinen Bonus bekommen und der Würzl überhöhte Honorare für seine falschen Gutachten.«

»Aber die anderen von der Versicherungsgesellschaft, die können doch nichts von diesen Betrügereien gewusst haben?«

»Die haben sich taub und blind gestellt. War ja zu ihrem Vorteil.«

»Sie glauben doch nicht, dass er Sabine wegen des Vertrags …?«

»Nein, so weit – denke ich – wäre er nicht gegangen, aber im Falle einer Auszahlung an Piechen vor dem Ableben hätte sich die Versicherung wegen der Psychose von Sabine sperren können.«

Mich interessiert momentan die Vergewaltigungsgeschichte mehr, aber ich traue mich nicht nachzufragen. Brunners schneller Wechsel auf ein anderes Thema scheint mir ein Ablenkungsmanöver zu sein. Mir dämmert, was er gestern meinte, als er bemerkte: »… ich wünschte, ich könnte mich auch noch versöhnen …«

Hinterbliebene werden mit dem Tod eines Angehörigen nicht fertig, wenn ungelöste Kontroversen Schuldgefühle hervorrufen. Falls dieser Streit der letzte Kontakt mit Sabine vor deren Ableben (noch dazu Selbstmord) war, wird ihn sein schlechtes Gewissen daran hindern, über ihren Verlust hinwegzukommen. Solange ihr Suizid im Raum steht, wird er sich dafür verantwortlich fühlen. Ich werde nicht weiter in ihn dringen, irgendwann redet jeder von selber.

Obwohl ich ahne, dass Mutter es gar nicht schätzen wird, wenn sie erfährt, dass zur Abwechslung einmal ich auf sie aufpasse, schicke ich ihr ein SMS: »Sitze gegenüber in radis brauhaus wenn du nicht um spätestens 15 45 da bist schauen wir nach.«

Sie erscheint pünktlich um fünf vor drei – im Dirndl, allerdings ohne Dekolleté, einem Trachtenhut mit Edelweißsticker und mit Dreipunktstock. Kostüm passt zum Bienenverein, Dreipunktstock zur Greisin. Sie hievt sich schwerfällig aus dem Taxi, bleibt dabei mit dem Stock am Gurt hängen, sodass der Fahrer sie aus dem Wagen ziehen muss. Wahrscheinlich rechnet sie damit, dass der Lesek aus dem Fenster schaut.

Sie macht das so authentisch, dass der Brunner meint: »Ist sie verletzt?«

Ich verneine: »Theater, wegen alt und dement. Er soll glauben, dass er es mit einer leichten Beute zu tun hat, die nichts überreißt. Sie ist gut, oder?«

Der andere Michael nickt bewundernd: »Sehr gut.«

Dann schweigen wir uns so lange an, bis endlich ein Kellner erscheint. Wir bestellen beide ein Soda Zitron, was beim Ober wenig Begeisterung hervorruft. Der Gastgarten ist bis auf ein Pärchen, das so wie wir auch nicht gesehen werden möchte – sie sitzen beide im letzten Winkel mit dem Rücken zur Straße und sie schaut sich immer um –, leer. Ich versuche, die Stille durch ein wenig Smalltalk zu unterbrechen: »Heiß heute?«

Brunner nickt bedrückt. Ich sehe ihm an, dass er, wenn ich nur auf den richtigen Knopf drücke, zu heulen beginnen wird. Nicht aus Diskretion, sondern weil ich heute so gar keine Lust mehr auf Verzweiflung, Kummer, Trauer, also auf allen Dreck der Welt habe, drücke ich nicht, sondern schwafle ihm von Mutters Kochkünsten vor. Das bietet sich als Verlegenheitslösung an, denn Essen ist immer tröstlich. Vielleicht adoptiert sie ihn ja auch als zusätzlichen, wahrscheinlich sogar dankbareren Esser und versorgt ihn auch mit einem täglichen Kuchen.

»Haben Sie schon gegessen?«

Er nickt, kein Wort.

»Was?«

Er schluckt seinen Kummerknödel hinunter: »Kebab.«

»Und, gut?«

Er nickt, kein Wort.

»Ich hatte …,« – verdammt noch mal, was hatte ich – »ich hatte, ähm«, ich deute auf das gegenüberliegende Haus, »… sie ist eine ausgezeichnete Köchin.«

Eben, über Essen reden macht tröstlichen Appetit, das lenkt vom Kummer ab: »Was hatten Sie?«

Mir fällt einfach nicht ein, was ich zu Mittag serviert bekommen habe, drum erfinde ich ein Menü: »Beuschl mit Knödel.« Bei den Knödeln klickt es in meinem Hirn – Kohlehydrate, böse – heute Kohlehydrate, also Nudeln – also Nudelauflauf.

»Herrlich. Rahmbeuschl?«

Ich nicke: »Klar, Rahm. Sie macht auch sehr guten Strudel. Wollen Sie mal einen?«

Den Brunner heitert die Aussicht auf einen Strudel auf: »Gern.«

»Wir fragen sie, wenn sie kommt. Vielleicht gibt es noch was.«

Dann wieder Schweigen. Die Sonne brennt auf mein Hirn, das Soda Zitron lässt auf sich warten und Mutter auch. Ich schaue auf die Uhr: 15.40.

»Jetzt sollte sie bald rauskommen.«

Er nickt, kein Wort.

Die Minuten dehnen sich. Seit Jahren wünsche ich mir, dass mir noch einmal in meinem Leben fad ist. Das wäre jetzt so eine Gelegenheit, aber Fadsein hat nicht nur mit nichts zu tun zu tun, sondern auch mit der inneren Bereitschaft, das Nichtstun auszukosten. Das geht aber nur, wenn man nicht so wie ich jetzt unter dem Nichtstun leidet. Ich würde am liebsten aufspringen, in dieses blöde Haus rasen und meine Mama aus den Fängen des Monstrums befreien – in meiner Fantasie hat er sie schon geknebelt, gefesselt und ist gerade dabei, ihr die Kehle durchzuschneiden. Dem anderen Michael geht es nicht besser. Aber nicht aus Sorge um meine Mama, sondern weil er den Lesek wahrscheinlich am liebsten aus Rache für Sabine mit einem Karateschlag vernichten würde.

»Dauert schon lang.«

»Ich wollte ..., am liebsten würde ich diesen Typen ... erwürgen.«

Hm, auch nicht schlecht. Passt aber nicht zum Brunner. Man sollte die Art eines Mordes, auch eines Selbstmordes, richtig – nach dem eigenen Naturell – wählen. Erwürgen passt zu einem dummen Menschen, der im Affekt handelt. Ein Karateschlag hat dagegen was Elegantes, was Edles, was Artifizielles. Ich halte den anderen Michael für einen intelligenten, sensiblen Menschen, also kein Mord durch rohe Gewalt, nein, differenziert, ästhetisch.

Ich schüttle den Kopf: »Nicht erwürgen, ein Schlag auf die Schläfe.«

Er bejaht.

Bevor wir uns weiter über dieses hochbrisante, wenn auch eher theoretische Problem unterhalten können, tritt endlich, endlich Mutter aus dem Bürohaus in der Hyrtlgasse. Mir fallen etliche Kummersteine vom Herzen. Allerdings legen sie sich gleich wieder auf meine Seele drauf, als ich sehe, wie sie daherkommt. Verkrümmt, die rechte Hand auf der Hüfte, ohne Hut, ohne Stock, das Dirndl zerfleddert, hinkt sie über die Straße Richtung Gasthaus.

Um Gottes Willen, was ist passiert!? Wenn man ihr Schmerzen ansieht, dann ist Feuer am Dach. Und man sieht es. Selbst der Brunner, der bisher noch seinem Kummer verpflichtet war, ist alarmiert. Wir springen beide gleichzeitig auf, um ihr zu helfen. Erst im letzten Augenblick erinnern wir uns, dass uns der Lesek vom Fenster aus sehen könnte. Also nur bis zum Eingang des Gastgartens und da warten, bis die schmerzgepeinigte alte Frau diesen erreicht hat. Ich diagnostiziere sofort ein Wurzelsyndrom L4 oder L5 oder S1. Sie schleift den rechten Fuß nach, die Fußschaufel hängt – Peronäusparese. Hm, Bandscheibenvorfall, Foramenstenose, osteoporotische Fraktur, oder gar nur Simulation, um den Lesek zu täuschen?

Wir nehmen sie im Gastgarten unter unsere Fittiche. Rechts und links untergehakt, schleifen wir sie bis zum Tisch, um ihr da ein notdürftiges Lager zu bereiten – auf die Bank mit einem Sessel quergelegt zu Stufenlagerungszwecken. Leider hat sie wirklich Schmerzen, keine Vortäuschung einer Verletzung, das sehe ich an ihrem nur mühsam gestellten Lächeln: »Wurzelsyndrom L5 oder S1«, diagnostiziert sie ebenfalls.

»Was war?«

»Stercus …«

8. Kapitel

Wenn man in Österreich krank wird, braucht man ein Netzwerk, sonst wird man in den Mühlen der Krankenhauslandschaft zermahlen. Ohne Beziehungen geht gar nichts. Zum Glück habe ich noch meine Kollegen, die mir weiterhelfen. Also organisiere ich für Mutter ein Bett bei den Barmherzigen Brüdern, wo der jetzige Oberarzt Dr. Sedlak dazumal mit mir gemeinsam die Facharztausbildung gemacht hat. Die österreichischen Ordensspitäler sind ein Highlight im Sumpf der öffentlichen Krankenhäuser. Da herrscht noch ein wenig der altmodische Geist des Mitgefühls und nicht nur Laborergebnisinterpretiermedizin.

Jedenfalls warten wir im Garten von Radi's Brauhaus in brütender Hitze auf einen Rettungswagen, denn einen Transport im Taxi möchte ich meiner armen Mama ersparen. Die hat es ordentlich erwischt, das sehe ich ihr an, auch wenn sie die Zähne zusammenbeißt. Der Brunner will sich verabschieden, nachdem er gesehen hat, dass niemand mehr seiner Hilfe bedarf. Vorher will er aber doch noch wissen, was passiert ist: Hat er sie geschubst? Oder gar geschlagen?

Mutter bewegt ihren Kopf vorsichtig von links nach rechts – schütteln tut ihr zu weh – und zischt zwischen den Zähnen ein paar Silben heraus: »Nein, das Handy ...«

Verstehe ich nicht: »Das Handy?«

»Das eingeschaltete Handy war an meinem Hut. Ich habe mich nach vorne gebeugt und nicht bedacht, dass ich es zwischen Hutband und Edelweiß eingeklemmt habe. Im letzten Augenblick, bevor es zu Boden fallen konnte, habe ich mich mit einem Satz nach hinten gerissen und dabei hat es einen Schnalzer gemacht. Dann konnte ich nicht mehr gerade stehen. Der Herr Lesek war sehr nett. Er wollte mir sofort helfen. Nur, ich musste den Hut retten.«

»Und? Wo ist das Handy?«

Ich bin eine Rabentochter, denke sofort an die verlorene Aufnahme.

Mutter greift in ihr Dirndl und zieht, noch immer in Stufenlagerung, aus ihrem Dekolleté das Handy heraus. Ich greife danach, doch sie lässt es nicht los: »Das ist meins!«

»Und die Aufnahme?«

Der Brunner scheint auch neugierig: »Sie waren sehr umsichtig! Darf man hören?«

Mutter drückt auf die Einschalttaste, nichts geschieht. Wortlos hält sie mir das Smartphone hin: »Ausgeschaltet. Es muss sich, als ich den Hut verloren und das Telefon gerade noch fangen konnte, ausgeschaltet haben. Stercus!«

Ich seufze, der ganze Aufwand für nichts.

»Was habt ihr denn geredet?«

»Ach nichts Besonderes, blabla, ich war ja noch gar nicht so weit, ihn aushorchen zu können. Smalltalk. Über Bienensterben und die Milbe, über Bienenallergie, über das Alter und so.«

Die ruhige Lage mit den hochgelegten Beinen tut ihr gut. Sie greift auf ihren Rücken: »Wird schon besser. Du kannst die Rettung abbestellen.«

»Kommt nicht infrage, du brauchst eine CT.«

»Was ich brauche, bestimme ich. Also abbestellen.«

Der andere Michael glaubt, mich unterstützen zu müssen, und meint sanft: »Ihre Tochter kennt sich aus, sie ist Ärztin. Sie müssen schon tun, was sie sagt.«

Mehr hat er nicht gebraucht.

»Mein lieber junger Mann, ich weiß am besten, was für mich gut ist. Reden Sie nicht mit mir wie mit einer vertrottelten Greisin«, und scharf: »Mischen Sie sich da nicht ein.«

Sie versucht sich hochzusetzen, aber der sofort einschießende Schmerz gibt mir recht. Sie sinkt wieder in ihre alte Lage zurück, läuft im Gesicht rot an, unterdrückt einen Schmerzschrei und zischt: »Wasser ...«

Der Brunner hält ihr mein Soda vor die Lippen, aber sie wischt das Glas weg: »Sie nicht ...«

Er reicht mir das Glas, damit ich sie trinken lassen kann. Von mir akzeptiert sie die Hilfestellung. Daraufhin gibt er ihr verschreckt die Hand, um sich zu verabschieden: »Gute Besserung!«

Mutter lächelt ihn jetzt wieder freundlich an: »Junger Mann, nichts für ungut, aber bitte keine Belehrungen. Das kommt nicht gut an bei Alten.«

Zu mir meint er noch: »Soll ich noch ...?«

Ich verneine: »Wir kommen schon zurecht. Die Rettung ist gleich da.«

Die Rettung ist nicht gleich da. Wir warten geschlagene zwei Stunden, bis der Wagen – mit Blaulicht! – vor dem Brauhaus hält, das sich in der Zwischenzeit mit lauter gaffenden Biertrinkern gefüllt hat. In der Zwischenzeit organisiere ich zwei Polster, die ich Mutter unter den Rücken und Kopf lege.

Als wir allein sind, zieht sie sofort triumphierend ein Büschel Haare aus ihrem Dekolleté hervor: »Ich wollte nicht, dass der junge Mann das mitbekommt!« Sie ist genial!

»Weißt du, eigentlich war es ja so: Ich tat so, als ob ich ausrutschen würde, damit ich einen Grund hatte, mich an ihm anzuhalten. Ich hab ihn am Kopf erwischt und schon ...«, dabei winkt sie mit dem Haarbüschel, »... hab ich die in der Hand gehabt.«

»Und das mit dem Hut? Auch nur Show?«

»Nein, das stimmt. Den Hut habe ich verloren, als ich mich an ihm festgehalten habe. Alles geht halt nicht gleichzeitig.«

»Dann hast du die Haare und das Handy vorne hineingestopft, ohne dass er es bemerkt hat?«

Sie nickt: »Er war abgelenkt, denn es hat ihm sicher wehgetan, ... ich meine die ausgerissenen Haare. Als er meinen Hut für mich aufgehoben hat, hab ich unbemerkt beides in meinem Dekolleté verstecken können.«

»Super, du bist super!«

»Und jetzt invalide.«

Dann zeigt sie auf ihr Smartphone: »Schalt es ein.«

»Dein Code?«

»Na was schon?«

»Eins, zwei, drei, vier?«

Sie nickt. Ich schalte ein und scrolle auf: »Sprachmemo, meine Aufnahmen.«

Zuerst Blabla, aber dann die Stimme des Lesek: »Haben Sie

denn keine Kinder, für die Sie die Lebensversicherung abschließen möchten?«

»Habe ich schon, eine Tochter. Aber die bekommt nichts. Sie verdient es nicht.«

»Haben Sie sich überworfen?«

»Sie ist eine Hure geworden, ... Prater. Ich sage nur Prater. Würden Sie so einer was vererben?«

Nanana, Mama, da hast du aber tief in den existenziellen Mülleimer gegriffen!

»Das ist ja schrecklich. Und Enkel?«

»Enkelin. Drei Jahre. Im Heim, sie kümmert sich nicht.«

»Dann wäre es ja nur gut und richtig, wenn die Kleine die Begünstigte für die Lebensversicherung würde.«

»Kommt nicht infrage. Meine Tochter würde das Geld nehmen und mit ihren Haberern versaufen.«

»Sie könnten es sperren lassen, bis zur Großjährigkeit.«

»Nein, nein. Die Kleine wird sicher so wie die Mutter. Sie wissen, die Gene, Heim und so. Man weiß ja, wie das ist.«

»Kennen Sie das Kind? Haben Sie Kontakt?«

»Ich habe es einmal gesehen. Wie ein Zigeunerkind, eben von einem Ausländer. Vom Zuhälter vielleicht. Nein, die sieht keinen Groschen. Die Bienen, die haben es verdient. Die sind fleißig und gehorsam.«

»Sie sollten sich um die Kleine kümmern. In dem Alter sind sie so herzig. Sie lernen schnell. Die bösen, aber auch die guten Sachen.«

»Ich will nichts mit der zu tun haben. Herzig hin oder her. So ein Kindergesichterl, wie die Werbung von Licht ins Dunkel. Alles falsch, ... Zigeuner.«

»Ich, ich, ... hab auch so eine Kleine. Auch drei. Man muss die gern haben.«

Ich drücke die Stopptaste.

Mutters Mundwinkel ziehen sich trotz zusammengebissener

Zähne (sie hat sich unabsichtlich bewegt) zu einem sardonischen Lachen (wie das der Messerschmidt-Büste des Demokrit) nach oben: »Da staunst du? Hm?«

Jawohl, ich staune. Piechen, die Tochter des Lesek? Aus einer Vergewaltigung, oder doch mehr oder weniger freiwillig? Und Brunners Eifersucht, der Streit vor Sabines Tod? Weiß Frau Katz das? Die Geschichte wird immer komplizierter.

»Ich muss Material für einen Gentest besorgen, ... von der Kleinen.«

»Mehr fällt dir dazu nicht ein? Kein: Danke, Mama, dass du einen Querschnitt riskiert hast, um an die Informationen zu kommen? Kein: Du bist großartig? Kein: Ohne dich ginge gar nichts?«

Sofort habe ich ein schlechtes Gewissen – als Rabentochter. Drum drücke ich ihre linke Hand und dann, dann führe ich diese zu meinen Lippen und bussle sie ab: »Wie könnte ich ohne dich überleben?«

Das war zu viel. Jetzt fühlt sie sich auf die Schaufel genommen. Sie reißt ihre linke Hand an sich und wischt den Kuss mit der anderen symbolisch ab. Jetzt bin aber zur Abwechslung ich gekränkt: »Dir passt auch nichts. Ich habe es ja ernst gemeint.«

»Ehrlich?«

»Ehrlich.«

»Ich würde, ich würde, auch wenn du einmal im Prater stehst, die Lebensversicherung ... trotzdem für dich abschließen.«

»Und ich? Ich würde sie auch annehmen.«

»Es geht mir schon wieder gut. Bestelle die Rettung ab.«

Die weitere Diskussion Rettung hin oder her erübrigt sich, denn die Sanitäter des Roten Kreuzes sind mit einer Trage im Anmarsch. Darauf wird Mutter, trotz ihres Protests, gelagert und damit in den Rettungswagen verfrachtet. Ich steige ebenfalls ein. Während der Fahrt mit Folgetonhorn halte ich ihre Hand, denn ich beobachte, wie sie jeglichen Mumm verliert. Es ist schon komisch, dass immer die taffsten Menschen, sobald sie irgendwie mit einer medizinischen Institution zu tun haben, wieder zu Kleinkindern werden. Mutter hat Angst. Ich versuche erst gar nicht, sie zu beruhigen, denn das würde nichts bringen. Sie kennt sich mit Krankenhäusern aus. Erlebt sie ja täglich, was unsere Patienten da über sich ergehen lassen müssen.

»Du hast nur einen Bandscheibenvorfall, an dem stirbt man nicht.«

Dieser Kommentar ist zwar nicht sehr mitfühlend von mir, aber er wirkt.

»Nach der CT gehe ich heim.«

»Ja, wenn der Sedlak es erlaubt.«

»Auf Revers.«

»Wenn der Sedlak es erlaubt …«

»Keiner wird das verhindern.«

»Außer dein lahmes Bein …«

»Auch das nicht.«

Wie schon erwähnt, Protektion ist alles im österreichischen Gesundheitswesen. Wir kommen im Spital an, wir werden sofort!, ohne zu warten, ins CT geschoben, dort öffnet sich wie durch Zauberhand sogleich die Tür zum Röntgen, eine freundliche Schwester begrüßt uns und Mutter wird sanft auf die Röntgenliege gehievt. Der zuvorkommende, diensthabende Radiologe nimmt mich an seine Seite, damit ich mit ihm gemeinsam ihre Bilder anschauen kann. So wünsche ich mir, dass alle Patienten behandelt würden. »Schaut aus wie Massenprolaps.«

Na danke, da steht uns womöglich eine Operation ins Haus. Wer soll meine Rezeption machen? Wie soll ich ohne Assistentin arbeiten? Hilfe, was soll ich essen? Katastrophe.

Mutter erzähle ich nur die halbe Wahrheit, sonst will sie gleich wieder mit mir nach Hause. Operieren lässt sich die nie! Ich muss ihr das Gefühl geben, dass sie alles im Griff hat:

»Du hattest recht, Bandscheibenvorfall L5/S1 rechts.«

»Mediolateral?«

Ich nicke.

»Sagte ich doch, wir hätten uns das CT sparen können. Jetzt gehen wir.«

Wenn ich sie jetzt streng anschaue, dann unterschreibt sie sicher einen Revers, nur dass sie mir eins auswischen kann, also versuche ich es sanft: »Nur diese Nacht ... Ich muss in den Puppenkurs und irgendjemand muss dir beim Pipi helfen, bitte.«

Das mit dem Pipi leuchtet ihr ein, denn wenn es etwas gibt, wovor sie Angst hat, dann ist es die Inkontinenz der alten Frauen – deshalb tägliches, diszipliniertes Beckenbodentraining.

»Nur diese Nacht!«

Nachdem sie auf ihr Zimmer gebracht, mit ein bisschen Morphium in der Infusion versorgt und wieder mit den Beinen auf einem Würfel gelagert im Bett liegt, ist sie schon wieder bestens gelaunt.

»Geht schon besser, morgen bin ich wieder fit. Mach dir keine Sorgen.«

Ich mache mir aber Sorgen, drum konferiere ich mit meinem Kollegen Sedlak, allerdings nicht in ihrem Krankenzimmer, sondern vor der Tür – ich erwische ihn gerade, als er bei ihr Visite machen möchte: »Du darfst sie nicht ohne mein Einverständnis gehen lassen, versprich mir das.«

»Alma, ich kenn sie noch von früher. Ich weiß, dass es schwierig mit ihr wird.«

»Jetzt ist sie noch viel sturer, du weißt, das Alter ...«

»Jetzt checken wir sie mal durch. Da brauche ich gar nichts verzögern, denn das dauert sowieso.«

»Ein Tipp von mir: Widersprich ihr nicht! Und: Sie mag jüngere Männer.«

»Mich hat sie immer mögen. Wenn ich bei euch auf Besuch war, dann hab ich immer Punschkrapferl bekommen, weil die meine Lieblingsmehlspeise sind. Kannst dich erinnern?«

Ich kann mich nicht erinnern. Wie sollte ich auch? Ich kann mir doch nicht alle Lieblingsessen meiner Ex merken. Der Sedlak ist auch ein Ex, allerdings mehr ein Ex, Ex, Ex, Ex ..., so lange ist das aus. Der war nett, ein sehr braver Vorlesungsgeher (hat für mich immer mitgeschrieben), aber fad. Immerhin hat er sich gut gehalten, schlank, durchtrainiert, ohne Glatze. Man sieht ihm an, dass er ehetherapeutisch betreut wird, was so viel heißt, dass er gesund ausschaut.

Ich begleite ihn noch ins Zimmer, um Mutter auf ihn einzustimmen. Das wäre nicht nötig gewesen, denn sie empfängt ihn mit offenen Armen: »Fritzi, so eine Freude, dass ich dich noch mal seh! Nur die Umstände. Wenn ich das gewusst hätte, dann hätte ich für dich Punschkrapferl gemacht. Magst die noch immer?«

Der Fritzi, jetzt immerhin Oberarzt (noch nicht Primar, der Alte geht erst nächstes Jahr in Pension), gibt ihr zurückhaltend ärztlich die Hand, aber Mutter zieht ihn zu sich und busselt ihn ab. Das ist ihm peinlich. Er lächelt verlegen: »Ja schon, aber wegen ...«, deutet auf den Bauch, »... wegen der Figur ...«

Ich unterbreche: »Ich muss ...« und zische einen Luftkuss in Richtung Mutter. Die winkt uninteressiert zurück, während sie sich ganz dem Fritzi widmet.

Schon die ganze Zeit im Spital habe ich mir überlegt, wie ich zu Piechens Haaren, Haut, was auch immer komme. Zu Mutter Katz nach Hause zu fahren, wäre wohl zu auffällig. Das Kind im Hort besuchen? Da müsste ich eine Ausrede finden, warum ich – als wildfremde Frau – Piechen treffen möchte. Sonst fällt mir nichts Besseres ein.

Der abendliche Kurs liegt mir im Magen. Wieder dieser Kotzbrocken und wieder meinen Ekel hinunterschlucken. Bald kotze ich wirklich. Außerdem muss ich in den Raum mit den Puppen, unbedingt.

Die gedankliche Assoziationskette, um zu Lösungen zu

kommen, arbeitet mit einfach gestrickten Mustern. Zufällig begegnet einem ein Reiz, der wie ein Puzzlestein das fertige Bild der Lösung ergibt. So wie jetzt. In der U-Bahn sitzt mir gegenüber eine junge Frau, zart, mit halblangen Haaren, gemécht, hübsch, aber nicht auffällig schön – wie die Platzer. Genau! Die Platzer ist der Schlüssel zu Piechens Genen und zum verschlossenen Raum. Nur, um mit ihr Kontakt aufzunehmen, brauche ich ihre Telefonnummer, und die ist in meiner Patientendatei! Also wieder nicht nach Hause, um Klamotten zu wechseln, sondern in die Ordination. Umziehen geht sich nicht mehr aus. Unauffällig rieche ich an meinen Achseln, da ich bei der Hitze noch immer dasselbe anhabe wie am Sonntag, widerlich. Heute muss ich zu Hause schlafen.

Wieso brauchen Computer immer so lange, bis sie endlich starten? Wieso müssen sie vorher x-mal fragen, ob ich dieses Update, dieses neue Programm oder was auch immer herunterladen möchte. Will ich nicht, kostet nur Zeit. Irgendwann – eine gefühlte halbe Stunde später – lässt er mich endlich in meine Kartei und zu Platzer. Ich wähle ihre Nummer, so ein Glück, sie hebt sofort ab.

»Frau Platzer? Ich bin's, Liebekind-Spanneck.«

»Oh, hallo. Wie geht es?«

»Gut, und Ihnen?«

Diese blöden Floskeln, ich muss zur Sache kommen, wenn ich es vor dem Kurs noch in den Raum schaffen möchte.

»Ich brauche was von Ihnen. Sie können auch Nein sagen, aber es würde dazu dienen, den Suizid Ihrer Freundin aufzuklären.«

»Ja?«

»Können Sie mir Haare von Piechen besorgen? Und den Raum, wo die Puppen drin sind, aufsperren?«

»Wieso?«

»Das erkläre ich Ihnen später. Ich komm sonst zu spät.«

»Die Haare sind kein Problem, ich nehme an Gentest, oder?

Aber den Schlüssel für den Raum hat nur er. Da kann keiner von uns rein.«

»Oh je. Da muss ich mir was anderes überlegen. Aber Haare ist schon gut, wann?«

»Die können Sie schon heute abends haben. Piechen spielt gerade mit meinem Anton.«

»Super, bis dann. Ach noch was, wenn Sie schon keinen Schlüssel für das Puppenarchiv haben, könnten Sie wenigstens morgen früh die Eingangstür zum Theater aufsperren?«

»Ja, ich muss mich aber vorher schlaumachen, ob er eh nicht da ist. Er kommt manchmal auch in der Früh ins Theater.«

»Sie sagen mir abends Bescheid oder schicken ein SMS?«

»Mach ich.«

»Gut, bis dann.«

Also einbrechen. Nicht so meins, da kenne ich mich nicht aus, wie man eine Tür mit einem Dietrich aufsperrt. Brunner? Der vielleicht, aber irgendwie hat mich Mutter mit ihrem Misstrauen ihm gegenüber ein wenig angesteckt. Schlüsseldienst? Geht gar nicht. Dietrich besorgen? Wo? Mein Handyräuber wüsste es, oder? Nein, zu blöd. Manfred? Zu intellektuell, der kann das nicht. Mutter? Liegt im Bett. Also Erika? Nein, die macht das nicht.

Trotzdem versuche ich es bei Erika, mehr als Nein sagen kann sie nicht. Rendezvous mit ihr im Brioni nach dem Kurs? Gute Idee, ich schicke ihr ein SMS: »Brioni um 9?«

»Oki doki, kann alkohol brauchen, sterbe sonst vor fad.«

Erika ist also wieder in ihrem Kurs, ich in meinem, würde allerdings, trotz Fadesse, Erikas Kurs vorziehen.

Wie immer steht der Krauseminze am Eingang, um seine Schäfchen zu empfangen. Heute in Rot, wieder mit Cape und – wie lächerlich! – Pumphosen über weißen Stümpfen – Rokoko. Es fehlt nur das Plastron, dann wäre er original Ludwig der Vierzehnte oder Sechzehnte oder irgendeiner von diesen Königen, die vor lauter Geilheit aufs Regieren vergessen haben. Die Eitelkeit gebiert ebenfalls das Böse – nicht nur die Dummheit.

Ich werde – wie kann es anders sein – in das rote Cape, eng an das Symbol seiner Männlichkeit gedrückt, eingerollt. Puh, er stinkt, ob eingebildet oder wahr, nach einem Rasierwasser, das auch etliche meiner Patienten verwenden (nach denen muss ich immer lüften). Um nicht die volle Ladung von dem Zeug in die Nase zu bekommen, senke ich meinen Kopf Richtung seiner Brust. Das wird sofort missinterpretiert.

»Du suchst da unten was? Es wartet auf dich, spürst du es?«

Mein Mund ist trocken, die Antwort presse ich aus meinem krächzenden Kehlkopf: »Du bist sehr männlich ...« Mehr fällt mir nicht ein. Das ist für ihn ein Kompliment, also die richtige Antwort. De la Menta ist zufrieden.

»Meine Mutter ist im Krankenhaus, sie kann nicht mehr kommen.«

Das interessiert ihn gar nicht. Er nickt, keine Frage, warum oder wie es ihr geht.

Unsere Trainingsstunde verläuft ohne Überraschungen. Atmen, Meditation, Herumliegen und dann, dann dürfen wir schon statt der Socken mit Kasperlpuppen Auf- und Zuklappen üben. Ich bekomme die Prinzessin, obwohl mir das Krokodil lieber gewesen wäre. Das bekommt aus therapeutischen Gründen der Brunner, denn den Kasperl – allerdings lebensgroß als richtige Klappmaulpuppe – führt der Krauseminze. Nach dem Übungsklappen dürfen wir nämlich schon ein kleines Puppenspiel improvisieren. Unser Guru gibt die Story vor. Die Prinzessin, also ich, wird vom Krokodil entführt und soll aufgefressen werden. Die Schlossbewohner (Polizist, Köchin etc. – lauter Domestiken) müssen aufgeregt nach der Prinzessin kreischen, die im Maul des Krokodils aus dem Schloss gezerrt wird.

»Hiil/fe, zu Hiil/fe ...«, schreit die Gruppe kollektiv, »das Kroo/ko/dil hat die Prin/zess/in ge/stoh/len. Zu Hiil/fe, Hiil/fe.«

Meine Kolleginnen wollen nicht so laut schreien, wie es der Krauseminze verlangt, und der einzige andere Mann, außer dem Brunner, schafft die Dezibel alleine nicht.

»Ich möchte eure Angst spüren, eure Verzweiflung. Fühlt den Schmerz, den euch der Verlust eurer Prinzessin verursacht. Eure liebste Herrin ist in Gefahr.«

Ich, als Prinzessin, fühle, dass meine Untertanen nur wollen, dass mich das Krokodil auffrisst. Und das verstehe ich! Wieso sollen die Verehrerinnen des Kasperl Angst um seine Favoritin haben? Gut, wenn sie aufgefressen wird, dann ist sie endlich weg und der Weg zu seinem Symbol der Männlichkeit frei. Wenn ihr wüsstet, wie gerne euch die Prinzessin den Kasperl überlassen würde!

Endlich stimmt die Lautstärke und der Kasperl kann der Prinzessin zu Hilfe kommen. Er schlägt mit seinem Holzstock auf das arme Krokodil ein, das im Verhältnis zur Größe des Kasperl ein Regenwurm sein könnte. Der arme andere Michael muss sich dabei blaue Finger einhandeln. Er erträgt diese Tortur ohne Jammerei. Das passt dem Krauseminze nicht: »Du musst schreien, schrei: Auu weh, au, au!«

Der Brunner weigert sich, was unseren Guru erbost. Er stoppt seine Rettungsaktion, baut sich vor ihm und mir (ich bin ja noch in seinem Maul) auf, stemmt seine Arme mitsamt dem Kasperl in seine Hüften und doziert:

»*Ich* verlange absolute Kooperation. *Ich* werde meine Zeit nicht an jemanden verschwenden, der sich weigert, meine Anordnungen zu befolgen. *Ich* fordere dich auf, das zu tun, was ich befehle.«

Dabei schaut er Zustimmung heischend in die Runde. Sein Fanclub nickt schweigend. Brunner neigt demütig sein Haupt, denn er will ihn nicht noch mehr provozieren. Das wäre seinem Ansinnen nicht dienlich, also: »Tut mir leid.«

»Das Ganze noch mal.«

Kasperl haut zu, der Brunner heult: »Auu weh, Auu weh, Au weeh!«

Krauseminze rettet mich. Er zieht die Prinzessin aus des Krokodils Maul und küsst sie mittels Kasperlpuppe auf den Mund. Dann trägt er die Prinzessin aus dem Raum und ich muss mit, da der Puppenkopf über meine Hand gestülpt ist und er diese an meinem Handgelenk festhält. Vor der Tür, außerhalb des Gesichtsfeldes der anderen, schiebt er mir seine Zunge in den Mund. Es reckt mich.

»Heute Abend wird es sein. Ich komme zu dir.«

»Es geht nicht, tut mir so leid«, ich deute auf meinen Unterleib. »Habe, habe meine Tage.«

Der Krauseminze ist davon nicht beeindruckt: »Macht nichts«, spricht er zum Kopf des Kasperl, »wir sind nicht prüde, gell?«

Der Kasperlkopf beugt sich zu mir hinunter und flüstert mir ins Ohr: »Wir sind nicht prü/de. Wir lie/ben weib/lich/es Blut ...«

Ich tue so, als ob ich es nicht erwarten könnte, des Kasperl Bettgenossin zu werden, und flüstere als Prinzessin der Kasperlpuppe zurück ins Pappmachéohr: »Aber ich, ich bin ja ein/e un/schul/dig/e Prin/zess/in. Wenn du mich liebst, dann war/te, bis es vor/bei ist.«

Der Krauseminze ist beeindruckt von seiner gelehrigen Schülerin: »Wann?«

Das muss man ihm lassen, er bringt seine Bedürfnisse auf den Punkt.

»Ende der Woche, zum Abschluss?«

Krauseminzes Augen stechen bedrohlich in die meinen: »Ich lasse mich nicht veräppeln, kapiert?«

»Ich will ja auch ..., aber ...«

Eindeutig, das ist das letzte Mal, dass ich ihn vertrösten kann, bei der nächsten Gelegenheit nimmt er sich, was er will – mich.

Den Rest der Stunde verbringen wir wieder mit Schnaufen. Diesmal atmet er uns schneller als sonst vor – wütend eben.

Nach dem Kurs tue ich so, als ob ich unbedingt noch was trinken müsste. Der andere Michael verzieht sich mit einem unauffälligen: »Gute Nacht.« Ich zurück: »Schönen Abend.«

Bevor ich mich zur Bar begebe, fotografiere ich mit dem Handy das Schloss der Tür zum Puppenarchiv, damit ich es dann im Brioni der Erika zeigen kann. Scheint simpel zu sein, kein Sicherheitsschloss. An der Theke, wie immer, Birgit putzend, diesmal mit einem Lappen, den sie immer wieder mit einem Edelstahlreiniger beschmiert. Offenbar sind die Fingernägel schon alle ab.

»Guten Abend, was kann ich Ihnen geben?«

Ich blicke mich um, ob der Krauseminze in der Nähe ist. Ist er noch nicht, denn er sperrt gerade die Tür zum Puppenlager auf, um die Kasperlepuppen dort hineinzuräumen. Das muss ich ausnutzen: »Ein Brötchen und eine Serviette.«

Die Platzer versteht. Sie drückt mir ein Brötchen in die Hand. Beim Abbeißen achte ich darauf, dass ich nicht die Haare, die in der Serviette versteckt sind, in den Mund bekomme. Ich versuche die Papierserviette unauffällig in meine Tasche zu stecken. In diesem Augenblick nähert sich der de la Menta von hinten. Birgit reißt ihre Augen auf, um mich zu warnen. Ich verstehe und führe die Serviette zu meinem Mund, um so zu tun, als ob ich mich abwischen würde. Dann zerknäule ich die Serviette mit ihrem Inhalt in meiner Hand und halte sie in meiner geschlossenen Faust. Er nimmt mich um die Taille, dreht mich zu sich und versucht mich zu küssen. Gerade im letzten Augenblick, bevor seine Zunge in meinem Rachen landet, tue ich so, als ob ich einen Hustenanfall bekäme. Ich greife mir an meine Brust: »Verkutzt …«

Krauseminze klopft mir auf den Rücken, nicht ohne dabei von der Seite meine Brüste zu berühren. Oh Gott, und das ohne BH! Den habe ich ja heute Morgen vor lauter Hektik nicht angezogen, der ist auch in der Handtasche. Was er da greift, befriedigt ihn, er meint zweideutig: »Hilft das? Hm, und der Duft!«

Jetzt weiß ich wenigstens, dass mein sommerlicher Transpirationshautgout auch von meiner Umwelt wahrgenommen wird!

Ich nicke und drehe mich unter dem Vorwand eines neuen Anfalls weg. Die Platzer reicht mir ein Glas Wasser, das ich schnell hinunterstürze: »Ich muss weg, danke.«

Dem Krauseminze verpasse ich noch schnell einen Kuss auf die Wange, denn ich will nicht, dass er sich vor der Birgit bloßgestellt vorkommt. Ich werde seine Eitelkeit so lange bedienen, bis ich die Geschichte geklärt habe. Ich hauche ihm, mit einem Augenzwinkern Richtung Birgit, ins Ohr: »Bis baaald!«, während ich die Serviette in meiner Tasche verschwinden lasse.

Dann bin ich weg. Draußen vor der Tür renne ich, so schnell ich kann, zur U-Bahn Richtung Brioni und hechle den ganzen Ekel aus meiner Brust heraus.

»Vel/tli/ner, Vel/tli/ner, Vel/tli/ner, Vel/tli/ner ...«, pocht es in meinen Schläfen bis zur Station. »Bekommst du!«, beruhige ich mein Gemüt.

Als ich im Brioni ankomme, steht ein Veltliner bereits auf dem Tisch, davor die rauchende Erika. Bevor ich sie mit einem Bussi rechts, Bussi links begrüße, nehme ich schon einen Beruhigungsschluck aus ihrem Glas.

»Na, na, na, was haben wir da? Eine Frau am Rande des Nervenzusammenbruchs?«

Ich rüttle meinen Kopf bejahend, während ich hinunterschlucke.

»Setz dich einmal.«

Das tue ich. Das Brioni und Erika und der Pullover, den sie auf den Tisch legt, was für eine heile, beruhigende Welt!

»Ich nehme ihn.«

Jetzt würde ich ihr auch hundert Daunenjacken, zwanzig Skihosen und dreißig Wollhauben mitten im Sommer abkaufen, aus purer Dankbarkeit.

Erika umsorgt mich, bis ich mich beruhigt habe. Sie bestellt für mich auch ein Glas Veltliner, eine italienische Jause, Apfelstrudel und bietet mir sogar eine Zigarette an, die ich aber ablehne. So schlimm steht es noch nicht um mich!

»Dann kann es doch nicht so schlimm sein, wenn du noch ohne Nikotin auskommst. Das könnte ich nicht. Schieß los.«

»Mutter ist im Krankenhaus, Michael hat mich mit einem anderen erwischt, der mich aber nur überfallen hat und der mich stalkt, ich habe seit Sonntag dasselbe Kleid an, weil ich nicht mehr zu Hause schlafen kann, der Brunner ist auch hinter dem Lesek her und ich transpiriere. Das ist alles.«

»Na ja, klingt wie Alltag.«

Sie hat recht, eigentlich keine besonderen Vorkommnisse, wenn sie einen nicht selber betreffen.

Erika schiebt mir ein auf einem Zahnstocher aufgespießtes Stück Parmesan in den Mund, was mich daran hindert, ihr sogleich zu antworten.

»So! Und was ist jetzt wirklich dein Problem? Haben sich Frau Doktor wieder einmal in eine Situation hineinmanövriert, der Sie nicht gewachsen sind? Weil Sie in berufsfremden Äckern wühlen? Weil Sie sich überall einmischen müssen, was Sie nichts angeht?«

Ich werde gar nichts zugeben. Ich brauche nur einen Tipp bezüglich des Dietrichs.

»Es ist nur wegen Mutter«, würge ich hervor. Diese Antwort dient nur zur Ablenkung und als Begründung dafür, dass ich so aufgelöst wirke.

»Mutter ist akzeptiert, was hat sie?«

»Massenprolaps, muss man operieren.«

»Oh Gott, dann bist du ja allein in der Ordi.«

Ich nicke.

»Und sonst? Michael?«

»Ich glaub, wieder gut. Ich hoffe es. War heute Morgen zu verkatert, um sich auszusprechen, und ich in Eile.«

»Wieso redest du eigentlich im Telegrammstil?«

»Tu ich doch nicht.«

»Tust du doch. Kann hören.«

»Ich muss dich was fragen. Noch ein Missgeschick ...«

»Nein, nein, nein. Ich helfe dir nicht bei irgendwelchen Detektivgeschichten, klaro?«

Ich winke ab: »Betrifft mich persönlich. Nur mich, Hektik und so.«

»Nehme ich dir nicht ab.«

Ich ziehe mein Handy aus der Tasche und öffne meine Fotogalerie mit dem Foto des Schlosses der Tür zum Puppenlager. Das halte ich Erika vor die Nase.

»Das ist das Türschloss zu Michaels Klo. Ich habe zugesperrt und den Schlüssel verloren und jetzt kann man nicht mehr aufs Klo gehen.«

»Das verstehe ich nicht, wieso bist du dann nicht noch immer im Klo? Sperrst du immer von außen zu, wenn du fertig bist? Ein normaler Mensch tut das doch, wenn er drin ist.«

»Ich, ich ..., in der Nacht und gestritten und betrunken und so. Drum.«

»Was soll ich damit?«

»Sag mir, wie ich das aufkriege.«

»Schlüsseldienst.«

»Zu teuer. Ich habe mal dreihundert bezahlt. Und Michael ist sowieso immer pleite.«

»Dann lade ihn auf einmal Schlüsseldienst ein. Vor allem, wenn du zugesperrt hast. Ich glaub kein Wort.«

Ich greife über den Tisch nach Erikas Hand: »Wenn du meine Freundin bist, dann sag mir, wie ich das aufbekomme, bitte. Bitte, bitte.«

»Da ich deine Freundin bin, sag ich dir gar nichts. Du machst momentan nur Unsinn. Hör auf, Alma, hör auf.«

Ich seufze laut und schau sie ungekünstelt verzweifelt an.

»Bitte, ich schwöre, ich pass auf.«

Erika zündet sich schon wieder eine Zigarette an. »Ich brauche Nikotin. Wenn ich dich so anschaue? Puh, sonst halt ich dich nicht aus.« Sie nimmt einen tiefen Zug und einen Schluck vom Wein: »Dir ist nicht zu helfen.«

»Du kennst dich aus …«

»Eben deshalb! Glaubst du, ich würde noch so vergnügt vor dir sitzen, wenn ich so naiv und blöd an meine Fälle herangehen würde? Das Wichtigste ist, sich selber nicht in Gefahr zu bringen, das ist das Erste, was man auf der Polizeiakademie lernt. Sonst wären wir alle schon ausgestorben.«

»Es ist nur das Klo …«

»Wenn ich dir schon helfen soll, dann sei bitte ehrlich. Wenigstens das.«

»Okay, es ist nicht sein Klo. Es ist sein Schlafzimmer. Das sperrt er neuerdings immer zu, wenn er weggeht. Ich muss wissen, ob er eine andere hat. Neulich habe ich ihn mit einer Puppe im Bett erwischt.«

»Wie peinlich für dich, dein Michelangelo ein Fetischist. Drum hat ihm mein Spielzeug so gut gefallen! Wenn du mich fragst, lass ihm den Spaß, tut dir ja nicht weh.«

»Ich muss wissen, woran ich mit ihm bin. Und dann Schluss machen.«

»Na ja, interessieren würde es mich auch, was für Abgründe in deinem Schatzi schlummern.«

Erika nimmt das Handy und vergrößert das Bild. Dann bekomme ich das Telefon wieder zurück.

»Easy! Ein Buntbartschloss, das geht mit einem Schraubenzieher auf. Oder mit einem anderen Buntbartschlüssel. Die haben einen Schlüsselbart, dessen Form oft den Buchstaben C, S, Z, t und ∑ hat. Besorg dir einfach fünf solche verschiedenen Schlüssel und probiere es aus. Einer passt sicher.«

»Klingt einfach.«

»Ist einfach. Schlüsseldienst oder Bauhaus und verschiedene Schlüssel kaufen, ausprobieren.«

»Und dann?«

»Dann stichst du die Puppe ab, oder?«

Ich muss Erika weiter mit meinem angeblichen Fetischisten beschäftigen, denn ich will nicht, dass sie andere unangenehme Fragen stellt, auf die mir keine so genialen Ausreden einfallen.

»Was tätest du? Schluss machen?«

»Kommt drauf an, was rauskommt. Kann auch lustig sein. Vielleicht ist es ihm nur peinlich vor dir, weil du so eine Verklemmte bist.«

Ich tue pikiert, in Wirklichkeit bin ich froh, dass ich sie so gut drangekriegt habe: »Wie kommst du darauf, dass ich verklemmt bin? Hm? Nur weil ich nicht wie du diverse ›Spielsachen‹ im Billa-Sackerl herumschleppe?«

»Du bist hoffnungslos romantisch, hoffnungslos prüde, hoffnungslos altmodisch, hoffnungslos lustfeindlich.«

Ehrlich, jetzt hat sie mich aber verärgert. »Lustfeindlich«, was soll das überhaupt bedeuten?

Meine gute Erziehung hindert mich daran, klar auszusprechen, was ich mir denke. Ist man lustfeindlich, wenn man sich nicht irgendein vibrierendes Plastikzeug in den Körper schieben möchte?

»Ich bin romantisch und dazu stehe ich auch. Aus!«

Erika sieht ein, dass sie zu weit gegangen ist.

»Ist ja schön, dass es auch noch solche Leute gibt. Das mag ich auch so an dir. Darauf stoßen wir an.«

Unsere Gläser geben einen hellen Ton und unsere Münder einen lauten Versöhnungsschmatz.

Der Abend klingt harmonisch aus. Erika ist die Beste, ungefragt bringt sie mich noch mit dem Taxi nach Hause: »Ich setze dich ab, dann brauchst du kein schlechtes Gewissen wegen des CO^2 zu haben. Das nehme ich auf mein CO^2-Konto, okay?«

Es ist schön, so eine Freundin zu haben, die dann auch noch im Taxi wartet, bis ich sicher in meinem Haus verschwunden bin. Ich nehme ausnahmsweise den Lift und bin erleichtert, als ich die Türe hinter mir drei Mal verschließe. Kein Krauseminze! Aber auch keine Putzfrau, die ist schon wieder nicht gekommen. Egal, so chaotisch wie in meiner Seele ist es in meiner Wohnung noch lange nicht. Als ich auch noch ein liebes Gute-Nacht-SMS von meinem Michelangelo bekomme, kann ich die Welt, auch dank des Veltliners, schon wieder rosarot sehen: »Ich war so wütend, weil ich dich liebe. Es hat mir das herz zerrissen. Du und ein anderer, das ist mein waterloo. Ich nehme den polster und drücke ihn anstatt dir.«

Ich antworte: »Heute darf du ausnahmeweise deine plastikgeliebte drücken, aber nur drücken.«

Und was finde ich, als ich durch meine Wohnung flaniere? An jeder Tür ein anderer Buntbartschlüssel, einen mit C-, einen mit S-, einen mit Z-, einen mit t- und sogar einen ∑-Bart.

Ich werde von heißen Sonnenstrahlen geweckt. Herrlich ausgeschlafen, kein Albtraum!, weil vor Erschöpfung wie tot, abendlich geduscht, nach Montanaparfum duftend, strotze ich vor Energie. Heute, heute muss es sein. Heute löse ich alle Rätsel um die Sabine Katz und dann kann ich den herrlichen Sommer genießen, ohne im Hinterkopf von irgendwelchen paranoiden Gedanken geplagt zu werden.

Nach einem Marillenmarmeladebrot, einem Filterkaffee und frischer Unterwäsche lege ich los. Ab ins Mozarttheater, dann zu Manfred mit den Haaren und dann in die Ordination. Leider ohne Mutterassistenz, das dämpft meine Euphorie etwas. Das müsste sich ausgehen. Ich rufe zur Sicherheit die Platzer an, ob sie wohl das Theater aufgesperrt hat. Hat sie, und er ist auch nicht angesagt, denn nach der gestrigen Vorstellung ist es beim Prinzipal alkoholisch bedingt spät geworden. So ein Glück, dass die meisten

Theaterleute unmoralisch viel trinken und dann unmoralisch lange schlafen müssen.

Bevor ich bei der Station Roßauer Lände in die U-Bahn steige, zähle ich in Gedanken nach, wie oft ich noch ein- und aussteigen werde, bis ich dieses elende Mozarttheater nie mehr aufsuchen muss. Mein Kurs geht noch bis Donnerstag, ich rechne mir aus, dass alles mit acht Fahrten erledigt sein sollte. Ich kaufe mir dafür extra einen Achterblock für die Öffis, da ich meine Jahreskarte nicht mehr mit dieser Strecke beschmutzen möchte. Es ist wie mit den Kerzen in der Kirche, ich glaube nicht daran, aber zur Sicherheit, als Abwehr gegen das abergläubische Unglück, versichere ich mich eines fiktiven Schutzes. Wenn die Karte aufgebraucht ist, ist der Spuk vorbei. Hoffentlich. Die Streifenkarte werde ich dann in den Donaukanal werfen. Die U-Bahn ist mit Morgenmuffeln bestückt, also mit Menschen, denen der Grant im Gesicht steht, dumpf, grau, mit Serotoninmangelsyndrom. Ich nicht!

Weil ich gar so gut drauf bin, riskiere ich ein Experiment. Ich strahle mein Gegenüber, eine klimakterische Mittfünfzigerin mit schlecht gefärbten Haaren (Nachwuchs schon ein Zentimeter), aber dafür umso aufwendiger dekorierten Plastiknägeln, an. Zuerst schaut sie entgeistert zurück, dann aber glaubt sie, dass sie den Zweck meines freundlichen Blickes erkannt hat. Hat sie vorher nur gleichgültig grau dreingeschaut, so wechselt ihre Mimik jetzt auf Verteidigung. Sie fixiert mich aggressiv. Als ihr das auch nichts nützt (ich strahle sie weiter stur an), keift sie: »Ich gebe nichts!« und dreht sich um.

So, wieder einmal konnte ich ein Vorurteil von mir bestätigen, nämlich, dass alle Leute Freundlichkeit als Bedrohung erleben. Mir geht es ja auch nicht anders. Wenn mich jemand unvermittelt besonders nett anschaut oder gar behandelt, denke ich, der will was. Das dachte die auch. Sie war im Recht, denn meine Sympathie vorgaukelnde Mimik war ja nur gespielt. Das Prinzip Leben lautet: Alles kostet was, selbst ein Lächeln.

Ich bin noch gut in der Zeit, als ich in den Schatten des Hinterhofs des Mozarttheaters eintauche. Erikas Warnung, zuerst einmal auf sich selber aufzupassen, bewirkt immerhin, dass ich mich, bevor ich auf die Eingangstür zustürze, genau umschaue. Mir kommt vor, als ob die Tür nur angelehnt sei. Komisch! Ist da jemand drin? Jemand, der was vergessen hat?

Ich drehe wieder um und wechsle um die nächste Straßenecke, um bei Birgit nachzufragen:

»Hallo, Liebekind-Spanneck. Ich bin jetzt da. Aber, aber ... haben Sie die Tür nur angelehnt? Die ist nämlich offen.«

»Nein, nur aufgesperrt. Vielleicht ist er doch gekommen?«

»Ich blase die Sache für heute ab. Können Sie morgen wieder?«

»Ja, mache ich. Blöd ...«

»Danke jedenfalls, ciao.«

Ich traue mich nicht mehr, noch einmal nachzukontrollieren – der Krauseminze könnte mich ja entdecken – und kehre wieder zur U-Bahn-Station zurück, um in die Sensengasse zu fahren. Hoffentlich bin ich wenigstens dort erfolgreich.

Vor dem Institut steht Manfred und raucht gemeinsam mit seiner Sekretärin. Oh, là, là!

Als er mich erblickt, scheint er nicht so erfreut wie sonst. Mir gibt es einen Stich. Ist da was zwischen den beiden, störe ich? Seine Begrüßung wirkt formell distanziert. Er gibt mir nur die Hand, während ich ihm Bussi rechts, Bussi links auf die Wange drücke. Die Sekretärin schaut zu. Was geht die das an?

»Holst du den Befund ab?«

Kein Geplänkel von wegen »Auf mich Stehen«, kein Schmäh führen. Der wird doch nicht? Hab ich ihm nicht vorgeschlagen, dass die auch, und zwei Hände und ich bis auf Weiteres vergeben? Das geht doch nicht. Ich habe ein Recht auf meinen Mann im Hintergrund, den für alle Fälle, wenn alle Stricke reißen, meinen Tröster in schweren Stunden, meinen alten Freund.

Er dämpft seine Zigarette aus und ich folge ihm in sein Büro. Im Stiegenhaus meint er: »Ich wollte nicht … Weißt eh, dann reden sie wieder.«

»Du hast was mit der. Gratulation.«

»Geh hör auf. Immer deine Unterstellungen.«

Ich tue so, wie wenn es mir egal wäre: »Ist doch gut, du brauchst doch auch jemanden fürs Herz. Aber ein bisschen jung ist die schon.«

»Wieso, bin ich ein Greis?«

»Also doch.«

»Bin ich ein Mönch?«

»Ich hab doch gar nichts gesagt, ich finde es ja gut, wenn du auch …«

Manfred dreht sich auf der Stiege um, zieht mich zu sich und küsst mich, aber richtig. Gar nicht so schlecht.

Ist es nicht immer so, dass, wenn das Wild dem Jäger zu entkommen droht, es erst so richtig schmackhaft wird? Entkommt mir Manfred?

Dann drückt er mich wieder weg von sich und steigt die Stiege weiter hinauf, so als ob nichts gewesen wäre. Ich tue auch so, als ob gar nichts passiert wäre.

»Eigentlich bin ich ja da, weil ich von dir wissen möchte, ob die Sensengasse schon Sensengasse geheißen hat, bevor die Gerichtsmedizin hier einzog, oder ob sie Sensengasse genannt wurde wegen der Toten?«

»Du stellst mir ernsthaft eine Huhn-oder-Ei-Frage?«

»Ein Test, ob mein liebster Reservemann so klug ist, wie ich denke.«

Manfred dreht sich auf der Stiege um, schaut mich an, aber nicht lieb, gar nicht lieb, eher not amused: »Alma, ein für alle Mal, ich bin nicht dein Reservehampelmann. Auch ich habe meine Grenzen. Wenn du dich über meine Zuneigung zu dir lächerlich machen möchtest, dann sind wir geschiedene Leute. Verstanden?«

Ich habe verstanden. Das war eindeutig ein anderer Manfred als der, den ich kenne. Aber der imponiert mir, ich meine als Mann, nicht als Hampelmann. Jetzt bin ich schmähstad.

»Entschuldige, du weißt doch, mein loses Mundwerk und ich meine es nicht so. Nur weil wir uns so lange kennen und ich dich doch mag und überhaupt.«

Manfred ist böse auf mich. Keine Antwort bis in sein Büro. Dort setzt er sich an seinen Schreibtisch, zieht den Befund mit der Monoaminooxidase aus einem Stapel von anderen Akten und reicht ihn mir: »Da, kostet nichts. Für deine Tricksereien mag ich nicht auch noch bezahlt werden.«

»Danke. Du musst verstehen ...«

»Ich muss gar nichts verstehen. Ich glaube, es ist besser, wenn wir uns jetzt einmal eine Zeit lang nicht mehr treffen. Ich mag einfach nicht mehr nur von dir benützt werden. Du hast es sogar geschafft, mich in deine dubiosen Machenschaften hineinzuziehen. So was mache ich sonst nie. Aber ich bin von dir geheilt.«

Oh Gott, wie krieg ich ihn nur rum, dass er mir wenigstens noch den Gentest für das Piechen macht?

Ich setze mich, obwohl er mir keinen Sessel angeboten hat.

»Hast du einen Kaffee für mich?«

Die Devise heißt Zeitschinden und an sein Gerechtigkeitsgefühl appellieren.

Er bestellt einen per Telefon: »Kann ich einen Kaffee haben?«

Dann sitzen wir uns gegenüber und schweigen uns an.

Die Sekretärin kommt mit dem Kaffee und stellt ihn dem Manfred mit einem Strahlen in den Augen hin, dass ich sicher bin, dass sie auf ihn steht – oder auf seine Position und Villa?

Er bedankt sich überschwänglich: »Der duftet aber, wunderbar, dankeschön. Danke.«

Dann tut er so, als ob er ihn selber trinken würde, hebt ihn hoch und schnuppert so lange, bis sie den Raum verlassen hat. Er stellt die Tasse vor mir ab: »Da ...«

»Danke.«

Bei meinem alten Manfred hätte ich – ihn in seinem Ton veräppelnd – wiedergegeben: »Der duftet aber, wunderbar, dankeschön. Danke …« Momentan aber halte ich mich mit sarkastischen Bemerkungen zurück.

»Schau, ich möchte mit dir ehrlich reden. Diese Geschichte mit der angeblichen Selbstmörderin stinkt zum Himmel. Und ein kleines Mädchen zahlt dafür mit dem Geld, das ihr aus der Lebensversicherung zusteht. Der Würzl ist sogar schon suspendiert wegen seiner falschen Gutachten. Die Katz wurde umgebracht, da bin ich mir sicher. Und ich werde das beweisen. Wenn ich dich bitten darf, dann mit deiner Hilfe.«

»Alma, du verrennst dich da in was.«

»Schau: Ich habe einen wahnsinnigen Puppenspieler, von dem ich mich stalken lasse, nur damit ich mehr erfahre. Ich habe einen Versicherungsagenten, der der Freund der Mutter der Katz ist, der aber so wie der Puppenspieler der Vater der Kleinen sein könnte. Entweder sie hatte freiwillig was mit denen oder durch Nötigung. Das muss ich beweisen und dafür bitte ich dich, …«, ich ziehe die beiden Taschentücher mit den Haaren von Piechen und vom Lesek aus der Tasche und lege sie ihm auf den Schreibtisch, »… diese Haarproben zu vergleichen. Die eine ist vom Lesek, dem vermutlichen Vater, die andere vom Kind.«

»Und die Haare mit der Monoaminooxidase?«

»Die sind vom Puppenspieler. Von dem bräuchte ich natürlich auch einen Vaterschaftstest.«

»Der dich stalkt? Hm, du bist wahnsinnig. Was hast du davon?«

»Dasselbe wie du. Gerechtigkeit. Dafür machen wir unseren Job, oder?«

»Ich mache meinen Job dafür, *du* bist Psychiater!«

»Ich arbeite auch fürs Gericht. Und davon unabhängig ist es die Pflicht eines jeden Menschen, sich für die Gerechtigkeit einzusetzen.«

So, jetzt sage ich nichts mehr, entweder das überzeugt ihn oder ich muss mir jemand anderen suchen. Manfred seufzt, nimmt die beiden Taschentücher und steckt sie ein.

»Du hast den Befund morgen.«

Ich stehe auf und verziehe meine Miene, eine Mischung aus »Sei mir nicht böse« und »Ich mag dich doch«. Er versteht es. Küssen tun wir uns aber nicht zum Abschied. Eigentlich schade.

So, jetzt ist es elf Uhr, da geht sich noch ein Besuch bei Mutter aus. Wieder U-Bahn – mittägliche, fröhlichere Öffipassagiere mit höherem Serotoninspiegel (meiner allerdings auf Morgenniveau abgesunken) –, aussteigen bei der Pilgramgasse, zu Fuß bis zu den Barmherzigen Brüdern.

Mutter liegt wie aufgebahrt im Bett, vor ihr steht schon das Mittagessen, unberührt. In allen Spitälern werden die Mahlzeiten zwei Stunden vor der Essenszeit der Normalbevölkerung serviert, angeblich aus Rücksicht auf den Dienstplan der Schwestern. Kein Mensch weiß, was das Essen mit dem Dienstplan der Schwestern zu tun hat. Ich bussle sie auf die Wange, die sich, von der Hitze gerötet, wie die eines rosigen Teenagers anfühlt.

Sie ist bester Dinge: »Der Fritzi ist noch immer so fad wie zu der Zeit, als du mit ihm zusammenwarst. Du hättest bei ihm bleiben sollen.«

»Was? Weil er fad ist?«

»Ja, du brauchst einen faden Mann. Als Kindesvater eignet sich ein fader Mann am besten.«

»Ist schon gut, Mama! Wie geht es dir?«

»Siehst ja, blendend. Nur rühren darf ich mich nicht. Das Essen ist schlecht, auch fad. Koste mal.«

Sie deutet mit ihrer Rechten auf das Tablett mit dem Essen.

Damit ich nicht weiter über das leidige Kinderthema sprechen muss, öffne ich den Deckel, der über die Suppe gestülpt ist. Riecht gut. Ich koste.

»Mir schmeckt's.«

Oh je, schon wieder falsch. Heute trete ich nur ins Fettnäpfchen. Klar, bei Mutter darf man ein fremdes Essen nie loben, auch wenn man so wie ich schon Hunger hat.

»Nicht so wie deine Frittatensuppe, vermutlich Würfel. Aber ich habe noch nichts gegessen.«

Das reicht als Entschuldigung. Ich schlürfe Mutters Suppe und nachdem ich sie rhetorisch gefragt habe, ob ich auch noch das Kalbsschnitzel kosten darf, esse ich auch das noch auf. So brauche ich nicht zu reden und spare mir heute auch die Zeit, die sonst für eine warme Mahlzeit draufgehen würde. Die Nachspeise lasse ich ihr über.

»Was war gestern im Kurs? Wurde ich vermisst?«

Nein, das erzähle ich ihr nicht, dass kein Mensch sich für sie interessiert hat.

»Schöne Grüße von allen, sie waren sehr betroffen. Und die neben dir hat sich große Sorgen um dich gemacht.«

»Welche?«

»Die Dicke.«

»Gar nicht wahr, keiner hat sich geschert, oder?«

»Nein, wirklich ... Mama, ich muss, ich bin ja allein.«

»Mein armes Kind. Lass sie einfach warten. Die Patienten sollen sehen, wie es ist, wenn ihr Arzt selber krank ist.«

Damit ist es endlich ausgesprochen, wer in meiner Praxis wirklich der Arzt ist. Ich schmatze ihr einen Luftkuss zu und verziehe mich. Schon zwölf, hetz, hetz, hetz und nichts weitergebracht. Wenigstens das Essen kann ich abhaken, das wäre für heute einmal erledigt.

9. Kapitel

Nachdem ich eine geschlagene Stunde damit verbracht habe, alle Computer, Drucker, den Anrufbeantworter, das Fax-Gerät, E-Card-Leser, jedenfalls die komplette IT-Ausrüstung hochzufahren (wie haben die Ärzte früher ihre Patienten behandelt, ganz ohne elektronische Kontrolle?) schaue ich mir noch einmal die Fotos von Sabine, die mir Frau Katz gebracht hat, genauer an. Ich lege alle nebeneinander auf dem Boden meines Ordinationszimmers auf. Auf den Bildern ist Sabine in Sportkleidung joggend, Sabine mit Einkaufstasche, Sabine mit Kinderwagen, Sabine mit einer Reisetasche, Sabine telefonierend – mit Sonnenbrille, Sabine mit Regenjacke, Sabine mit Wollhaube, Sabine im Sommerkleid, im Hintergrund, nur schwer auszumachen, aber wie mir scheint, immer in einer anderen Umgebung. Ich vergleiche die Bilder in Hinblick auf die mitabgebildete Gegend. Und tatsächlich, verschwommen, die weiße Haustür mit Glasfenster, die Straßenlaterne, die Ampel, der Busch, Wiese, Asphalt, Gehsteigkante, Zebrastreifen wiederholen sich. Wie bei einem Puzzle lege ich die Fotos mit gleichem Hintergrund auf einen Stoß zusammen. Auf den Bildern mit Wiese und Busch trägt Sabine immer ihr Jogginggewand (mit langer oder kurzer Hose, mit und ohne Funktionsjacke, offenbar je nach Jahreszeit), auf den anderen Fotos Alltagskleidung. Leider steht auf keinem Schnappschuss die Zeit oder das Datum der Aufnahme drauf. Es ist aber offensichtlich, dass der Lesek Sabine über Monate bei ihren wiederkehrenden Wegen beobachtet und fotografiert hat. Was bezweckte er damit? Wollte er wissen, ob sie sich mit einem anderen Mann trifft? Wollte er sie beschützen? War er eifersüchtig? War er verliebt ihn sie? Benötigte er Indizien dafür, dass sie nicht zurechnungsfähig war? Solange Piechens Vaterschaft nicht geklärt ist, lassen sich diese Fragen nicht beantworten.

So ein Ordinationsnachmittag ohne Assistenz ist ein Horror. Jetzt kann ich erst nachvollziehen, wie es denen am Empfang geht. Jeder beschwert sich. Klar würde ich auch, wenn ich einen Termin für fünfzehn Uhr habe, aber erst um sechzehn Uhr drankomme. Dabei kann ich gar nichts dafür, denn gleichzeitig behandeln, Telefon abheben, Tür öffnen, Rezepte ausdrucken, Bestätigungen schreiben und auch noch die blöde E-Card stecken – dauert endlos, länger als Bankomat – geht eben nur hintereinander. Obwohl ich ein großes Plakat geschrieben habe, auf dem steht: »Wir bitten für eventuelle Verzögerungen krankheitshalber um Entschuldigung!«, schert sich kaum jemand darum. Jeder ist sich selber der Nächste, das heißt, jeder will nur schnell ein Rezept, eine Bestätigung oder vor den anderen drankommen. Manche beharren auf ihrem auf dem Zettel dokumentierten Termin, andere gehen wieder – nicht ohne zu drohen, dass sie nie mehr kommen werden. Die, die dann bei mir endlich im Sprechzimmer gelandet sind, möchten besonders lange und ausufernd ihre Beschwerden darlegen. Ich beiße die Zähne zusammen und bemühe mich besonders freundlich zu sein – das ist professionell. Das nützt nur bedingt, wenn im Wartezimmer so ein Alphatier über diesen Saftladen stänkert. Sogar durch meine geschlossene Tür ist sein Lamento zu hören: »So wird man Millionär. Uns auf Krankenkassakosten im Wartezimmer abliegen lassen. Die verrechnet, wenn wir da sitzen, Psychotherapie. Das kenne ich, ich war schon bei etlichen solchen …«

Leider kann ich die Antworten der anderen Patienten nicht durch die Tür vernehmen, die schreien nicht laut genug, so wie der. Na warte, ich bin auch nicht auf den Mund gefallen. Als ich wieder aus dem Sprechzimmer rauskomme, steht das Großmaul schon da und versperrt mir den Weg. Ich lächle ihn sehr freundlich an, hole mir aber einen lieben alten Mann am Stock, der vermutlich an Parkinson leidet, herein, obwohl der erst viel später terminisiert wäre. Dem Stänkerer kontere ich: »Mir fehlen noch zweihundert auf meine dritte Million, drum muss ich Sie bitten, diese für mich abzusitzen. Herzlichen Dank!« Dann schlage ich ihm die Tür vor der Nase zu. Ich höre noch, wie die anderen lachen. Gewonnen!

Leider hat das Großmaul die Praxis nicht verlassen, denn als ich mit meinem bezaubernden Opa (den muss man gern haben, denn versponnener ehemaliger Musikwissenschaftler, Spezialist für Schostakowitsch) fertig bin, sitzt er jetzt ganz bescheiden noch immer da. Zur Belohnung darf er jetzt rein.

»Frau Doktor, wegen vorhin, es geht mir nicht gut.«

»Na, sonst wären Sie ja nicht da. Den anderen Patienten fehlt aber auch was.«

Er seufzt, bringt kein Wort mehr heraus. Ich sehe, dass ich die Taschentuchbox brauchen werde. Die hole ich unter meinem Schreibtisch hervor und stelle sie ihm vor die Nase.

»Hier. Was kann ich für Sie tun?«

»Meine Frau ist weg. Kein Wort …«

Er schluckt, ich ziehe ein Taschentuch aus der Schachtel und halte es ihm hin. Der ist einer, der es gewöhnt ist, dass man ihm die Zahnpaste auf die Bürste drückt, also auch ein Taschentuch in die Hand. Und jetzt hat ihn die Bedienerin verlassen, so ein Unglück.

Das kommt mir bekannt vor. Der arme Kerl weiß nicht, was passiert ist. Keine Ahnung, wieso sie ging, war doch alles wunderbar, zumindest für ihn. Viele Männer sind Profis im Augen und Ohren zumachen, was ihre Beziehung betrifft.

»Seit wann hatten Sie Differenzen?«

»Nie, wir hatten es so schön.«

Ja, das »Schön sein« ist eben Ansichtssache. Sie fand es nicht mehr »schön«. Tät ich mit ihm auch nicht. Trotzdem, mit Blindheit geschlagen zu sein, macht irgendwann Probleme und unglücklich. Leider kann ich ihm seine Frau, mit der es so »schön« war, nicht mehr zurückgeben. Ich versuche ihn wenigstens dahingehend aufzuklären, dass es da wohl eine Ursache für deren Flucht gab. Wenn er das erkennt, nämlich, dass diese Krise auch was mit *seinem* Verhalten zu tun hat, dann hat er wenigstens die Chance, es beim nächsten Mal besser zu machen. Vorerst einmal bekommt er von mir »böse Psychopharmaka«, damit er sich nicht im Rausch – ich bin sicher, dass er sich jeden Abend betrinkt – was antut. Solche Männer sind nämlich betrunken (Alkohol enthemmt) leider oft sehr suizidgefährdet. Mit dem guten Rat, kein Bier, keinen Wein, keinen Schnaps zu den Tabletten zu konsumieren, bestelle ich ihn in zwei Tagen wieder.

Irgendwann geht so ein Chaosarbeitstag auch wieder zu Ende. Immerhin weiß ich jetzt, dass ich es auch ohne Mutter schaffe. Ich diktiere noch meine Befunde und widme mich dann Sabines Roman.

Auch das Grauen und die Angst wurden allmählich zu alltäglichen Begleitern. Sie drehte sich nicht mehr um, wenn sie den Schatten sah. Was sollte sie tun? Noch einmal würde sie keine Anzeige mehr machen, noch einmal würde sie es nicht riskieren, dass man sie auf die Psychiatrie brächte. Aber Michael wird sie beschützen, ihr Michael.

Gerade als der Roman für mich spannend wird, höre ich, dass jemand die Eingangstür zu meiner Ordination öffnet. Oh je! Habe ich in der Hektik vergessen abzuschließen? Nicht noch ein Patient? Der Krauseminze? Herzklopfen, das Adrenalin steigt mir in den Kopf, meine Beine werden weich, der Mund trocken, der Bauch grimmt und mein Gehirn schaltet auf Alarmstufe Rot. Der Besucher schließt die Tür hinter sich. Dann Schritte, langsam, so wie wenn sich jemand beim Gehen umsieht, was sucht, sich auf einen Überfall vorbereitet. Horror! Ich klebe an meinem Sessel, starre auf den Bildschirm, erfasse aber kein Wort mehr, das da steht. So geht es einer Fliege, die im Spinnennetz wartet, dass sie gefressen wird. Wozu hat uns die Natur diesen Totstellreflex beschert? Wieso lähmt unser vegetatives Nervensystem alle Muskelstellreflexe, wenn wir uns fürchten? Nein, ich lasse mich nicht aus evolutionsbiologischen Gründen lähmen, aus! Mit einem Kraftakt gegen meine Angststarre kämpfend, schiebe ich ganz langsam und leise meinen Rollsessel weg vom Schreibtisch, setze zuerst das rechte, dann das linke Bein fest auf den Boden und stemme mich hoch. Augen gerade aus, ein Brustzug, Muskelspannung an, schreite ich um meinen Schreibtisch Richtung Sprechzimmertür. Gerade als ich diese aufreißen möchte, klopft es sanft. Also keinesfalls Krauseminze, der würde nie klopfen. Ich schlurfe wieder zu meinem Schreibtisch zurück und falle in meinen Stuhl: »Herein!«

Schüchtern öffnet sich die Tür und ... der andere Michael schiebt sich verlegen zwischen Wand und Türblatt ins Zimmer. Da bleibt er so lange stehen, bis ich aufstehe und ihn zu meiner Besprechungscouch dirigiere. Ich deute ihm, sich zu setzen. Das tut er auch, aber so knapp an der Polsterkante, dass er fast hinunterzurutschen droht.

»Ich ... Sie haben keine Ordination mehr ...«

Ich tue locker: »Gott sei Dank fertig, war hart ohne Mutter.«

»Hm? Mutter?«

»Sie ist meine Assistentin, heute musste ich alles selber machen.«

»Tut mir leid, wie geht es ihr?«

»Schon besser, die ist hart im Nehmen.«

Dann Schweigen, der Brunner hat was auf dem Herzen, traut sich aber nicht damit herauszurücken.

»Und Ihr Freund?«

»Weiß nicht. Ich hoffe, dass er seinen Rausch schon ausgeschlafen hat.«

Er nickt und nestelt mit gesenktem Kopf an meinem Zierkissen. Kurz bevor er alle Fransen des Polsters zu einer Rastafrisur gezwirbelt hat, hebt er zu seinem Geständnis an: »Sabine und ich ..., also wir beide, ... wir hatten ...«

Ich unterbreche ihn, denn wie immer rennt die Stoppuhr in meinem Kopf: » ... Streit?«

Nicht schon wieder Taschentuchbox! Ich stehe auf und hole sie vom Schreibtisch. Heute ist ein Tag, wo statistisch gesehen die Taschentuchverbraucher vor allem männlichen Geschlechts sind. Ungewöhnlich! Der Brunner nimmt das gereichte Taschentuch, benutzt es allerdings nicht zum Tränen abwischen (man erkennt den beherrschten Polizisten), sondern um jetzt statt dem Polster dem Papierfetzen Rastalocken zu drehen. Immerhin!

»Sabine hat ein Geheimnis daraus gemacht, was die Kleine betrifft. Ich wollte wissen, von wem das Kind ist. Aber auch wenn ich noch so versucht habe, sie zu überreden, es mir zu gestehen, nichts.«

» ... und an diesem Abend sind sie ausgeflippt, oder?«

Brunner zerfetzt die zusammengedrehten Papierrastalocken akribisch in kleine Stückchen, die eines nach dem anderen auf meinen Boden fallen – hilfe, keine Mutter, die das wieder wegmacht. Bevor er antwortet, bemerkt er, was für eine Schweinerei er verursacht hat, und hebt, während er spricht, Fetzchen für Fetzchen wieder auf. Das erspart ihm gleichzeitig, mir ins Gesicht schauen zu müssen. Er nuschelt gen Boden: »Ja, ich habe ihr gedroht. Ich habe ihr gesagt, dass nichts aus uns werden würde, wenn sie mir nicht endlich die Wahrheit sagt. Ich könne nicht damit leben, dass da ein anderer ist, einer, den sie in Schutz nimmt. Und Sie wissen ja, wie das ist. Man redet sich in Rage. Man steigert sich hinein.«

»Kommt mir bekannt vor. Und dann?«

»Sie hat mich angebrüllt, geweint. Nie, nie, nie wird das jemand erfahren, nie ..., hat sie geschrien und wollte abhauen. Ich habe sie gehalten, zu fest, aus Verzweiflung ...«

Ich reiche ihm ein frisches Taschentuch, denn nun endlich droht der Weinkrampf den anderen Michael zu zerreißen. Dann setze ich mich neben ihn auf das Sofa, lege meinen Arm um seine Schulter und streiche mit der anderen Hand über seinen Kopf, so lange, bis er wieder ein Wort herausbringt.

»War das das letzte Mal, dass Sie mit ihr gesprochen haben?«

Der andere Michael bellt die Worte aus seinem Herzen: »Es war das letzte Mal, am anderen Tag war sie tot.«

»Und?«

»Und dann, bevor sie mich aus der Wohnung geworfen hat, dann hat sie mir noch mit eiskalter Stimme erklärt: Du brauchst nicht zu glauben, dass du der Einzige bist. Ich habe was mit dem Claus, mit dem Ernst, dem Herwig, ich nehme alle. Das meinst du doch auch? Dann hat sie einen Lachkrampf bekommen, so wie eine Verrückte eben. Ich war plötzlich überzeugt, dass sie doch verrückt ist, so wie es der Würzl und die Psychiater festgestellt haben.«

»Haben Sie das auch zu ihr gesagt?«

Brunner nickt, die Tränen sickern aus seinen Augenwinkeln: »Ja, ich habe zu ihr gesagt: Sabine, du spinnst, du brauchst eine Behandlung. Damit war es aus. Sie hat mich angeschrien: ›Hau ab, hau ab, hau ab‹ … Immer wieder ›Hau ab, hau ab, hau ab‹, das waren die letzten Worte, die ich von ihr gehört habe.«

Ich nehme meine liebevolle Hand von seiner Schulter und drehe ihn mit beiden Armen abrupt und heftig zu mir: »Es ist nicht meine Art, mich so auszudrücken, aber das war scheiße.«

»Ich komme nicht drüber weg.«

»Könnte ich auch nicht. Damit werden Sie weiterleben müssen.«

»Ich muss den Typen finden, der sie am Gewissen hat, so oder so. Ich meine, als Selbstmord oder Mord.«

»Das wird Ihnen ein bisschen helfen, aber ein Rest wird bleiben.«

»Hm, ein Rest? Ein falsches Wort zur falschen Zeit und ein Leben ist vorbei.«

»Sie hat Sie geliebt, deshalb. Ich zeige Ihnen was.«

Ich ziehe den Brunner vom Sofa zu meinem Schreibtisch, wo Sabines Roman noch am Bildschirm zu sehen ist. Ich fahre mit dem Cursor zu der Zeile, wo steht: »*Aber Michael wird sie beschützen, ihr Michael.*«

»Es war ihre Enttäuschung, drum. Ich bin überzeugt, dass sie das mit den Liebschaften nur so gesagt hat, weil sie von Ihnen hören wollte, dass Sie ihr das nicht glauben. Sie wünschte sich, von Ihnen in den Arm genommen und beschützt zu werden.«

Der andere Michael schaut mich so armselig, so verkümmert, so wirklich rasend hilflos an, dass ich ihn am liebsten an mich drücken möchte, um ihn anstatt Sabine zu trösten. Das tue ich nicht, aber immerhin streichle ich wie schon vorher über seinen Kopf.

»Ist grauslich, die Liebe des Lebens durch ein Missverständnis zu verlieren.«

»Wenn ich nicht ihren Mörder finden müsste, dann würde ich ihr nachspringen.«

»Sie werden den Mörder finden, *wir* werden den Mörder finden. Und dann rächen Sie sie.«

Bei »rächen« wird der Brunner wieder helle, er reißt seine schönen, hellbraunen Augen auf (ich verstehe, weshalb sich Sabine in den verliebt hat): »Rächen?«

Ich zucke mit den Achseln: »Im Rahmen des Gesetzes natürlich!«

Ich weiß von meinen Patienten, dass die Idee, sich an einem Menschen, der einen verletzt hat, zu rächen, manchmal die einzige Rettung aus der Verzweiflung ist. Es ist doch immer noch so, wie schon in der Thora beschrieben und empfohlen: »Aug um Aug, Zahn und Zahn.« An diesem Grundsatz hat sich auch durch unsere angeblich so kultivierte Sozialisation nichts geändert. Ist nicht auch die Gerichtsbarkeit nur ein Versuch, unsere Rachegelüste in gesellschaftlich akzeptierte Bahnen zu leiten? Die Möglichkeit, andere (anonym wie der Staat) die Rache für einen erledigen zu lassen?

Ich schaue auf die Uhr: »So, und jetzt reißen Sie sich zusammen, unser Kurs beginnt in einer halben Stunde.«

»Glauben Sie, dass der de la Menta …?«

»Es gibt keinen Beweis, bisher. Aber …«, ich ziehe den USB-Stick aus meinem Laptop und halte ihn dem anderen Michael hin, »eigentlich sollten Sie Sabines Roman lesen.« Der Brunner schluckt seine Tränen hinunter und nickt, während er den Datenträger in seiner Hosentasche versenkt. Ich deute zum Waschbecken.

»Da ist der Wasserhahn, halten Sie Ihr Gesicht darunter. So können Sie sich nicht sehen lassen.«

Ich beobachte, wie wieder Spannung in seinen Körper kommt. Er tut wie geheißen, während ich ihm ein Handtuch reiche.

Wir fahren gemeinsam zum Mozarttheater, betreten es aber selbstverständlich getrennt. Unsere Kollegen stehen leise tratschend vor dem Eingang – bei der Hitze ist so ein schattiger Hof eine Oase des Wohlbefindens –, so lange, bis unser Guru erscheint. Heute mit einem himmelblauen Cape. Ich warte schon auf seine männliche Umarmung, aber der de la Menta ignoriert mich. Kein Gruß, kein Kuss, keine Umarmung. Das verunsichert mich mehr, als es sein erigiertes Geschlecht getan hätte. Weiß der was? Ich überwinde mich und schlendere so wie absichtslos zu ihm. Ich schenke ihm einen tiefen Blick, wippe ein wenig mit den Hüften und lehne mich dann an ihn: »Das ist sehr schön …«, dabei fasse ich einen Zipfel seines Capes, »… sehr schöne Farbe, … Meereshimmel?«

Ich wollte schon Donauhimmel sagen, aber zum Glück habe ich gerade noch einmal die Kurve gekriegt. Krauseminze blickt stechend zurück. Kein Wort, dafür packt er meine Hand, die an seinem Umhang zupft, so fest, dass ich vor Schmerz schreien möchte. Ich beiße die Zähne zusammen. Dann zieht er mich, meine Faust noch immer wie in einer Eisenklammer, zu meinem Stammplatz und drückt mich darauf. Noch einmal ein beinahe tötender Blick und dann geht es los.

Procedere wie immer: atmen, klappen, skandieren. Endlich darf ein jeder von uns in den Kopf einer echten Klappmaulpuppe eintauchen und deren Maul auf und ab bewegen. Krauseminze hat für uns zum Probieren eine Bubenfigur mitgenommen. Das lachende Kindergesicht der Puppe hat Ähnlichkeit mit Sabine am Foto. Oder bilde ich mir das nur ein? Brunner schlüpft nur kurz in den Kopf und gibt sie schleunigst an seinen Nachbarn weiter. Ihm ist diese Figur sichtlich unangenehm. Krauseminze bemerkt das und entreißt Michaels Nachbarn die Figur, drückt sie dem Brunner wieder in die Hand und fordert ihn auf, die Puppe zu bewegen:

»Gefällt sie dir nicht? Hast du was gegen Kinder? Lass sie sagen: Papa, ich habe dich lieb.«

Der Brunner bekommt kaum ein Wort aus seiner Kehle. Er schafft es auch nicht, das Maul im richtigen Rhythmus auf und zu zu klappen. Unser Guru stellt sich hinter ihn und klopft ihm im Takt fest auf die Schulter: »Pa/pa ich ha/be dich lieb, Pa/pa ich ha/be dich lieb, Pa/pa ich ha/be dich lieb, Pa/pa ich ha/be dich lieb.«

Der Brunner muss das so lange wiederholen, bis er sich entnervt den Kopf der Puppe von der Hand reißt und diese auf den Boden wirft. Dann entflieht er mit vor seine Augen gehaltener Hand aus dem Raum. Der de la Menta hebt die Figur auf, stülpt sie sich über und dreht sich mit dem Bubengesicht rund herum, um die Gruppe zu beeindrucken: »Pa/pa ich ha/be dich lieb.« Dann reicht er die Puppe an den Nachbarn des Brunner weiter. Der Gruppenmessias doziert: »Wir haben gerade erlebt, was unser Spiel an tiefen, verborgenen Gefühlen wecken kann. Das Puppenspiel ist Abenteuer für die Seele. Gefahren lauern, wenn man die brüchige Schale des Unbewussten ankratzt. Fiat lux! Es werde Licht in uns!«

Er entreißt dem Kollegen wieder die Bubenfigur und wiederholt mit dieser: »Fi/at lux, fi/at lux, fi/at lux!«

Mit seinen erhobenen Armen – diese Christuspose wird langsam fad – fuchtelt er mit der Puppe über unseren Köpfen und fordert uns auf, mit zu skandieren. Alle, auch ich, mir bleibt nichts anderes übrig, kommen der Aufforderung nach, erheben sich und schreien. »Fi/at lux, ...«

Ich komme mir vor wie in einem schlechten Film. Ich hätte nie gedacht, dass es mich noch einmal in meinem Leben in eine Sekte verschlagen wird, noch dazu als Proforma-Mitglied. Jedes schlechte Theater hat einmal ein Ende, so auch dieses. Ich bin noch immer in Ungnade, allerdings nicht mehr so sehr wie vor dem Kursbeginn, habe ich doch gehorsam alle hirnrissigen Befehle befolgt. Jedenfalls werde ich zum Abschied immerhin mit einem Griff auf meine Brust beglückt, allerdings ohne Worte, nur zu Besitzdemonstrationszwecken. Auf dieses versöhnliche (sexuelle Annäherung bedeutet augenscheinlich: Ich verzeihe dir, dass du menstruierst!) Betatschen hin schenke ich dem Krauseminze noch ein hingehauchtes: »Mea culpa.« Unterwerfung stimmt ihn sicher wohlwollend. Er schaut mich ratlos an. Darum hauche ich noch einmal auf Deutsch: »Meine Schuld!«

Das hat er kapiert und deshalb schenkt er mir noch einen festen Griff auf meinen Hintern sowie einen betörenden Blick: »Morgen?«

Ich nicke und winde mich aus seiner Anklammerung, »Morgen ...«, hauche ich zurück.

Obwohl ich Birgit noch einmal erinnern möchte, aufzusperren, sowie um ein Foto von Piechen bitten möchte, ziehe ich es vor, die Bar heute nicht zu besuchen. Das werde ich telefonisch erledigen. Der arme Brunner, das war ein wenig viel für ihn heute. Ich hätte gerne gewusst, ob der Krauseminze ihn nur deshalb so gequält hat, weil er ihn als männlichen Konkurrenten empfindet, oder ob er weiß, dass Brunner Sabines Freund war. Laut Brunner sind sie sich jedenfalls nie, solange sie lebte, begegnet.

Wieder U-Bahn, meine Streifenkarte hat nur mehr vier Fahrten frei. Das geht sich für meinen Einbruch und den morgigen abendlichen Kurs aus. Dann werfe ich die bei der Urania in den Donaukanal. Hurra!

Auf meinem Handy vier Nachrichten.

Erste von Brunner: »Entschuldigung, aber puppe wie piechen. Konnte nicht mehr. Ich bringe ihn um.«

Gut, dann spare ich mir, Birgit um ein Foto des Kindes zu bitten. Ich schreibe zurück: »Bitte vernunft, rache muss gescheit sein. Melde mich morgen.«

Zweite von unbekannter Nummer: »Liebe Alma! Bitte melde dich, wie es war. Ich mache mir Sorgen. Mir geht es gut. Deine Mama.« Chapeau, sie kann sogar schon simsen, und selbstverständlich fehlerfrei.

Zurück: »Alles gut nach hause müde. Nicht davonlaufen bitte.«

Dritte von unbekannter Nummer: »Mit mir treibt man keine spielchen. Die wahrheit. De la menta.« Dieser Mensch ist unerträglich!

Vierte von meinem Michelangelo: »Komme zu dir, wann?«

Zurück: »Sofort gleich da.«

Sofort bin ich nicht zu Hause, aber bald. Die abendlichen Jungmenschen sind allesamt vergnügt. Das Geschnatter der Geschöpfe mit den ästhetisch inakzeptablen Verzierungen ihrer Körper stimmt mich, trotz ihrer verbalen Entäußerungen, versöhnlich. Wenn auch die Inhalte ihrer Gespräche sich auf: »Kum Oida, du bist ja rogge! Die Jacki is voll pyro! Aber so pornorös, durch und durch. I steh auf de patschn, voll elephantös, gleichzeitig erdig und froggy ...«, beschränken, so klingt der Ton doch aufgeregt charmant.

Das ist eine Fremdsprache, in der sie sich unterhalten, damit Leute wie ich sie nicht verstehen. Ohne erwachsene Vorurteile angehört, klingt sie melodiös und entbehrt nicht einer gewissen Kreativität. Ich versuche mir einige Vokabel zu merken, vielleicht kann ich meinem Michael damit imponieren. Solche Floskeln sollten ihm als Schriftsteller einmal einfallen. Aber der macht ja Kunst und die ist bekanntlich immer fad.

Als ich bei mir zu Hause ankomme, steht er schon vor der Tür. Ich laufe auf ihn zu, werfe mich ihm an den Hals und säusle in sein Ohr: »Du bist ja so rogge. Du bist mein oberpornoröser Samson.«

»Und du meine froggy Dalila ...«

Jetzt bin ich aber perplex: »Wieso versteht du das?«

»Das ist mein Job, die Sprache.«

Wir schmiegen uns aneinander und küssen uns vor der Haustür so wie die elephantösen Kreaturen in der U-Bahn, nur dass sich unsere Zungen nicht an den Piercings verheddern.

Ich weiß nicht, wie andere Menschen Begehren empfinden? Aber bei mir ist es ein unstillbarer Wunsch, der nur durch die Nähe, die die Vereinigung zur Folge hat, zu stillen ist.

Als wir den Lift – ja, Lift! – besteigen, spüre ich schon die karibische Hitze in den Lippen, und zwar in denen zwischen meinen Beinen. Was bringt einen Menschen dazu, einen anderen gar so zu wollen? Ist es der Geruch, die Pheromone? Michelangelo scheint Pheromone zu produzieren, die die meinen zum Kochen bringen.

Wir können uns nicht einmal mehr die paar Zentimeter voneinander trennen, die nötig wären, damit ich den Schlüssel ins Schloss meines Eingangs stecken kann. Er drückt mich von hinten gegen die Tür, das klemmt meine Hand, die den Schlüssel führt, zwischen meinem Bauch und dem Schlüsselloch ein, was das Öffnen der Wohnung erheblich verzögert. Erst als ich ihm einen Stupser nach hinten mit meinem Objekt seiner Begierde gebe, habe ich so viel Platz, dass ich aufsperren kann. Drinnen gebiete ich uns Einhalt, denn ein Liebesakt soll wie ein Gottesdienst sein und auch so zelebriert werden. Das kann einmal eine bescheidene Messe wie in einem Landkirchlein, einmal wie ein strenges protestantisches Ritual, aber auch wie ein Hochamt in einer Kathedrale sein. Heute ist mir nach Hochamt. Eine Feier unserer Liebe, die noch lebt. Heute habe ich verstanden, was passiert, wenn es zu spät ist. Die Frau kann sterben, der Mann kann sterben und die Liebe kann sterben.

Ich suche die Musik aus, zu der ich mich in meinen Liebhaber schrauben möchte. Ich lege das Konzert von Mozart für Flöte und Harfe auf. Nichts entspricht dem Vibrieren einer liebenden Seele so wie die Harfe im 2. Satz. Da weiß ich, warum ich Mensch bin und keine Hündin, die an der nächsten Straßenkreuzung unter Hupkonzerten ihr Geschlecht dem anderen Köter anbietet. Zum Glück ist mein Samson so ein sentimentaler Mann, der vor Begeisterung fast Freudentränen weint (wegen der Harfe, begleitet von der Flöte im Hintergrund), wenn er mir die Träger meines Kleides von meinen Schultern schiebt, um diese dann entblößt mit seinem Mund zu streifen. Ich zittere bei fünfunddreißig Grad im Schatten – hilflos vor Entzücken über dieses Geschenk, das uns die Natur gemacht hat, und natürlich Mozart (aber der ist ebenfalls ein Geschenk der Natur).

Als mein Sommerkleid auf dem Boden liegt, will die Harfe im dritten Satz schon zu mehr Tempo drängen. Die Flöte muss ihr folgen, sonst würde sie allein zurückbleiben. Mein Michael spielt die Harfe, meine Haut ist sein Instrument. Er zupft meine Saiten immer schneller, überall, universell, virtuos.

Mozart, welche Leidenschaft zu welchem Menschen hat dich zu diesen Tönen inspiriert?

Es ist Sommer und die Nacht ist keine Nacht, die man in einem Bett verbringt. Die Musik fordert uns auf, hier und jetzt unser Lager zu nehmen. Bevor wir auf den Boden sinken, bekomme ich ein Kissen unter meinen Kopf und meine Lenden.

Dieses Gesicht über mir möchte ich genauso für immer in meinem Kopf abbilden. Wenn unsere Liebe einmal tot ist, werde ich mich erinnern, dass es einmal dieses Erdbeben gegeben hat.

Mozarts überirdische Töne geben unseren irdischen Rhythmus vor. Allegro soll Allegro sein und Adagio Adagio. Das Fortissimo kommt zum Schluss. Siebenundzwanzig Minuten Hochamt der Lust mit Wolfgang Amadeus als Dirigent.

Der Natur liebstes Spielzeug ist das Ende. Damit manipuliert sie ihre Geschöpfe. Wer würde immer nach dem Glücke streben, wenn es unendlich wäre? Siebenundzwanzig Minuten sind schon sehr lange für die Glückseligkeit, immerhin sind das siebenundzwanzig Milliarden Augenblicke, wenn man einen Augenblick mit 0,00000006 Sekunden definiert. Ich habe mitgezählt, die Rechnung stimmt.

Stille, die Musik ist aus und wir wieder da, ... auf dem Boden. Gut, dass wir uns wenigstens aneinander schmiegen können, zum Trost gegen die Einsamkeit. Ich streiche über den verschwitzten Körper meines Mannes. Michael fühlt sich in diesem Augenblick so an, als ob er mein Mann wäre. Mann und Frau zu sein, ist eine Illusion, die wir uns schaffen, um uns gegen das Alleinsein zu versichern. Was ist das für eine Sehnsucht nach dem Alterego? Fühlen wir uns auf uns selbst gestellt, der Unbill der Existenz nicht gewachsen? Hoffen wir auf einen Gott im anderen? Und enttäuscht von menschlichen Alteregos haben wir uns dafür ein Alterego im Himmel ausgedacht?

So viel Kitsch auf einmal, der Mond leuchtet durch meine Fensterscheiben, projiziert die Schatten unserer Körper auf die Decke. Die Physiologie der irdischen Realität macht dieser Dichterszene ein Ende. Der Boden ist hart und trotz sommerlicher Temperaturen wird es kühl ohne Decke. Wer wird der Erste von uns beiden sein, der diese Idylle zerstört? Ich traue mich nicht aufzustehen, denn dann bin doch ich die, die das Ende des Glücks auslöst, oder?

Wir bleiben so lange abwartend auf dem kalten Boden liegen, bis Michael den erlösenden Satz ausspricht: »Und wie wäre es jetzt mit einem Achtel am Balkon?«

Du mein herrlicher, allesfühlender Mann! Bevor ich aufhüpfe, drücke ich einen schmatzenden Kuss auf Michaels Mund und einen auf den Liebhaber zwischen seinen Beinen.

Es gibt Menschen, die duschen nach der Liebe. Das mag ich gar nicht, denn ich will, dass mich dieser Geruch noch die Stunden nachher einlullt. So als Erinnerung daran, dass es noch was anderes gibt als Elend und Kampf. Delikat?

Am Balkon ist es noch warm, der Mond zieht langsam weiter, der Wein wirkt. Das Leben ist so schön. Wir halten uns an den Händen und schweigen beredt, denn wir hören, was der andere denkt. So was ist wie ein Wunder, das man nicht durch Diskussionen kaputt machen darf. Auch wieder ein Versuch, das Ende des Glücks hinauszuzögern. Und dann kann man das Glück noch verlängern, wenn man Seite an Seite aneinandergeschmiegt einschläft. Denn der andere Tag ist fern und man verdrängt den Gedanken an den Morgen.

Auch verdrängte Gedanken werden einmal zur Realität. Als ich aufwache, weiß ich, heute wird ein Tag, vor dem ich mich schon die ganze Zeit gefürchtet habe. Noch könnte ich zurück, einfach liegen bleiben, mich noch einmal umdrehen, nicht zu diesem fürchterlichen Theater eilen, sondern am Weg in die Ordination einfach den Streckenfahrschein in den Donaukanal werfen und auf die Gerechtigkeit pfeifen.

Aber das Glück ist auch nur ein Geschäft, wo man für das Schöne bezahlen muss. So bestimmt es zumindest mein Über-Ich. Für den gestrigen Abend bin ich meinem Schicksal ordentlich was schuldig. Ich rufe das Foto von Michelangelos Gesicht während des gestrigen Mozartkonzerts ab. Ist noch da! Ich vergleiche es mit dem schlafenden Gesicht neben mir. Schauen sich gar nicht ähnlich, sind aber beide schön für mich. Ach Gott, was bin ich auf die Butterseite des Lebens gefallen!

Ich würde ihm ja noch gerne ein Frühstück machen, aber das geht sich gar nicht mehr aus. Außerdem nichts zu Hause außer

Marmelade und Kaffee. Also nur ein handschriftlicher Liebesbrief auf einem Teller: »Zum Frühstück meine Leidenschaft für dich. Alma.«

Dann verschwinde ich ganz leise, weil ich mir unangenehme Fragen ersparen will. Wenn Michael wüsste, was ich zu tun beabsichtige, würde er mich einschließen und bewachen.

Ungeduscht, im selben Kleid wie gestern, ohne Frisur, flüchte ich aus der Wohnung. Am Weg zur U-Bahn bilde ich mir ein, dass ein jeder Passant meinen Körpergeruch wahrnimmt. Was mir gestern noch einen olfaktorischen Genuss bedeutete, ist mir heute Morgen peinlich. Tja, die Hormone bestimmen auch meine Einstellung dazu, was mir gerade angemessen oder unanständig vorkommt. Darum habe ich heute in der U-Bahn auch mehr Verständnis für die morgendlichen Lemuren. Die Armen leiden doch nur an einem erniedrigten Serotoninspiegel. Und dafür können sie nichts!

Je näher ich dem Theater komme, desto mulmiger wird mir. Mehrmals überlege ich, ob ich nicht doch umdrehen sollte. Aber das geht nicht. Ich bin eine, die *muss* immer alles, was sie begonnen hat, zu Ende führen. Kurz erwäge ich auch, den Brunner einbrechen zu lassen. Immerhin war sie seine Freundin und immerhin will er seine Rache. Ich nicht. Ich sage mir: »Alma, was soll schon sein? Wenn er da ist, dann frage ich ihn einfach, ob sie meinen Ring gefunden haben, den ich möglicherweise, als ich aus dem Puppenkopf geschlüpft bin, abgestreift habe. Das ist logisch.«

Es beruhigt mich, dass ich von der Platzer ein SMS bekomme: »Tür aufgesperrt, er nicht da. Kommt heute sicher nicht, denn Besprechung für Förderung bei Kulturamt.«

Birgits SMS ist fehlerlos – wie bei Mama –, wahrscheinlich kontrolliert sie, ob kein Beistrich falsch gesetzt ist. Danke, liebe Birgit, da fällt mir ein Stein vom Herzen. Danke, liebes Kulturamt mit deiner umständlichen Bürokratie, lass ihn bitte lange, lange warten, am besten bis Mittag. Der Weg von der Station Taubstummengasse bis zum Hof des Theaters ist mein Canossagang. Jetzt weiß ich, wie sich Heinrich IV. gefühlt haben muss, als er sich zu Papst Gregor irgendwas sechster, fünfter – muss ich nachlesen, vergessen – begeben musste. Man muss es tun, aber man will es nicht tun.

Als ich im Durchgang zum Hof stehe, wieder der Impuls zu flüchten. Mein innigster Wunsch: umdrehen; mein Auftrag und auch meine Neugierde befehlen aber: »Geh rein!«

Ich spaziere möglichst unauffällig (ist ja blöd, denn welcher Mensch sollte sich für eine Frau interessieren, die dieses ärmliche Etablissement besucht) zum Eingang – offen. Ich drücke die Tür vorsichtig auf und bin drin. Ziemlich finster, auch bei Tag kein Licht, da eben Hof und Parterre. Ich traue mich nicht die Lampen einzuschalten, sondern leuchte mit meinem Taschenlampen-App am Handy. Die Elektronik ist manchmal doch ein Segen! Dann starte ich schnurstracks Richtung Geheimtür. So einfach, wie die Erika mir das Aufsperren mit den verschiedenen Buntbartschlüsseln geschildert hat, ist es leider nicht. Der mit dem S-Bart geht nicht mal in das Schloss hinein, den Z kann ich zwar hineinschieben, aber von Sperren keine Rede. Beim ∑-Bart klemmt es beim Umdrehen und der t ist zu klein. Erst beim C tut sich was. Zwar muss ich auch hin und her drehen, aber als ich ihn ein Stückchen herausziehe, merke ich, dass es klackt. Offen! Bravo, Alma, deine Verbrecherkarriere ist einen großen Schritt weitergekommen!

Drinnen stockfinster. Ich schließe hinter mir die Tür. Als diese zu ist, fällt mir ein, dass der Schlüssel außen noch steckt. Also wieder raus und den C-Bart abziehen. Da scheitere ich vorerst. Rein ging er, aber raus? Die Hin- und Herprobiererei kostet wertvolle Zeit und macht mich nervös. Da geht dann gar nichts mehr, wenn ich zu hudeln beginne: »Alma, tief durchatmen und einfach so retourdrehen, wie du vorher hineingedreht hast.« Leider kann ich mich nicht mehr erinnern, wie ich das gemacht habe, denn diese Tätigkeit habe ich nicht gedanklich dokumentiert. Ich versuche es dann so, als ob ich eine Vene punktieren würde, die nicht zu sehen ist. Tasten und fühlen. Tasten und fühlen. Tasten und fühlen. Endlich, mit geschlossenen Augen, sozusagen eins mit dem C-Bart, rutscht der Schlüssel wieder raus. Wieder rein und Tür hinter mir zuziehen.

Ich schalte das Handy-App-Light an, hoffentlich geht der Akku nicht aus, gestern aufladen vergessen. Wahnsinn! An den Wänden hängen die Figuren dicht aneinandergedrängt. Schaut aus wie eine Ausstellung von mumifizierten Erhängten. Die Puppen starren mich an. Ich konnte schon als Kind nicht im Prater mit der Geisterbahn fahren und jetzt als Erwachsene würde es mich auch gruseln. Das hier ist die Geisterbahn hoch, hoch, hoch Tausend. Grauslich schön! Diese Gesichter, tatsächlich schaurige Kunstwerke! Da ist der Bub von gestern, da ein Greis mit langer weißer Perücke, mit verzogenem Mundwinkel, wie bei einer Facialisparese, da die bezaubernde rothaarige Natalie aus dem Stück, das ich mit Mutter gesehen habe, Klaus Kinski, Brigitte Bardot, ein Monster wie aus der Adamsfamily, Quasimodo mit Riesenschädel, ein süßer Page mit strahlend blauen Glasaugen, und, und, und …

Ich suche die Puppe, die der Frau auf dem Fahndungsfoto ähnelt. Ich reiße mich zusammen, um mich nicht am Anblick der anderen Puppen zu verzetteln. Also Konzentration auf die Frauenfiguren, vor allem die mit blonder Perücke. Keine passt. Es bleibt mir nichts anderes übrig, als die Puppen anzugreifen, um zu schauen, ob hinter ihnen noch die gesuchte versteckt ist. Unheimlich, so wie wenn ich gerade frisch Verstorbene berühren würde. Ihre Hände sind nicht kalt. Sie greifen sich einfach wie welche in Handschuhen an. Bei meiner Suche finde ich hinter Brigitte Bardot, die in trauter Zweisamkeit neben dem Klaus Kinski hängt, einen Kasten. Der ist auch verschlossen. Also wieder Buntbartschlüssel ausprobieren, tatsächlich, der kleine t sperrt. Drinnen

Papier, Texte. Ich ziehe ein Skript aus den Stapeln heraus: »Theateroperette.« Das Spiel, das wir gesehen haben. Und darunter gedruckt: »Theaterstück © Sabine Katz.« Ich fotografiere das Deckblatt. Dann das nächste Skriptum: »Am Hund, Theaterstück © Sabine Katz.« Und das nächste, wieder »Theaterstück © Sabine Katz«. Ich beeile mich, einige Deckblätter abzulichten. Alle Papiere kann ich nicht durchschauen, das würde sich nicht ausgehen. Glücklicherweise kann ich den Kasten ohne größere Probleme wieder abschließen, nachdem ich die Skripten wieder sorgfältig an ihren Platz zurückgelegt habe. Na ja, Übung macht den Meister, auch beim Einbrechen. Jetzt drängt die Zeit! Drum drehe ich die Puppen ziemlich wahllos um, damit ich die Fahndungspuppe finde. Die muss doch auch da sein, das gibt es doch nicht. Keine Spur.

»Alma, denken!«, sage ich mir, »Wo würdest du sie hinräumen?«

»Nicht zu den anderen, irgendwo extra, da wo die Puppen nie hingeräumt würden.« Also nicht in diesem Raum, vielleicht in seinem persönlichen Spind? In der Garderobe? Ich verziehe mich also. Das Zusperren klappt schon viel besser, aber mein Akku hat kaum mehr Sprit. Also Licht sparen, braucht sonst zu viel. Das menschliche Auge passt sich schnell an die Dunkelheit an, drum brauche ich auf meinem Weg zur Garderobe kein Licht-App mehr. Ich weiß noch von meinen Barbesuchen, wo die sein muss, weil die Schauspieler nach der Vorstellung aus der dritten Tür rechts herausgekommen sind. Die ist offen, aber dafür alle fünfzehn Spinde verschlossen. Welcher könnte seiner sein? Klar, der größte, der Doppelspind, den nehme ich mir vor. Meine Buntbartschlüssel sperren natürlich nicht, weil diese Metallkästen moderne Schlösser haben.

Und jetzt auch noch ein Geräusch, wie wenn die Außentür geöffnet wird! Ich erstarre. Vorsichtig luge ich durch den Minispalt des Garderobeneingangs hinaus. Eine Frau mit Kopftuch marschiert resolut durchs Foyer. Die Putzfrau? Richtig geraten, denn sie verschwindet im Zuschauerraum. Ich atme durch, jetzt aber flotti, flotti.

Manchmal hat man einfach Glück, manchmal klappt einfach alles. Der liebe Gott will, dass ich nicht entdeckt werde, und er will, dass Piechen zu ihrem Recht kommt. Denn was sehe ich? An einem unbenutzten Spind steckt ein Schlüssel von außen.

Gut, dass es auf der Uni die gleichen Metallspinde gab. Manfred ist damals zufällig draufgekommen, dass er mit seinem Schlüssel (ich hatte meinen Schlüssel verloren, klar, ich Schussel) nicht nur meinen Kasten, sondern alle anderen auch aufsperren konnte. Ich probiere den Schlüssel beim Doppelspind aus. Er passt tatsächlich und sperrt.

Aber die Türe quietscht – nicht geschmiert. Drum hoffe ich, dass die Putzfrau bald den Staubsauger anwirft, um nicht gehört zu werden. Wieder wertvolle Zeit verloren. Ungeduldig ziehe ich vorsichtig an einem Flügel des Spinds. Durch den Spalt kann ich schon schemenhaft eine Figur, auf dem Boden liegend, wahrnehmen. Endlich Lärm, allerdings nicht der Staubsauger, sondern lautes Radio. Ich reiße die Tür ganz auf – und?

Drinnen liegt tatsächlich die Puppe vom Foto, zusammengekrümmt, feucht, schon mit Schimmelbefall. Das Gesicht ist nicht das Abbild von Sabine Katz. Es ist das eines jungen Mädchens, auch blond. Ich ziehe die Figur heraus und fotografiere sie mehrmals, von vorne und von der Seite. Dann lege ich sie wieder zurück, so wie ich sie vorgefunden habe. Kasten zu, Schlüssel wieder an den offenen Spind und raus, noch ein Blick durch den Türspalt, ob die Luft rein ist. Sie ist rein. Die Putzfrau werkelt laut im Zuschauerraum, dessen Eingang weit offen steht. Ich warte, bis sie mir ihren gekrümmten Rücken zuwendet, dann durchquere ich das Foyer. Geschafft, draußen. Wenn ich bei der Servitenkirche vorbeikomme, werde ich zum Dank noch mindestens zehn Kerzen anzünden, die teuren für zwei Euro sogar.

In der Hofeinfahrt kontrolliere ich, ob ich wohl alle meine Siebensachen bei mir und nichts drinnen vergessen habe: die fünf Buntbartschlüssel, Handy, Handtasche, da ich in solchen Stresssituationen nämlich immer etwas vergesse.

Am Weg zur U-Bahn-Station – nur mehr drei Fahrten am Ticket! – schaue ich in meiner Fotogalerie am Handy nach. Alle Bilder da und sogar scharf. Toll, und das bei mir als bekennender Antifotografin. Um meine Begeisterung mit Mutter zu teilen, werde ich ihr ein Foto der Puppe auf ihr Smartphone schicken. Unter »Mutter« im Adressbuch finde ich sie nicht. Zu blöd, hab total vergessen, sie abzuspeichern. Aber ihre Telefonnummer muss doch noch auf der Protokollliste der eingegangenen SMS sein? Ich checke die SMS von gestern Abend. Tatsächlich, da ist die Nummer. Ein Klick, und das Foto wird gesendet. Alma, du bist großartig! Jetzt ist der Akku aber wirklich am Ende. Gerade noch ausgegangen, bevor sich das Telefon abschaltet.

Vor Arbeitsbeginn besuche ich noch schnell meine Lieblingskirche in Wien, die Servitenkirche, um meine Dankeskerzen anzuzünden. Wie viele habe ich versprochen, dass alles gut gegangen ist? Zehn? Also zehn. Ich platziere die zehn Zwei-Euro-Kerzen unter der strengen Aufsicht einer älteren Gläubigen in Reih und Glied auf den dafür vorgesehenen Metallständer, wo schon etliche Kerzengenossen brennen. Um meine anzuzünden, borge ich mir eine Flamme von einem Nachbarlicht. Als alle Lichtlein leuchten, will ich zahlen. Nein, das darf nicht wahr sein, nur fünfzehn Euro in meiner Geldbörse. Die Kirchenbesucherin zählt nickend mit, als die Münzen am Boden der Metallkasse laut auftreffen. Nach nur acht (sieben mal zwei Euro und ein Einer) Klingeltönen statt zumindest zehn wirft sie mir einen bösen Blick zu. Ich lächle verlegen zurück und sag leise in ihre Richtung: »Ich bring den Rest später …« Das werde ich auch sicher tun, schon wegen der Ehrlichkeit und wegen meines Aberglaubens.

Es geht sich gerade aus, dass ich pünktlich in meiner Praxis bin. Die Patienten stehen schon vor der Tür und warten mehr oder weniger ungehalten. Ich dränge mich durch die Menge, Entschuldigung murmelnd. Als alle drinnen sind, bitte ich sie, Platz zu nehmen: »Es tut mir leid, dass Sie warten mussten, aber meine Assistentin ist im Krankenhaus. Ich werde versuchen, die Sprechstunde trotzdem so gut als möglich durchzuführen. Ich bitte Sie um ein wenig Geduld.«

Erstaunlicherweise höre ich nur entgegenkommende Worte: »Kein Problem, verstehen wir etc.«

Die Gruppendynamik ist mir heute wohlgesonnen. Kein Alpha, der Stunk macht. Die Herde ist auf Friede gepolt. Es rebelliert auch keiner, als ich beim Rauffahren der Elektronik noch einmal beinahe eine halbe Stunde brauche. Sie sitzen da und sind lieb, herrlich.

Ich bin auch lieb, no problem, alles paletti. Beim Einschalten der Geräte kommt mir auf Mutters Schreibtisch ihr Trinkgeldsparschwein unter die Finger. Geschüttelt höre ich, dass es mit Kleingeld gefüllt ist. Schau, schau! Hervorragend, da kann ich mir ja den Weg zur Bank sparen, um meine Schulden beim lieben Gott zu begleichen.

Das Faxgerät spuckt den genetischen Befund des Lesek, des Krauseminze und von Piechen mit einem Kommentar von Manfred aus: »Das war das allerletzte Mal, klar?«

Kein »Bussi Manfred«, nicht einmal, »Liebe Grüße M.« oder zumindest »LG Manfred«. Gar nichts. Der ist grantig auf mich. Ach, ich werde ihn schon wieder versöhnen, später, dann, wenn ich ihm von der erfolgreichen Aufklärung des Falls berichten kann.

Wie angenommen, stimmt die DNA-Analyse von Piechen mit der des Lesek überein. Das Verbrecher-Gen hat der Lesek jedoch nicht. Was ich nicht verstehe, ist, dass der Lesek, wie im Gespräch mit Mutter glaubhaft geschildert, sein Kind liebt, aber dafür gesorgt hat, dass Sabine, die Kindesmutter, in die Psychiatrie gekommen ist? Und wieso hat er die Auszahlung der Versicherung verhindert? Wieso hat er Sabine verfolgt? Hat Sabine freiwillig mit ihm geschlafen? Eines ist sicher, Sabine wollte ihn nicht als Vater ihrer Tochter haben.

Während meiner Sprechstunden gehen mir die Gedanken über den Lesek nicht mehr aus dem Kopf. Gut, dass meine Patienten heute so geduldig mit mir sind. Ich nehme mir vor, mit ihnen in Zukunft auch geduldiger zu sein.

Als ich mit allen Patienten durch bin, widme ich mich wieder meinem Fall: Den Roman habe ich inzwischen abschließend überflogen, daraus ergeben sich keine weiteren Informationen. Nun gibt es nur noch eine Möglichkeit, mehr über die Beziehung von Sabine zum Lebensgefährten ihrer Mutter zu erfahren – ich muss ihn treffen. Was soll schon sein? Mehr als anlügen kann er mich nicht, er wird mir schon nichts antun. Ich halte ihn nicht für wirklich gefährlich (kein Verbrecher-Gen), ein kleiner Gauner, der Geld braucht, vielleicht Gambler, whatever? Und falls er was mit Sabines Tod zu tun hat, dann war es eine Eifersuchtsgeschichte.

Um den Lesek anzurufen, brauche ich noch seine Telefonnummer. Die suche ich mir aus dem Internet.

Sofort als ich mein Telefon durch Zusammenschluss mit meinem Laptop aufwecke, meldet sich die digitale Sekretärin: »Sie haben einen Anruf in Abwesenheit, Erika.«

Und ein SMS habe ich auch bekommen – von Birgit Platzer: »Habe wichtige neuigkeiten wegen piechen. Treffen nach dem kur bar?« Komisch, anscheinend war die Platzer in Eile, die macht doch sonst keine Fehler – aha, SMS wahrscheinlich während Probe. Noch einmal ins Theater, doch die Streifenkarte aufbrauchen? Das schmeckt mir gar nicht!

Ich wähle die Mailbox an – Erika: »Ruf mich an, Neuigkeiten.« Das tue ich, sobald der letzte Patient draußen ist. Schon fünfzehn

Uhr, habe fast zwei Stunden durch Administrationstätigkeiten überzogen, hoffentlich ist Mutter bald wieder fit.

»Was gibt es Neues?«

»Hör mal zu, du, Käse ...«

»Bitte nicht Käse!«

»Okay, also Eckerl ...«

Ich hasse es, wenn Leute glauben, witzig sein zu müssen, auch bei Erika. Immer wenn sie glaubt, mir irgendwelche sensationellen Dinge zu erzählen, wird sie bummelwitzig. Um die Prozedur abzukürzen, lasse ich mich aber jetzt nicht noch auf eine Diskussion bezüglich Eckerl ein. Wer weiß, wie sie mich dann nennt. Weichkäse, Streichkäse, Emmentaler?

»Was willst du mir mitteilen?«

»Bist grantig?«

»Nein, nur unter Zeitdruck. Kann keinen Smalltalk veranstalten. Also?«

Erika schnalzt ins Telefon: »Frau Wichtig!«

Jetzt werde ich aber bald wirklich grantig: »Also?«

Erika tut auf angebissen: »Weil ich nicht so bin ... Du kannst dich zurücklehnen. Der Fall Katz wird neu aufgerollt. Der Freund ihrer Mutter wird verdächtigt, sie umgebracht zu haben.«

»Der war es aber nicht.«

»Aha, Frau Inspektor sind wieder einmal klüger.«

»Wieso?«

»Das Kind dürfte von ihm sein. Wahrscheinlich durch eine Vergewaltigung entstanden. Jetzt staunst du, hm?«

»Wer behauptet das?«

»Ihre Mutter hat ihn angezeigt.«

»Interessant, und?«

»Sie hat uns Fotos vorgelegt, wo der Verdächtige die Tote verfolgt hat. Da gibt es auch welche, wo sie am Donaukanal joggt.«

»Erstaunlich. Und? Habt ihr ihn schon in U-Haft?«

»Darf ich nicht sagen.«

Immer diese Zickerei von Erika. Zuerst macht sie mir den Mund wässrig und dann ... Amtsgeheimnis.

»Sag schon, das wird ja nicht geheim sein, ob jemand schon einsitzt.«

»Der Haftbefehl kommt erst. Der Staatsanwalt ist noch nicht fertig. Aber er darf nicht mehr aus dem Haus.«

Ich tue so, als ob für mich die Geschichte jetzt erledigt wäre, nur ja keine schlafenden Hunde wecken: »Super, das freut mich, dann hab ich endlich wieder einmal einen ruhigen Abend und kann meinen Kurs genießen.«

»Gibst du mir recht, dass es besser ist, die Profis arbeiten zu lassen? Wir sind auch nicht blöd.«

Ich verbeiße mir einen Kommentar. Was ist das für eine Kunst, jemand zu verdächtigen, wenn derjenige angeschwärzt wird? Ich sage: »Bin ich froh. Dann wird die Kleine ihr Geld bekommen und um das ist es mir ja gegangen.«

»Das wollte ich dir gleich erzählen, damit du keinen Unsinn mehr machst.«

»Danke, das ist wirklich lieb von dir. Bussi, bis bald.«

»Und? Wann sehen wir uns?«

»Heute nicht, aber vielleicht morgen! Ich melde mich.«

»Bussi und sei brav, Eckerl.«

Eckerl wird brav sein, Alma aber nicht!

Ich rufe sofort Mutters Nummer an. Sie hebt nicht ab, auch kein Anrufbeantworter. Mit der Installation der Mailbox war sie wohl doch überfordert.

Also Lesek googeln, als Versicherungsagent wird er wohl auf der Homepage zu finden sein. Ist auch so: Alle Vertreter mit Foto sind da aufgelistet. Ich ruf ihn an. Er hebt sofort ab.

»Hallo, hier ist Dr. Liebekind-Spanneck. Sie werden sich wundern, warum ich Sie anrufe, aber ich möchte mit Ihnen reden, wegen Frau Katz. Es ist wichtig.«

»Glauben Sie auch, dass ich was mit ihrem Tod zu tun habe?«

»Eben nicht, deshalb wollte ich mich mit Ihnen unterhalten.«

»Ich darf nicht aus meinem Büro, ... wegen einer Anzeige.«

»Ich komme zu Ihnen. In einer halben Stunde?«

»Ich bin sowieso da, falls sie mich noch nicht abgeholt haben.«

»Ich beeile mich. In der Hyrtlgasse?«

»Ja.«

»Bis gleich.«

Diesmal pfeife ich auf meinen CO^2-Output. Ich fahre sogar nicht einmal mehr meinen Computer hinunter, packe meine Handtasche, mein kaum aufgeladenes Handy und rufe mir vom Festnetz ein Taxi, um Strom zu sparen. Bevor ich die Praxis zusperre, ein Geistesblitz! Taxifahrer wollen Geld, also Mutters Sparschwein schnell in die Handtasche werfen. Dann durch den Wiener Stau. Oh Gott, mach, dass sie ihn noch nicht abgeholt haben, bevor diese Tausenden Ampeln endlich grün werden. Rushhour eben. Der Taxler ist irritiert, als er im Rückspiegel beobachtet, wie ich mit meiner Maniküfeile versuche, aus dem Schlitz des Sparschweins Geld herauszuholen. Aber was Hänschen als Kind gelernt hat, das kann Hans als Erwachsener. Wie oft habe ich früher mein Sparschwein auf diese Art und Weise geplündert. Das blöde Papiergeld verstopft immer den Spalt, so auch heute. Ich muss einen Schein brutal zersägen, damit ich die fünfzehn Euro für die Fahrt zusammenbekomme.

Irgendwann sind wir endlich vor Leseks Büro. Ich drücke dem Fahrer die Münzen abgezählt in die Hand, es fehlen fünfzig Cent für irgendeine Standgebühr oder so. Der vermutlich türkische Chauffeur ist gnädig: »Mann, kurzhalten, wenig schenken?«

Ich nicke dankbar. Er steckt die Münzen in seine Brieftasche und nickt mir mitleidig zu: »Kein Problem, nächste Mal ...« Ich verabschiede mich überschwänglich: »Danke, danke, sehr liebenswürdig. Wiederschauen.«

Der Türöffner von Leseks Büro springt sofort an, bevor ich mich noch an der Gegensprechanlage anmelden kann. Als ich vor seinem Büro ankomme, erwartet er mich schon. Wir gehen durch einen Vorraum in sein eigentliches Arbeitszimmer. Wir setzen uns zu einem kleinen Konferenztisch.

»Wollen Sie was trinken? Kaffee? Wasser?«

»Ein Kaffee wäre toll und ein Wasser dazu. Es ist so heiß.«

Er geht kurz raus, um das Gewünschte zu holen. Offenbar gibt es keine Sekretärin. Ich schaue mich um. Das Büro ist bescheiden möbliert, an den Wänden billige Reproduktionen von Klimt. Auffallend die vielen Grünpflanzen, die gut gepflegt, gesund ausschauen. Menschen, die sich um Pflanzen liebevoll kümmern, haben bei mir einen Stein im Brett. Sonst nur das Übliche, Aktenschrank, Schreibtisch mit Laptop (vermutlich der, von dem Mutter Katz die Fotos heruntergeholt hat), Drucker, auf dem Konferenztisch Werbeprospekte der Versicherung: »Sorgen Sie für Ihre Familie vor ...«

Er stellt mir den Kaffee und ein Glas Wasser hin. Er selber holt sich einen Aschenbecher aus dem Schreibtisch: »Darf ich? Normalerweise rauche ich nicht drinnen, aber ich brauche das jetzt.«

»Mich stört der Rauch nicht.«

»Danke.«

Er zündet sich eine Zigarette an und raucht hastig. Ich komme sogleich zur Sache: »Sie sind der Vater von Piechen.«

Er nickt mit geschlossenen Augen: »Ich bin es, aber ich durfte es nicht sein.«

»Sabine wollte es nicht?«

»Ja, wegen ihrer Mutter. Die sollte nichts wissen.«

»Erzählen Sie. Ich unterliege dem Arztgeheimnis.«

»Es hat sich so ergeben. Liesl, hm, meine Lebensgefährtin, musste ja während des Tages arbeiten. Die Sabine und ich haben oft zusammen gefrühstückt, als sie noch keine eigene Wohnung hatte. Dann habe ich sie Text abgefragt, ich kann mir meine Termine ja einteilen. Irgendwie sind wir uns näher gekommen. Na ja, dann ist es eben passiert. Aber sie wollte es auch. Als sie schwanger war, da hat sie Schluss gemacht, wegen Liesl angeblich, aber wohl nicht nur ... Sie hat sich von uns absentiert, ist in ihre eigene Wohnung gezogen.«

»Und Sie wollten das Ganze immer geheim halten?«

»Wollte ich nicht, aber sie. Sie wollte der Liesl nicht wehtun. Das habe ich verstanden. Ich wollte das ja auch nicht. Aber es wurde immer schwieriger für mich. Sie hat sich immer mehr zurückgezogen, auch von ihrer Mutter. Ich glaube, der Grund war der de la Menta. Dem war sie plötzlich ... wie hörig. Und vor fast einem Jahr, da habe ich sie zur Rede gestellt. Ich habe zu ihr gesagt, ich verlange, dass du mich als Vater angibst. Da hat sie geantwortet: Du bist nicht der Vater. Das hat mich erschüttert. Da habe ich angefangen, ihr nachzuspionieren. Ob da ein anderer war, ihr Chef?«

»Kennen Sie ihn?«

»Nur so von den Vorstellungen. Sie hat ihn nie mit zu uns gebracht. Ich habe ihn nicht gemocht, eigentlich war ich eifersüchtig, sehr sogar. Wenn Sabine nicht in ihrer Wohnung war, musste ich ihr nach. Ich habe es nicht ausgehalten. Ich bin stundenlang vor ihrer Haustür gestanden und hab gewartet, ob sie jemanden mitnimmt. Ich bin ihr gefolgt, es war wie ein Wahn, ich hätte den anderen umgebracht.«

»Und?«

»Da war niemand, bis auf den Brunner, aber der war erst viel später.«

»Und weshalb ließen Sie zu, dass sie auf die Psychiatrie eingeliefert wurde? Wieso haben Sie nicht erzählt, dass Sie sie tatsächlich verfolgt haben? Dass sie nicht verrückt war?«

Der Lesek fällt in sich zusammen und die Zigarettenasche auf seine Hose. Er senkt den Kopf und sein ganzer Körper beginnt zu zittern. Er quetscht die Silben aus seinem halb geöffneten Mund, wie ein Mensch, dessen Kehlkopf zusammengeschnürt ist: »Die Einweisung hat der Dr. Würzl veranlasst. Ich habe gewusst, dass er bei den Lebensversicherungen Gutachten getürkt hat, damit sie nicht ausbezahlt werden müssen. Als Sabine die Anzeige gemacht hat, war das für ihn ein gefundenes Fressen. Durch die Aufnahme auf die Geschlossene hat er sich viel Arbeit erspart. Dadurch gab es dann für später keinen Zweifel an ihrem Geisteszustand mehr. Ich schwöre, ich hab das nicht gewollt. Es ist passiert und dann konnte ich es nicht mehr ändern. Ich war zu feig. Selbst den gefälschten Drogenbefund habe ich nicht angezeigt. Und jetzt ist Sabine tot und Piechen könnte das Geld dringend brauchen.«

Ich nehme ihm die abgebrannte Zigarette aus der Hand und dämpfe sie im Aschenbecher aus.

»Wieso haben Sie solche Betrügereien überhaupt gedeckt?«

»Ich brauchte das Geld, die Bonusse. Meine Abschlüsse wurden immer weniger. Ich war damit beschäftigt, Sabine zu beobachten. Sie müssen verstehen, es war wie ein Wahn. Eifersucht ist wie eine tödliche Krankheit.«

»Aber am Tag ihres Ertrinkens waren Sie nicht da?«

Der Lesek starrt vor sich in seinen Schoß. Nicht einmal seine Lider bewegen sich. So schaut einer aus, den man sich wie die Metapher »zur Salzsäule erstarrt« vorstellt, ohne Leben, einfach leer. Ich stupse ihn an, nichts, keine Reaktion.

»Waren Sie da?«

10. Kapitel

Herwig Lesek kommt nicht mehr dazu, mir zu antworten, denn es hechten auf einmal fünf vermummte Personen mit Pistolen im Anschlag ins Zimmer. Einer wirft sich auf mich, drückt mich auf den Boden und schleift mich in die Ecke neben der Tür des Büros. Auf dem Bauch liegend, kann ich aus den Augenwinkeln heraus beobachten, wie der arme Lesek jetzt abrupt aus seiner Starre aufwacht. Mit weit aufgerissenen Lidern (also vorhin keine Katatonie) steht er langsam aus seinem Sessel auf. Sofort werfen sich drei der restlichen Vermummten über ihn und drücken ihn ebenfalls auf den Boden. Im Gegensatz zu mir werden ihm aber seine Arme auf den Rücken gedreht und dann mit Handschellen fixiert. Unglaublich!

Also, so gefährlich ist der auch wieder nicht, dass man, um ihn abzuholen, die Cobra – ich erkenne die Männer an ihrer Uniform von Bildern aus der Zeitung – schicken muss.

Dann führen sie ihn ab.

Der Polizist, der mich von meinem Sessel gezerrt hat, fordert mich auf: »Sie kommen auch mit aufs Kommissariat. Das war in letzter Minute. Hat er Sie verletzt?«

»Wieso soll er mich verletzt haben?«

»Geiselnahme.«

»Wieso Geiselnahme?«

»Er hat Sie doch als Geisel genommen, oder?«

»Wozu?«

»Sie waren ja bei ihm.«

»Aber wir haben uns unterhalten.«

»Er steht unter dem Verdacht, die Tochter seiner Lebensgefährtin ermordet zu haben. Es gilt aber die Unschuldsvermutung.«

»Er hat mich nicht als Geisel genommen, ich bin freiwillig da.«

»Er steht auch unter Verdacht, eine andere Frau ermordet zu haben. Wir wussten, dass Gefahr im Verzug ist.«

»Wen soll er noch ermordet haben?«

Der Polizist zeigt mir das Fahndungsfoto mit der Person drauf.

»Die!«

Ich tue erstaunt: »Das ist ja schlimm. Nein, mir hat er nichts getan. Ich wollte nur eine Lebensversicherung abschließen, sonst nichts.«

»Gut, dann können Sie gehen, wenn Sie uns Ihre Personalien hinterlassen. Sie werden morgen am Kommissariat aussagen.«

Ich lege zu meiner Identifikation meinen Arztausweis auf den Tisch. Den kennt er nicht.

»Haben Sie keinen Führerschein?«

»Schon, aber ich fahre nicht.«

Nach Angabe meiner Sozialversicherungsnummer, meiner Adresse, Telefonnummer und dem Versprechen, mich morgen am Kommissariat Schottenring einzufinden, bin ich endlich entlassen. Der Polizist hat die Kapuze heruntergestülpt, ist aber irgendwie von mir irritiert: »Sind Sie sicher, dass bei Ihnen alles in Ordnung ist?«

»Absolut sicher. Bis auf ...«, ich deute auf seine Waffe, »... davor habe ich Angst.«

Der Polizist bedeckt das Ding, das in seinem Bauchgurt steckt, mit seiner Hand und lacht zweideutig: »Die tut Ihnen nichts. Wiederschauen.«

Bevor der Cop das Büro verlässt, bitte ich ihn noch: »Können Sie mich bis zur nächsten U-Bahn-Station mitnehmen? Haben Sie noch einen Platz frei?« Aufregend, ich wollte schon immer einmal mit Blaulicht durch die Stadt!

Das geht. Ich darf auf der Rückbank des Einsatzwagens neben »meinem Lebensretter« Platz nehmen. Leseks Polizeitaxi fährt gesondert vor uns.

Im Wagen versuche ich meinen Nachbarn noch ein bisschen auszuhorchen: »Hatten Sie Hinweise, dass ich von Herrn Lesek als Geisel genommen wurde?«

Der Polizist, der augenscheinlich ein Auge auf mich geworfen hat – immer wieder ertappe ich ihn, wie er mein Dekolleté fixiert –, schweigt.

»Woher wussten Sie, dass ich bei Herrn Lesek war?«

»Durchs Fenster.«

»Aber sieht man da überhaupt durch? Soweit ich mich erinnere, sind da Vorhänge.«

»Ja.«

Das klingt nicht sehr sicher, also: Man sieht nicht durch.

Ich bohre weiter: »Wer hat Sie darauf aufmerksam gemacht, dass der Herr Lesek nicht allein ist?«

»Bei jeder Inhaftierung wird davon ausgegangen, dass sich noch andere Personen im Raum aufhalten könnten. Zu deren Sicherheit wird jede Aktion genau geplant.«

»Sie wussten, dass ich da sein könnte?«

Er schweigt. Also wurden die Cops vorher informiert. Von Erika?

Während der restlichen Fahrt Richtung Schottenring, leider ohne Blaulicht und Folgetonhorn, betreibe ich Smalltalk. Wer weiß, ob ich den Mann noch einmal brauchen kann? Ist eigentlich ein Netter. Ich erfahre, dass er seinen Job gerne macht, dass er noch nie jemanden erschießen musste, aber selber schon zwei Mal leicht verletzt wurde – das allerdings von Fußballrowdys und nicht von wirklich schweren Kalibern. Als wir bei der Polizeidirektion am Schottenring ankommen, sind wir schon fast gute Bekannte.

Beim Schottenring wechsle ich in die U4. So, nur mehr zwei Fahrten auf meiner Streifenkarte. Höchste Zeit, schon halb sechs. Während der Fahrt zur Taubstummengasse rufe ich die Erika, trotz schwachen Akkus, an, sie hebt nicht ab. Klar, sie will sich meinen Groll ersparen.

Also Band, ich tue wütend: »Bist du mein Babysitter? Spielst du dich als mein Bodyguard auf? Ich kann allein auf mich aufpassen. Ich weiß, dass du dem Lesek die Cobra auf den Hals gehetzt hast. Ha, Geiselnahme! Was wäre gewesen, wenn sie den Armen erschossen hätten? Außerdem, der hat sie sicher nicht umgebracht.« Dann lege ich auf.

Sofort kommt ein SMS zurück: »Doch, wir haben beweise. Sei froh, dass du nicht die nächste warst. Traumkind.«

Zu gerne tät ich jetzt mehr wissen. Was für Beweise? Haben sie gar die Leiche der Frau auf dem Fahndungsfoto gefunden? War das keine Puppe? Sollte ich mich doch geirrt haben? Nein, ich irre mich nicht, mein Bauch hat immer recht. Der sagt, der Mann ist zwar ein Weichei, der zu feig ist, zu seiner Liebe und zu seinem Kind zu stehen, aber Mörder ist der keiner, auch nicht aus Eifersucht. Es war der Krauseminze. Aus.

Je näher ich dem Theater komme, desto höher wird mein Blutdruck. Ich nehme an, dass der Brunner heute nicht mehr in den Kurs kommen wird. Also bin ich ohne ihn und Mutter ganz auf mich alleine gestellt. Es ist der letzte Abend, wer weiß, was dem Krauseminze für absonderliche Spielchen einfallen? Außerdem habe ich keine Ahnung, wie ich mich vor meiner Versprechung drücken werde. Davonrennen? Jedenfalls möchte ich nicht allein nach Hause gehen, deshalb schicke ich meinem Michelangelo ein SMS: »Kannst du mich bitte um sieben uhr vor mozarttheater abholen? Love you.«

Michael wird mir Vorwürfe machen, dass ich den Kurs weiter besucht habe, aber das nehme ich gerne in Kauf. Die Idee, dass ich durch die Stadt – vom Krauseminze verfolgt – laufen muss, verursacht mir dagegen Panikattacken.

Wenn man eine unangenehme Sache erledigen muss, fallen einem immer Ausreden ein, um die Tätigkeit hinauszuschieben. So geht es mir jetzt auch. Ich muss noch unbedingt – bevor ich ins Theater gehe – meine Schulden beim lieben Gott begleichen. Drum mache ich, obwohl schon zehn vor sechs, einen Abstecher in die Paulanerkirche. Das ist das nächstgelegene Gotteshaus. Am Weg dorthin versuche ich in bewährter Weise, mit meiner Manikürfeile Münzen aus Mutters Sparschwein herauszukitzeln. Aus lauter Aufregung, immerhin bin ich nicht daran gewöhnt, von einer beinahe Geiselnahme gleich in eine reale Stalkingszenerie zu wechseln, komme ich gar nicht auf die Idee, dass ich an etlichen Bankomaten vorbeikomme, die ich anzapfen könnte.

Es bedarf großen Geschicks, mit einer spitzen Nagelfeile im

Laufen ein Sparschwein zu bearbeiten. Erstaunlicherweise rutschen die Münzen leichter aus dem Schlitz als im Taxi (durch das Rütteln?). In der Kirche werfe ich die restlichen fünf Euro und noch einen als Trinkgeld beziehungsweise für die Zinsen – dieses Mal unter dem *wohlwollenden* Blick einer anderen ältlichen Kirchenbesucherin – in den Schlitz des Metallbehälters. So, das wäre erledigt! Wenn es dich wirklich gibt – was ich bezweifle! –, dann kannst du, lieber Gott, dafür sorgen, dass mir heute nichts mehr passiert. Okay?

Den Weg von der Paulanerkirche bis in die Mozartgasse lege ich, so schnell ich kann, laufend zurück. Das ist gut, um die Stresshormone abzubauen und meine Endorphine zu erhöhen. Hilft aber nichts!

Trotzdem, auf in den Kampf, siegesbewusst, Körperspannung an, durch das Tor durch, den Hof durchquert, die Eingangstür auf. Blick auf die Uhr: Schon fünf nach sechs!

Da ich mich verspätet habe, bin ich nicht verwundert, dass keine meiner Kolleginnen mehr vor der Tür steht. Ich schleiche mich so leise als möglich, um ja nicht zu stören, durch das Foyer in den Bühnenraum. Da drücke ich die Türklinke langsam hinunter und schiebe mich durch den Spalt ins Zimmer. Vorerst sehe ich gar nichts, völlige Finsternis. Erst als ich die Tür hinter mir zugeschlossen habe, geht das Licht der Scheinwerfer an. Hinter mir ein Klicken, wie wenn jemand einen Schlüssel umdreht, vor mir ...?

Ph ..., mir stockt der Atem. Vor mir auf den Sesseln der Kursteilnehmer im Scheinwerferkegel Puppen, mit ihren Köpfen auf je einem Fleischerhaken an der Lehne aufgehängt. Nur ein Platz im Kreis ist frei – meiner. Mir schwindelt, es fühlt sich so an, wie wenn ich gleich in Ohnmacht fallen würde. Ich drücke meinen Atem im Stakkato aus meinen Lungen.

Ich sage mir eindringlich: Alma, noch ist nichts geschehen, noch bist du heil, noch kannst du dich wehren. Also! Du hast Messerattacken von psychotischen Patienten überlebt, bist stockbesoffenen Alkoholikern entkommen, die dich nicht erschlagen haben, du wirst auch diesen Wahnsinnigen schaffen.

Der Wahnsinnige steht anscheinend hinter mir, denn ich höre ihn erregt schnaufen. Er hat uns zusammen eingeschlossen.

»Setz dich, Pulchra!«

Es ist ein Befehl. Ich schlurfe langsam, ohne mich umzudrehen, zu meinem Sitz. Da nehme ich Platz. Jetzt erst sehe ich den Krauseminze von Angesicht zu Angesicht. Er hält in der Hand jenen Säbel, den im Puppenstück der Klaus Kinski im Kampf mit dem Regisseur geführt hat. Er grinst mich an: »Endlich nur zu zweit. Freust du dich?«

Ich schlucke, klappe meine Oberlider bejahend hinunter und nicke.

»Nur nicht provozieren, nur nicht provozieren, nur nicht provozieren ...«, wiederhole ich mantrisch in meinem Kopf. Ich vermeide jeglichen Blickkontakt, damit er den nicht falsch deuten kann (als Einverständnis oder auch als Attacke).

Dann tänzelt er zu mir. Er streift den linken Träger meines Sommerkleids von meiner Schulter, dann den des BHs. Ich halte still. »Besser vergewaltigt als tot«, sage ich mir, »wenn ich so davonkomme, dann schließe ich die Augen und denke an England.«

Wie blödes Zeug einem in so einer Situation durch den Kopf geht. Aber besser Blödes denken als gelähmt durch Totstellreflex!

Er zieht aus seiner Hosentasche eine Kordel aus roter Seide. So eine, welche man sonst dazu verwendet, um schwere Vorhänge an der Seite eines Fensters zu fixieren.

Er nimmt meinen linken Arm und dreht ihn hinter meinen Rücken, dann den rechten. Krauseminze marschiert langsam hinter mich und bindet mir die Handgelenke mit dem Band fest zusammen. Bevor er die zweite Seidenschnur aus seiner Hosentasche zieht, schiebt er mein Kleid bis auf den Bauch hinauf und meine Unterhose hinunter. Ich widerstehe meinem Impuls, ihm in die Eier zu treten. »Alma, keine Provokation, keine Provokation …, gegen ein Schwert bist du machtlos.«

Meine Unterwerfung stimmt ihn gelassen. Er drückt meine Beine auseinander und bindet meine Knöchel je an ein Stuhlbein. Dann schiebt er meinen Kleidersaum wieder über meine entblößte Scham. Ich stammle: »Danke!«

Krauseminze hebt seine rechte Augenbraue und grinst mich mit sardonisch verzogenen Mundwinkeln an: »Es gefällt dir? Du bekommst mehr …«

Vis-à-vis zu mir zieht er den Stuhl, auf dem die Klaus-Kinski-Puppe sitzt. Er nimmt den linken Puppenarm und streicht damit über meine Beine, dann über meinen Bauch, über meine Brust. Auf meiner Schulter lässt er ihn liegen. Dasselbe macht er mit dem rechten Puppenarm. Er nimmt den Haken aus dem Puppenkopf, fährt mit der Hand ins Maul der Figur und drückt mir den Puppenmund auf den meinen.

»Pulchra, magst du das?«

Plötzlich spüre ich seinen Finger durch das Pappmaul über meine Lippen streichen und in meinen Mund eindringen. Es reckt mich.

»Alma, nicht erbrechen, nicht erbrechen …«, rede ich mir ein, »schluck den Ekel hinunter.«

Ich versuche mir vorzustellen, dass der Finger des Krauseminze ein Holzspatel ist, den mir mein Freund Fritz zur Untersuchung meiner Mandeln in den Rachen steckt. Das geht! Ich sage mir: »Das Erleben ist ein Produkt deiner Gedanken.« Also werde ich das Ganze wie eine medizinische Untersuchung hinnehmen. Das ist auch nicht angenehm, aber da muss ich durch.

Ich versuche erst gar nicht, bei de la Menta Erbarmen zu wecken, da er aufgrund seiner genetischen Konstellation keineswegs auf mein Leiden mit Mitleid reagieren wird. Also möglichst neutral verhalten. Ich hoffe, dass seine Freude, mich zu demütigen, abflaut, sobald er seinen Sexualtrieb befriedigt hat.

Tatsächlich, das Fingerspiel wird ihm fad, da er von mir zu wenig Response bekommt. Er steht auf, zückt seinen Säbel, wandert in der Runde von Figur zu Figur und streift mit der Spitze des Säbels den Kopf jeder Puppe.

Ja, ich habe die Botschaft verstanden! Ich weiß, dass du eine Waffe in der Hand hast, die mich verletzen kann!

Ruckartig wendet er sich von seinen Puppen ab und mir wieder zu. Er greift in seine Hosentasche und zieht sein Handy heraus, streift über das Display und hält es mir vor meine Augen.

Oh, nein! Nein, nein, nein, das nicht …! Das darf nicht sein! In meinem Hirn läuft eine Kettenreaktion ab, ein Supergau, eine Megaexplosion aller Synapsen, aber keine vernünftige Antwort auf die Frage: Wie kommt dieses Bild auf sein Handy?

Vor mir Krauseminzes Hand, die das Smartphone mit dem von mir fotografierten Bild der Puppe aus seinem Spind zeigt.

»Schönes Bild? Danke, dass du es mir geschickt hast. Wolltest du mich beglückwünschen? Gefällt es dir?«

»Kenne ich nicht …«

Das hätte ich nicht sagen sollen, zu blöd. Der Wahnsinnige schlägt mir mit dem Arm der Kinskipuppe ins Gesicht: »Kennst du nicht? Ist das nicht deine Nummer? Willst du mich erpressen?«

Ich schüttle den Kopf.

»Das hat schon eine andere versucht. Ist ihr nicht gut bekommen. Tot!«

Ich kämpfe um meine Haltung, aber ich merke, dass ich dabei bin, mich aufzugeben. Wie kann auch eine Frau, die nicht einmal in der Lage ist, ein substanzielles Foto an die richtige Adresse zu schicken, wie soll so eine erbärmliche Frau sich aus dieser Situation hinauswursteln? Ich verachte mich. In meinem Kopf taucht das kleine Mädchen auf, das in der katholischen Schule auf seinem Stühlchen sitzt, vor sich die gigantomanisch große Schwester Elsbeta, die mit dem Finger auf sie zeigt und sagt: »Alma, du hast schon wieder eine Reihe deines Topflappens ganz unregelmäßig gehäkelt. Nicht einmal für das Muttertagsgeschenk strengst du dich genug an. Da wird deine Mutter aber traurig sein.« Und dann trennt sie den ganzen Topflappen auf und ich weiß, dass ich mich noch so plagen kann, niemals werde ich einen ordentlichen Topflappen häkeln können. Immer wird mir dazu mein innerliches Chaos im Wege sein. Ich bin ein unordentlicher Mensch, ich bin ein Haufen, in dem ich alle Stecknadeln, die ich ständig verliere, nie mehr finde.

Darum habe ich von Mutter keine Antwort auf meine Nachricht bekommen – an den Krauseminze anstatt an sie geschickt! Das wird mich den Kragen kosten.

Während ich mich mit Selbstbeschuldigungen abplage, hat der de la Menta die feuchte Puppe aus einer hinteren Ecke außerhalb der Scheinwerferkegel geholt und sie mir auf den Schoß gesetzt. Ich spüre die Feuchtigkeit des Puppenkörpers auf meinen Schenkeln. Es riecht modrig. Krauseminze fährt mit dem Zeigefinger seiner freien Hand über das Gesicht der Marionette, streift den Schimmel von ihren Wangen, betrachtet seinen beschmutzten Finger und steckt ihn mir in den Mund: »So schmeckt die Fäulnis. So wirst auch du bald schmecken.«

»Was wollen Sie?«, würge ich hervor.

Ich muss Zeit gewinnen, heute ist doch Vorstellung, oder? Da muss jemand kommen. Wo sind die anderen?

»Ich will dich und dann …«, Krauseminze nimmt seinen Säbel und köpft die neben mir sitzende Piechenpuppe. Der Kinderkopf rollt in die Mitte des Figurenkreises. Er hebt ihn auf, steckt ihn auf seinen Säbel und tänzelt damit vor mir hin und her. Er spricht mit dem Schädel: »Zu Dionys, dem Tyrannen, schlich Damon, den Dolch im Gewande, …«

Einfach was reden, einfach nur reden, das ist die einzige Chance, die ich noch habe.

»… ihn schlugen die Häscher in Bande«, antworte ich.

»Guuuut …, guuut …, mein Liebchen, gut, und dann?«

Soll ich weiter rezitieren oder soll ich so tun, als ob ich einen Hänger hätte? Besser sich dumm stellen, er muss das Gefühl haben, der zu sein, der mehr weiß: »... hm, ... hm die Häscher in Bande ... hm.«

»Meine Pulchra weiß nicht weiter, aber ihr Pulcher schon: Was wolltest du mit dem Dolche, sprich?« Dann theatralisches Lachen: »Ha, ha, ha ... Die Stadt vom Tyrannen befreien ...«

Noch mit dem Piechenkopf an der Säbelspitze köpft er die nächste Puppe, den alten weißhaarigen Mann mit den verzogenen Mundwinkeln.

»Hm? Diese Stadt wird niemand vom Tyrannen befreien. Der Tyrann befreit die Stadt von allem Ungeziefer. Hm? Ha, ha, ha!«

Dann zieht er den Piechenkopf vom Säbel und jongliert mit diesem so lange, bis er die Lust an diesem Spiel verliert. Er schippt ihn neben den Kopf des Greises in die Mitte.

Reden, ich muss was sagen: »Haben Sie heute keine Vorstellung?«

»Oh, nein, diesen Abend habe ich dir gewidmet. Alles abgesagt, kein Kurs, kein Theater ... Und Birgits Einladung: von mir!«

Er stellt sich hinter mich, legt den Säbel auf den Schoß der kopflosen Piechenpuppe und fährt mit beiden Händen in meinen Ausschnitt, um meine Brüste schmerzhaft zusammenzudrücken. Schreien oder nicht? Was ist die bessere Taktik, Beherrschung oder Schmerz zeigen? Ich gebe keinen Laut von mir.

»Oh, là, là! Pulchra steht auf Schmerz? Genieße ihn! Ich werde dir heute noch viel mehr schmerzliches Vergnügen bereiten.« Er zieht an meinen Brustwarzen, zwirbelt sie und drückt sie zwischen seinen Fingern. Obwohl es höllisch wehtut, gebe ich keinen Laut von mir. Solange er Spaß an seinen sadistischen Aktionen hat, wird er mich nicht umbringen. Ich muss Zeit gewinnen, jeder Geiselnehmer wird einmal müde und macht Fehler. Das ist eine Tatsache.

»Gefällt es dir?«

Ich nicke.

»Es erregt dich, gib es zu.«

Ich lüge so gut als möglich: »Ja!«

»Sie hat es auch gemocht. Sehr!«

Das glaube ich nicht. Alle Sexualverbrecher machen sich vor, dass das Opfer Genuss an ihren Übergriffen hat. Wie oft habe ich von meinen Klienten gehört, dass es den Frauen oder Kindern ja ebenfalls Spaß gemacht habe. Dass sie Gefallen daran gefunden hätten, so oft gequält zu werden, bis es beinahe selbstverständlich für sie war. Sozusagen Alltagsliebkosungen, mit vergnüglichem Schmerz.

Langsam verschiebt sich meine Angst vor ihm in Richtung Wut. Das ist gar nicht gut. Das darf er nicht merken, denn dann muss er seine Aggressionshandlungen verstärken, um bei mir wieder Panik zu erzeugen. Nur wenn sich das Opfer fürchtet, kann so einer seine Macht genießen. Also sage ich mir: »Alma, zeig ihm, dass du schwach bist und er der Starke. Ich simuliere leises Schluchzen: »Hn, hn, hn, was tun Sie mir an?«

»Ich muss dich bestrafen. Du hast dich schlecht benommen. Du hast mich betrogen. Du bist in meine Kreise eingedrungen, so wie sie.«

»Hn, hn ..., ich wollte nicht ..., ich schwöre, ich sage nichts.«

»Sie hat auch geschworen. Dann wollte sie doch plaudern. Jetzt ist sie stumm.«

Er nimmt der Brigitte-Bardot-Puppe den Schal ab und bindet ihn mir um den Mund: »So! So stumm wie du.«

Krauseminze legt das Ende des Schals um meinen Hals und zieht an: »Ich könnte so ...«, dann nimmt er den Säbel vom Schoß des kopflosen Piechenimitats und köpft Brigitte Bardot: »... oder so? Was würdest du vorziehen?«

Die Antwort bleibt mir erspart, da ich den Schal vor meinem Mund habe. Jetzt wird es brenzlig. Meine Wut spaziert wieder Richtung Panik. Ich muss mir was einfallen lassen, um ihn abzulenken. Bewegen kann ich mich kaum, reden auch nicht.

So werde ich für ihn auch immer mehr zur Puppe. Das darf nicht sein, jede Entmenschlichung erleichtert es ihm, die innerliche Grenze, zu töten, zu überschreiten. Bald bin auch ich nur mehr eine weitere Figur in seinem Marionettenkreis. Ich muss zumindest erreichen, dass ich als Letzte geköpft werde. Zeit gewinnen, bis ein Wunder geschieht. Um mich lebendig darzustellen, huste ich. Ich spiele einen Hustenkrampf, um ihn dazu zu bewegen, mir den Schal wieder abzunehmen.

Es funktioniert, denn noch hat er Kurzweil daran, mich weiter zu peinigen. Dieses Vergnügen würde ihm mein frühzeitiges Ersticken vereiteln. Er lockert den Schal so weit, dass ich mich äußern kann: »Danke«, huste ich, »danke«.

Während der ganzen Zeit des unbeweglichen Sitzens war mein Blick auf den Nacken der auf meinem Schoß platzierten Puppe gerichtet. Ich rätsle, weshalb sie auf der Rückseite ihres Halses einen kleinen Karabiner befestigt hat. Als Krauseminze bei mir den Schal lockert – der Geistesblitz! Die Puppe, die er vermutlich ins Wasser geworfen hatte, musste er ja auch wieder rausziehen, sonst hätte man sie ja gefunden. Da war ein Strick befestigt. Wozu?

Trotz meiner misslichen Lage versuche ich mich zu erinnern, was ich über Sabine weiß. Da war irgendwas mit Wasser, aber nicht im Zusammenhang mit ihrem Ertrinken. Bevor mir einfällt, was das war, zieht Krauseminze den Schal wieder enger: »Genug!«, meint er streng, »genug«.

Ich murmle unter dem Stoff: »Bitte, bitte …« Ein neuerlicher Versuch, ihn mit Husten abzulenken, nützt nichts mehr. Dieses Manöver hat sich erschöpft, was nun?

Ich beginne auf meinem Sessel hin und her zu wetzen. Meinem Peiniger gefällt das gar nicht. Er nimmt die Enden der Kordel, welche um meine Handgelenke gebunden sind, und schnürt mich damit mitsamt der Lehne über meinem Bauch eng zusammen. Jetzt bekomme ich wirklich keine Luft mehr, denn die Schnur schnürt mein Zwerchfell ab.

»Ich mag nicht, wenn du zappelst, das mag ich gar nicht, Pulchra. Wenn ich dich jetzt nehme, dann möchte ich, dass du stillhältst.«

Er räumt den nassen Puppenkörper von meinem Schoß, schiebt meinen Kleidersaum wieder hoch und lässt die Klaus-Kinski-Puppe auf mein Geschlecht greifen.

»Böser Klaus, was machst du da? Das darfst du nicht, das darf nur der Claus de la Menta.«

Er lockert den Schal vor meinem Mund: »Sag ihm, dass dich nur Claus de la Menta berühren darf, nur Claus de la Menta.«

Ganz egal, wie ich jetzt reagiere, es wird falsch sein. Also Schweigen.

»Wieso antwortest du nicht? Ziehst du den anderen Klaus vor?«

Während er das zu mir sagt, setzt er der Puppe die Klinge des Säbels ans Herz und sticht zu. Die Figur fällt vom Stuhl mit der Klinge in der Wattebrust.

»So wird es einem jeden ergehen, der sich meiner Pulchra unsittlich nähert. Ich beschütze dich.«

Er nimmt auf dem Stuhl mir gegenüber Platz, steckt seine Hände unter mein Kleid und streicht über meinen Bauch, meine Oberschenkel, bis zu meinen unteren Lippen. So absurd es auch klingen mag, aber ich hoffe, dass er möglichst lange an mir herumfummelt, bevor er zur Sache kommen wird. Jede Minute ist wertvoll, jede Minute, mit der er sich aufhält, steigert meine Chance, dass jemand kommt und uns entdeckt. Ich bin sicher, dass er mich töten wird, sobald er mich vergewaltigt hat.

Als ich akzeptiere, dass ich sterben werde, weicht meine Angst. Ganz im Gegenteil, es stellt sich so etwas wie Euphorie ein. Ich werde nicht kampflos gehen, ich werde es ihm nicht so einfach machen.

Nachdem Krauseminze seine Hose geöffnet hat und sein ängstliches Gemächt herausfällt, lockert er das Band, das meinen Bauch einschnürt, und schiebt mein Becken nach vorne zur Sesselkante, um eindringen zu können. Kaum habe ich dadurch etwas mehr Bewegungsfreiheit, stoße ich mich mit meiner Hüfte von der Sitzfläche ab und erreiche damit, dass der Sessel ins Schwanken gerät und mit der Rückenlehne am Boden aufschlägt. Das bringt ihn zwar in Rage, verschafft mir aber wieder einige wertvolle Sekunden Verzögerung. Krauseminze zieht der Klaus-Kinski-Puppe den Säbel aus der Brust, durchschneidet damit die Fesseln, die um die Stuhlbeine geknotet sind, und dreht mich mitsamt dem Stuhl auf den Bauch. Er zieht meine Hüften hoch und schiebt die Sitzfläche nach oben, sodass die Lehne über meinem Kopf liegt. Dann hievt er sich auf mich drauf. Auch wenn ich zerre und zapple, mit dem Holzgestell auf meinem Rücken bin ich zu sehr in meiner Beweglichkeit eingeschränkt, um ihn an der Vergewaltigung zu hindern.

Verdammt noch mal, ich will noch nicht sterben! Verdammt noch mal, das ist doch ein lächerlicher Tod, in einem letztklassigen Theater, geköpft von einem Mann, der auf die geschlossene Abteilung einer Psychiatrie gehört. Und das mir als Expertin, als Profi des Abnormalen. Peinlich! Wenn schon, dann wenigstens ein Heldentod! Aber hat Sterben jemals etwas mit Heldentum zu tun? Ist der Tod nicht immer klein und unbedeutend? Das einzig Großartige am Sterben ist, dass man Platz für jemand anderen macht. Wer wird nach mir meinen Platz einnehmen? Bei Sabine war es immerhin ihr Piechen. Bei mir ein Nichts. Das hat man davon, wenn man sich nicht vermehrt hat. Meinen Platz wird irgendein Nachkomme der anderen acht Milliarden Menschen einnehmen. Diese Aussicht ist nur für einen Menschenfreund tröstlich. Momentan aber bin ich gerade gar kein Menschenfreund.

Die Verteilung meiner Nachfolge auf diesem Planeten verschiebt sich dann doch auf später, denn ich muss noch nicht sterben.

Gerade als Krauseminze sich in mich hineinschrauben will, sehe ich noch vor ihm – er ist zu beschäftigt – aus den Augenwinkeln (heute schon zum zweiten Mal!) heraus, am Boden auf dem Bauch liegend (dieses Mal aber mit Sessel auf dem Rücken), fünf vermummte Männer mit Waffen im Anschlag ins Zimmer stürmen.

Ich empfinde nicht Erleichterung, nein, ich empfinde gar nichts. Es ist so, wie wenn man in einem Kinofilm am Ende weiß, dass nichts wirklich war. Einfach Film aus, Licht an, Nachspann, aufstehen, sich aus der Sesselreihe schleichen und ein wenig beduselt den Ausgang suchen. Mein erster Impuls, als zwei Vermummte den Krauseminze von mir herunterziehen, ist es, meine Scham zu bedecken. Lächerlich, wenn man gerade dem Tod ins Auge geblickt hat.

Das Zudecken erledigt Mutter für mich, noch bevor sie mir mit dem Säbel die Handfesseln durchschneidet. Ich habe sie gar nicht bemerkt, da sie außerhalb des Scheinwerferkegels gestanden ist. Ehrlich, jetzt erkenne ich, was Tochterliebe ist. Ist sie nicht die ultimativ wunderbarste Mutter der Welt?

Dieses erbauende Gefühl beendet sie abrupt, indem sie mir eine Ohrfeige verabreicht, dass mir der Schädel brummt. Ist bisher bei mir noch kein Blut geflossen, so rinnt mir jetzt ein roter Faden aus der Nase.

»Bist du völlig wahnsinnig geworden? Allein mit dem?«, schreit sie mich an, statt mich zu trösten. Ich rapple mich hoch und traue mich nicht zurückzuschreien. Sie hat ja recht.

»Wie, wie, wie … wie kommst du hierher?«, stammle ich.

»Na, mit dem Taxi. Wie sonst?«

»Aber, aber du …, das Spital …«

»Von wegen Spital, heute ist ja Kurs.«

»Und dann bist du …?

»Dann habe ich ein Taxi gerufen und bin her.«

Während sie sich von mir abwendet, um irgendwas im Finsteren zu suchen, stelle ich den umgefallenen Sessel auf und setze mich, denn jetzt drohen mir meine Beine zu versagen.

Mutter kommt triumphierend mit einer Schachtel daher, die sie öffnet, drinnen ein Marillenstrudel: »Ich hab den am Weg hierher bei einer Aida gekauft. Darum war ich auch zu spät. Ich wollte, … so für die Abschiedsparty für gute Stimmung sorgen. Und ich dachte, du hast sicher noch nichts gegessen.«

Die restlichen drei Vermummten – die anderen zwei sind schon mit dem Krauseminze abgezogen –, die inzwischen ihre Hauben aus dem Gesicht geschoben haben, lassen sich von ihr gerne auf ein Stück Kuchen einladen.

»Meine Herren, als Dankeschön für Sie. Der Marillenstrudel von mir ist zwar der beste in Wien, aber der von der Aida geht auch.«

Einer dieser reizenden Herren ist mein Polizist vom Vormittag: »Das war knapp. Diesmal doch Geiselnahme!«

Mutter ist wieder einmal der Star und ich?

Mir läuft das Wasser im Mund angesichts der matschigen Marille auf der Teigflade zusammen, sage aber: »Mir ist der Appetit vergangen …«

Ich kann ihr nicht auch noch den Triumph über meinen Hunger gönnen. Alles, was recht ist, aber nach der Ohrfeige muss ich mich endlich von ihrem Prinzip »Zuckerbrot und Peitsche« emanzipieren. Während die drei Herren begeistert die Portionen, die den Kursteilnehmern zugedacht waren, verschlingen, ziehe ich mich ins Dunkel des Theatersaals zurück und pflege meine Wunden, sprich, ich schlüpfe in meinen Slip und wische mir vor meinem Taschenspiegel das Blut aus dem Gesicht. Wahrlich ein erbärmlicher Anblick, meine Visage! Aber wie hätte ich erst geköpft ausgesehen? Dafür sollte ich mit dem jetzigen Antlitz zufrieden sein. Alma, du lebst!

Diese Tatsache lässt mich die Lächerlichkeit eines Machtkampfes mit Mutter erkennen. Drum entscheide ich mich, doch den Kuchen zu probieren. Ich geselle mich wieder zu der fidelen Runde der Cobra-Männer, die gespannt meiner Mutter lauschen:

»Also, im Hof war es schon sehr ruhig. Aber das hat mich nicht verwundert. Ich war ja eine Viertelstunde zu spät. Damit ich den Kurs nicht störe, habe ich versucht, besonders leise zu sein.«

Mein Polizist unterbricht kauend: »Die Marille ist wirklich phänomenal. Hab gar nicht gewusst, dass bei der Aida ...«

Meine Mama lässt sich nicht freiwillig in ihrem Redefluss stören, sie betont laut: » ... beesoonders leise. Ja, ich habe sogar die Tür offen gelassen, dass sie nicht quietscht. Und dann? Stellen Sie sich vor, was?«

Ein anderer Cobramann ist an ihrer Rede interessierter als mein Retter: »Was dann?«

»Ich komme ins Foyer ...«, sie neigt sich belehrend zu meinem Polizisten, »Foyer ist der Vorraum, Sie verstehen?«

Ich weiß jetzt, wie sich Fremdschämen anfühlt, denn das tue ich gerade. Wie kann sie nur meinen Retter wie einen ungebildeten Analphabeten hinstellen? Das hat er nicht verdient. Mein Groll auf sie von vorhin steigt wieder in mir hoch, drum zuckt meine Hand, die sich gerade ein Stück Kuchen nehmen will, wieder zurück.

Der dritte Polizist will sich auch in die Unterhaltung einbringen: »Und?«

»Als ich das Foyer betrete, höre ich die Stimme des Intendanten, ... des Mörders! Da habe ich aber noch nicht sicher gewusst, dass er ein Mörder ist.«

Mutter imitiert die Stimme des Krauseminze gar nicht so übel: »Das hat schon eine andere versucht. Ist ihr nicht gut bekommen. Tot!«, hat er gesagt.«

Schweigen und Kauen, ich greife mir doch ein Stück Marille. Da Mutter wieder anhebt, heftig zu gestikulieren, schlägt sie mir unabsichtlich den Kuchen aus der Hand, der am Boden landet. Das interessiert niemanden außer mir. Ich bücke mich und hebe das Stück wieder auf. Egal, an dem bisschen Schmutz werde ich heute nicht mehr zugrunde gehen.

»Ich habe sofort begriffen, dass mein …«, und jetzt streicht sie mir über den Kopf wie einem Baby, »… dass mein Kind in Lebensgefahr ist. Was tun?«

Alle starren sie gebannt an.

»Da ich vermute, dass die Tür abgeschlossen ist, teste ich mal, ob ich reinkommen würde. Zu. Während ich noch überlege, ob ich mir einen Säbel aus der Garderobe holen soll, höre ich, wie er mein Kind quält. Ich darf ihr Leben nicht riskieren, ich weiß ja nicht, wie er bewaffnet ist und so. Deshalb gehe ich wieder in den Hof und rufe den Polizeinotruf. Die sind nicht besonders interessiert, drum verlange ich die Frau Sacherl, … unsere Freundin. Und die kennt sich aus.«

Die drei Polizisten nicken: »Das war knapp …«

Mein Retter ist ein Vifzack. Er steht auf und geht ins Foyer. Die Kollegen schauen ihm verwundert nach. Dann kommt er wieder rein und windet sich durch die Zuschauerreihen nach hinten, wo die Technik platziert ist. Er hantiert am Tonpult und spricht durchs Mikrofon: »Irgendwer hat die Tonanlage eingeschaltet lassen. Damit kann man auch im ›*Fooyyer*‹ Musik hören oder eine Ansage machen.«

»Das war die Putzfrau«, melde ich mich zu Wort.

»Woher weißt du das?«

»Weil ich dabei war, heute Vormittag.«

Unbemerkt steht im Eingang zum Theatersaal plötzlich die Erika mit drei weiteren Wachebeamten.

»Sie sind verhaftet, wegen Einbruchs.«

Dann schießt sie auf mich zu – ich perplex –, Handschellen klicken und ich bin verhaftet. Die ganze Aktion wirkt so echt, dass sogar Mutter und die Cobra-Männer glauben, dass es Erika ernst meint. Erst als sie mich umarmt und abküsst, begreifen alle – mich eingenommen –, dass sie mir nur einen Schrecken einjagen wollte: »Eckerl, du bringst mich noch um. Ich meine nervlich. Wie konntest du nur?«

Ja, wie konnte ich nur? Ich sehe ein, dass ich mich ein wenig zu weit aus dem Fenster gelehnt habe.

»Verstehst du endlich, dass du unglaubliches Glück hattest, dass du nicht auch bald als mumifizierte Puppe«, sie zeigt auf den Sesselkreis der Figuren, »hier sitzt«.

»Aber …«, werfe ich ein.

»Nichts aber, dafür gibt es keine Entschuldigung. Stell dir vor, wie es für mich wäre, wenn ich jetzt deinen abgetrennten Kopf zum Manfred bringen müsste.«

»Aber …«

Mutter muss dazu einen arroganten Kommentar abgeben: »Aaaber … immerhin haben wir den Fall gelöst.«

»Nichts ist gelöst. Wir haben zwei Verdächtige und beide nicht geständig. Das wird ein Indizienprozess.«

Ich bin doch sehr verwundert: »Wieso zwei?«

»Noch immer der Lesek und der Baumgartner.«

»Baumgartner?«

»So heißt der de la Menta in Wirklichkeit.«

»Aber …«

Erika zieht einen Schlüssel aus ihrer Uniform, die ihr übrigens sehr gut steht – besser als ihre Pseudo-VIP-Kleidung sonst – und befreit mich von den Handschellen. Für heute habe ich genug von jeglichen Fesselungsspielchen (unverständlich, wie es Leute gibt, die so was mögen?), denn meine Gelenke sind voller blauer Flecken.

Erika wird dann ganz professionell: »Bauer, Hofstätter: Spuren, Mischke: durchsuchen Sie die Garderobe, sichern Sie die Puppen.«

»Aber …«

Sie tut so, als ob sie mich nicht hören würde.

Mutter mischt sich ein: »Alma hat was zu sagen.«

Kleinlaut meine ich: »Wo die Puppen sind …, ich zeige es euch …, da sind auch die Beweise, dass Sabine Katz die Autorin war. Und …«

Erika fertigt mich kurz ab: »Finden wir selber. Du geh heim, du störst.«

Jetzt bin ich aber beleidigt. Riskiere mein Leben und sie sahnt ab. Nie wieder ein Achtel im Brioni, nie wieder kauf ich ihr was ab. Es ist Schluss.

Ohne sie zu grüßen – nur meinem netten Retter winke ich zum Abschied zu –, verlasse ich den Theatersaal. Mutter hinter mir her.

Im Hof, unbeobachtet von Fremden, schließt sie mich in die Arme und heult an meiner Schulter: »Das hätte ich nicht überlebt. Mein Kind! Vor mir sterben, noch dazu ermordet!«

Ich drücke meine Mama zurück und jetzt bricht auch mein Tränendamm. Wir stehen da im Finstern und schluchzen im selben Rhythmus. Sagen tue ich lieber nichts, sonst könnten wir uns ja wieder streiten. Ist einfach nur schön zu wissen, dass man sich unsäglich lieb hat. Nachdem die nasse Flut abebbt, rücken wir unsere Contenance wieder zurecht. So: straffer Rücken, Haltung und aufrechter Gang.

»Ich mag was essen, ich lade dich ein. Bunkerei im Augarten?«

»Nicht so gut wie zu Hause, aber heute ist eine Ausnahme.«

Als wir den Hof gerade verlassen, kommt uns mein Michael entgegen. Das habe ich ganz vergessen, dass ich den doch hierher bestellt habe, um mich abzuholen.

»Sag nichts …«, flüstere ich Mutter zu, denn ich will mich heute nicht mehr rechtfertigen müssen, »bitte!«.

Sie versteht: »So eine Überraschung, Sie hier?«

Mutter ist mit ihm immer noch per Sie, denn sie hat ein Gelübde abgelegt, dass sie sich erst mit dem Vater ihres Enkelkindes duzen wird.

Michael begrüßt sie höflich und mich demonstrativ mit einem Kuss auf den Mund. Beim Küssen bleibt ein wenig meines Blutes aus der Nase an seinem Mundwinkel hängen. Im Dunkel des Theaterraums und in der Aufregung habe ich nicht die komplette

Blutspur sorgfältig entfernt. Er fährt sich mit dem Finger über seine Lippen und betrachtet den roten Fleck: »Hm? Blutest du?«

»Nasenbluten wahrscheinlich, entschuldige, nicht bemerkt.«

Mutter zieht ein Stofftaschentuch aus ihrer Weste und wischt mir die Nase ab. Ich entreiße es ihr und reiche es Michael, der sich den Finger gerade an seinen Jeans abstreifen möchte. Das würde keinen guten Eindruck bei Mutter machen, da würden die beiden nie mehr per Du werden.

»Wir gehen in die Bunkerei? Ein herrlicher Abend.«

Michael nickt. Ich stemple den letzten Abschnitt meiner Streifenkarte. Ein Hochgefühl!

Mein Geschäft mit dem lieben Gott hat doch geholfen. Als wir bei der Roßauer Lände aussteigen und dann über den Augartensteg Richtung Augartenpark schlendern, bleibe ich am Ende des Stegs stehen, tue so, als ob ich fasziniert in den Fluss schauen würde, und werfe die Streifenkarte ins Wasser.

Aber anstatt unten im Kanal zu landen, flattert das Papier durch einen Windstoß nach oben und verfängt sich in einer Schlingpflanze, die sich an einer Traverse entlang hochwindet. Die Karte ist gerade so weit oben, dass ich sie auch auf Zehenspitzen nicht erwischen kann.

»Oh je, meine Streifenkarte«, jammere ich und tue so, als ob mir der Fahrschein unabsichtlich aus der Tasche gefallen wäre.

»Wie viel ist noch drauf?« Mutter ist da pragmatisch, bei mehr als der Hälfte der Fahrten: holen, bei weniger als der Hälfte: oben belassen.

»Ich glaub, sieben.«

Michael reagiert nicht, dem ist der Restwert eines Fahrscheins den Aufwand nicht wert (drum hat er nie Geld und sie schon), um ihn zu holen. Ich schürze meinen Rock und versuche, mich die Traverse hochzuhieven. Wenn ich die Karte nicht mehr erwische, dann ist das ein schlechtes Omen. Aberglaube, lass nach! Alma, du bist nicht besser als deine verachteten Esoteriker! Trotzdem, ich muss die Streifenkarte wiederkriegen.

»Kannst du?«, bitte ich Michael. Der seufzt und schüttelt den Kopf ob so viel Geiz.

Mir zuliebe springt er in die Höhe und hält sich am Stahlrohr fest. Er hangelt sich bis zur Streifenkarte und erwischt sie. Wieder unten angekommen, blickt er auf den Schein und hält ihn mir hin: »Der ist doch voll!«

»Zum Abschreiben von der Steuer.«

»Damit du die paar Cent abschreiben kannst, muss ich mein Leben riskieren?«

»Na, na, na ... War nur ein Test, ob du fit bist.«

Ich entreiße ihm den Schein, bevor er ihn wegwirft, und stecke ihn in meine Geldbörse. Morgen werde ich ihm dann ein würdiges Wasserbegräbnis veranstalten.

In der Bunkerei herrscht pralles Leben, ein lauer Sommerabend, die beiden wichtigsten Leute in meinem Leben neben mir. Kein Streit, Mutter ist harmonisch gestimmt, ein wunderbarer Veltliner, ein nicht so wunderbares Couscous, das Leben ist schön und ich noch immer mittendrin. Was will ich mehr?

Mit dem Alkohol werde ich einem posttraumatischen Syndrom vorbeugen, drum schlucke ich ausreichend von dem therapeutischen Getränk. Zu viel, aber das morgige Kopfweh wird wie ein Wohlfühlschmerz alle Erinnerungen an diesen Albtraumtag löschen.

Es ist nass, kalt. Wo bin ich? Unter mir Wasser, über mir Wasser oder ist das Elektroden-Gel? Das Medium, in dem ich mich befinde, fühlt sich viskös an, schmierig, ist hellblau schimmernd, wie Bergkristallblau. Ich versuche, in der glibbrigen Substanz zu schwimmen, doch ich komme kaum vorwärts. Immer, wenn ich einige Zentimeter zurückgelegt habe, hält mich ein Seil, das um meinen Hals geschlungen ist, zurück. So wie diese elastischen Hundeleinen, die einen Rückholmechanismus haben. Auch die Zähigkeit dieser Flüssigkeit behindert mein Vorwärtskommen. Als ich meinen Kopf nach hinten drehe, sehe ich eine blonde Nixe hinter mir herschwimmen. Sie scheint sich mühelos in dieser trägen Substanz zu bewegen. Sie holt mich ein, was will sie von mir?

Sie fasst mich und will mich mit sich ziehen. Wohin?

Bevor ich erkenne, wohin mich diese Nixenfigur bringen wollte, wache ich auf. Mein Michael hält mich, wie immer, wenn ich ihn durch einen geräuschvollen Albtraum wecke, in seinen Armen.

»Was ist los?«, brummt er. »Alles ist gut.«

»Ich weiß jetzt, wie es gewesen sein muss. Das mit Sabine.«

»Du fantasierst, schlaf weiter.«

»Ich komme gleich.«

Ich verlasse das Schlafzimmer und rufe Erika an. Die hebt nicht ab, klar um vier Uhr morgens. Ich spreche auf das Band: »Ich weiß jetzt, wie es gewesen sein muss. Der Krauseminze hat gewusst, dass die Katz schon einmal jemand vor dem Ertrinken gerettet hat, deshalb hat er die nasse Puppe als Köder bei der Brigittenauer Brücke, da wo sie immer morgens rennt, ins Wasser gelassen. Sie ist nachgesprungen und ertrunken. Er hat sie umgebracht. Bitte bring das im Verhör unter. Das Foto zeigt ihn mit der Puppe am Arm, die er gerade herausgezogen hat. Deshalb der Karabiner. Ja, so war es. Ich habe es gerade geträumt. Ich habe recht. Aus!«

Dann lege ich auf und gehe zurück ins Bett. Michael meint nur: »Du warst aber lange am Klo, hast du eine Blasenentzündung?« Ich schlafe an seiner Schulter weiter – wie ein Stein.

Wie geplant, erwartet mich am Morgen der Kopfschmerz. Allerdings nicht der optimistisch gefärbte Wohlfühlschmerz, sondern der pessimistisch gefärbte Weltuntergangsschmerz. Statt Entspannung Anspannung, da sich durch mein Morgentief die Verzweiflung, die ich gestern zugetrunken habe, an meine Bewusstseinsoberfläche gekämpft hat. In der Psychiatrie nennt man das »Flash back« bei posttraumatischer Störung: Herzklopfen, Schwindel, Hitzewallungen (wird doch nicht das Klimakterium sein?), Hyperventilation und ganz graue Gedanken über zukünftige Sterbefälle (Michael, Mutter, ich?), jedenfalls keine Euphorie über meinen gelösten Mordfall.

Wieder einmal Polizeipräsidium am Schottenring vor Ordinationsbeginn. Es kommt mir vor, als wäre mein Würzl-Rendezvous vor einer halben Ewigkeit gewesen. Ich werde, nachdem ich mich beim Portier angemeldet habe, zum Verhör zu – na wem wohl? – gebracht.

In dieses Büro hätte ich allerdings auch allein hingefunden. Erika erwartet mich, ganz Frau Kommissar, Oberinspektor oder sonst was, hinter ihrem Schreibtisch sitzend. So in Uniform, mit Wachebeamten daneben und vor der Tür, flößt sie mir mit ihrem Polizistenblick Respekt vor der Staatsgewalt ein. Ich fühle mich ganz klein und erbärmlich, mein Kopfweh trägt ebenfalls nicht zur Besserung dieses Gefühls bei.

»Setzen Sie sich! Name, Geburtsdatum, Adresse.«

Was soll das? Okay, ich werde dieses Spiel mitspielen, wenn du willst: »Dr. Alma Liebekind-Spanneck, geb. 3.12.1968, wohnhaft Rembrandtstraße ...«

»Schreiben Sie«, kommandiert sie den Wachebeamten, »Dr. Alma Liebekind-Spanneck, geb. 3.12.1968, wohnhaft Rembrandtstraße ...« Der tippt langsam mit vier Fingern in den Computer. Es ist eine österreichische Spezialität, Beamte immer für administrative Tätigkeiten einzusetzen, für die eine Sekretärin viel besser geeignet wäre (auch im Krankenhaus, wo die Ärzte selber tippen), um die Ressourcen zu verschwenden, für die das Fachpersonal ausgebildet ist.

»So, Frau Doktor, erzählen Sie mal, was gestern passiert ist. Zuerst in Zusammenhang mit dem Beschuldigten Herwig Lesek und dann mit dem Beschuldigten Walter Baumgartner.«

Ich erzähle und erzähle und wiederhole und wiederhole, damit der arme Polizist mitschreiben kann. Um zehn Uhr ersuche ich, meine Aussage unterbrechen zu dürfen, da meine Ordination um zehn Uhr dreißig beginnt. Es wird mir gestattet, allerdings unter der Bedingung, am Nachmittag wieder zu erscheinen.

In meiner Praxis alles wieder wie immer. Mutter thront an ihrem Schreibtisch, alle Computer hinaufgefahren, ihr Publikum geduldig wartend – perfekt. Ich grüße Mutter mit einem Wink, sie hält mich zurück, bevor ich ins Sprechzimmer abrausche: »Du musst mich infiltrieren ... Ich kann nicht mehr aufstehen.«

Ich flüstere zurück: »Vor allen Leuten? Ich stütze dich.«

Sie schüttelt den Kopf: »Geht nicht.«

»Hast du schon was genommen?«

»Sowieso ...«

Ich schließe die Tür zum Wartezimmer und hänge mein Schild: »Bitte nicht stören«, an die Klinke. Dann hole ich die Spritze. Da Mutter am Sessel festgeklebt zu sein scheint, muss ich mich auf den Boden hinter ihren Drehstuhl knien, ihr Rock und Unterhose zur Seite schieben und zwischen der Lehne und dem Sitz des Sessels mit meiner Spritze das Segment L5/S1 rechts anpeilen. Ich treffe, das merke ich dadurch, dass Mutter wie von der Tarantel gestochen zehn Zentimeter vom Stuhl hochhüpft.

»Volltreffer«, meint sie, »ist bis in die kleine Zehe geschossen.«

Das beruhigt mich, noch eine Viertelstunde und sie ist wieder auf dem Damm. Wir sind hart im Nehmen!

Am Nachmittag wieder im Polizeipräsidium am Schottenring, wieder im Büro von Erika, diesmal sind wir allein. Sie benimmt sich wieder ganz normal.

»Ich nehme dich jetzt zu einem Verhör mit, offiziell, um den Baumgartner zu identifizieren. Inoffiziell, um deine Informationen, die nicht verwendet werden dürfen, einzubringen. Verstehst?«

Ich verstehe. Mein Einbruch würde mich in Schwierigkeiten bringen und sie auch. Wir wandern durch die Gänge des Präsidiums in einen Raum, der vom Verhörbüro durch eine Glaswand getrennt ist. Wir sehen den Krauseminze an einem Tisch, ihm gegenüber ein leerer Stuhl.

»Setz dich, ich werde jetzt zu ihm gehen. Wenn du was dazu bemerken willst, drückst du da.«

Sie zeigt mir einen Knopf unterhalb der Glasscheibe.

»Der leuchtet dann bei mir auf und ich unterbreche. Herr Brunner«, sie deutet zur Tür, wo der Brunner in Uniform hereinkommt, »wird dir Gesellschaft leisten.«

Der andere Michael begrüßt mich: »Sie wundern sich sicher, aber ich bin wieder dabei«, er zuckt mit der Schulter, »ist mein Beruf und ... sie haben mich gebraucht.«

»Sie brauchen sich nicht zu rechtfertigen!«

Er setzt sich neben mich. Erika verschwindet, um hinter der Scheibe wieder aufzutauchen, begleitet vom tippenden Wachebeamten. Dann das Übliche, Name etc., Recht einen Anwalt zu nehmen und so weiter, das ganze Amtsbrimborium.

Was für ein Anblick! Der Krauseminze ein Häufchen Elend! Zusammengekauert sitzt er da, seiner Wahnidentität und seiner Kostüme beraubt, ist nichts mehr von seiner Großartigkeit übergeblieben. An seinen wie in Zeitlupe langsamen Bewegungen erkenne ich, dass man da ärztlich auch ein wenig nachgeholfen hat. Der schaut mir nach 9,75 mg Aripiprazol i.m. aus.

»Kennen Sie Sabine Katz?«

Baumgartner schaut nicht einmal auf, er flüstert, den Kopf noch immer gesenkt: »Jaa.«

Erika legt ihm die Fotos der Wasserleiche auf den Tisch – im DIN-A3-Format übergroß, um möglichst erschreckend zu wirken. Der Mann – völlig verändert, nicht mehr wie Krauseminze –

schaut kurz darauf, um dann wieder völlig in sich zu versinken. Keine Antwort.

»Herr Baumgartner, Sie werden beschuldigt, Frau Katz am 7. Juni um ca. sechs Uhr morgens unterhalb der Brigittenauer Brücke am linken Flussufer in den Donaukanal gestoßen zu haben. Geben Sie das zu?«

Keine Antwort.

»Herr Baumgartner, Sie werden beschuldigt, Frau Katz am 7. Juni um ca. sechs Uhr morgens unterhalb der Brigittenauer Brücke am linken Flussufer in den Donaukanal gestoßen zu haben. Geben Sie das zu? Wir haben Beweise.«

»Ich habe sie nicht umgebracht. Sie hat sich selber umgebracht.«

Erika wird laut, schreit ihn an: »Kommen Sie mir nicht mit dem alten Scheiß. Geben Sie es zu.«

Keine Antwort.

Erika gibt dem anderen Wachebeamten einen Wink, dass sie mit ihm das Zimmer verlassen möchte.

»Wir haben Zeit.«

»Könnte ich … eine Zigarette?«

»Hier ist Rauchverbot.« Dann verschwinden sie.

Kurz darauf tauchen die beiden wieder bei uns auf.

»Dunsten lassen, so lange, bis er durstig ist.«

Erika wendet sich der gegenüberliegenden Seite des Beobachtungszimmers zu. Sie zieht einen Vorhang zur Seite, der mir bisher noch nicht aufgefallen ist. Wieder eine Glaswand, dahinter der Lesek vor einem Tisch, ihm gegenüber ein leerer Sessel.

»Heute packe ich die beiden. Wirst sehen.«

Erstaunlich, meine Achtung vor der Frau Inspektor Sacherl wächst.

»Wie gehen wir den an?«, wendet sie sich an ihren Assistenzwachebeamten, ganz Frau Oberkommissar.

Brunner wirft ungefragt ein: »Folter …«

»Das will ich jetzt nicht gehört haben, sonst sind Sie wieder draußen.«

Obwohl es der Brunner ernst gemeint hat, versucht er verlegen, seine Bemerkung zu verniedlichen: »Ist mir nur so herausgerutscht.«

»Herr Kollege, Sie vermischen privat und Beruf. Wenn Sie das nicht trennen können, sind Sie als Polizist nicht geeignet.«

Ab jetzt schweigt der andere Michael, obwohl ich spüre, wie schwer es ihm fällt. Er ist überzeugt, dass der Lesek als Kindesvater und Objekt seiner Eifersucht seine Freundin getötet hat.

Erika wendet sich noch einmal ihrem jungen Assistenten zu: »Und?«

Der Newcomer zählt auf: »Erstens Allgemeines, zweitens abwechselnd freundlich und verständnisvoll sein, drittens ...«

»... drittens schauen wir mal, wie er tut.«

»Übrigens: Laut DNA-Analyse ist der Lesek der Vater.«

Erika wirft mir einen strafenden Blick zu. »Laut deinen illegalen Ermittlungen ...«

Erika verschwindet wieder mit dem Kollegen und nimmt auf der anderen Seite des Tisches dem Lesek gegenüber Platz.

»Name?«

»Das wissen Sie doch ...«

»Name?«

»Herwig Lesek.«

»Geburtsdatum?«

So geht es weiter, der Lesek unwillig, Erika ganz amtlich, keinen wie immer gearteten Ausdruck im Gesicht. Sie wirkt wie gebotoxt.

Dann, auf abwechselnd freundlich und verständnisvoll sein wechselnd: »Sie sind der Vater von Pia Katz. Wussten Sie das? Wollte Frau Katz nicht, dass das bekannt wird?«

Jetzt holt sie ihn aus der Reserve.

»Das kränkt, wenn man verleugnet wird. Hat Ihnen das wehgetan? Waren Sie verletzt?«

Ich fühle mich wie die Zuschauerin bei einem Fußball-Match. Ich will, dass der Lesek gewinnt und der Krauseminze verliert. Brunner neben mir umgekehrt.

»Lass dich nicht eintunken«, denke ich. Aber der Lesek lässt sich von Erika hineintunken.

Wie schon ich zuletzt, hat sie auf den richtigen Knopf – den Piechenknopf – gedrückt. Ich sehe, dass der Lesek bald dringend ein Taschentuch brauchen wird. Von der Frau Oberinspektor wird er das nicht bekommen, auch keine Zigarette.

»Kann ich, kann ich rauchen?«

»Hier ist Rauchverbot.«

Ohne seine Droge bricht sein Beherrschungsdamm sofort. Sein Brustkorb beginnt zu zucken, er presst die Luft aus seiner Lunge, als wenn er gleich einen Asthmaanfall bekäme. Wenn man sich das Weinen nicht gestattet, dann zieht sich die Atemmuskulatur zusammen und es ist, als ob man ersticken müsste. Erika sitzt emotionslos da. Dem jungen Polizisten, der Tendenzen zeigt, dem Lesek zu Hilfe zu kommen, wirft sie einen scharfen Blick zu, der besagt: »Den lassen wir jetzt ersticken, oder er packt aus.«

Geduldig, mit einem provokant wippenden rechten Vorfuß ihrer übereinandergeschlagenen Beine, wartet sie, bis der Krampf so weit nachgelassen hat, dass er stammeln kann: »Ich hab sie nicht umgebracht. Es war ein Unfall.«

»Die Variante kennen wir. Von Ihnen wollen wir wissen, was wirklich passiert ist.«

Sie legt die gleichen Fotos der Wasserleiche, die auch der Baumgartner vor sich liegen hat, vor ihn hin. Das gibt ihm den Rest. Als sie überzeugt ist, dass sie ihn jetzt beinahe so weit gebracht hat, zu gestehen, legt sie noch das Foto mit dem Mann, der einen Frauenkörper in den Armen hält, dazu.

Erika deutet auf das Fahndungsfoto: »Sind Sie das?«

»Nein …«, souffliere ich dem Lesek in Gedanken, »nein …, sag, das bist nicht du!«

Aber der Lesek nickt.

»Ich habe sie herausgezogen. Und die Leiche dann zur Strandbar Herrmann gebracht und dort in den Büschen am Ufer versteckt. Es sollte so aussehen, als ob sie dorthin geschwemmt wurde.«

»Na, dann können Sie uns den Rest auch gleich erzählen. Ich meine, wie sie ins Wasser gekommen ist.«

»Ich wusste, dass mir niemand glauben würde. Ich meine … den Unfall.«

»Schauen wir mal, ob wir Ihnen glauben werden. Aber dafür müssen Sie uns erst einmal erzählen, was passiert ist.«

Leseks Damm ist endgültig gebrochen.

»Ich war so eifersüchtig auf den de la Menta, aber auch auf den Brunner, auf alle, mit denen sie was hatte. Sie können sich ja nicht vorstellen, wie das ist, wenn man sich täglich die geliebte Frau mit einem anderen im Bett vorstellt. Und das Kind, ach …«

Erika zieht eine Packung Zigaretten aus ihrer Uniform: »Da, ausnahmsweise …«

Der Lesek nimmt eine, Erika deutet ihrem Assistenten, ihm Feuer zu geben. Nachdem die Zigarette brennt, setzt der Lesek fort: »Ich bin ihr wieder einmal gefolgt. Aber an diesem Morgen habe ich mir vorgenommen, sie endgültig zur Rede zu stellen. Dass ich die Vaterschaft einklagen werde. Als sie unterhalb der Brigittenauer Brücke am Radweg war, habe ich sie eingeholt. Sie hat mich beschimpft, dass ich sie in Ruhe lassen soll. Ist vor mir Richtung Kanal davongelaufen, ich hinterher. Ich hab sie am Arm erwischt, gerüttelt …«

Der Lesek schluchzt so laut auf, dass seine weiteren Worte kaum verständlich sind: »… die Böschung war nass, rutschig, sie hat mich weggestoßen. Ich wollte wieder zu ihr hin, aber plötzlich war sie im Wasser. Sie muss ausgerutscht sein, … das Hochwasser, … es war so eine Strömung …«

»Sie haben nachgeholfen? Ihr einen kleinen Stoß gegeben …?«

»Ich schwöre, nein, ich wollte sie …«

»Sie haben sie hineingestoßen?«

»Nein, sicher nicht. Ich wollte sie noch erwischen, aber …, es ging so schnell. Sie wurde gleich abgetrieben. Die Strömung hat sie auf die andere Seite gerissen. Da bin ich mit dem Auto hinterher.«

»Und wo haben Sie die Leiche erwischt?«

»In der Höhe des hässlichen Hauses, da gegenüber, da, wo sie das über die Stadtbahn gebaut haben.«

»Der Zaha-Hadid-Bau?«

Lesek nickt: »Ja, ich glaube, so heißt das. Da hat sie sich verfangen im Gebüsch. Ich wollte sie noch wiederbeleben, aber es ging nichts mehr.«

»Wieso haben Sie nicht die Rettung gerufen?«

»Ich dachte, dass mir niemand glauben würde, und … sie war ja schon tot. Drum habe ich sie weggebracht.«

Erika deutet ihrem jungen Adlatus, dass sie sich wieder zum anderen Verdächtigen begeben wird. Bevor sie hinausgeht, klopft sie dem Lesek noch bedauernd auf die Schulter: »Der Kollege wird Ihre Aussage protokollieren. Auf Wiederschauen.«

Schon während des Verhörs bemerke ich, wie der Brunner immer nachdenklicher wird. Ich berühre ihn an seinem Arm: »Ist nichts mit Rache bei dem Lesek, gell?«

Er nickt: »Alle Männer sind auf sie gestanden.«

Erika wechselt zum Verhör wieder in den Raum, wo sie den Baumgartner vor sich hingaren ließ. Kaum hat sie die Tür geöffnet, hüpft dieser, offenbar jetzt wieder zum Krauseminze mutiert, auf. Er stürzt auf sie zu und versucht, sie gegen die Wand zu drücken. Aha, das Aripiprazol i.m. hat aufgehört zu wirken!

Neben mir springt der Brunner auf, um ihr zu Hilfe zu kommen. Zu spät, denn der Wachebeamte, der vor der Tür gewartet hat, ist schon drinnen. Aber auch der wäre nicht nötig gewesen, denn Erika hat den Krauseminze schon mit einem gezielten Karateschlag zu Boden gestreckt. Der Wachebeamte setzt sich auf ihn drauf und legt ihm Handschellen an.

Er zieht den Baumgartner an den Handschellen bis zum Sessel und fixiert ihn an der Lehne. Nicht ohne Genugtuung beobachte ich, dass meinem Peiniger ein rotes Rinnsal aus der Nase rinnt. Ich wünsche mir, dass Erika ihm noch einmal einen Schlag verpassen würde. Aber leider, sie nimmt ganz gelassen ihm gegenüber Platz.

»Schaut so aus, als ob Sie wieder munter wären? Lassen Sie das, hier sind wir die Stärkeren. Hier können Sie keine hilflosen Frauen überwältigen und ihnen Angst einjagen. Wegen der Sache mit Frau Dr. Liebekind-Spanneck sind Sie sowieso dran, da gibt es genug Zeugen. Aber mir geht es jetzt um den Mord an Sabine Katz. Also schießen Sie los. Wir wissen alles.« Sie zieht sein Handy aus ihrer Uniform, scrollt und zeigt ihm das Foto, das ich von der Puppe in seinem Spind gemacht habe: »Hm, was ist das? Wozu?«

Der Krauseminze antwortet von oben herab in gedehntem Schauspielerdeutsch: »Hübsches Bild, oder? Die Figur ein Kunstwerk, finden Sie nicht auch?«

»Da kenne ich mich nicht aus. Warum war die Puppe nass? Ist sie schwimmen gegangen?«

»Ja, sie hatte Lust auf einen Ausflug mit mir. Ich konnte es nicht verhindern, dass sie ins Wasser gesprungen und … ertrunken ist. Ich konnte sie gerade noch herausziehen und zu Hause in meinem Schrank … begraben.«

Baumgartner ist schon wieder ganz in seiner Rolle, arrogant, selbstverliebt, anmaßend.

Erika kann er damit nicht beeindrucken: »Warum zum Teufel haben Sie die Puppe ins Wasser geworfen? Wollten Sie damit erreichen, dass Sabine Katz ihr nachspringt? Dass sie glaubt, sie muss eine ertrinkende Frau retten? Damit sie dann durch die starke Strömung selber ersäuft?«

Krauseminze lächelt selbstzufrieden: »Und wenn es so gewesen wäre? Das kann mir keiner beweisen. Selber schuld. Sabine hätte sich besser einschätzen müssen, ... was ihre Schwimmkünste betrifft.«

Ich kann mir vorstellen, wie es in Erika kocht, aber sie hat sich im Griff. Dafür zündet sie sich vor seinen Augen provokant eine Zigarette an.

»Rauchverbot ...«, zischt sie ihm zu, » ... aber nicht für jeden.«

Unerwartet stößt sich Krauseminze mit seinen Beinen vom Tisch ab, der Sessel kippt und er schlägt mit seinem Rücken am Boden auf. Der Wachebeamte möchte ihn wieder aufstellen, aber Erika winkt ab.

»Ich werde meinem Anwalt mitteilen, dass ich beim Verhör misshandelt wurde. Striemen am Rücken von der Sessellehne. Man hat mich geschlagen.«

»Tun Sie das, es wird Ihnen nichts helfen. Wir wissen, dass Sie versucht haben, Sabine Katz durch Vortäuschung eines Unfalls dazu zu bewegen, sich in den Hochwasser führenden Donaukanal zu stürzen.«

Erika stellt sich breitbeinig über seinen Oberkörper und hält ihm das Fahndungsfoto (mit dem Lesek, der die Leiche der Katz in Armen hält) von oben herab vor sein Gesicht: »Das sind Sie und die Puppe. Ein Fischer hat das Foto gemacht. Geben Sie es zu.«

Krauseminze lächelt zynisch: »Unscharf ...«

»Scharf genug als Beweis.«

»Warum hätte ich das inszenieren sollen?«

Erika tut so, als ob sie ihm mit ihrem linken Polizeistiefel ins Gesicht treten würde, stoppt aber kurz bevor sie ihn berührt. Dann stellt sie ihr Bein wieder neben ihm ab. Sie wiederholt diese Drohgebärde mit dem rechten Bein.

»Weil Sie aufgeflogen wären? Weil Sie es nicht verkraften konnten, dass nicht Sie, sondern Sabine Katz die geniale Puppenbauerin, die Autorin, eben sie allein der kreative Geist in Ihrem

Theater war. Darum musste sie weg. Darum haben Sie diese Geschichte inszeniert. Sie hat Ihnen gedroht, alles auffliegen zu lassen.«

Erika steigt über den Baumgartner hinweg und schlendert zum Schreibtisch. Da öffnet sie die Lade und zieht ein paar beschriebene Seiten heraus. Mit denen winkt sie dem Krauseminze zu: »Wissen Sie, was das ist?«

Eine rhetorische Frage, darum lächelt Baumgartner, nun wieder ganz de la Menta, nur verächtlich.

»Es ist ein Dokument, das Sabine Katz vor ihrem Tod verfasst hat. Darin schildert sie, wie sie Sie bezüglich ihrer Autorenschaft zur Rede gestellt hat. Und dass sie Ihnen drohte, Sie auffliegen zu lassen, falls Sie nicht freiwillig von sich aus Sabines Urheberschaft bekannt machen würden und ihr die ihr zustehenden Tantiemen ausbezahlten.«

Noch grinst Krauseminze selbstgefällig: »Das ist ein Trick?«

Aber Erika schüttelt den Kopf, stellt sich hinter den liegenden Baumgartner und lässt Blatt für Blatt auf sein Gesicht hinunterflattern.

»Ein genialer Plan, aber nicht genial genug ...«

So durch eine schützende Fensterscheibe beobachtend, mutiere ich immer mehr zur diagnostizierenden Gerichtsgutachterin, für die dieser Mensch da auf der anderen Seite der Glaswand nur mehr ein persönlichkeitsgestörter Mensch mit einem Monoaminooxidase-Mangel ist. Gefährlich, aber für mich nur mehr aus dem professionellen Blickwinkel bedeutend.

Erika steht auf und verlässt das Verhörzimmer.

Sie kommt zu uns zurück, winkt mir von der Tür zu, hinauszukommen, und meint: »Eckerl, jetzt gehen wir ins Brioni.« Der Brunner, der sofort aufspringt, bekommt eine Abfuhr: »Sie bleiben da und schreiben das Protokoll, und ...«, dann deutet sie durch die Scheibe auf den Krauseminze und die auf seinem Gesicht liegenden Papiere, »... sichern die Beweisstücke.«

Dann sind die Zettel also aus Sabines Roman, den ich dem Brunner damals zum Trost mitgegeben habe. Drum also ist er wieder bei der Polizei. Oder hat Erika nur geblufft?

Erika hakt mich unter und zeigt mit ihrem Zeigefinger auf ihre Uniform und mein Kleid: »Vorher müssen wir uns aber noch umziehen.«

Ich finde mich zwar elegant genug, aber am Weg zu mir nach Hause werde ich meine Streifenkarte würdig in den Fluten des Donaukanals begraben. Drum entziehe ich mich Erikas Umklammerung und deute mit meinem Daumen Richtung Ausgang: »Bis gleich!« Dann ziehe ich vor Erika noch meinen fiktiven Hut und verbeuge mich: »Übrigens, alle Achtung, Frau Kommissar! Ich meine, ... für den Bluff ...«

»Hm, war kein Bluff, nur eine strategische Taktik, um ihn zu verunsichern. Trotzdem danke für das Kompliment!«

Während ich Manfreds Nummer wähle, um ihm vom Triumph meines Bauchgefühls zu berichten und um abzuchecken, ob er noch immer sauer auf mich ist, laufe ich beschwingt die Treppe des Polizeipräsidiums bis ins Parterre hinunter. Ich hätte beinahe eine graue Frau mit einem Mädchen an ihrer Seite übersehen, wenn das Kind nicht mit seinen schlenkernden Füßchen im Takt an die Holzbeine der Sitzbank geklopft hätte: Mutter Katz, stark gealtert, und anscheinend Piechen.

Ich stoppe kurz, um gleich wieder weiterzulaufen, denn heute ist mir gar nicht mehr nach tröstenden, ermunternden Worten für eine verzagte Frau, die durch ihren innerlichen Konflikt, nämlich der Solidarität zur verstorbenen Tochter und der Liebe zum Mordverdächtigen, zerrüttet ist. Aber zu spät, sie hat mich schon entdeckt: »Frau Doktor, Frau Doktor!«

Ich könnte noch so tun, als ob ich sie nicht gehört hätte, aber das bringe ich dann doch nicht übers Herz. Die arme Frau tut mir ja auch leid!

Ich drehe mich jedenfalls um und tue überrascht: »Frau Katz, hm, und …«, ich deute auf das Kind, »… Piechen?«

Sie steht auf, das Kind hinter sich her zerrend, das sofort protestierend zu greinen beginnt.

»Waren Sie bei ihm?«

Ich nicke beruhigend: »Alles in Ordnung, machen Sie sich keine Sorgen.«

Da die Kleine anhebt, nun lauter zu weinen, beuge ich mich zur Ablenkung zu ihr hinunter und deute auf die Puppe, die sie an die Brust gedrückt hält.

»Wie heißt sie denn? So eine schöne Puppe.«

Piechen schüttelt den Kopf, anstatt zu antworten, und drückt die Puppe noch fester an sich.

»Ich will sie dir nicht wegnehmen, ich wollte nur wissen, wie sie heißt.«

Keine Antwort – nur Weinen. Der Mutter Katz ist das greinende Kind offensichtlich peinlich, wahrscheinlich denkt sie, dass ich glaube, dass es der Kleinen an etwas fehlt, was ich aber gar nicht annehme.

»Pia ist ein wenig durcheinander«, meint sie entschuldigend, dann zu Piechen: »Sag der Frau Doktor, wie deine Puppe heißt.«

Stille. Ich dränge nicht weiter in das Mädchen, sondern versuche elegant meinen Abgang zu inszenieren: »Na dann, alles Gute …«

»Ich, … ich, also was meinen Sie? Kommt er da raus?«, und flehentlich: »Er war es doch nicht, oder?«

Ich lege der Katz beruhigend meinen Arm auf die Schulter: »Es war wahrscheinlich ein Unfall, obwohl der de la Menta Ihre Tochter tatsächlich ermorden wollte. Sabine hat gedroht, ihn auffliegen zu lassen, wenn er ihr nicht endlich das Honorar für ihre Stücke und Puppen gibt. Aber es war wohl auch sein Hass auf jemanden, der im Gegensatz zu ihm die Genialität nicht nur spielte, sondern wirklich eine echte Künstlerin war.«

Über das Gesicht der Frau legt sich ein stolzes Lächeln: »Ja! Meine Sabine war eine echte Künstlerin. Und ...«, sie schaut mich betreten an, »... und der Herwig ist also doch ein guter Mensch?«

Ich nicke: »Das ist er ...«

»Und der de la Menta, der wird doch verurteilt werden, oder?«

Ich verziehe zweifelnd den Mund: »Es wird schwer zu beweisen sein, ob Sabine der Puppe, die er als Köder ausgeworfen hat, nachgesprungen ist oder sie einfach nur ausgerutscht ist. Aber er hat ja sonst auch noch genügend Dreck am Stecken, ich bin sicher, dass er einsitzen wird.«

Ich beuge mich wieder zu der Kleinen hinunter und streiche ihr über den Kopf: »Ich glaube, ich weiß, wie deine Puppe heißt: ... Sabine?«

Sie schaut mich von unten mit ihren verheulten, wasserblauen Augen an und nickt.

Dolores Schmidinger

Im Bett mit dem Teufel

Ein Wien-Krimi

ISBN 978-3-85002-891-2
Auch als e-Book erhältlich
eISBN 978-3-902998-14-9

MORD IN WIEN –
KRIMI BEI AMALTHEA

Eva Traxler ist eine 56-jährige, mittelmäßig bekannte Schauspielerin, geschieden, und wohnt mit Einstein, einem Terrier-Pudel-Mischling, im Wiener 17. Bezirk. Da begegnet sie einem ehemaligen Liebhaber wieder und erinnert sich an ihre aufregende, wenngleich außergewöhnliche Affäre vor 20 Jahren – denn der Mann ist Jünger einer leibfeindlichen, okkultistischen Sekte. Wieder verfällt sie ihm und seinen teuflischen Spielchen. Doch welche Rolle spielt dabei der Führer der Sekte, genannt »Der Professor«? Hat er den Auftrag gegeben, Eva einem Exorzismus-Ritual zu unterziehen? Als ihre Mutter verschwindet, stößt Evas Tochter Anna, eine Journalistin, mit ihrem Verdacht bei der Polizei auf taube Ohren. Ihre Spurensuche führt sie in ein verfallenes Biedermeierhaus in Ottakring, wo Einstein Witterung aufnimmt …

www.amalthea.at

Christian Mader

Vermisst

Spektakuläre Fälle im Visier der Fahnder

ISBN 978-3-85002-868-4
Auch als e-Book erhältlich
eISBN 978-3-902862-88-4

»TRUE CRIME«: DETAILGETREU, REALITÄTSNAH, PACKEND

Jedes Jahr werden in Österreich mehrere Tausend Personen als vermisst gemeldet. Hinter den nackten Ziffern der Vermisstenfälle steht menschliches Leid, wie jenes von Natascha Kampusch, Julia Kührer und vielen anderen. Oft sind es grausame Schicksale, die sich direkt vor der eigenen Haustüre ereignen.

Christian Mader, langjähriger Leiter der Abgängigenfahndung Wien, schildert aus erster Hand die spektakulärsten Fälle, in denen er ermittelte, und die persönlichen Geschichten jener Vermissten, die ihn am meisten berührt haben.

www.amalthea.at